Sabine Steck ist in Deutschland geboren und hatte als Unternehmerin zunächst einen ganz anderen Weg eingeschlagen, bevor sie entschied, ihrer Leidenschaft zu folgen und sich hauptberuflich dem Schreiben zu widmen. Heute ist sie Autorin und lebt in Norditalien, wo sie in ihrem Schreibretreat einen Rückzugsort für andere Autor:innen schafft, die sie berät und unterstützt. In ihre Krimis um Emma Ferrari lässt sie ihre Liebe zu ihrer Wahlheimat und zur italienischen Kulinarik einfließen – die unter Umständen auch in einem kleinen Örtchen in Bayern zu finden ist.

Sabine Steck

Mörderische Delikatessen

Der erste Fall
für Emma Ferrari

Kriminalroman

Rowohlt Taschenbuch Verlag

3. Auflage September 2025
Originalausgabe
Veröffentlicht im Rowohlt Taschenbuch Verlag,
Rowohlt Verlag GmnH, Kirchenallee 19, 20099 Hamburg, August 2024
Copyright © 2024 by Rowohlt Verlag GmbH, Hamburg
Copyright © 2024 by Sabine Steck
Redaktion Kaja Sturmfels
Die Nutzung unserer Werke für Text- und Data-Mining im Sinne
von § 44b UrhG behalten wir uns explizit vor.
Covergestaltung ZERO Werbeagentur, München
Coverabbildung Shutterstock
Satz aus der Calluna
bei Pinkuin Satz und Datentechnik, Berlin
Druck und Bindung CPI books GmbH, Leck
ISBN 978-3-499-01360-7

Kontaktadresse nach EU-Produktsicherheitsverordnung:
produktsicherheit@rowohlt.de

Ob du glaubst, du kannst es
oder du kannst es nicht:
Du wirst auf jeden Fall recht behalten.

Henry Ford

1. KAPITEL

*H*ört euch das an!»
Emma ließ vor Schreck einen Karton voller Taralli fallen, der krachend auf dem Boden landete, als ihre Freundin Helene zur Tür hereinstürmte und dabei triumphierend die Tageszeitung schwenkte.

«*Dio mio*, Leni!», schnaufte sie. «Wenn das eine Flasche Olivenöl gewesen wäre!»

«Dir auch einen schönen Nachmittag, Helene!» Emmas Freundin Anna, die hinter der Käsetheke stand, warf der jungen Frau einen tadelnden Blick zu, den diese aber geflissentlich ignorierte.

«Du bist auf Seite zwei im Lokalteil, Emma. Das ist echt 'n Ding! Hör mal: *Himmelsricht und seine größten Sehenswürdigkeiten!*»

«Wirklich? Lass sehen!»

Emma stieg eilig von der Trittleiter, die sie benutzt hatte, um das Knabbergebäck ins Regal zu räumen, ließ den Karton Taralli auf dem Boden liegen und griff nach der Zeitung. Noch auf dem Weg zu einem der beiden Stehtische nahe der Fensterfront, an denen sie ihren Kunden gelegentlich kleine Leckereien servierte, schlug sie das Blatt auf und sah neugierig hinein. Auch Anna, die gerade an der Kühltheke die Unordnung des lebhaften Vormittagsgeschäfts beseitigte, ließ den Käse für einen Moment Käse sein und gesellte sich zu Emma.

«*Das kleine Fleckchen Himmelsricht hat zwei große Attraktionen: die mittelalterliche Burgruine und den Laden von Tante Emma ...*» Emma ließ die Zeitung sinken und verdrehte kopfschüttelnd die Augen. «*Non ci credo* ... ich kann nicht glauben, dass die tatsächlich *Tante* Emma geschrieben haben!»

«So heißt das bei uns nun mal.» Helene grinste. «Du solltest dich nach all den Jahren allmählich daran gewöhnt haben.»

«Ja, ich weiß schon, dass es Tante-Emma-Laden heißt», murrte sie. «Aber ...»

«... jeder denkt sofort an heile Welt und will dort einkaufen», unterbrach Helene sie und legte ihr einen Arm um die Schultern. «Außerdem hat es einfach so was Schnuckeliges, finde ich. Das ist toll!»

«Mag sein, aber das klingt steinalt, und ich bin doch nicht die Tante von diesem Knaben da!» Emma beugte sich über den Artikel. «Benedikt heißt er, das hatte ich schon wieder vergessen.»

Benedikt Kramer, der junge Reporter, der vor wenigen Tagen im Dorf gewesen war, um für einen Artikel über die Region zu recherchieren, hatte schon während seines kurzen Aufenthalts nicht mit seiner Begeisterung für Emmas kleinen Feinkostladen hinterm Berg gehalten und den Begriff da bereits mehrmals benutzt, weil er es so passend fand, dass sie tatsächlich Emma hieß. Trotzdem hatte sie insgeheim gehofft, er würde in seinem Artikel darauf verzichten.

«Jung genug wäre er gewesen, um dein Neffe zu sein», neckte Anna.

Helene lachte. «Den hätte ich ja auch gern kennengelernt. Vielleicht wär er mein Typ gewesen. Wie sah er denn aus? War er Single?»

«Ich habe ihn nicht gefragt.» Schulterzuckend beugte sich Emma wieder über die Zeitung und las weiter. «*Nicht nur Tagestouristen und Urlauber, sondern auch die Bewohner der näheren und weiteren Umgebung zieht es besonders aus zwei Gründen in den kleinen Ort Himmelsricht: Zum einen lockt die gut erhaltene Ruine der mittelalterlichen Burganlage mit vielseitigen Wanderwegen und einem fantastischen Blick hinaus in die Donauebene zu ausgedehnten Spaziergängen. Bei klarer Sicht kann man in der Ferne sogar die Alpengipfel erkennen. Zum anderen ist da der zauberhafte Tante-Emma-Laden der attraktiven Italienerin Emma Ferrari. Wer bei diesem Namen nur an rote Autos denkt, verpasst das Beste: italienische Leckereien vom Feinsten …*»

«Das hat er geschrieben?», unterbrach Anna und grinste bis über beide Ohren. «Attraktive Italienerin und rote Autos … ich fasse es nicht.»

«*Infatti.* Tatsächlich, das hat er.» Emma war schon lange daran gewöhnt, mit ihrem für Italien reichlich gewöhnlichen Namen in Deutschland erst einmal mit vielen Pferdestärken in Verbindung gebracht zu werden. Das jetzt in der Zeitung zu lesen, fand sie trotzdem etwas befremdlich. Als hätte Italien außer Rennautos nichts weiter zu bieten! «Das kann wirklich nur einem Mann einfallen», murmelte sie.

«Ach komm, das ist doch halb so wild», verteidigte Helene den Reporter. «Jetzt lies lieber weiter.»

«*Die Spezialitäten aus vielen Regionen des Stiefels sind von herausragender Qualität und rechtfertigen die Tatsache, dass der Ruf von Emma Ferrari weit über die Landkreisgrenzen hinausreicht. Betritt man ihr fabelhaftes kleines Lädchen, findet man sich in einer sinnlich-betörenden Welt der Düfte und Aromen wieder, die auf die nächste Reise in den Süden einstimmen.*

9

Rechter Hand erwarten den Eintretenden die Leckereien in fester Form als Gebäck in den verschiedensten Variationen, links in flüssiger als eine schier unendliche Auswahl edelster Spirituosen, und dazwischen breitet sich ein Paradies verführerischer Käsesorten aus ...»

Wieder ließ Emma die Zeitung sinken und blickte von Helene zu Anna. Es war unübersehbar, dass sich beide das Lachen verbeißen mussten.

«*Sinnlich-betörend?* 'tschuldigung», prustete Helene schließlich heraus. «Ich glaub, es war ganz gut, dass ich nicht da war. Wenn der so geschwollen daherredet, wie er schreibt, bleib ich lieber Single!»

Emma sah sich um. Obwohl der Artikel nicht unbedingt ausgefeilt raffiniert war, traf er ins Schwarze. Für sie war ihr Lädchen tatsächlich ein sinnliches Kleinod.

Es fing schon draußen vor der Tür an. Der obere Teil des Hauses war weiß gestrichen und hatte hellgraue Holzfenster und dunkelblaue Läden. In der Mitte der Vorderseite prangte ein geräumiger Balkon mit gedrechseltem Holzgeländer, ebenfalls in Blau.

Im Erdgeschoss zogen zwei große Schaufenster die Blicke der Kundschaft an, und die in ihrer Mitte liegende Tür lud sie geradezu in den Laden ein. Die geschnitzte Fassadenverkleidung war aus demselben Holz gefertigt wie der Balkon darüber und auch im gleichen Meerblau gestrichen. Diese Bauweise hatte Emma von Anfang an begeistert und sofort an einen wolkigen Sommerhimmel über dem Meer erinnert.

Besonders originell hatte sie allerdings die Markise gefunden, die an heißen Tagen ihre Auslagen vor zu viel Sonne schützte: Sie zeigte das typisch bayerische Rautenmuster und bildete so einen witzigen Kontrast zu ihren italienischen Produkten.

Eine niedrige Stufe führte zur Tür, die ein melodisches Bimmeln hören ließ, wenn man sie öffnete. Die altmodische Klingel hatte Emma von der Vorbesitzerin des Ladens übernommen und liebte sie heiß und innig, denn der Klang gab ihr stets ein Gefühl von Geborgenheit und Nachhausekommen. Und er sorgte dafür, dass niemand unbemerkt hereinkam und unnötig lang auf Bedienung warten musste, wenn sie oder Anna gerade im Lagerraum beschäftigt waren.

Hatte man Stufe, Tür und Klingel hinter sich und betrat den Laden, so sah man sich bereits der gut bestückten Kühltheke gegenüber. Eine Vielzahl leckerer Käsesorten, eingelegte Oliven mit verschiedenen Aromen wie Chili, Knoblauch oder Kräutern sowie gefüllte Peperoni verlockten zum Kosten. Ein paar wenige, aber ausgesuchte Wurstwaren wie Salami mit und ohne Knoblauch, luftgetrockneter Schinken und Mortadella rundeten diesen lukullischen ersten Eindruck ab. Sowohl Emma als auch Anna achteten stets darauf, dass die Köstlichkeiten immer frisch waren und einladend präsentiert wurden.

Wer sich hier sattgesehen hatte, konnte die Aufmerksamkeit auf die Holzregale richten, die rechts und links die Wände bedeckten sowie um die beiden tragenden Säulen im Inneren des Lädchens herumliefen. Auch sie stammten von der scheidenden Vorbesitzerin. Sie waren beste Handarbeit aus Massivholz und hatten mit den Jahren eine dunkle Farbe angenommen. An den tragenden Elementen hatte sich der Schreiner mit kleinen Schnitzereien verewigt, die Emma bis auf den heutigen Tag nicht entschlüsseln konnte. Vom Tannenzapfen bis hin zum Olivenzweig war jede Deutung möglich, und Helene hatte schon einmal scherzhaft angeregt, sie könnten ein Gewinnspiel daraus machen und der kreativsten Deutung einen Feinkostkorb in Aussicht stellen.

Gleich zu Beginn, als Emma den Laden übernommen hatte, war von ihrem Steuerberater der Vorschlag gekommen, die schweren, wuchtigen Regale gegen leichtere auszutauschen, in denen mehr Ware Platz fand, doch Emma hatte die Idee abgelehnt. Lieber brachte sie ein paar Flaschen Wein weniger unter, als auf diese stimmungsvollen Relikte einer anderen Zeit zu verzichten.

Diese beherbergten links von der Eingangstür die alkoholischen Leckereien wie sonnengelben Limoncello und nussbraunen Nocino. Daneben standen goldfarbene, im Eichenfass gereifte Grappas oder tiefdunkle Kräuterliköre. Daneben fand sich Olivenöl für unterschiedliche Ansprüche und Vorlieben: hellgrünes vom Gardasee und leichtes, beinahe ins Gelbe changierendes aus den venetischen Hügeln sowie gehaltvollere, fast grasgrüne Varianten aus der Toskana und Süditalien. Dazu gab es eine Reihe ausgesucht feiner Essigspezialitäten und ein paar besondere und lang gereifte Balsamicosorten. Die Regalfächer darunter quollen über von in Öl oder Salzlake eingelegtem Gemüse, scharfen oder milden Nudelsoßen und verschiedenen Pestos in bunten Gläschen, in denen nicht nur Basilikum, sondern auch getrocknete Tomaten, Pistazien und Mandeln Verwendung gefunden hatten.

Erntefrisches Gemüse und sonnengereifte Tomaten vom Biohof in der Nähe drapierte Emma in geflochtenen Körben vor den Regalen. Um dem liebevoll geführten Hofladen keine Konkurrenz zu machen, hielt sie das Angebot aber bewusst reduziert und beschränkte sich auf eine saisonale Auswahl, die sich gut mit ihren eigenen Köstlichkeiten kombinieren ließ. Besonders die Verbindung aus regionalen Birnen und italienischem Gorgonzola war letzten Herbst der Renner gewesen, noch vor den heimischen Kürbissen und den leckeren Esskastanien aus Südtirol.

Neben dem Regal auf der linken Seite hatte Emmas ganzer Stolz Platz gefunden: eine chromblitzende Siebträger-Kaffeemaschine mit zwei Brüheinheiten sowie Heißwasser- und Dampffunktion. Auch die beiden Holztische, ebenfalls noch aus dem Originalfundus des Lebensmittelladens, hatten hier ihren Standort.

Auf der gegenüberliegenden Seite, also rechts der Eingangstür, lagerten die Kalorien in fester Form. Besonders die früher mal relativ kleine Ecke mit Knabbereien wie Taralli, Grissini und verschiedensten Biscotti uferte allmählich ein bisschen aus, und die Auswahl an bunten Nudelspezialitäten, gefärbt mit Spinat, Safran, Sepiatinte oder Rote Bete, in Schleifchen-, Bonbon- oder Nestform, wurde immer unüberschaubarer. Aber wie sollte Emma bei der schier unbegrenzten Vielfalt an kulinarischen Köstlichkeiten ihrer Heimat nicht hin und wieder über die Stränge schlagen? Und vor allen Dingen: Sie konnte unmöglich ihre Kunden enttäuschen, die von ihr inzwischen erwarteten, dass sie immer wieder neue ausgefallene Delikatessen aus dem Mediterraneo heranschaffte.

«Na ja», resümierte Emma schließlich und wandte sich wieder ihren Freundinnen zu, «vielleicht mag er in den Ausführungen etwas übertrieben haben. Aber links flüssig, rechts fest und dazwischen alles Käse – das passt.»

Anna schmunzelte. «Warte nur, wenn uns ab morgen die Leute die Bude einrennen. Da kann keiner widerstehen!»

«Ich drücke euch die Daumen», sagte Helene. «Gut, dass der Reporter nicht bei uns im Wirtshaus eingekehrt ist. Wer weiß, was der über unseren altmodischen Gasthof geschrieben hätte ...»

Emma winkte ab. «Sicher nur Gutes, schließlich ist es bei euch total gemütlich. Im Grunde ist es auch gar nicht so wichtig, was da steht, Hauptsache, wir kommen gut weg. Und das tun wir.»

«Genau», bestätigte Anna. «Wichtig ist, dass überhaupt über uns geschrieben wird. Besonders jetzt, wo Emma das Haus kauft.»

Emma nickte nachdenklich. In der gegenwärtigen Phase gab es tatsächlich kaum etwas Wesentlicheres als konstant gut laufende Geschäfte. Und kostenlose Werbung in einer überregionalen Zeitung war etwas, das sie gar nicht hoch genug schätzen konnte, denn eine Annonce mit einer solchen Verbreitung hätte sie eine Stange Geld gekostet.

«Hat sich eigentlich die Bank schon gemeldet?» Helenes Blick sprühte vor Neugier. «Die wollten sich vor dem Wochenende entscheiden, oder?»

Emma atmete tief ein und schüttelte den Kopf. «Ja, das wollten sie. Aber noch habe ich nichts gehört.»

«Ach, es ist ja auch erst Mittag. Ich bin sicher, dass du den Kredit bekommst. Du hast es so was von verdient, dass dir hier endlich der ganze Laden samt Haus gehört.»

«Danke, *cara*.»

«Gern.» Helene lächelte. «Und jetzt muss ich wieder rüber, ich hab gleich eine Patientin.»

«Möchtest du die Zeitung zurück?» Emma hielt ihr das Blatt entgegen.

«Behalt sie und rahm dir den Artikel ein.» Ihre Freundin grinste. «Gehst du heute wieder mit mir auf den Burgberg?»

«Bleibst du noch so lange im Laden?», fragte Emma an Anna gewandt.

«Natürlich. Die Zwillinge kommen erst später aus der Schule, ich habe also Zeit.»

«Gut, dann bis nachher, Leni.»

Helene verabschiedete sich mit einem lässigen Winken und trat den Rückweg zu ihrer Physiotherapie-Praxis im Nachbarhaus an – deutlich gelassener als den Hinweg. Dabei klimperten ihre vielen bunten Fußkettchen im Takt ihrer Schritte und begleiteten das Bimmeln der Türklingel.

Emma ließ die Zeitung auf dem Tischchen liegen und machte sich mit einem Lächeln wieder an die Arbeit. Sie würde den Artikel später zu Ende lesen, das Wichtigste wusste sie ja schon: Ihr kleines Reich wurde in den höchsten Tönen gelobt. Was wollte sie mehr?

Außer ...

«Der Mozzarella ist alle – kann das sein?» Annas alarmierte Stimme riss sie aus ihren Gedanken. «Ich dachte, es wäre noch welcher da ...»

«Er ist draußen im Lager in der Kühlung, Anna. Die Lieferung kam Gott sei Dank heute Morgen an. Ich hätte die gute Frau von Hohenfels ungern enttäuscht.»

«Das hätte sie dir auch nicht so schnell verziehen.» Anna lachte. «Ich hole ihn.»

Die alte Dame kam regelmäßig am Freitagnachmittag vorbei, um sich eine Portion des frischen Käses zu gönnen, und hätte mit ihrem Unmut sicher nicht hinterm Berg gehalten. Ihre Tochter Konstanze hatte sehr eindrücklich geschildert, mit welch langem Gesicht die über neunzigjährige Freifrau Isadora einmal ohne ihren geliebten Weichkäse nach Hause zurückgekehrt war. Die Erinnerung ließ Emma schmunzeln.

«Bitte tun Sie mir das nie wieder an, Emma», hatte Konstanze von Hohenfels ihren Bericht geschlossen. «So möchten Sie meine Mutter nicht erleben – und ich auch nicht noch mal.»

Seit geraumer Zeit veränderte sich die Beziehung zu der jüngeren der adligen Damen ins Freundschaftliche, und Konstanze von Hohenfels nannte Emma bereits beim Vornamen. Beim vertrauten Du waren sie allerdings bislang noch nicht angekommen.

Als Anna mit der Packung aus dem Lager kam und sie auf der Arbeitsfläche hinter der Kühltheke abstellte, war Emma gerade mit dem Einräumen der Knabbereien fertig.

«Komm, wir machen Pause und probieren gleich mal, was ich da bestellt habe», schlug sie vor. «Ich bin schon neugierig, was der pure Mozzarella für ein Aroma hat, bevor wir ihn mit Öl und Tomaten kombinieren.»

In den letzten Wochen war es so turbulent gewesen, dass sie und Anna mittags durchgearbeitet hatten, um die Regale aufzufüllen und alles in Ordnung zu bringen, ehe am frühen Nachmittag der nächste Schwung Kunden kam. Doch heute Vormittag hatte Emma immer mal wieder Zeit gehabt, Wein und Nudeln nachzulegen. Es bot sich also an, die momentane Ruhe für eine gemeinsame Mittagspause zu nutzen.

Emma öffnete den Isolierbehälter, halbierte eine Mozzarellakugel und schnitt sie in Scheiben. Sie verteilte den Käse auf zwei Teller und trug sie an den Tisch, auf dem noch immer die Zeitung auf sie wartete. Einen der Teller schob sie zu Anna hinüber.

Nach dem ersten Bissen schloss Emma genießerisch die Augen und spürte dem Aroma nach, das sich auf ihrem Gaumen ausbreitete. Einige Sekunden herrschte Schweigen um sie herum. Nichts war zu hören, nicht einmal vom Marktplatz drang ein Laut herein.

In ihrer italienischen Heimat an der Amalfiküste würde jetzt sicher jeden Moment ein Mofa oder eine Vespa knatternd die Stille unterbrechen, dachte Emma. Hier war es schließlich ein Traktor, der um die Kurve tuckerte und dem andächtigen Verkosten ein Ende setzte.

«Kennst du noch irgendwas, das so aromatisch nach nichts schmeckt wie frischer Mozzarella?», meinte Emma anerkennend. «Mamma mia, der ist wirklich wunderbar. Die Mühe, an den ranzukommen, hat sich gelohnt.»

«Was ist an dem so besonders?» Anna begutachtete die milchweiße Leckerei eingehend, ehe sie sich den nächsten Bissen in den Mund schob.

«Das ist ein kleiner Familienbetrieb, der noch alles per Hand herstellt. Ihre Büffel grasen an den Hängen des Vesuvs, drum heißt er auch ‹Mozzarella del vulcano›. Die Böden sind dort besonders reich an Mineralien, und das gibt der Milch diese eigene Würze.»

Anna schmunzelte, nickte aber zustimmend. «Mozzarella del vulcano … bei dir klingt so was immer wie eine italienische Oper!»

«Apropos, wir brauchen unbedingt Musik.» Emma wischte sich die Finger an ihrer Schürze ab und griff nach ihrem Smartphone. «Allerdings nicht unbedingt Oper, oder?»

«Ramazzotti tut's auch.» Anna nahm noch einen Bissen.

«Ist es dafür nicht ein bisschen zu früh?» Emma konnte sich den kleinen Wortwitz nicht verkneifen.

«Für Eros kann es nicht früh genug sein!»

«Höchstens zu spät», neckte Emma. «Ich glaube, du bist die Einzige, die noch Eros Ramazzotti hört!» Sie scrollte durch ihre Playlist. «Wie wäre es damit?»

Einen Moment später schmetterte die raue Stimme von Adriano Celentano *Azzurro* durch den Laden.

Anna schüttelte den Kopf. «Viel altmodischer geht es nicht?»

«Gib es ruhig zu: Die Stimme macht immer wieder Gänsehaut», sagte Emma fröhlich. «Außerdem passt sie sicher gut zu den frischen Ochsenherztomaten. Und genau so eine spendiere ich uns jetzt noch. Wenn du magst, kannst du inzwischen ein bisschen Ciabatta aufschneiden.»

Während Anna das Brot holte, suchte Emma ein besonders schönes Exemplar aus dem Tomaten-Korb vor der Theke. Drum herum hatte sie ein paar Töpfe mit üppig wuchernden Küchenkräutern drapiert, das sah besonders einladend aus. Erst gestern hatte ihr Eva von der Dorfgärtnerei frischen Nachschub gebracht – im Moment war das rotblättrige Basilikum der ganze Stolz der jungen Gärtnerin, die die Pflanzen selbst heranzog. Nun zupfte Emma ein paar der duftenden Blätter ab und nahm noch eine kleine Flasche Balsamicoessig und eine große mit Olivenöl aus dem Regal. Als sie die Tomate in dünne Scheiben schnitt und abwechselnd Mozzarella und Basilikumblätter darauf verteilte, erfüllte der intensive, charakteristische Duft den ganzen Raum.

«Hier», sagte sie, als sie Anna ihren Teller mit der fertigen Insalata Caprese reichte.

Die sog tief die Luft ein. «Das riecht einfach herrlich nach Sommer und Süden», stellte sie fest und bediente sich großzügig an dem goldfarbenen Öl.

Emma nickte, nahm noch einen Bissen Mozzarella und prüfte kritisch die Konsistenz und das Gefühl am Gaumen. «Hmm ... *semplicemente fantastico.*»

«Oh ja.» Anna tunkte ein Stückchen Ciabatta in den kleinen See aus Olivenöl und Balsamico, der in ihrem Teller schwamm. «Der Mozzarella vom alten Importeur war innen etwas wässriger, stimmt's?»

Emma nickte ihrer Freundin anerkennend zu. «Ja genau, du Feinschmeckerin! Der junge Mann, der die Lieferung heute Morgen gebracht hat, war übrigens auch ziemlich ... lecker. Der hätte Helene sicher gefallen.» Sie garnierte eine weitere Scheibe Mozzarella liebevoll mit Basilikum. «Schade nur, dass das Verfallsdatum so kurz ist ...»

Das Brotstück, das Anna sich gerade in den Mund schieben wollte, blieb kurz vor seinem Ziel in der Luft stehen. «Aha! Habe ich was verpasst?»

«Nein, nicht das von dem *ragazzo*, das vom Käse.»

Emma nahm sich eine Scheibe vom Brot, legte sie an den Rand ihres Tellers und ließ langsam etwas Olivenöl darauf tropfen. Eine Prise Salz vollendete die Komposition, bevor sie in die knackende Kruste biss und genussvoll die Augen verdrehte.

Schmunzelnd sah Anna sie an.

«Was ist? Habe ich Basilikum zwischen den Zähnen?»

«Nein, alles in Ordnung. Ich finde es einfach nur schön, wie sehr du diese Dinge genießen kannst. Darum bist du auch so eine gute Verkäuferin.»

«Das bist du doch auch, Anna.»

«Ach was.» Anna wehrte das Lob bescheiden ab, aber Emma erkannte deutlich, dass sie sich darüber freute. «Die Leute kommen wegen dir in den Laden, Emma, nicht wegen mir. Du strahlst einfach mit jeder Handlung aus, wie überzeugt du von dem bist, was du unserer Kundschaft anbietest.»

«Das tue ich wohl. Ich kann gar nicht anders, das habe ich einfach in mir. Aber wir ergänzen uns gut.»

Emma war sich der Tatsache bewusst, dass sie keine Produkte verkaufte, sondern ein Lebensgefühl. *Ihr* Lebensgefühl: den Genuss und die Lebensqualität ihrer italienischen Heimat. Und es imponierte ihr, wie sehr Anna sich mit ihren Ideen und Projekten identifizierte und dass sie die sorgfältig ausgewählten italienischen Produkte fast genauso liebte wie sie selbst.

«Es ist wie ein Stück Italien mitten in der deutschen Provinz», sagte Anna manchmal geradezu euphorisch.

Anna war ein Glücksfall für Emma – in vielerlei Hinsicht. Die beiden hatten sich bei Emmas Ankunft in Himmelsricht vor zweiundzwanzig Jahren auf Anhieb gemocht. Damals hatte Anna ihr geholfen, den Kulturschock zu überwinden, nachdem sie im tiefsten Winter von der sonnigen Amalfiküste nach Deutschland gezogen war. Bis über beide Ohren verliebt, aber ansonsten völlig unvorbereitet, hatte sie gefroren wie noch nie in ihrem Leben und war auch mit dem wortkargen einheimischen Menschenschlag eine ganze Weile nicht warm geworden. Anna hatte sie schließlich nicht nur sprichwörtlich hinter dem Kachelofen hervorgezogen, sondern sie tatsächlich durch sämtliche Nachbarhäuser geschleift, bis sie in ihrem näheren Umfeld jedes Kind und jeden Greis persönlich kannte. Vielleicht war es sogar noch mehr Annas Verdienst, dass Emma in Himmelsricht geblieben war, als das ihrer damals großen Liebe Korbinian – der war nämlich notgedrungen seiner Arbeit nachgegangen und hatte vom anfangs ernüchternden Alltag seiner angebeteten Italienerin vieles gar nicht mitbekommen.

Nach der Scheidung vor vier Jahren hatte wiederum Anna sie darauf gebracht, dass die Betreiberin des Lebensmittelladens im Dorf jemanden suchte, der ihre Nachfolge übernehmen wollte. Emma wollte unbedingt. Seitdem war viel passiert, und nun betrieb sie ihr eigenes kleines Alimentari. Und Anna, der sie den Hinweis zu verdanken hatte, war ihre unverzichtbare rechte Hand geworden.

Eine warme Welle der Zuneigung schwappte über Emma hinweg, während sie ihrer Freundin zusah, wie sie mit einem Rest Brot den Teller ausputzte. Das Läuten des Handys riss sie aus ihren Betrachtungen, und sie verschluckte sich an ihrem letzten Stück Tomate. Hustend griff sie zu ihrem Telefon.

«Oh, *Madonna mia*, das ist die Bank», sprudelte sie aufgeregt heraus und zerzauste ihre sowieso schon wirren Haare noch mehr. «Drück mir die Daumen, Anna, jetzt geht's um alles oder nichts!»

«*In bocca al lupo!*», wünschte Anna nach italienischer Manier und streckte die überkreuzten Finger in die Luft. «Viel Glück.» Dann nahm sie die inzwischen leeren Teller an sich und verschwand mit ihnen nach hinten in den kleinen Aufenthaltsraum, der ihnen als Spül- und Teeküche diente.

Emma räusperte sich die Stimme frei und musste zweimal über den grünen Button streichen, bis sie endlich die Verbindung hergestellt hatte.

«Hier spricht Emma Ferrari ...»

«Frau Ferrari, wie schön, dass ich Sie gleich erreiche.» Laut und scheppernd dröhnte ihr die Stimme des Bankberaters entgegen, der sie dankenswerterweise gar nicht mehr zu Wort kommen ließ, sondern sich gleich in einem Redeschwall verlor, den Emma im schwungvollen bayerischen Dialekt über sich hinwegschaukeln ließ, während ihr das Herz bis zum Hals schlug. Er rekapitulierte ihre Kreditanfrage, zählte nochmals die Argumente auf, berichtete von den Abwägungen, die er getroffen hatte, und kam dann endlich irgendwann zum Punkt. «Also, in kurzen Worten: Die Kreditabteilung hat zugestimmt, Sie haben das Darlehen.»

Dann verabschiedete er sich knapp und bündig.

«Siiiiiiii!», schrie Emma, nachdem sie aufgelegt hatte. «Anna! Sie haben Ja gesagt!»

«Daran habe ich keinen Moment gezweifelt», behauptete ihre Freundin und kehrte zurück in den Verkaufsraum.

«Ach wie herrlich – komm her! Ich freu mich so!» Kurzerhand packte Emma sie und wirbelte sie ein paar Mal um ihre eigene Achse.

«Hey, du verrücktes Huhn! Pass auf deine Flaschen auf!», quietschte Anna und bugsierte die außer Rand und Band geratene Emma um einen Stapel mit Getränkekartons herum.

«Ach, was machen schon ein paar Scherben, wenn es um so viel mehr geht», widersprach Emma atemlos, hörte aber auf, sich zu drehen, und gab Anna frei. Die ließ sich zum Verschnaufen wieder auf den Bistrohocker fallen, auf dem sie zuvor gesessen hatte. «Die monatliche Rate ist zwar so hoch wie der Arbergipfel, aber was soll's? Das schaffe ich schon. Und jetzt, nach dieser tollen Werbung in der Zeitung, kann gar nichts mehr passieren.»

«Und wir denken uns noch ein paar tolle Aktionen aus, um wirklich alle, die den Artikel gelesen haben, in den Laden zu holen.»

«Ja, das machen wir! Wir könnten jeden Samstag einen

anderen Aperitif verkosten lassen und jeden zweiten Donnerstag im Monat den Schinken des Tages einführen ...»

«... und montags ist Nudeltag, und wer drei Packungen kauft, kriegt ein Glas Tomatensoße geschenkt», nahm Anna den Faden auf.

«Oh ja, da fällt uns sicher noch ganz viel ein. Aber erst mal müssen wir das unbedingt feiern.» Emma strahlte. «Wenn Helene nachher wiederkommt, köpfen wir eine schöne Flasche Prosecco und stoßen darauf an.»

2. KAPITEL

Emma fühlte sich aufgedreht, und das Herz pochte ihr bis in den Hals. Diese Kreditzusage war einer der wichtigsten Meilensteine in ihrem Leben. Seit ihrer Scheidung von Korbinian arbeitete sie auf ihren Traum hin: ihr kleiner Feinkostladen in ihrer eigenen Immobilie.

Das hübsche alte Häuschen in der historischen Ortsmitte von Himmelsricht war perfekt für ihre Zwecke – nicht umsonst hatte es jahrzehntelang den kleinen Lebensmittelladen des Dorfes beherbergt. Gegenüber, neben der uralten, ausladenden Linde an der rechten Seite des Dorfplatzes, fand sich das seit Generationen alteingesessene Wirtshaus der Familie Straub, ein Stück weiter standen die Tische von Bärbel Müllers Eisdiele. Auch von da aus konnte, wer dort gerade seinen Eiskaffee schlürfte oder sein Spaghetti-Eis verzehrte, Emmas Reich überblicken.

An der rückwärtigen Seite des Gebäudes gab es einen Parkplatz und eine Tür ins Treppenhaus, von wo aus man in den Laden, in einen kleinen Waschraum und ins Warenlager gelangte. Letzteres war nicht übermäßig geräumig, doch das hatte auch sein Gutes: So kam Emma wenigstens nicht in Versuchung, allzu sehr über die Stränge zu schlagen und wesentlich mehr Ware zu bestellen, als sie verkaufen konnte. Im ersten Stock befand sich eine hübsche Wohnung mit Balkon und Blick auf den Dorfplatz. Momentan stand sie leer, aber Emma würde dort einziehen, sobald die Formalitäten erledigt waren. Das kleine Apartment am Rand von Himmelsricht, das sie bisher bewohnte, würde sie so schnell es ging kündigen.

Emma hatte das schnucklige Gebäude vom ersten Moment an heiß und innig geliebt, und der Gedanke, hier immer bloß die Mieterin zu sein, war ihrer italienischen Seele die ganze Zeit zuwider gewesen. Was, wenn ihr der miesepetrige Vermieter Roland Seelig eines Tages die Kündigung aussprächè und sie sich etwas Neues suchen müsste? Allein die Möglichkeit, dass das trotz ihres Mietvertrags durchaus passieren könnte, war für sie eine bedrohliche Vorstellung, die sie all die Jahre mühsam in die hinterste Ecke ihres Kopfes verbannt hatte.

Zum Glück würde sich dieses Risiko endlich in Wohlgefallen auflösen, sobald sie nächste Woche beim Notar die Verträge unterzeichnet hätten.

Emma hatte Anna verschwiegen, dass sich beim Gedanken an die schwindelerregend hohe Rate, die sie künftig würde aufbringen müssen, ihr Magen nervös zusammenzog. Dass sie bei allem Enthusiasmus auch Zweifel hatte. Zukunftsängste. Und dennoch überwog die Freude, die ihren unerschütterlichen Optimismus zurückkehren ließ. Sie schob ihre Sorge beiseite und beruhigte sich mit dem Gedanken, dass sie dann ja auch keine Wohnungsmiete mehr würde bezahlen müssen, was wiederum ein wichtiger Ausgleich war.

Gemeinsam mit Anna würde sie künftig auf neue Ideen und attraktive Events setzen. Annas Kinder waren inzwischen Teenager, die seit geraumer Zeit darauf bestanden, als Erwachsene betrachtet zu werden. Also würde sie Anna bei nächster Gelegenheit fragen, ob sie ganztags bei ihr arbeiten wollte. Und alles Weitere würde sich zeigen. Jetzt war sie erst mal überglücklich, die größten Hürden auf dem Weg zu ihrem Traum gemeistert zu haben.

Und es gab zwei wichtige Personen, denen sie die Neuigkeit unbedingt mitteilen wollte. Mit dem Handy am Ohr ging sie im Laden auf und ab.

«*Ciao*, Mamma! Alles gut bei dir?», meldete sich Raffaella in ihrer gewohnt temperamentvollen Art.

«Ich habe gute Neuigkeiten, *tesoro*», rief Emma ins Telefon und lachte.

«Sag bloß, du bekommst das Geld! Du klingst so glücklich, da kann es eigentlich nicht anders sein, oder?» Ihre Tochter hatte natürlich mit ihr mitgefiebert und war beinahe so aufgeregt gewesen wie Emma selbst.

«*Sìì*! Gerade hat die Bank angerufen und mir die Zusage gegeben.»

«Wie toll! Herzlichen Glückwunsch. Bald sind ja Semesterferien, dann komme ich dir beim Umzug in die neue Wohnung helfen, wenn es so weit ist, *va bene*?»

Emmas Herz wurde weit. Sie konnte das Strahlen im Gesicht ihrer Tochter buchstäblich sehen. Wenn sie so klang wie jetzt gerade, dann leuchteten Raffaellas Augen, und zwei Grübchen tauchten in ihren Wangen auf. Die hatten sie als Kind unwiderstehlich niedlich aussehen lassen und wirkten wohl auch jetzt noch, denn gelegentlich wickelte sie schon mal einen übellaunigen Dozenten um den Finger.

«*Fantastico, tesoro*. Ich freu mich schon sehr auf dich, aber ich verspreche dir, wir werden nicht nur arbeiten.»

«Das hoffe ich schwer. Weiß es denn Papa schon?»

«Den rufe ich gleich an. Zuerst solltest du es erfahren.»

«Ach, Mammina. Ich habe ja nie daran gezweifelt, aber

trotzdem *tantissimi auguri*! Und lass dir von Papa keine Angst machen, ja?»

Emma lachte. «Bestimmt nicht. *Ti amo, tesoro*!»

«Alles Gute, ich hab dich auch lieb. Ich muss jetzt los, mein nächstes Seminar fängt gerade an. Aber du darfst mich am Sonntag zum Frühstück ausführen.»

Emma lächelte. Raffaella war sparsam und konnte gut mit Geld umgehen, drum ließ sie sich hin und wieder gern von ihrer Mamma einladen.

«Das machen wir, ich freu mich drauf. *Ciao, amore*, bis Sonntag.»

Mit einem glücklichen Lächeln beendete Emma das Gespräch. Ihre Tochter war ihr ganzer Stolz. Sie wuchs zu einer selbstständigen jungen Frau heran und hatte Spaß an ihrem Studium in Regensburg. Die ersten Tage in der WG waren nicht leicht für Raffaella gewesen, sie hatte ein bisschen Heimweh gehabt, und da es mit dem Auto gerade mal eine Dreiviertelstunde nach Hause war, hatten sie sich anfangs noch jedes Wochenende gesehen. Aber mit ihrer offenen Art und dem italienischen Temperament hatte sie schnell Freunde gefunden und war nun rundum glücklich.

Emma blieb am Schaufenster stehen und wählte die Nummer ihres Ex-Mannes.

«Brenner?»

«Stell dir vor, ich habe den Kredit, Korbinian!», fiel sie gleich mit der Tür ins Haus.

«Dir auch einen schönen Nachmittag, Emmi!» Was von jemand anderem wie ein Tadel hätte klingen können, kam von ihm mit einem Schmunzeln in der Stimme.

«Ja, auch das. Ich bin völlig aus dem Häuschen.»

«Verständlicherweise. Herzlichen Glückwunsch. Endlich

geht dein Traum in Erfüllung! Und so großartig, wie du den Laden in Schwung gebracht hast, wird das auch in Zukunft ein Bombenerfolg. Du hast sicher schon ein Konzept dafür, wie ich dich kenne, oder?»

«Ja, natürlich», sagte sie voller Begeisterung. «Die Ideen sprudeln nur so.»

«Das kann ich mir gut vorstellen.» Korbinian lachte leise. «Ich kenne niemanden, der so kreativ ist wie du, wenn es um Ideen und ihre Umsetzung geht.»

«Und wenn mir nichts einfällt, dann sicher Anna.»

«Stimmt, ihr zwei seid schon ein tolles Team.»

Emma lächelte. «Ja, das sind wir.»

«Wenn du doch mal weitere Unterstützung nötig hast, weißt du ja, wo du mich erreichst. Oder wenn du jemanden zum Reden brauchst ...»

Einen Moment lang war Emma versucht, ihm so wie früher von ihren Bedenken zu erzählen, aber sie wusste, dass er dann sofort seine Hilfe anbieten würde. Und die würde sie auf keinen Fall akzeptieren.

«Danke für das Angebot, aber ...»

«... du wirst es nicht annehmen», vollendete Korbinian ihren Satz.

Er kannte sie einfach zu gut nach all diesen Jahren. Korbinian hatte lange gebraucht, um das Ende ihrer früher einmal so glücklichen Ehe zu verkraften, und Emma hatte gelegentlich den Eindruck, als würde er noch immer auf einen Neubeginn hoffen – aus ihrer Sicht vergeblich.

«Jetzt kann ja gar nichts mehr schiefgehen», winkte sie ab. «Heute war übrigens ein Artikel in der Zeitung über das Alimentari, das ist ein großartiger Werbeeffekt. Es heißt zwar *Tante Emma,* aber na ja ... die Werbung zählt.»

«Stimmt, den habe ich auch gelesen und fand das mit der Tante ziemlich charmant.»

«Ich eigentlich nicht. Aber inzwischen macht es mir nichts mehr aus.»

«Vielleicht lieber *Donna Emma*? Das fände ich eine sehr passende und charmante Bezeichnung für dein Alimentari. Und, Emmi ...» Hier machte er eine kurze Pause, und Emma ahnte schon, was jetzt kommen würde. «Falls doch mal was schiefgeht, kannst du immer auf mich zählen.»

«Ich weiß. Danke dir.» Er hätte es nicht zu erwähnen brauchen. Auch sie kannte ihn gut genug, um dessen sicher sein zu können.

«Ich meine ja nur, für den Fall. Im Autohaus hättest du auch Kontakte nach Italien und müsstest kein so großes Risiko eingehen wie mit dem Laden und dieser Immobilie. Du weißt, du musst es mir nur sagen.»

Emma wandte sich um, ging langsam durch den Laden und streifte mit der freien Hand über die Basilikumtöpfchen, die sofort einen intensiven Duft verströmten. «Es ist lieb von dir, dass du dir Sorgen um mich machst, aber du kennst mich doch. Das schaffe ich schon.»

Das Schweigen am anderen Ende der Leitung sagte ihr, dass er die Abfuhr durchaus verstanden hatte, aber darauf konnte und wollte Emma keine Rücksicht nehmen. Viel zu lange hatte sie auf den Moment gewartet, in dem sie endlich auf eigenen Füßen stehen und ihren langjährigen Traum verwirklichen konnte.

«Kommst du heute Abend auch zur Vereinsversammlung?», wechselte nun Korbinian das Thema, und der Tonfall seiner Stimme war genauso sanft wie zu Beginn ihres Telefonats. Das hatte Emma schon immer an ihm geschätzt: Er war nicht nachtragend – und er war ihr ein wichtiger Freund geblieben, obwohl ihre Liebesbeziehung zu Ende war.

«Ja, natürlich bin ich auch da.»

«Na gut, dann sehen wir uns ja später. Ich habe jetzt einen Kundentermin, soll ich dich nachher abholen?»

«*Ma no*, treffen wir uns direkt beim Strauberwirt. *Ciao*.»

Das Telefon noch in der Hand, trat Emma wieder ans Fenster und blickte hinaus, ohne etwas wahrzunehmen. Schon immer hätte Korbinian es gern gesehen, dass sie in der großen Autovertretung in der Nachbarstadt arbeitete, die er seit Jahren erfolgreich leitete.

Meine schöne Frau und meine schönen Autos unter einem Dach vereint, was will ein Mann mehr?, hatte er manchmal scherzhaft gesagt. Doch Pferdestärken waren, trotz des Namens, nie Emmas Ding gewesen.

Sein Vorschlag, so gut er auch gemeint war, hatte ihr wieder vor Augen geführt, warum aus ihren eigenen Plänen an seiner Seite nichts hatte werden können und woran ihre Ehe letzten Endes gescheitert war: Korbinians Risikobereitschaft bewegte sich im negativen Bereich. Er war als Angestellter erfolgreich, doch ihm fehlte der unternehmerische Geist, der Emma umtrieb. Das war es, was Raffaella gemeint hatte: Korbinian fürchtete die Unwägbarkeiten der Selbstständigkeit und hielt damit auch nicht hinterm Berg.

Was für Emma zu Beginn ihrer Liebe noch Geborgenheit gewesen war, hatte ihr mit den Jahren die Luft zum Atmen genommen und sie dazu gebracht, die Sicherheit aufzugeben, die sie irgendwann erdrückt hatte. Sie hatte Freiheit gewollt. Und diesem Wunsch war sie heute einen gehörigen Schritt näher gekommen.

3. KAPITEL

Eine Bewegung vor dem Fenster lenkte Emmas Aufmerksamkeit wieder ins Hier und Jetzt. Die Tür zu Helenes Physiotherapiepraxis öffnete sich, und eine junge Frau kam heraus. Emma erkannte Susann Hillmeier, die künftige Schwiegertochter ihres Vermieters. Sie winkte Helene, die auf der Schwelle stehen geblieben war, noch einmal zu, ehe sie herüberkam. Ein paar Schritte vor dem Eingang zum Alimentari hielt sie inne und lächelte Emma durchs Fenster an, die daraufhin zu ihr vor die Tür trat.

«Hallo, Frau Ferrari. Ist die Luft gerade rein?»

Emma sah sie irritiert an. «Die Luft?»

«Na, Hugo natürlich. Ist er da?»

Mit gerunzelten Brauen hob Emma die Schultern. Was wollte Susann von ihrem Kater? «Ich habe ihn heute noch nicht gesehen, aber das muss nichts heißen. Warum denn?»

«Ich hab's doch nicht so mit Katzen.» Sie grinste schief.

Tatsächlich dämmerte es Emma, dass Susann das schon einmal erwähnt, sie es aber wieder vergessen hatte. So oft kam die junge Frau nicht zu ihr in den Laden, dass sie sich ihre Vorlieben und Abneigungen gemerkt hätte.

«Stimmt», rettete sie sich aus der Verlegenheit. «Jetzt, wo Sie das sagen. Aber wie gesagt … ich weiß es nicht. Er taucht ja gern mal irgendwo auf, wo man ihn nicht vermutet. Und bekanntermaßen haben Katzen die Angewohnheit, sich gerade an die Menschen ranzumachen, die sie nicht so sehr schätzen, weil die sie nämlich in Ruhe lassen.»

«Uh – auch das noch!» Susann machte ein erschrockenes Gesicht, lächelte aber gleich wieder und schob den Henkel ihrer Handtasche die Schulter hoch.

Strahlend pink stachen Emma Susanns Fingernägel ins Auge. Sie war Nagelkünstlerin, und wenn sie nicht gerade im Salon der örtlichen Friseurin ihre Kundinnen mit Design am Finger versorgte, lief sie selbst für ihr Können Reklame. Emma fragte sich zum wiederholten Male, wie sie das mit der linken Hand hinbekam. Sie selbst wäre dafür nicht zu gebrauchen.

«Wissen Sie, ich habe gerade sowieso nicht so viel Zeit, ich komme einfach ein anderes Mal wieder, wenn er ganz sicher weit weg ist», beschloss sie nun.

«Ist gut», antwortete Emma und sah der jungen Dame nach, die zu ihrem Auto ging.

Ein merkwürdiger Auftritt.

Schulterzuckend drehte sie sich um und kniff die Augen etwas zusammen, weil die Sonne sie blendete. Strahlend blau leuchtete die Fassade ihres Ladens in der Sonne. Die beiden Schaufenster rechts und links des Haupteingangs waren Annas Steckenpferd, darum ließ sie ihrer Freundin dort gern freie Hand. Anna hatte einen guten Blick für das Arrangement der Gegenstände und sah sofort, was sich besonders ansprechend drapieren ließ und was die Kundschaft anziehen würde. Emma hatte schon mehr als einmal erlebt, dass Leute ihren Laden betraten und ausdrücklich das verlangten, was im Schaufenster dekoriert war.

Auch diesmal hatte Anna sich selbst übertroffen. Bunte Pasta, leckere Soßen, Wein und Öl waren zu verlockenden

Ensembles zusammengestellt. Dazwischen ein Badetuch und Strandschlappen sowie eine Sonnenbrille im Retrostyle, das gefiel Emma. Sie würde die nächsten Tage passend dazu eine Schürze mit sommerlichem Zitronenmuster tragen. Sie hatte festgestellt, dass sich, ebenso wie bei Annas Schaufenstern, immer gerade die Schürzen am besten verkauften, die sie selbst anhatte. Einmal hatte eine Kundin sie so lange bekniet, bis sie ihre eigene dekorative Schürze mit verschiedenen Pastasorten darauf ausgezogen und ihr überlassen hatte, weil das Modell nicht mehr vorrätig gewesen war.

Anna tauchte hinter der großen Scheibe auf und sah sie fragend an. Mit einem hochgereckten Daumen signalisierte Emma ihre Anerkennung. Anna rückte noch zwei alte Holzkisten zurecht, von denen Emma keine Ahnung hatte, wo sie die aufgetrieben haben könnte, und drapierte ein Küchentuch hübsch darüber. Emma war begeistert. Darauf würden ein paar ihrer Kräutertöpfchen hervorragend passen.

Vielleicht, überlegte sie, sollten sie auf der anderen Fensterseite noch ein bisschen mehr auf die kleinen Haushaltsartikel setzen, die für sie untrennbar zu den Delikatessen gehörten und bei ihrer Kundschaft sehr beliebt waren: Schneidbretter aus Olivenholz, Flaschenstöpsel mit Verzierungen aus Muranoglas, elegante Dekanter und Wasserkaraffen oder antike Weingläser aus dem Piemont. Dazu handbestickte Tischdecken, die sich ebenso gut verkauften wie ihre Schürzen und nach denen sie immer wieder gefragt wurde.

Prüfend sah Emma an der Fassade hoch – die bald *ihre* Fassade sein würde, dachte sie mit vorsichtiger Zuversicht. Dann würde sie ein neues Schild anbringen, von dem sie schon lange träumte: *Emmas Alimentari del Sole*.

Ihr Blick wanderte weiter zu der Gasse, die das Gebäude vom Nebenhaus trennte, in dem Helene ihre Physiotherapiepraxis betrieb. Die Hintereingänge der beiden Häuser lagen sich direkt gegenüber. Auch das Fenster des einen von Helenes zwei Behandlungszimmern wies zu Emmas Seite und traf sich fast genau mit dem kleinen Fensterchen der Teeküche. Gelegentlich, wenn sie einen sehr vollen Tag und kaum eine Pause hatte, winkte Helene einfach nur herüber und brachte ihren Hunger und ihr Bedauern darüber, keine Zeit zum Essen zu haben, mit dramatischen Grimassen zum Ausdruck. Für Emma war es ein gutes Gefühl, ihre Freundin so nahe bei sich zu wissen.

Sie drehte sich um, vor ihr öffnete sich der idyllische Dorfplatz mit seinen malerischen Gebäuden, dem Kopfsteinpflaster und den bunten Blumenrabatten, die den Platz säumten. Wenn, wie gerade eben, kein Auto vorbeifuhr, sondern nur die Vögel in den Hecken zwitscherten und ein paar Kinder lachten, konnte Emma sich fast vorstellen, eine italienische Piazza vor sich zu haben. Helenes Großmutter, Therese Obermüller, die unter der uralten Linde neben dem Gasthof saß, komplettierte das Bild und erinnerte Emma einmal mehr an die italienische Tradition des «Spazierensitzens», das in ihrer alten Heimat gern auch zu mehreren gepflegt wurde. Emma winkte hinüber zu ihr, doch das Sehvermögen der alten Dame reichte nicht mehr aus, sodass diese ihren Gruß nicht bemerkte. Wahrscheinlich würde sie ihren Platz unter dem Baum bald aufgeben und sich in den Schatten der Markise vor dem Alimentari setzen. Sie liebte es, sich an den verschiedenen Düften zu erfreuen, die aus dem Laden drangen, hatte sie ihrer Enkelin einmal gestanden.

Emma hatte ihre neue Heimat im Laufe der Jahre ebenso liebgewonnen wie ihre alte. Natürlich war Himmelsricht nicht Amalfi, aber auf seine Weise war das gemütliche Örtchen für sie inzwischen genauso malerisch und romantisch. Ein laues Lüftchen wehte von den nahen Feldern in den Ort herein und brachte das Versprechen eines warmen Sommerabends mit. Irgendwo musste der Bauer eines der umliegenden Höfe eine Wiese gemäht haben, denn der Geruch von frischem Heu lag in der Luft. Emma liebte diesen Duft, er war für sie untrennbar mit Sommer und Sonne verbunden. Auf gewisse Weise beinahe so wie manche Aromen, die sie als Kind schon eingesogen hatte und nie vergessen würde: Rosmarin. Basilikum. Reife Tomaten. Der schmelzende Käse auf der Pizza, die ihre Großmutter für sie mit extra vielen Oliven belegte ...

Emma verdrängte ihre sehnsüchtigen Gedanken und kehrte in ihr Lädchen zurück. Helene war mit Susann ja fertig, bald würden sie zu ihrem kleinen Spaziergang aufbrechen.

Tatsächlich dauerte es keine fünf Minuten, bis Helene zu ihr und Anna in den Laden kam. Allerdings sah sie um die Nase ziemlich blass aus.

«Ich habe Hunger wie ein Wolf, aber gleichzeitig ist mir total schlecht», verkündete sie und steuerte sofort die Kaffeemaschine an.

«Schlecht? Warum denn das?», fragte Anna.

«Hat dich die Hillmeier Susann schwindlig geredet?» Emma lachte.

Helene verzog das Gesicht und warf ihren blonden Zopf über die Schulter zurück, als sie sich auf den Holzstuhl fallen ließ, auf dem sie am Morgen bereits gesessen hatte. «Hast du sie gesehen? Sie war ja wieder aufgetakelt, Mannomann!

Und leider hatte sie dazu ein so aufdringliches Parfüm drauf, dass es mir nach einer Weile richtig auf den Magen geschlagen ist.» Sie hob den Arm und schnupperte an ihrem Shirt. «Ich bilde mir sogar ein, dass ich das jetzt auch mit mir rumtrage. Puh.»

«Ich rieche nichts», beruhigte Emma sie, «also mach dir keine Sorgen deswegen.»

Helene ließ von ihrem Shirt ab. «Dann ist es ja gut. Aber im Ernst, das war sehr unangenehm. Sagen kann ich dazu ja nichts, sonst ist sie wieder beleidigt.»

Emma gab ein zustimmendes Geräusch von sich. Dass die Freundin von Roland Seelig junior ziemlich dünnhäutig war, wusste sie bereits, denn hin und wieder kam diese auch in die Pilatesstunde, die Helene jeden Dienstag- und Freitagabend in der Schulturnhalle abhielt.

«Magst du trotzdem was essen, Elena?», lenkte sie ab und benutzte absichtlich die italienische Form des Namens, um die Freundin auf andere Gedanken zu bringen. «Ein Panino mit Salame piccante vielleicht?»

«Meinst du, das hilft gegen die parfümverstopfte Nase?» Helene grinste schelmisch. «Ich glaube, ich nehme lieber erst mal einen Espresso, bevor ich was esse.»

«So wird aus dir nie eine echte Italienerin», seufzte Emma. «Das ist ja so, als würde ich ein Menü mit der Nachspeise anfangen.»

«Weiß ich doch. Aber den Espresso brauche ich jetzt unbedingt. Und dann gern eine Semmel.»

«Die mach ich dir», mischte sich Anna ein.

«Danke! Ich esse unterwegs», rief ihr Helene hinterher.

«Aber das ist ungesund!» Emma schüttelte den Kopf über so viel Unvernunft von einer, die eigentlich von Berufs wegen Bescheid wissen sollte. «Zum Essen soll man sich in Ruhe hinsetzen und es genießen.»

Helene zuckte die Schultern. «Hauptsache, es kommt alles im Magen an. Aber erst möchte ich meinen Espresso!»

Seufzend machte ihr Emma den *caffè* – bisher war es ihr noch nicht geglückt, Helene den Ausdruck Espresso abzugewöhnen und sie vom korrekten italienischen *caffè* zu überzeugen. Anschließend tauschte sie im Nebenzimmer ihre Ladenpantoffeln gegen Sneaker.

Es war nur ein kurzer Marsch durchs Dorf zwischen den Häusern hinter ihrem Lädchen hindurch, ehe sie auf den Pfad kamen, der zur Burgruine hinaufführte.

«Was gibt es Neues?», fragte Helene mit vollem Mund. «Ich glaube, du hast was zu erzählen.»

«Woher weißt du … ach, verstehe, das offene Fenster.»

Helene nickte, während sie kaute. «Du bist halt manchmal nicht grad leise, wenn du telefonierst. Aber ich freue mich wahnsinnig für dich. Und ich bin auch wirklich für mich selbst froh, denn eine Nachbarin mit so leckeren Sachen kriege ich hier nie wieder. Deine Hartwurstsemmeln sind echt ein Traum.»

«Hartwurstsemmeln, also wirklich!» Emma machte ein beleidigtes Gesicht, hielt aber nicht lange durch, sondern musste lächeln. Dass Helene aus einem Panino con Salame eine *Hartwurstsemmel* machte, nahm sie ihr nicht übel, obwohl es ihr anfangs gegen die italienische Ehre gegangen war. Doch dann hatte sie das spitzbübische Grinsen erkannt und begriffen, dass ihre Freundin ihre Mitmenschen einfach gern auf den Arm nahm. Und noch später war ihr aufgegangen, dass Helene Straub das nur mit denen machte, die sie besonders gern mochte.

Inzwischen war aus ihrer anfänglich oberflächlichen Bekanntschaft trotz des Altersunterschieds von fast fünfzehn Jahren eine enge Freundschaft geworden. Das lag auch daran, dass Emma vor ein paar Jahren dafür gesorgt hatte, dass sich Helene erfolgreich gegen ihre Eltern durchsetzen konnte. Die hatten sich verständlicherweise gewünscht, ihre Tochter würde den Familienbetrieb übernehmen. Helene aber hatte von klein auf unbedingt Physiotherapeutin werden wollen – was Emma wiederum ebenfalls verstand. Nach vielen freundlichen Gesprächen, besonders mit Helenes Mutter Adelheid, war den beiden schlussendlich nichts mehr eingefallen, was sie gegen die Berufspläne der Tochter einwenden konnten. Seitdem war die fröhliche Helene mit ihren bunten Pilateshosen und klimpernden Fußkettchen Emmas treuester Fan.

Die beiden Frauen hatten die letzten Häuser hinter sich gelassen und tauchten in den dichten Laubwald ein, der den Burgberg bedeckte. Irgendwo in den Bäumen über ihnen ertönte das ratternde Klopfen eines Spechts.

«Einfach lecker.» Helene schob sich das letzte Stück Panino in den Mund und leckte sich genüsslich einen Krümel vom Finger. «Ich hätte mir zwei davon mitnehmen sollen.»

Emma fragte sich nicht zum ersten Mal, wo Helene die Mengen an Essen hinsteckte, die sie gelegentlich vertilgte. Sie selbst musste seit einiger Zeit höllisch aufpassen, nicht bei jeder Leckerei, die sie sich gönnte, aus der Form zu geraten.

«Wenn das mit dem Hauskauf abgeschlossen ist, werde ich mein Mittagssortiment erweitern, damit du mal was anderes bekommst als immer nur eine *Hartwurstsemmel*.» Emma verzog das Gesicht bei dem Wort.

«Hey, ich liebe deine Hartwurst!» Helene lachte, wurde

dann aber wieder ernst. «Und du ziehst wirklich in die Wohnung im ersten Stock?»

«Ja, darauf freue ich mich schon sehr. Ich hätte mir zwar auch vorstellen können, eine Ferienwohnung daraus zu machen, aber das ist mir zu unsicher. Lieber spare ich mir die Miete.»

«Das verstehe ich. Wenn es nicht der erste Stock wäre, hätte ich mich mit meiner Praxis als Mieterin bei dir beworben. Leider habe ich zu viele Patienten, die nicht gut zu Fuß sind, und ich vermute mal stark, dass man keinen Aufzug einbauen kann. Wie auch immer, das steht ja nun eh nicht zur Debatte.» Sie machte einen großen Schritt über einen Ast und balancierte über die Steine am Wegesrand.

Emma bewunderte die Kondition der jungen Frau. Helene war fit und bewältigte den Anstieg zur Burgruine, während sie abwechselnd quatschte und aß, ohne auch nur leicht außer Atem zu geraten. Emma selbst machte die sommerliche Wärme heute ein bisschen zu schaffen, und sie war froh darüber, dass weite Teile ihres Spazierweges im Schatten dicht belaubter Buchen und Linden lagen. Immer wieder passierten sie Findlinge aus Granit, die größer waren als manche Luxuskarosse. Der Pfad aus festgetretener Erde führte in Bögen um die Hindernisse herum bergauf und war stellenweise so schmal, dass sie hintereinandergehen mussten.

Als sie auf dem Plateau ankamen, wurden sie vom Zirpen der Grillen und einer frischen Brise empfangen, die hier oben kräftiger wehte als unten auf dem Dorfplatz. In einträchtigem Schweigen lehnten sich die beiden Frauen an die uralte Steinmauer, die den Rand des Areals begrenzte. Von hier aus hatten sie einen fantastischen Blick hinaus ins Donautal – so, wie es der Reporter beschrieben hatte.

«Schade, dass es gerade etwas diesig wird», sagte Helene und stützte die Ellenbogen auf die Mauer und das Kinn auf die rechte Handfläche. «Gestern war der Fernblick von hier echt irre.»

«Das stimmt. Aber es ist trotzdem schön, wie sich das Licht im Wasser spiegelt. Schau mal!» Emma wies mit ausgestrecktem Zeigefinger in die Ferne, wo der Fluss in silbernen Schleifen in der Ebene lag.

«Mhm», machte Helene, dann schloss sie die Augen und wandte ihr Gesicht der Sonne zu.

Es war still hier oben, und Emma genoss es, dass sie mit Helene auch schweigen konnte. Ihre Freundin war angenehm unkompliziert und musste nicht ständig plappern oder gar unterhalten werden. Oft liefen sie ihre Mittagsrunde, ohne mehr als ein paar Worte zu wechseln.

Einige Atemzüge noch genossen sie gemeinsam die Stille und den Ausblick, dann sah Helene auf die Uhr.

«Ich muss wieder, die nächste Patientin kommt bald. Denk dran, die Pilatesstunde fällt heute Abend aus, wegen der Vereinssitzung bei uns im Strauberhof.» Sie strich sich eine Haarsträhne aus dem Gesicht, die sich aus ihrem Zopf gelöst hatte, und stieß sich von der Mauer ab.

«Als könnte ich das vergessen. Aber wir sehen uns ja trotzdem, schließlich komme ich auch zur Sitzung.»

«Richtig, du wirst ja sogar als die nächste Schützenkönigin gehandelt!» Helene ging voraus über den grasbewachsenen Burgfried zum Weg zurück, der auf der anderen Seite des Hügels wieder ins Dorf hinabführte.

«Ach – wer übertreibt denn da so?» Emma schloss zu ihr auf.

«Korbinian erzählt es jedem, der es hören will.» Ihre

Freundin grinste. «Er ist anscheinend wirklich stolz auf deine Schießkünste.»

Emma stöhnte und wusste nicht, ob sie lachen oder sich ärgern sollte. «*Madonna* ... das bisschen Schießen ist doch nur Spaß. Ich nehme das überhaupt nicht ernst, und die meisten anderen im Verein auch nicht. Ich gehe hin, weil es gesellig ist und ich Leute treffe, die ich sonst nie sehen würde.» Sie zuckte die Schultern. «Ich unterhalte mich viel lieber, als auf irgendwelche Scheiben zu schießen, auch wenn das manchmal dazugehört.»

Sie ließen die großen Findlinge hinter sich, auf denen die Grundmauern der Burg ruhten, und bogen von dem grasbewachsenen Trampelpfad auf die schmale Teerstraße ein, die an den schmucken kleinen Häusern vorbeiführte.

«Den Hößlbarth trifft der Schlag, wenn du mit der Einstellung auch noch gewinnst.» Helene lachte laut. «Ich freue mich schon auf das Gesicht!»

«Vielleicht komme ich einfach nicht, dann ist das Thema schnell erledigt, und er bleibt gesund», sagte Emma leichthin.

«Spinnst du? Das kannst du nicht machen!»

«Hm, warum nicht?»

Das Treffen war zwar als Pflichttraining vor der Meisterschaft deklariert, und wer fehlte, durfte nicht um den Sieg mitschießen. Aber zwischen ihr und Korbinian ging es ohnehin nur um eine harmlose Spielerei: Seit Jahren trugen sie eine gutmütige Privatfehde darum aus, wer von ihnen beiden beim Schützenvereinsfest die höhere Punktzahl beim Scheibenschießen erreichte. Ein kleiner Wettbewerb, den sie meistens gewann.

Emma war kurz nach ihrer Ankunft in Himmelsricht in

den Schützenverein eingetreten, weil Anna und auch Korbinian der Meinung gewesen waren, das würde ihr helfen, Kontakte zu knüpfen und Freunde zu finden. Es hätte Alternativen gegeben, aber sie hatte weder aufs Kochen noch aufs Handarbeiten Lust gehabt, und Helene hatte ihre Sportgruppe erst viel später gegründet. Da war ihr das Kleinkaliberschießen noch am coolsten erschienen, zumal Korbinian dort schon Mitglied war. Aber inzwischen hatte der Reiz nachgelassen, und auch der Zweck war seit Langem erfüllt: Sie hatte mehr Kontakte, als sie pflegen, und eine knappe Handvoll echter Freundinnen, auf die sie stets zählen konnte. Das war mehr als genug, und sie war sehr dankbar dafür.

«Geh hin und zeig's ihnen!», legte Helene mitten in ihre Gedanken hinein nach. «Das ist Ehrensache. Auf dir ruhen die Hoffnungen aller Frauen im Verein!»

«Ja, der beiden außer mir, verstehe schon.» Emma schüttelte amüsiert den Kopf.

«Meine auch, also enttäusche mich bitte nicht. Ich finde das immer so klasse, wenn die alten Knacker von uns Mädels übertrumpft werden.»

Emma seufzte. «Ja, überredet.» Sie schmunzelte. «Natürlich freut mich so etwas auch. Gerade beim Hößlbarth, der sich immer so aufregt und alle Frauen am liebsten aus dem Verein werfen würde.»

«Und ihr seid ja bei Weitem nicht sein einziges Feindbild. Heute Abend wird es bestimmt hoch hergehen», mutmaßte Helene. «Wenn der Otto auf Roland Seelig trifft, fliegen garantiert wieder die Fetzen.»

«Das habe ich auch gemerkt. Warum ist das eigentlich so?»

«Die beiden streiten immer wieder wegen irgendeiner alten Meisterschaft, bei der angeblich geschoben wurde, aber dass das der einzige Auslöser für ihre Abneigung war, kann ich mir eigentlich nicht vorstellen. Auf jeden Fall würde ich das Spektakel an deiner Stelle nicht verpassen wollen ...»

«Leni, jetzt aber. Ich habe ja schon gesagt, ich komme.» Sie lachte über den Eifer ihrer Freundin. «Und nächste Woche gewinnt, wer eben gewinnt. Mir ist das wirklich einerlei.» Sie waren inzwischen auf ihrer schmalen Straße angelangt und blieben vor der Hintertür zu Emmas Laden stehen, um sich zu verabschieden. «Ach, und was ich dir noch sagen wollte: Komm nachher doch kurz rüber, wenn du fertig bist. Ich möchte mit dir und Anna gern auf das Lädchen und seine Zukunft anstoßen.»

4. KAPITEL

*A*ls Emma die Hintertür öffnete, schob sich ein rostfarbenes, pelziges Etwas zwischen ihren Beinen hindurch ins Treppenhaus.

«Hugo! Da hätte sich die Susann vorhin ja tatsächlich in den Laden trauen können. Wo kommst du denn auf einmal her?»

Ein energisches *Mrrroau* verkündete, dass der rote Prachtkater nicht gedachte, über seine aushäusigen Aktivitäten Rechenschaft abzulegen. Emma bückte sich, um die zutrauliche Katze zu streicheln, die sich vor einigen Monaten ihren Laden als Zuhause ausgesucht hatte.

Niemand wusste, woher Hugo kam. Als er zum ersten Mal vor ihrem Alimentari aufgetaucht und geblieben war, hatte Emma im ganzen Dorf herumgefragt, doch niemand vermisste einen unkastrierten roten Kater. Nach ein paar Wochen, in denen er so getan hatte, als würden ihm sowohl der Laden als auch seine Betreiberin persönlich gehören, hatte Emma ihn zum Tierarzt gebracht und kastrieren sowie mit einem Mikrochip versehen lassen. Und sie hatte ihm einen Namen gegeben: Ugo, nach dem roten Kater ihrer Kindheit. Daraus war dann das deutsche Hugo geworden, auf das der stolze und ziemlich eigensinnige Vierbeiner inzwischen tatsächlich hörte.

Wenn er Lust dazu hatte.

Hugo schnurrte unter ihren Händen und warf sich einladend auf den Rücken. Trotzdem hütete Emma sich, ihm den Bauch zu streicheln, das konnte er nämlich gar nicht leiden. Eine Erkenntnis, die sie mit ein paar tiefen Schrammen bezahlt hatte. Sie ließ ihn sich daher genüsslich wälzen. Hugo würde sich an seinem bereitstehenden Trockenfutter gütlich tun und sich anschließend mit einem Schläfchen in seinem gemütlichen Katzenbett im Hausflur auf die spätere Jagd vorbereiten.

Katzenklappe besorgen, notierte Emma im Geiste für die nächste Woche und betrat nach einem letzten liebevollen Blick auf den Kater das Lädchen durch die hintere Tür.

Drinnen hörte sie Anna bereits werkeln. Leises Klirren und das Schaben auf den Regalbrettern ließen darauf schließen, dass ihre Freundin gerade am Abstauben war.

«Es sieht einfach einladend aus, wenn alles blitzt und die Flaschen so schön blinken», erklärte Anna ihren Staubwischfimmel gelegentlich, und Emma ließ sie gewähren. Ihre Freundin war ungemein penibel, da konnte sogar sie selbst sich noch eine Scheibe abschneiden, und das wollte was heißen.

«Ich bin wieder da!», rief sie in die geschäftige Stille hinein und erntete einen gedämpften Gruß aus einer Ecke des Ladens. Dort stieg Anna soeben von der kleinen Trittleiter, die Emma selbst vorhin zum Einräumen der Taralli-Päckchen genutzt hatte.

«Na, wie war's?» Anna pustete sich eine Locke aus der Stirn und legte den Staublappen auf das Leiterchen.

«Schön. Das Wetter ist genial: sonnig, aber nicht zu heiß. Ein richtig schöner Frühsommer. Magst du bleiben und warten, bis Helene rüberkommt? Ich habe einen besonders leckeren Prosecco kalt gestellt.»

Anna nickte. «Was für eine Frage! Ich bleibe auf jeden Fall so lange. Und inzwischen mache ich diese Regalseite hier fertig.»

«*Va bene*. Ich kümmere mich um die Sachen, die heute Morgen gekommen sind.»

Solange Anna hier war, konnte Emma die Gelegenheit nutzen und sich den Kartons widmen, die zusammen mit dem Mozzarella und anderen Käsesorten schon am Vormittag eingetroffen waren und darauf warteten, ausgepackt zu werden. Diesmal waren vor allen Dingen hochwertige Spirituosen darunter – und etwas, das ihr das Herz weit werden ließ …

Eine kleine, unauffällige Kiste aus Holz, die nach nichts Besonderem aussah, stand am Rand des Stapels von Getränkekartons. Wer nicht wusste, woher sie kam und was sie enthielt, hätte sie glatt übersehen können. Doch für Emma war der Inhalt dieser Kiste wie jedes Mal etwas, das sie bis ins Innerste anrührte: Ihre Mutter hatte frische Zitronen aus dem eigenen Berggarten an der Amalfiküste geschickt.

Hin und wieder wurde sie gefragt, ob sie denn nicht Heimweh nach Italien, der malerischen, weltberühmten Küste oder ihren Eltern hätte. Meistens war die Antwort *Jein*. Natürlich vermisste sie ihre Eltern und die Nonna, aber sie besuchten sich regelmäßig gegenseitig und führten lange abendliche Videotelefonate. Und sie hatte sich in Himmelsricht schon seit Jahren eingelebt und fühlte sich heimisch.

Wenn aber eine dieser kleinen Holzkisten bei ihr ankam und sie vorsichtig den Deckel aufstemmte und mit geschlossenen Augen tief die erste Nase voller Zitronenduft einatmete, dann stiegen ihr manchmal heiße Tränen in die Augen, und sie fühlte sich klein, allein und einsam. Zum Glück dauerten solche Momente nicht lange, sie verflogen meist rasch und hinterließen ein warmes Gefühl der Dankbarkeit und Liebe.

Früher hatte Korbinian sie in den Arm genommen und zärtlich geküsst, wenn er solche Regungen mitbekommen hatte. Nun war er nicht mehr da, und Emma hatte längst gelernt, mit ihren Emotionen allein fertigzuwerden. Auch dieses Mal blieb ein Lächeln zurück, als die Wehmut verflogen war. Sie machte ein Foto von den duftenden Früchten und schickte es an Raffaella.

Schau, was uns die Nonna aus Italien schickt, schrieb sie dazu.

Das gibt geile Limo, kam es in Sekundenschnelle mit einigen Smileys zurück.

Natürlich waren diese Zitronen nicht für den Verkauf bestimmt. Biologisch angebaut und unbehandelt hielten sie nicht so lang wie andere Zitrusfrüchte, also verschenkte Emma etliche davon an ihre Freundinnen, behielt aber selbst genügend, um sie weiterverarbeiten zu können. Gelegentlich setzte sie Limoncello an, manchmal machte sie Marmelade daraus, aber besonders in den Sommermonaten liebten sie und Raffaella die frische Limonade, die ihrer Meinung nach nur mit diesen Zitronen so richtig lecker schmeckte.

In der Zwischenzeit kamen die Zitronen in die Kühlung, und Emma machte sich daran, die Kartons auszuräumen.

Das Klingeln der Ladentür kündigte Kundschaft an, aber Anna war ja da, deshalb packte sie weiter aus. Erst als der Ton danach noch mehrmals kurz hintereinander erklang, ließ Emma die Flaschen stehen und eilte in den Laden.

Keine Sekunde zu früh, wie sie feststellte.

«Wo ist sie denn heute?», tönte die etwas blecherne Stimme der Freifrau Isadora von Hohenfels an ihr Ohr.

«Gerade mit einer neuen Lieferung beschäftigt!», rief

Emma und schloss die Tür zum Flur hinter sich. «Hier bin ich, gnädige Frau. Einen schönen Freitag wünsche ich Ihnen, und herzlich willkommen.»

«Guten Tag, meine Liebe», begrüßte die Freifrau Emma. «Ich dachte schon, ich müsste meine Einkäufe heute ohne Ihre Beratung tätigen.»

«Aber Mutter! Wann war Frau Ferrari jemals abwesend, wenn wir hergekommen sind?»

Die alte Dame hatte sich wie üblich von ihrer Tochter Konstanze in dem alten Benz der Familie bis vor den Eingang fahren und am Arm hereinbegleiten lassen. Nun stand die mächtige Oldtimer-Kiste direkt vor dem Laden und wurde von zwei vorbeikommenden Touristenpärchen bestaunt, während die beiden adligen Damen drinnen ihre Vorräte auffüllten.

«Eben. Ich würde es mir niemals nehmen lassen, Sie persönlich zu begrüßen», antwortete Emma und schenkte der Freifrau ein aufrichtiges Lächeln. Sie mochte diesen eigensinnigen Vogel und verzieh der alten Dame die vielen Schrullen, die sie offen zur Schau trug. Man sah Isadora zum Beispiel nie ohne Hut und Handschuhe, und mit ihren silbergrauen, penibel gepflegten und eingedrehten Locken ähnelte sie sogar ein wenig der verstorbenen Queen.

«Guten Tag, Emma. Wie geht es Ihnen?» Konstanze blieb bei der sonderbaren Kombination aus Vornamen und Sie.

«Sehr gut, vielen Dank. Und Ihnen, Konstanze?»

Die seufzte und spitzte die Lippen. «Ich will mich nicht beklagen», sagte sie mit einem raschen Seitenblick auf ihre Mutter, erwiderte dann aber Emmas warmherziges Lächeln. «Ich hoffe nur, die Freifrau bekommt heute ihren Lieblingskäse.» Sie hob vielsagend die Brauen.

Emma nickte erfreut und trat hinter die Kühltheke. «Aber selbstverständlich! Ich habe den Mozzarella extra für Sie bestellt ...» Das stimmte zwar nicht ganz, klang aber gut. «... und er ist heute Morgen frisch eingetroffen. Wir haben ihn bereits gekostet und finden ihn fantastisch. Sicherlich wird er der gnädigen Frau auch schmecken.» Die überkandidelte Anrede, die sie vor Jahren mal aufgeschnappt hatte, gefiel Emma so gut, dass sie sie bei Isadora von Hohenfels zur Gewohnheit hatte werden lassen. Die Freifrau hatte dem nie widersprochen, sondern beim ersten Mal nur hoheitsvoll genickt. Anna hob in ihrem Rücken manchmal zweifelnd die Augenbrauen, doch Emma amüsierte sich herzlich darüber. Wenn es der alten Dame guttat – ihr machte es Spaß.

«Von einem neuen Lieferanten», setzte sie ihre Lobrede auf den Mozzarella fort. «Er ist noch schmackhafter als der, den ich vorher hatte.»

«Dann geben Sie mir zwei davon», ordnete Isadora an, ohne auf ihre Tochter zu achten, die gerade den Mund aufgemacht hatte, um zu antworten.

«Aber gern, gnädige Frau.»

Emma hätte schwören können, dass auch Konstanze bei der *gnädigen Frau* nicht zum ersten Mal mit den Augen rollte, und sie lächelte ihr fröhlich zu, als sich ihre Blicke trafen.

«Haben Sie auch wieder eingelegten Oliven mit diesem feinen Anis-Fenchel-Thymian-Aroma?», erkundigte sich Konstanze. «Aber bitte nur die originale Mischung. Neulich war ein Hauch Zitronengras daran, das fand ich gar nicht passend.»

Der hochsensible Gaumen ihrer Kundin hatte Emma schon mehr als einmal an den Rand der Verzweiflung gebracht, denn Konstanze von Hohenfels erspürte die feinsten

Geschmacksnuancen und lehnte alles ab, was nicht ihren gewohnten Vorlieben entsprach. Da viele von Emmas frischen Produkten in Handarbeit hergestellt wurden, blieben gelegentliche Abweichungen in den Kombinationen von Aromen und Kräutern nicht aus, und so ergab sich manchmal eine Zitterpartie, weil Konstanze es immer wieder schaffte, die Menschen hier mit ihrer Meinung zu beeinflussen.

«Sie haben recht», musste Emma zugeben. «Der Lieferant wollte mal was Neues ausprobieren, aber die Resonanz war nicht so besonders, und man ist wieder zum altbewährten Rezept zurückgekehrt.»

«In der Tat, das Ergebnis war keineswegs akzeptabel», bestätigte Konstanze. «Aber wenn man den Fehler eingesehen hat, will ich dem eine zweite Chance geben.»

Schließlich lobte sie den Wein, den Emma ihr empfohlen hatte, und erklärte, sie würde in ein paar Tagen wieder etwas Polentagrieß benötigen. Wofür sie diesen immer wieder in großen Mengen – keineswegs nur *etwas* – verwendete, hatte Emma bis heute nicht erfahren. Sie fragte auch nicht danach. Weder Konstanze noch ihre Mutter luden zu Vertraulichkeiten ein, und sie respektierte diese Distanz.

Seit die beiden Damen treue Stammkundinnen ihres Ladens geworden waren, hatte sich Emmas Umsatz kontinuierlich gesteigert. Obwohl es wahrscheinlich niemand im Ort offen zugegeben hätte, fungierten die Schlossbewohnerinnen doch als Stimmungsbarometer und Meinungsmacher, und man kaufte ein, wo sie einkauften, lobte, was sie gut fanden, und verfuhr im gegenteiligen Falle genauso. Wie genau das funktionierte, wo man die beiden kaum jemals im Ort zu sehen bekam, hatte Emma noch nicht herausgefunden.

Nachdem die Damen von Hohenfels ihre Einkäufe erledigt und den Platz vor dem Lädchen wieder geräumt hatten, stand die Glocke bis zum frühen Abend nicht mehr still. Es war, als wäre ein Reisebus im Dorf gelandet und hätte eine ganze Ladung italophiler Gourmets ausgespuckt. Die Kunden gaben sich die Klinke in die Hand, und der rege Betrieb brach nicht mehr ab, bis der Nachmittag in den frühen Abend überging.

Als das letzte Paar endlich die Tür hinter sich geschlossen hatte, atmeten Anna und Emma tief durch und ließen sich auf eine der Bänke fallen.

«Geschafft», brachte Emma heraus.

Doch es dauerte keine Minute, da bimmelte es wieder.

«Seht mal, wen ich euch mitbringe», verkündete Helene fröhlich, als sie hinter ihrer Großmutter den Laden betrat.

«Resi! Wie schön, dass du die Helene begleitest.» Emma freute sich aufrichtig. «Ich habe dich vorhin schon drüben unter der Linde gesehen.»

«Da war es so schön schattig», meinte die alte Dame und schlurfte lächelnd hinter ihrem Rollator ins Lädchen. «Aber jetzt hab ich einen Riesendurst.»

«Resi, hast du trotz der Wärme zu wenig getrunken?», erkundigte sich Emma besorgt, während sie hinter den beiden die Ladentür abschloss und ihnen zu den Stehtischen folgte.

«Das vergisst sie leider manchmal, gell, Omi?» Helene strich ihr liebevoll über den Arm.

Therese nickte. «Ja, manchmal denk ich da einfach nicht mehr dran. – Hier gibt's wohl was zu feiern», stellte sie mit einem Blick über den Tisch fest, auf den Anna gerade die Proseccoflasche und die drei Gläser stellte.

«Ja, das stimmt. Magst du mit uns anstoßen?» Emma holte noch ein viertes Glas aus dem Regal.

Helene machte ein skeptisches Gesicht. «Denkst du, das tut der Omi gut?», wisperte sie so leise, dass sogar Emma sie kaum verstand.

«Ach, ich glaube nicht, dass es ihr schadet», meinte Anna genauso verhalten. «So ein ganz kleines bisschen ist vielleicht sogar gut für ihren Kreislauf. Wir passen schon auf, dass es nicht zu viel wird, und ich kann sie anschließend nach Hause bringen.»

«Das wäre lieb von dir.»

«Dann wollen wir mal.» Emma zupfte das Aluminium vom Flaschenkopf und öffnete vorsichtig die Agraffe.

Helene zog grinsend den Kopf ein. «Nicht in meine Richtung bitte.»

«Und auch nicht in Richtung der Ölflaschen!», mahnte Anna.

«Ha! Ihr glaubt wohl, ich kann das nicht!» Emma lachte und drehte behutsam am Korken. Erst, als er schon beinahe aus dem Flaschenhals war, ließ sie ihn los, sodass er immerhin noch ein bisschen knallte.

«Juhu!», kam es von Helene, und Therese klatschte in die Hände.

Emma schenkte die Gläser halb voll und reichte sie ihren Freundinnen. «Hier, ihr Lieben. Auf uns – *a noi*.»

«Prost, Emma. Auf deinen Laden und weiterhin so tolle Nachbarschaft», rief Helene überschwänglich.

«Auf deinen Laden!», stimmte Anna mit ein, und auch Therese hob ihr Glas.

«Prost.» Sie nippte vorsichtig. «Und warum jetzt auf deinen Laden?»

«Weil er bisher nur gemietet war. Jetzt kann ich dieses Haus endlich kaufen, und dann gehört er mir so richtig.»

«Ja, das versteh ich gut. Hätte damals mit meinem Sepp auch nirgendwo Miete zahlen wollen.» Mit einem bekräftigenden Nicken nippte sie erneut an ihrem Prosecco.

Das Geräusch eines Schlüssels im Schloss ließ drei der vier Frauen aufhorchen.

Anna und Helene tauschten einen Blick. Nur Therese blieb ungerührt: Ihr Gehör war nicht mehr fein genug, um das Kratzen des Metalls wahrzunehmen.

«Das kann nur der Seelig sein», murmelte Anna düster. «Frech wie eh und je, kommt einfach zur Hintertür rein ...»

Emma presste die Lippen aufeinander und registrierte das nervöse Kribbeln, das in ihrem Magen rumorte. Roland Seelig konnte jederzeit ihren Laden betreten, weil er sich als Eigentümer das Recht herausnahm, einen eigenen Schlüssel für alle Türen zu besitzen. So viel Vertrauen müsse sie schon zu ihm haben, dass er sie *nur im Notfall benutzen und nicht einfach so überall herumschnüffeln würde*, hatte er gemeint, als sie ihn darauf angesprochen und um Herausgabe seiner Kopie zumindest für den Laden und das Lager gebeten hatte.

Was er diesmal für einen Notfall hielt, würde sie ja nun sehen, aber jetzt noch eine Szene zu machen, lohnte sich nicht mehr. Als neue Besitzerin des Hauses würde ihre erste Handlung sein, die Türschlösser auszutauschen. Sollte Seelig doch seine Schlüssel behalten.

Missmutig sah sie ihrem Vermieter entgegen, der von hinten in den Laden trat. Gleichzeitig schoss Hugo aus der Teeküche – wie war er da hineingekommen? – und steuerte die jetzt offene Hintertür an. Anscheinend hatte ihn der unerwartete Besucher erschreckt, denn er rannte kopflos mit gesträubtem Rückenfell direkt auf dessen Beine zu.

«He, was soll das? Raus, du Mistvieh!»

Seelig trat nach Hugo, aber der Kater war schneller, machte in atemberaubendem Tempo kehrt und fegte mit lautem Fauchen zurück in das kleine Nebenzimmer, wo er vermutlich unter der Eckbank Schutz suchte.

«Was will die Katze hier drin? Ich hätte mir den Hals brechen können, wenn mir dieses Vieh zwischen die Füße gelaufen wäre!»

Roland Seelig war vierschrötig, Mitte fünfzig und nachlässig gekleidet. Wer ihn flüchtig sah, würde nicht vermuten, dass ihm einige Immobilien und etliche Hektar an Grund im Umkreis der Ortschaft Himmelsricht gehörten. Von Beginn an waren Emma seine meist hochroten Wangen aufgefallen. Offenbar litt ihr Vermieter an Bluthochdruck, und dass ihm das Bier schmeckte, war allgemein bekannt. Neuerdings hoffte sie daher, sein Herz möge wenigstens so lange durchhalten, bis er seine Unterschrift beim Notar geleistet hatte.

«Lassen Sie meinen Kater in Ruhe!», brauste sie auf und hätte sich am liebsten sofort auf die Zunge gebissen. Schließlich wollte sie nicht so kurz vor knapp noch einen Streit vom Zaun brechen. Doch wenn es um Hugo ging, verstand sie keinen Spaß. Der Kater stand unter ihrem Schutz – auch und vor allem gegen alle Menschen, die für Tiere nichts übrighatten.

Seelig ignorierte sie und stapfte näher heran. «Ah, ich sehe, hier wird was gefeiert. Und die gute Frau Obermüller ist ja auch da», rief er Therese mit erhobener Stimme und einem falschen Lächeln zu und schaute dann in die Runde, von einer zur anderen. «So lässt sich's aushalten, was?»

«Jeder so, wie er verdient», meinte Helene und schenkte ihm einen herausfordernden Blick.

Mit vor der Brust verschränkten Armen und einem schiefen Grinsen blieb Roland Seelig dicht vor ihnen stehen. Zu dicht, nach Emmas Geschmack, aber sie verkniff sich einen Kommentar. «Gibt es für mich auch ein Glas?»

Emma zögerte. Sie hatte keine Lust, den Mann in ihre Runde einzuladen. Hätte er geklopft, wie sich das gehörte, oder wahlweise den Kater in Ruhe gelassen – oder am besten beides –, hätte die Sache vielleicht anders ausgesehen, aber so hatte er es sich erst einmal mit ihr verscherzt. Andererseits wollte sie ihn nicht vor den Kopf stoßen. Schließlich saß er im Moment am längeren Hebel. Sie entschied sich für einen Kompromiss.

«Das trinken wir, wenn wir beim Notar waren, Herr Seelig», sagte sie. «So haben wir etwas, worauf wir uns freuen können.»

«Ja, der Notar nächste Woche. Stimmt.» Seelig versenkte seine Hände in den Hosentaschen und betrachtete eingehend seine Schuhspitzen. Dann kam er noch ein Stück näher an den Tisch und legte den Kopf schief, um das Etikett auf der Flasche zu lesen. «Hm», machte er und hob anerkennend die Brauen. «Sieht gut aus.»

Niemand sagte etwas, alle lauschten gespannt, was nun kommen würde, doch es kam nichts mehr. Das Schweigen wurde unangenehm, und Emma überlegte fieberhaft, wie sie Seelig loswerden konnte, ohne allzu unhöflich zu sein. Aber da kam wieder Bewegung in ihn. Er kratzte sich im Nacken, schaute noch einmal in die Runde und nickte.

«Dann also bis heute Abend bei der Vereinsversammlung», murmelte er, machte auf dem Absatz kehrt und stapfte wieder zur Tür hinaus.

Emma sah von einer ihrer Freundinnen zur anderen, begegnete aber nur ratlosen Mienen.

Helene war die Erste, die ihre Sprache wiederfand. «Was war das denn gerade? Was wollte der Seelig jetzt?»

«Selig die Armen im Geiste», murmelte Therese und leerte ihr Glas. Ihre Enkelin beugte sich spontan vor und drückte ihr einen Kuss auf die Wange.

«Besser hätte ich das auch nicht ausdrücken können, Omi.»

Emma hob die Schultern. «Keine Ahnung, was er wollte. Aber ich sage euch eins: Ich stifte dem heiligen Antonius die dickste Kerze, die ich finden kann, wenn das endlich vorbei ist. Wie der immer hereinpoltert … auch wenn ihm das hier gehört, gibt es doch so etwas wie Anstand und Privatsphäre, oder nicht?»

Anna zuckte die Schultern. «Bei ihm offensichtlich nicht.»

«Mädels, ich muss jetzt los.» Auch Helene trank ihr Glas leer. «Heut Abend ist ja bei meinem Paps im Wirtshaus wieder die Hölle los, da braucht er meine Hilfe.»

«Ah ja. Das brave Mädel hilft immer so fleißig mit.» Therese bedachte ihre Enkelin mit einem liebevollen Lächeln.»

Helene stand auf und warf Anna einen fragenden Blick zu. «Bleibt es dabei, dass du die Omi heimbringst?»

«Natürlich. Wenn es dir recht ist, Resi?»

«Schon. Ich fahr gern mit dir», sagte sie und rückte ihren Rollator zurecht, als Anna die Gläser einsammelte und Richtung Teeküche ging.

«Unseren Hugo hat der Seelig ganz schön verschreckt.» Anna stellte die Gläser ins Spülbecken, beugte sich unter den Tisch und suchte nach dem Kater. «In der letzten Ecke sitzt er, der arme Kerl.»

«Wundert mich nicht.» Helene schüttelte den Kopf. «Mit dem Mann möchte ich auch nicht zusammenstoßen.» Sie wandte sich in Richtung Hintertür und winkte zum Abschied. «Bis später, Emma. Servus, Omi, und danke dir, Anna!»

«Bis später!» Emma griff nach der Proseccoflasche, um sie wieder in den Kühlschrank zu stellen.

«Dann wollen wir mal.» Anna holte ihre Tasche hinter der Theke hervor. «Bis morgen, Emma. Komm, Resi.»

Emma winkte ihr zu. «Bis morgen! Ich spüle noch schnell die Gläser und bringe Hugo hinaus.»

Das war meist keine einfache Operation, doch solange sie keine Katzenklappe für ihn installiert hatte, wollte Emma den Kater über Nacht nicht ins Haus sperren, er war schließlich an seine Freiheit gewöhnt. Und im Laden – und dazu gehörte die Teeküche schließlich – hatte er ohnehin nachts nichts verloren.

«Komm, Hugo, raus mit dir», versuchte sie ihn zu locken, als sie mit den Gläsern fertig war. Doch erst, als sie es mit einem kleinen Stückchen Käserinde versuchte, bequemte der Kater sich aus seinem Versteck und folgte ihr hinaus vor die Tür.

«Mrrrruau», machte er wie zum Dank und putzte den kleinen Leckerbissen weg.

«Du klingst wie eine Taube, die gurrt», stellte Emma lächelnd fest. «Aber denk dran, du bist eine Katze. Und jetzt *ciao, caro*, ich muss los.»

Sie wandte sich um und sperrte die Tür von außen ab.

«Emma, warte.»

Anna war nicht losgefahren, wie Emma gedacht hatte, sondern stand neben ihrem Auto, das tagsüber, wenn sie arbeitete, hinter dem Haus parkte. Therese lächelte vom Beifahrersitz zu ihr herüber.

Emma ging zu ihr. «Was denn?»

«Ich wollte eben nichts sagen, um den letzten Rest Feierstimmung nicht auch noch kaputt zu machen, aber ... Ich bin mir sicher, der Seelig ist aus einem bestimmten Grund gekommen», sagte Anna mit gedämpfter Stimme und Besorgnis im Blick. «Mir hat seine Miene gar nicht gefallen.»

«Wie meinst du das?» Unbehagen machte sich in Emma breit, und ihr Magen begann zu kribbeln. «Was für ein Grund sollte das sein?»

«Ich weiß es nicht, aber sah mir irgendwie ... schuldbewusst aus. Er war nicht ehrlich vorhin, das war deutlich.» Anna schüttelte den Kopf. «Der ist nicht einfach nur zufällig hier aufgekreuzt. Irgendwas treibt ihn um. Und ich würde verdammt gern wissen, was das ist.»

5. KAPITEL

Emma war spät dran, sie hatte nach dem Schießtraining erst noch ihre Waffe daheim weggeschlossen. Sie hatte es nicht weit vom Schießstand nach Hause und mochte das Sportgerät nicht mit in die Wirtschaft bringen. So hörte sie bereits im Flur des Wirtshauses gedämpftes Stimmengewirr, das immer lauter wurde und ihr wie eine Welle entgegenschlug, als sie die Tür öffnete und die Schankstube betrat. Helene hatte mit ihrer Vermutung recht behalten: Beim Strauberwirt war richtig was los.

Als sie sich gerade am Tresen vorbeischob und in Richtung ihrer Vereinsfreunde gehen wollte, hielt Helenes fröhliche Stimme sie auf.

«Servus Emma, da bist du ja. Was magst du denn trinken?»

«*Ciao,* Leni. Machst du mir bitte ein alkoholfreies Radler? Mit etwas mehr Bier als Limonade, das ist mir sonst zu süß.»

«Ja, freilich. Magst du darauf warten?»

«Gern.» Emma stellte sich an die Theke, während ihre Freundin geschickt mit Flaschen und Gläsern hantierte. In Momenten wie diesen verstand sie gut, warum die Straubs ihre Tochter so ungern hatten gehen lassen. Helene war eine große Unterstützung im Wirtshaus, sie war flink, und während sie Emmas Radler mischte, arbeitete sie noch eine zweite Bestellung ab.

Wenn sie, so wie heute Abend, bei ihren Eltern in der Gast-

59

stätte aushalf, trug Helene Dirndl und Trachtenbluse und hatte ihre dichten blonden Haare zu zwei Zöpfen geflochten, die an jeder anderen bieder gewirkt hätten. Bei ihr allerdings nicht. Emma war bis heute nicht dahintergekommen, warum die eigentlich so brave Frisur an Helene so kess wirkte.

Ihre Freundin sah auf und beugte sich etwas vor, damit sie die Stimme senken konnte. «Wir haben einen neuen Gast.»

Da das an sich noch nichts wirklich Bemerkenswertes war, hob Emma fragend die Brauen. «Und?»

«Da drüben sitzt er.» Helene neigte leicht den Kopf in Richtung Fenster, wo ein paar kleinere Einzeltische standen. *«Nicht hinschauen* – er guckt gerade zu uns rüber.»

Nicht hinzuschauen, wenn man dazu aufgefordert wurde, funktionierte wie üblich wunderbar. Natürlich drehte Emma spontan den Kopf in die angegebene Richtung und begegnete quer über die Stube hinweg einem Paar dunkler Augen, die sie aus einem gebräunten Gesicht amüsiert anfunkelten.

Der Fremde grüßte mit einem Nicken und einem Lächeln. Perplex lächelte Emma zurück. Er war nicht unattraktiv und fiel schon allein wegen seiner tiefschwarzen Haare sofort auf. Offenbar hatte er mitbekommen, was zu ihrem Blick geführt hatte – wie peinlich. Aber das war ja nun nicht mehr zu ändern.

Sie wandte sich wieder Helene zu.

Die grinste sie breit an. «Wie es scheint, hast du einen neuen Verehrer gefunden.»

«Leni!» Emma schüttelte befremdet den Kopf. «Auf was für Ideen du immer kommst. Wer ist das überhaupt?»

«Er hat sich gleich für vier Wochen hier eingemietet und das teuerste Zimmer genommen. Ein Geschäftsmann, sagt

Mama, aber welche Geschäfte, hat er nicht erwähnt, und sie hat leider nicht gefragt.»

«Es müssen ja nicht alle Menschen so neugierig sein wie du.» Emma schmunzelte.

«Das ist keine Neugier. Das nennt sich Interesse am Mitmenschen. Sieht er nicht richtig gut aus, so sonnengebräunt, mit den dunklen Haaren?» Während sie sprach, standen Helenes Hände nie still. Emsig schob sie Gläser unter den Zapfhahn, öffnete Flaschen und behielt die Schaumkronen ihrer frisch gezapften Pils im Auge. «Er lebt auf Mallorca, wenigstens das hat Mama erfahren, und dass er Pablo Cristo Diaz heißt. Klingt das nicht total nach Urlaub?»

«Ungefähr so wie Emma Ferrari, oder?» Emma stellte ihre Handtasche auf dem Tresen ab.

«Hach, ja.» Helene wischte sich die Hände an der Schürze trocken und schaute einen Moment lang verträumt vor sich hin. «Irgendwann begleite ich dich mal nach Amalfi.»

«Du bist jederzeit herzlich eingeladen, das weißt du.»

«Wann immer Ostern, Pfingsten und Weihnachten auf denselben Tag fallen und wir beide gleichzeitig zusperren und wegfahren können.» Helene seufzte.

Emma seufzte mit. «Aber der Tag wird kommen», prophezeite sie. «Irgendwann.»

«Leni – schlaf nicht mit offenen Augen», mahnte Frau Straub, die die Gäste bediente und nun mit einem leeren Tablett in der Hand an die Theke kam. «Gib mir lieber die Pils rüber. Hallo, Emma.»

«Hallo, Adelheid. Viel los heute Abend.»

«Gut so. Anders wär's schlimmer, aber das kennst du ja selbst.» Die resolute Wirtin belud ihr Tablett mit den Getränken und machte sich auf den Weg zurück an die Tische.

«Hier, dein Radler.» Helene schob Emma das Glas über den Tresen entgegen.

«Danke.» Wieder so viel Schaum! Emma verkniff sich eine Bemerkung und beschloss, ihren Durst erst dann zu stillen, wenn die weiße Haube ein bisschen zusammengefallen war. Warum hierzulande der ganze Stolz der Wirte und Barkeeper darin bestand, so viel Schaum aufs Getränk zu kriegen, dass er bis zur letzten Neige darauf stehen blieb, würde sie als Italienerin nie verstehen. Sie mochte das Kitzeln an der Nasenspitze nicht, wenn sie trank. Zu trinken *versuchte*.

Sie hob den Kopf und sah sich suchend nach ihren Vereinskollegen um. Am anderen Ende der Stube winkte Korbinian zu ihr herüber und deutete auf den leeren Stuhl an seiner Seite. Emma nickte, nahm das Glas in die Hand und hängte sich die Tasche über die Schulter.

«Wenn du nächste Woche genauso schwach schießt wie heute Abend, wird das nichts mit unserer ersten Schützenkönigin, das weißt du schon, gell?», ertönte es da neben ihr.

Sie wandte sich um. Otto Hößlbarth, Vereinsvorstand und Vize-Schützenkönig, klang keineswegs bedauernd, und sein Blick unter den buschigen grauen Augenbrauen funkelte eher schadenfroh als mitfühlend. «Ich sag's ja immer wieder. Schießen ist Männersache. Viel zu martialisch für euch Frauen, drum kommt ihr da auch nicht wirklich weit.»

Emma wusste längst, was Otto von schießenden Frauen im Allgemeinen und italienischen im Besonderen hielt, sein Herumpolemisieren war ihr daher nicht neu. Der Einzige, den er nach einhelliger Meinung seiner Vereinsmitglieder noch weniger zum Schützenkönig küren wollte als sie, war sein Lieblingsfeind Roland Seelig. Aber natürlich war Hößlbarth ohnehin davon überzeugt, den Titel in diesem Jahr auf jeden Fall selbst zu holen, auch wenn es beim letzten Mal nichts geworden war.

«Geht die Generalprobe daneben, wird es die perfekte Premiere, Otto», konterte Emma und lächelte kühl. Doch ihre Gelassenheit war nur vorgeschoben. Otto Hößlbarth hatte recht: Das Kribbeln im Solarplexus, das sie seit dem Besuch ihres Vermieters spürte und das während des Geplänkels mit Helene etwas in den Hintergrund getreten war, hatte sie auch beim Training begleitet, und so war sie viel zu angespannt gewesen, um sich auf die kleine Zielscheibe zu konzentrieren. Jetzt kehrte das leicht flaue Gefühl im Magen wieder. Da lief ihr der alte Griesgram Hößlbarth mit seiner Stichelei genau richtig vor die Flinte.

«Ah so. Kennt man den Spruch in Italien auch, oder was?»

«Natürlich, Otto.» Wenn er so weitermachte, könnte er glatt noch ihren Ehrgeiz herauskitzeln, es ihm tatsächlich zu zeigen, wie Helene sich wünschte. «Manche Weisheiten sind eben international. Ich glaube sogar, das Sprichwort wurde an der Mailänder Scala erfunden und erst später ins Deutsche übersetzt.»

«Ach.» Hößlbarths Schnurrbart sträubte sich, als er die Lippen aufeinanderpresste. «Na, wer's glaubt! Trotzdem, viel zu martialisch, viel zu ...»

«Dein Radler wird schal, Emma», unterbrach Helene. «Und du, Otto, blockiere mir hier nicht den Tresen. Du siehst doch, dass wir viel zu tun haben. Ihr sitzt heute nicht im Nebenzimmer, sondern am großen Tisch dahinten. Die Kollegen dort warten schon auf dich.» Mit dem Kopf wies sie in die angegebene Richtung und zwinkerte Emma zu, die sich ein genervtes Augenrollen verkneifen musste.

«Schon recht», grummelte Hößlbarth, bedachte Emma

mit einem letzten verächtlichen Blick und schob seinen mächtigen Bierbauch weiter in Richtung seiner Vereinskollegen.

Missmutig schaute Emma ihm nach.

«Und da kommt auch schon der nächste Kampfhahn», flüsterte Helene und nickte unauffällig zum Eingang.

Gerade hatte Roland Seelig den Schankraum betreten. Nun hielt er kurz inne, wie um sich zu orientieren. Als er sie am Tresen stehen sah, zog er den Kopf ein und setzte sich in Richtung des Schützenvereins in Bewegung. Statt direkt an ihr vorbeizugehen, was der einfachere Weg gewesen wäre, schlängelte er sich lieber zwischen den besetzten Tischen durch. Emma und Helene sahen sich an. Helene zuckte die Schultern.

«Ich geh dann auch mal lieber zu den anderen», sagte Emma. «Wir sehen uns ja noch.»

Sie nahm den direkten Weg zum Vereinstisch und musste nun ihrerseits an Seelig vorbei, doch der war bereits in ein intensives Gespräch mit seinem Sitznachbarn vertieft und ignorierte sie.

«Da bist du ja», begrüßte Korbinian Emma, als sie sich neben ihn auf den frei gehaltenen Platz fallen ließ und das Glas vor sich abstellte.

«Hallo, Korbinian.» Sie nahm einen großen Schluck, mittlerweile war die Schaumkrone auf ein annehmbares Maß geschrumpft.

Er sah sie forschend an. «Stimmt was nicht? Du kommst mir heute den ganzen Abend schon so zappelig vor.»

Emma zögerte. Sollte sie ihm von ihrem Bauchgefühl erzählen? Lieber nicht. Korbinian war ein Zahlenmensch, er hatte mit Intuition noch nie viel anfangen können. Und was war schon passiert? Sie war vermutlich nur ganz normal nervös seit dem Anruf von der Bank, weil sie so lange auf diese Entscheidung hingefiebert hatte. Und wahrscheinlich hatte Seeligs Besuch im Laden gar nichts zu bedeuten.

«Nur ein bisschen hibbelig wegen der Sache mit dem Haus», wiegelte sie ab und lächelte ihn an.

«Das verstehe ich, das wäre ich an deiner Stelle vermutlich auch», antwortete er versöhnlich und erwiderte ihr Lächeln.

Wäre er nicht, und das wusste sie, doch sie schätzte seinen Versuch, sie aufzumuntern, und beließ es dabei.

Ihnen gegenüber saßen die beiden anderen Frauen im Schützenverein, Bärbel von der Eisdiele und Lisa, die das Café auf der anderen Seite des Dorfplatzes betrieb. Die beiden hatten sie, als sie den Lebensmittelladen übernommen hatte, als Konkurrenz gefürchtet, da sie aber keine Anstalten gemacht hatte, Eis oder Kuchen zu verkaufen, hatten sie sich schließlich in angenehmer Nachbarschaft angenähert und verstanden sich nun gut genug, um sich gegenseitig Kundschaft zu sein und gelegentlich auch solche zu vermitteln. Die zwei waren in ein angeregtes Gespräch vertieft gewesen, nun wandte sich Lisa an Emma.

«Ich dachte schon, du kommst nicht mehr, und aus unserem Dreigestirn hier wird ein Duo.»

«So etwas würde ich niemals tun!», versicherte Emma.

«Dann bin ich beruhigt.» Lisa lachte. «Was ich dich noch fragen wollte ...» Sie beugte sich über den Tisch. «Ich weiß, du hast auch Feierabend, aber ... hast du zufällig noch zwei Flaschen Kermes im Lager für mich?»

«Kirmes in Flaschen?» Bärbel hob die Brauen.

Emma schmunzelte. «Fast, Bärbel. Lisas Biskuitrolle verdankt dem Kermes ihre Farbe. Es ist ein Likör.»

«Ach – du meinst die knallroten Streifen? Damit färbst du die?» Bärbel sah ihre Freundin erstaunt an. «Das hättet ihr mir ja schon längst mal sagen können. Mit diesem Rot könnte man das dollste Eis machen.»

Das charakteristische Rot verdankte das würzige Getränk dem Farbstoff Kermes, der Likör selbst hieß eigentlich Alchermes. Lisa benutzte ihn nicht nur für die Biskuits, sondern auch für ihre Macarons.

«Ich bring dir morgen welchen ins Café», versprach Emma. «Und für dein Eis können wir das auch mal versuchen, aber ich will dabei zusehen, Bärbel.»

«Okay. Das machen wir gleich nächste Woche.»

Die gute Laune der beiden übertrug sich auf Emma, und sie war froh, dass sie hergekommen war. Sie unterhielten sich noch eine Weile über die Vorzüge italienischer Liköre, dann standen Bärbel und Lisa nacheinander auf und verließen den Tisch. Die eine, um jemandem an der Theke Hallo zu sagen, die andere zur Toilette.

Korbinian, der sich in der Zwischenzeit mit seinem Sitznachbarn zur Rechten unterhalten hatte, wandte sich Emma zu.

«Stefan sagt, er möchte an einem der nächsten Sonntage eine italienische Messe abhalten.»

Stefan Liebl, der Dorfpfarrer, nickte. «Ja, das wäre mal was anderes.»

«Was stellst du dir darunter vor?» Emma mochte den Geistlichen, weil er immer wieder neue Ideen in seine kleine Kirche brachte und sehr weltoffen war. Als er vor drei Jahren ins Dorf gekommen war, hätte ihn niemand auf den ersten Blick für den neuen Pfarrer gehalten. Er trug Vollbart und einen Männerdutt – und ein paar der alten Damen waren empört gewesen über diese *neuen Moden*, wie sie es nannten. Die meisten anderen aber, darunter auch Emma, fanden den jungen Mann äußerst patent, und so wurde er bald überall mit einbezogen und war fester Bestandteil des Dorfes.

«Bisher habe ich da noch keine konkreten Vorstellungen», gab er zu und lächelte schief. «Ich hatte gehofft, dass du mir da auf die Sprünge helfen würdest.»

Sie lachte. «Du weißt aber schon, dass ich in deinem Verein kein zahlendes Mitglied bin, oder?»

Stefan winkte ab. «Ja klar.»

«Du könntest im Gegenzug meinen Laden einweihen, wenn ich die Übernahmefeier mache», schlug sie vor. «Ein bisschen Hilfe von oben kann nie schaden.»

Gegenüber setzte sich jemand auf Lisas Platz, und Emma drehte sich wieder um. Doch da saß nicht die Konditorin. Sondern Roland Seelig.

6. KAPITEL

*F*rau Brenner.» Seelig nickte Emma zu, hielt aber den Blick auf die Tischplatte vor ihm gerichtet.

«Herr Seelig», antwortete sie irritiert. Er hatte sich noch nie an ihren Tisch gesetzt, sondern palaverte lieber mit den Alteingesessenen und ließ die *Zugezogenen* links liegen.

«Ich ... hmhm ...» Er räusperte sich und schaute von links nach rechts und wieder zurück, nur nicht ihr in die Augen. «Also ... ich hab mit Ihnen zu reden, Frau Brenner.»

Dass Emma ihren eigenen Familiennamen behalten hatte, wurde von manchen Einwohnern von Himmelsricht geflissentlich ignoriert. Auch von Roland Seelig senior.

«Worum geht es denn?»

«Das sage ich Ihnen unter vier Augen.»

Emma sah kurz in die Runde. Niemand achtete auf sie, alle waren in ihre Unterhaltungen vertieft, auch Korbinian, der zusammen mit dem Pfarrer und Bärbels Mann ein neues Gespräch begonnen hatte.

«Wir können genauso gut hier reden, Herr Seelig.» Ihr Bauchgrollen nahm zu, doch sie versuchte, das ungute Gefühl zurückzudrängen, und blieb förmlich. «Sprechen Sie ruhig, niemand hört uns zu.»

«Na ja, also ... wenn Sie meinen. Wissen Sie, Frau Brenner, das ist so ...» Wieder räusperte er sich. «Da ist mir neulich was passiert. Also eine Gelegenheit, die ... meine Frau meint auch, die soll ich mir nicht entgehen lassen.»

«Was meinen Sie damit, Herr Seelig?», fragte sie, als er nicht gleich weitersprach.

«Na ja ...» Er kratzte sich am Hinterkopf. «Wir sind uns wahrscheinlich einig, Sie und ich, dass es unserem Dorf guttun würde, wenn hier mehr Leute wohnen, die Geld haben und es im Ort ausgeben. Also auch bei Ihnen.»

«Ja, das wäre sicher positiv», stimmte sie zu, ohne zu wissen, worauf das hinauslaufen sollte. «Einwohner mit Geld sind immer gut.»

«Na ja, und sehen Sie, da ist doch dieser Bauträger, Sie wissen schon.»

«Nein, ich weiß nichts von einem Bauträger.»

«Na ja, der, der neulich mal hier war, um sich die Gegend anzusehen. Dem hat es hier gefallen, und er findet die Umgebung ausbaufähig.» Seelig nickte bekräftigend. «Also, dass man was draus machen kann.»

Emma erinnerte sich dumpf, dass sie ihn vor einigen Wochen mal mit einem Mann im Anzug gesehen, dem aber keinerlei Bedeutung beigemessen hatte.

«Na ja, und der Richard meint auch, dass wir aus unserem Dorf einfach mehr machen müssen als bisher.»

«So. Meint er das?» Automatisch hielt sie Ausschau nach dem Bürgermeister, doch der war nirgends zu entdecken.

«Na ja, schon. Und da hat er ja recht, meinen Sie nicht? Zahlungskräftige Kunden wären sicher auch für Ihren Laden ein großer Gewinn.»

Wenn er noch mal einen Satz mit *Na ja* anfängt, dann weiß ich nicht, ob ich lache oder schreie, grollte Emma innerlich.

«Doch, natürlich wäre das eine feine Sache. Und wie wollen Sie das angehen?», fragte sie stattdessen.

«Na ...»

«Ihr Bier, Herr Seelig.» Helene stellte das Glas vor ihm auf den Tisch. Danach blieb sie hinter Emma stehen.

«Danke. Also, wie gesagt, zahlungskräftige Kunden ...» Seelig nahm einen großen Schluck. «Dafür brauchen wir neue Wohnungen. Hochwertige Wohnungen, und die will dieser Bauträger für uns bauen. Drum ist er auch ein ... Bauträger.»

Emma warf Helene einen Rat suchenden Blick zu, aber ihre Freundin zuckte ebenso ratlos die Schultern.

«Wo soll denn so was gebaut werden, Herr Seelig?», warf Helene ein.

«Na ja ...» Dass er plötzlich zwei Frauen vor sich hatte, schien Seelig für einen Moment zu irritieren, doch dann richtete er sich auf. «Das geht eben am besten mit dem Haus da am Marktplatz», sagte er, und das Unbehagen war ihm deutlich anzusehen.

Das Haus da am Marktplatz ...

Eisige Kälte rann Emma den Rücken hinunter und ließ ihre Fingerspitzen kribbeln. Anna hatte recht, schoss es ihr durch den Kopf. Die Andeutung ihrer Freundin noch im Ohr, hatte sie jetzt noch viel mehr das Gefühl, dass sich etwas Bedrohliches anbahnte, das sie nicht aufhalten konnte.

«Wenn wir am Marktplatz zehn Luxuswohnungen bauen, was meinen Sie, wie viel Geld wir da ins Dorf holen! Die reichen Leute können dann alle die teuersten italienischen Weine bei Ihnen kaufen!»

Nun sah er sie zum ersten Mal direkt an und wirkte tatsächlich, als erwartete er auch noch Beifall für seine Idee.

Emma überlegte fieberhaft. Es gab am Marktplatz kein

anderes Haus, über das Seelig sprechen könnte, denn außer dem, in dem sie ihren Laden hatte, gehörte ihm keins.

«Herr Seelig», begann sie langsam und versuchte, ihre Nervosität zu unterdrücken, auch wenn es ihr nicht leichtfiel. «Wenn wir von demselben Haus sprechen, an dessen Stelle diese Wohnungen gebaut werden sollen – da ist mein Laden drin. Wo sollen die reichen Leute den teuren Wein denn Ihrer Meinung nach einkaufen?»

«Na ja, ich meine, da findet sich sicher was anderes, oder nicht? Ein bisschen außerhalb vielleicht, mit vielen schönen Parkplätzen. Wo auch Busse halten können, dann haben die Leute es nicht so weit mit den schweren Einkaufstüten ...»

«Das ist jetzt nicht Ihr Ernst, Herr Seelig, oder?» Was Humor betraf, war sein Geschmack noch nie herausragend gewesen, aber so schlecht? Und doch konnte das alles nichts als ein übler Scherz sein. «Ich habe Ihr Wort! Und den Termin beim Notar. Sie können jetzt nicht einfach einen Rückzieher machen!»

«Na ja.» Er zog die Schultern hoch und sah sie nicht an, sondern ließ den Blick über die Biergläser im Regal an der Wand schweifen. «Irgendwie schon ... Dieser Bauträger macht da was ganz Tolles draus. Und er zahlt mir einen unschlagbaren Preis.»

«Jetzt mal Schluss mit dem Unsinn!», forderte Helene, die immer noch hinter Emma stand, in heftigem Ton. «Ihre Halbe gebe ich Ihnen aus, wenn Sie mit dem Schmarrn aufhören. Was will denn einer, der Luxuswohnungen baut, mit so einem kleinen Handtuch mitten im Dorf? Und wo sollen die Leute ihre Autos hinstellen? Vor meine Praxis vielleicht?»

«Na ja, der macht da auch noch eine Tiefgarage, so steht es im Bebauungsplan.»

Es gab schon einen Bebauungsplan?

Langsam sickerte es zu Emma durch – das war kein schlechter Scherz. Das war bitterer Ernst. Er hatte sie hintergangen. Die ganze Zeit schon!

«Aber das können Sie nicht machen», rief Helene empört aus.

«Doch, das kann ich», antwortete Seelig knapp und stand auf. «Das Haus gehört schließlich mir, und ich kann entscheiden, wer es bekommt. Und jetzt hab ich's Ihnen gesagt. Jetzt geht's mir besser.»

«Aber mir nicht!» Emma starrte fassungslos zu ihm hoch. «Wie stellen Sie sich das denn vor?»

«Na ja ... Tut mir leid. Versetzen Sie sich mal in meine Lage, Frau Brenner. Meine Frau sagt auch, ich soll das machen, also ... Wir hören uns.» Damit stapfte er Richtung Tür davon und ließ sogar sein Glas stehen.

«Emma?» Korbinian legte seine Hand auf ihren Arm.

«Gleich.» Sie machte sich los und zwängte sich zwischen den Stühlen durch, Helene auf den Fersen.

«Warten Sie, Herr Seelig! So einfach ist das nicht. Wir haben eine Abmachung!» Während sie hinter ihm herhastete, wurde Emma immer lauter. Schließlich bekam sie ihn am Ärmel zu fassen. «So warten Sie doch!»

Er drehte sich halb zu ihr um. «Frau Brenner, ich habe mich entschieden ...»

«Aber ich habe Ihr Wort darauf, dass Sie das Haus mir verkaufen!»

«Das habe ich gesagt, ja, stimmt schon. Aber beim Geld hört die Freundschaft auf, und wir haben noch nichts unterschrieben, also kann ich mein Haus verkaufen, wem ich will.»

«Aber Sie haben es mir versprochen! *Versprochen*, Herr

Seelig! Ich habe mich darauf verlassen, und ... und ich habe einen Kredit dafür aufgenommen und ...»

«Na ja, wissen Sie, den können Sie dann ja für einen anderen Laden ausgeben. Da wird sich schon das Richtige finden in Himmelsricht. Ich red mit dem Richard, damit Sie einen richtig schönen, großen, modernen Laden irgendwo bekommen.»

«Wie bitte?» Wie durch einen Nebel nahm Emma wahr, dass die Stimmen der anderen Gäste nach und nach verstummten und das schützende Hintergrundrauschen langsam abebbte. «*Irgendwo?*»

«Oder Sie sprechen noch mal mit der Bank. Vielleicht kriegen Sie ja genug und können den anderen ausstechen?» Seelig machte sich los, und erst da wurde Emma bewusst, dass sie ihn immer noch am Ärmel gehalten hatte.

«Wie viel ist das denn?», fragte sie heiser.

«Das Doppelte.» Er rückte seine Jacke zurecht und ging einen Schritt rückwärts zur Tür.

Emma sackte der Magen in die Kniekehlen. Er hätte auch sagen können: *Zehn Millionen*, das hätte für sie nichts geändert. Es war zu viel.

«Aber ... aber ... wie soll ich das denn machen?»

«Das ist viel Geld, ich weiß. Aber sehen Sie, ich kann nicht das schlechte Geschäft mit Ihnen machen und das gute in den Wind schlagen. Drum müssen Sie mich schon auch verstehen.»

Fassungslos starrte Emma ihn an.

«Sie sind ein ... ein ...» Sie zitterte am ganzen Körper vor Adrenalin, und zu ihrem großen Ärger ließen ihre Sprachkenntnisse sie ausgerechnet jetzt im Stich. Wenn sie so wütend war wie in diesem Moment, fielen ihr ausschließlich italienische Kraftausdrücke ein. «Sie sind ein echter *idiota*, *tanto è sicuro*», schleuderte sie ihm hilflos entgegen und bekam nur am Rande mit, dass nun in der ganzen Gaststube angespanntes Schweigen herrschte.

«Dann bin ich eben ein Idiot, aber wenigstens einer mit Geld», gab er zurück, und seine Stimme nahm eine harte Färbung an. Emma spürte instinktiv, dass in diesem Moment die Schwelle überschritten war. Es gab kein Zurück mehr, weder für sie noch für ihn.

«Wenn Sie bis Sonntag das Geld auftreiben, dann sag ich denen ab.» Seelig drehte sich um und ging zur Tür. «Am Montag gilt meine Zusage.»

«Sie sind ein unverschämter Hammel», sprudelte Helene hinter Emma wütend heraus. «Das ist absurd! Heute ist Freitagabend, und Sie wissen ganz genau, dass am Wochenende keine Bank irgendetwas macht!»

Er blieb stehen und drehte sich zu ihr um. «Dich geht das schon mal gar nichts an, also werde nicht frech, Mädel.»

«Sonst?» Helene stemmte die Fäuste in die Hüften. «Verpetzen Sie mich sonst beim Papa? Der steht da hinter Ihnen und schaut Sie genauso böse an wie ich und alle anderen hier drinnen!» Sie wies zornbebend in die Runde, die das Geschehen gebannt beobachtete, doch Seelig gab nur ein finsteres Brummen von sich.

Emma kämpfte mit der Enge in ihrer Kehle. «*Porco cane* – Sie können jetzt nicht einfach so abhauen! *Sparire così proprio adesso!*»

«Doch», sagte Seelig und ging weiter in Richtung Tür. «Ich habe noch einen Termin. Und ich will sowieso nicht noch mal Schützenkönig werden.»

Obwohl sie vor hilfloser Wut am liebsten geschrien hätte,

biss Emma die Zähne zusammen, gab sich einen Ruck und hastete hinter ihm her. «Herr Seelig, geben Sie mir ein paar Tage Zeit», versuchte sie es erneut. «Ich habe ja sonst gar keine Chance, eine Lösung zu finden.»

«Montag habe ich zu den anderen gesagt. Und ich stehe zu meinem Wort.»

«Wie bitte?» Vorbei war es mit ihrer Selbstbeherrschung. «Sie stehen zu Ihrem Wort? *Bugiardo maledetto!* Sie verdammter Lügner!», brach es aus ihr heraus, als Seelig mit hochrotem Kopf nach der Klinke griff. «Und das Wort, das Sie *mir* gegeben haben?»

«Geld ist halt Geld, und so dick habe ich es auch nicht, dass ich darauf verzichten könnte», rief er über die Schulter und öffnete die Stubentür.

«*Stronzo! Imbecille maleducato … Che te morissi! Che ti venga un cancro!* Ich könnte dir den Hals umdrehen, verdammt noch mal!»

Die Tür fiel zu, und einen Augenblick lang herrschte Schweigen im Raum. Nicht mal der Zapfhahn tropfte. Buchstäblich niemand schien zu atmen.

Nur Emma rang nach Luft, als ob sie einen Hundertmetersprint hingelegt hätte, und starrte noch ein paar Sekunden lang die geschlossene Tür an. Dann wurde ihr die Totenstille bewusst.

Und was sie da gerade eben laut und vernehmlich gerufen hatte.

«Komm, Emma», sagte Helene leise hinter ihr und legte ihr die Hand auf die Schulter. «Ich geb dir einen aus.»

Im selben Moment setzten zögernd die Stimmen wieder ein. Räuspern, Stühlerücken, Gläserklirren erklangen, so wie vorher.

«Ja», antwortete Emma tonlos und schaffte es endlich, den Kopf von der Tür abzuwenden. «Den brauche ich jetzt wirklich. Am besten einen Doppelten.»

Am nächsten Morgen hatte Emma einen ausgewachsenen Kater und fühlte sich einfach nur mies.

Nachdem Seelig aus dem Gasthof verschwunden war, hatte sie noch kurz mit Korbinian gesprochen. Er hatte nicht den gesamten Wortwechsel mitbekommen, nur ihren Ausbruch laut und deutlich gehört und gesehen, dass sie völlig durch den Wind war. Also hatte sie ihm in wirren Worten erklärt, wie Seelig mit einem Handstreich alles auf den Kopf gestellt hatte. Natürlich hatte Korbinian ihr sofort seine Unterstützung zugesichert – doch wobei? Er konnte nicht zaubern und aus dem wortbrüchigen Seelig einen korrekten Geschäftspartner machen, der ihr sein Haus zum vereinbarten Preis überließ. Und er konnte auch nicht einfach so eine sechsstellige Summe für sie erübrigen.

Schließlich war Emma nach Hause geflüchtet. Dort hatte sie eine lange Weile ins Leere gestarrt. Irgendwann hatte Helene sie angerufen und mit verschiedensten Strategien versucht, sie aufzumuntern. Unter anderem hatte sie von einem bissigen Schlagabtausch zwischen Seelig, der noch einmal im Wirtshaus aufgetaucht war, und Otto berichtet, aber Emma hatte keine Lust zum Reden gehabt. Nachdem sie aufgelegt hatten, hatte sie den Kummer und die abgrundtiefe Enttäuschung erst mit einer Flasche Prosecco und anschließend mit ein bisschen Limoncello zu betäuben versucht. Doch das war keine gute Idee gewesen. Sie war es nicht gewohnt zu trinken und vertrug daher nicht viel. Entsprechend mühsam hatte sie sich heute Morgen aus dem Bett gequält.

Sie seufzte und machte sich auf den Weg in ihr geliebtes Lädchen. Es half ja nichts, sie musste irgendwie weitermachen, denn den Kopf in den Sand zu stecken und aufzugeben, war keinesfalls eine Option. Außerdem konnte Emma unmöglich auf ihre gewohnte und lieb gewordene Routine verzichten. Was hätte sie auch tun sollen? Im Bett bleiben und sich die Decke über den Kopf ziehen? Das hätte sich wie eine Kapitulation angefühlt. Und irgendwie hoffte sie immer noch darauf, dass sich alles als ein schlechter Traum entpuppte.

Auf dem kurzen Fußweg von ihrer Wohnung am Dorfrand in die Ortsmitte zu ihrem Alimentari begegnete ihr zum Glück niemand, mit dem sie sich auf mehr als ein kurzes «Guten Morgen» einlassen musste. Gut, dass Anna vormittags im Laden sein würde, da konnte sie sich etwas im Hintergrund halten, ihre Wunden lecken und versuchen, eine Lösung zu finden – wie auch immer diese aussehen sollte.

Müde und deprimiert kramte sie ihren Schlüsselbund aus der Handtasche. Entgegen seiner üblichen Gewohnheit streifte Hugo heute nicht erwartungsvoll schnurrend und mit hochgerecktem Schwanz um ihre Beine, um sein Frühstück serviert zu bekommen. Vermutlich war er noch im Jagdfieber.

Emma öffnete die Tür und hielt irritiert inne. Sie war sicher, dass sie gestern, als sie gegangen war, den Schlüssel umgedreht hatte, doch jetzt war das Schloss nur eingeschnappt. Kopfschüttelnd betrat sie das Treppenhaus. Wahrscheinlich hatte sie es vergessen, weil Anna sie abgelenkt hatte. Das passierte ihr schon mal.

Noch ein Grund, mehr auf sich selbst zu achten. Heute zu Mittag würde sie sich auf dem Zweiplattenkocher in ihrer kleinen Teeküche die beste handgemachte Pasta zubereiten, die sie im ganzen Laden finden konnte, und sich mit einer Überdosis glücklich machender Kohlenhydrate dopen. Und sie würde die teuerste Nudelsoße öffnen, die ihre Auswahl hergab. Irgendwas mit Trüffel. Oder Hummer. Das brauchte sie unbedingt, und weder Anna noch Helene würden dazu Nein sagen.

Wie es ihre Gewohnheit war, warf sie einen kurzen Blick die Treppe hoch in den ersten Stock, in dem sie bis gestern ihre zukünftige Wohnung gesehen hatte, und wandte sich dann zur hinteren Ladentür. Ihre grauen Zellen funktionierten noch immer nicht richtig, und sie sehnte sich nach einem starken *caffè*, als sie Hugo leise miauen hörte.

«Bist du also schon zu Hause», murmelte sie und ging noch mal zur hinteren Eingangstür, um ihn hereinzulassen.

Doch da war keine Katze.

«Hugo?»

Wieder Miauen, und obwohl es so gedämpft war, klang es kläglich. Emma war alarmiert. Es schien, als sei Hugo irgendwo eingesperrt, doch wie hatte das passieren können? Hastig schloss sie die Tür zum Lager auf.

Nichts. Kein Hugo.

Emma atmete auf. Vielleicht saß er ja an der Vordertür. Angeblich änderten Katzen ihre Gewohnheiten noch öfter als ihre Besitzer. Aber hätte sie ihn dann bis hierher hören können?

«Mrrraarrruuuu!»

Das kam nicht von draußen. Fassungslos starrte Emma auf die Hintertür zu ihrem Lädchen. Da, ein Kratzen. Es kam eindeutig von dort.

Sie hatte ihn doch gestern hinausgelockt! Mit Käse!

Perplex öffnete sie die Tür, und tatsächlich: Mit steil

hochgerecktem Schwanz und unter vorwurfsvollem Maunzen zwängte sich der dicke rote Kater durch den Spalt und
strich ihr um die Beine.

«Hugo! *Mannaggia*, wie kommst du denn da rein?»

Mit protestierendem Miauen in den verschiedensten
Tonlagen lief der Kater in Richtung Hinterausgang, Emma
folgte ihm und öffnete die Tür. Hugo suchte mit einem raschen Sprung das Weite.

Vielleicht hatte Anna etwas vergessen, war noch einmal
hier gewesen, und dabei hatte sie nicht bemerkt, dass Hugo
lautlos mit ihr hineingeschlichen war. Das würde auch erklären, warum die Tür nicht abgeschlossen gewesen war.
Andererseits sah es ihrer Freundin überhaupt nicht ähnlich,
so nachlässig zu sein.

Wie auch immer das passiert war, sie musste sofort nachsehen, ob der Kater etwas angestellt hatte, wenn er die ganze
Nacht dort drinnen eingesperrt gewesen war. Der Gedanke,
mitten in ihrem hygienisch sauberen Lädchen eine Pfütze –
oder schlimmer noch, ein Häufchen – zu finden, versetzte
ihrer ohnehin schon fragilen Laune einen weiteren Dämp-
fer. Sie würde Anna bitten müssen, künftig noch besser acht-
zugeben, wenn Hugo in der Nähe war. Der raffinierte kleine
Schelm hatte es offensichtlich irgendwie geschafft, sie aus-
zutricksen. Seufzend wandte Emma sich wieder der hinteren Ladentür zu, schob sie ganz auf und trat ein.

Jeden Morgen galt ihr erster Handgriff den Lichtschaltern
der Deckenstrahler, die sich so stimmungsvoll in den blank
polierten Flaschen spiegelten; der zweite war, ihre Handtasche ins Regal in der Teeküche zu legen, und der dritte, die
Schuhe zu wechseln.

Doch an diesem Morgen kam Emma nur bis eineinhalb.

Als sie die kleine Teeküche betrat und den Arm ausstreckte, um die Tasche abzustellen, prallte sie zurück und schrie überrascht auf.

Auf der Eckbank saß ein Mann, den Oberkörper vornübergebeugt, die Hände auf der Tischplatte, den Kopf darauf abgelegt, und schlief. Emma erkannte ihn trotzdem sofort an seiner Trachtenjacke, denn die hatte er auch am Vorabend schon getragen.

«*Mannaggia*, Herr Seelig! Müssen Sie mich so erschrecken? Verdammt noch mal, was wollen Sie überhaupt hier?»

Emma stopfte verärgert die Tasche ins Regal, und der Groll vom Abend zuvor stieg mit voller Wucht wieder in ihr hoch.

Dieser Mistkerl hinterging sie nach allen Regeln der Kunst und war sich danach nicht zu schade, in ihrer Teeküche seinen Rausch auszuschlafen? Denn nichts anderes konnte der Grund dafür sein, dass er um diese Uhrzeit hier saß. Hatte er sich nicht nach Hause getraut?

Und er schlief offenbar sehr tief, rührte sich noch immer nicht, dabei war sie alles andere als leise.

«Herr Seelig? Aufwachen, und dann raus hier!»

Unsanft zupfte sie an seiner Jacke. Er sollte gefälligst nach Hause gehen und mit seinem Kater seiner Frau auf die Nerven fallen.

Doch statt aufzuwachen, kippte Roland Seelig seitlich von der Eckbank zu Boden und landete direkt vor Emmas Füßen.

Erschrocken wich sie zurück und starrte ungläubig auf den großen dunkelbraunen Fleck auf seinem weißen Hemd, der erst jetzt sichtbar war, wo er halb auf dem Rücken lag.

Emma Ferrari war noch nicht vielen Toten begegnet, aber sie erkannte einen, wenn sie ihn sah.

Und Roland Seelig war mit absoluter Sicherheit mausetot.

7. KAPITEL

𝒢uten Morgen Emma. Was machst du ...» Anna stockte. «Wonach riecht das denn hier?»

Emma wusste nicht, wie lange sie schon Roland Seeligs Leiche anstarrte. Es kam ihr vor wie eine Ewigkeit, seit sie ahnungslos das Haus betreten hatte.

Anna, die abrupt in der Tür stehen geblieben war, trat jetzt neben sie.

«Der ist tot», sagte sie nach mehreren Schrecksekunden mit einem so fassungslosen Ton in der Stimme, dass Emma ein kurzes hysterisches Lachen nicht unterdrücken konnte.

«Oh ja, das ist er.»

Die beiden Frauen tauschten einen wortlosen Blick. Anna war so bleich, wie Emma sich fühlte.

«Das war ich nicht», sagte sie schließlich und wunderte sich selbst über ihre krächzende Stimme. Sie sah wieder zu Boden und hoffte viel mehr als noch vor einer Stunde, dass das alles nur ein riesiger Albtraum war.

Doch da lag zweifelsohne der tote Roland Seelig.

In ihrem Laden.

«Ich weiß. Ich war vorhin beim Bäcker und habe dich vorbeilaufen sehen. Unbewaffnet.»

Emma sah sie verständnislos an. «Warum hätte ich bewaffnet sein sollen?»

Anna wies mit dem Kinn auf den Toten. «Das sieht aus wie eine Schusswunde. Die muss ja irgendwo herkommen, oder?»

Zum ersten Mal, seit sie Seelig gefunden hatte, trat Emma näher und beugte sich über den toten Körper, um den braunroten Fleck auf seiner Brust besser zu erkennen.

«Stimmt. Er hat ein Loch im Hemd.»

«Und das Blut ist schon getrocknet», ergänzte Anna. «Das muss vor einer ganzen Weile passiert sein.»

Dumpfes Pochen an der vorderen Eingangstür ließ beide zusammenzucken.

«Hallo? Warum sperrt denn keiner auf? Ist doch schon nach neun Uhr!»

«Himmelherrgott, bin ich erschrocken. Das ist die Resi.» Anna suchte Emmas Blick.

«Wir können heute nicht aufsperren.» Noch während sie die Worte aussprach, lief es Emma kalt über den Rücken. Mit einem Schlag wurde ihr die Tragweite der Situation bewusst.

In ihrem Laden lag ein Toter.

Wann würde sie überhaupt wieder aufsperren?

Erneut klopfte es. Unschlüssig sah Emma über ihre Schulter.

«Wir müssen sie reinlassen, sonst läuft das ganze Dorf zusammen, wenn sie da vorn weiter klopft und ruft», sagte sie.

«Ich gehe.» Anna hob die Hand, in der sie noch immer den Schlüssel hielt, und lief nach vorn, doch nach ein paar Schritten kam sie zurück. «Resi hat wohl aufgegeben.»

Emma fiel auf, dass Anna ihre Stimme dämpfte. Als ob der tote Mann zu ihren Füßen sonst aufwachen könnte, schoss es ihr durch den Kopf.

«*Mannaggia*, Anna, *che merda*.»

«Allerdings. So ein Haufen Bockmist», fluchte ihre Freundin. «Erst führte er dich an der Nase herum, dieser Idiot, und dann lässt er sich auch noch in deinem Laden erschießen.»

Sie wandte sich Emma zu und nahm sie in den Arm. «Tut mir so leid, das hast du nicht verdient.»

Emma merkte, wie ihr die Tränen kamen, aber sie schluckte sie wütend hinunter.

«*Merda maledetta*», zeterte sie stattdessen aufgelöst. «*Proprio adesso! Proprio qui!* Wie stehe ich denn jetzt da? Alle werden glauben, dass ich es war, und den Laden werden sie mir auch zusperren ...»

Anna strich ihr sanft über den Rücken. «Niemand wird dich für eine Mörderin halten, Emma. Das ist doch absurd. Warum solltest du ...» Sie brach ab.

Emma verschränkte die Arme. «Ist doch klar. Du weißt, warum. Der Georg war schließlich dabei, als mir Seelig gestern Abend alles kaputt gemacht hat. Geldgeiles Arschloch.»

«Nun ist dein Deutsch aber perfekt», bemerkte Anna trocken. «Ja, Georg hat mir natürlich alles erzählt, als er nach Hause kam. Richtig sauer war er auf den Seelig. Und viele andere übrigens auch, aber das hilft dir gerade auch nicht weiter.»

«Nein», bestätigte Emma. «Was jetzt?»

«Wir müssen die Polizei rufen ...»

Ein lauter Rumms ließ beide Frauen herumfahren. Therese war mit ihrem Rollator gegen den Türstock gestoßen und starrte sie mit großen Augen an.

«Die Polizei? Nur weil ich zur Hintertür hereingekommen bin? Da war der Schnapper offen, darum ...» Erst jetzt fiel ihr Blick auf den Boden. «Ach du lieber Gott», sagte sie und schlug sich die Hand vor den Mund. «Den hat's aber bös erwischt.»

«Ja, Resi, das hat es.» Emma nahm ihre Handtasche aus dem Regal. Sie war erleichtert, dass die alte Dame die schreckliche Entdeckung so gefasst aufnahm. Vermutlich hatte sie in ihrem Leben schon einiges gesehen, das nicht besonders schön gewesen war.

«Wer macht denn so was? Das ist ja fürchterlich!»

«Ich habe keine Ahnung, Resi, aber ich glaube, wir sollten jetzt lieber rausgehen und nichts mehr anfassen. Komm mit nach draußen.»

«Hier riecht's aber komisch.»

«Was?» Emma griff nach dem Arm der alten Dame, die sich keinen Zentimeter bewegte.

«Hast du Lakritz gefrühstückt?» Therese schnupperte mit erhobener Nase.

«Aber Resi.» Emma versuchte ein Lächeln. «Du weißt doch, dass ich kein Lakritz mag.»

«Bärendreck macht Falten weg», erklärte die alte Frau mit erhobenem Zeigefinger, wendete ihren Rollator und schob ihn nach draußen. «Und ich kann ihn riechen. Hier drinnen – und im Treppenhaus auch.»

Emma sah Anna fragend an. «Bärendreck?»

«So nannte auch meine Großmutter Lakritz. – Lass uns gehen», sagte Anna und folgte dem Rollator. «Hier kriegen ein paar Leute bald noch mehr Falten, als sie eh schon haben.»

Das Telefon in der Hand, stand Emma ratlos vor dem Hintereingang des Hauses. Himmelsricht hatte seit Jahren keine eigene Polizeistation mehr. Die war genauso wegrationalisiert worden wie die Postfiliale. Ihr war nur die 110 eingefallen, auch wenn das hier nicht unbedingt ein Notruf war – für Seelig kam zweifellos jede Hilfe zu spät. Dennoch hatte die Beamtin am Telefon angekündigt, ihre Kollegen zu schicken.

Therese hatte sich auf ihren Rollator gesetzt und wartete geduldig, Anna telefonierte mit Georg.

Jetzt, als der erste akute Schock langsam abebbte, fühlte Emma sich kraftlos und leer. Ihre Knie zitterten, ihre Hände auch. Tränen kratzten in ihrem Hals, und gänzlich absurde Gedanken schossen durch ihren Kopf. Ihr schöner frischer Mozzarella! Die ganzen Leckereien, die im Kühlhaus lagen und verkauft werden wollten ... Gut, dass wenigstens die beiden Hohenfelser Damen versorgt waren ...

Genervt schüttelte sie über sich selbst den Kopf. Sie hatte doch gerade wirklich andere Sorgen als das Verfallsdatum ihrer Milchprodukte!

Einem spontanen Einfall folgend, rief sie Korbinian an. Der meldete sich noch etwas verschlafen, und ihr fiel ein, dass er an diesem Samstag freigenommen hatte.

«*Scusa*, dass ich dich störe.» Ihr war immer mehr nach Heulen zumute.

«Nein, schon gut. Schön, dich zu hören, Emma. Wie geht es dir? Hat sich Seelig schon wieder eine neue Bosheit einfallen lassen?»

«So könnte man es auch sagen.» Emma schnaubte. «Er liegt tot in meinem Laden. Ist das Bosheit genug?»

«Was?»

Sie sah förmlich, wie Korbinian mit einem Mal aufrecht im Bett saß. «Du verscheißerst mich doch, oder?»

«Leider nicht. *Purtroppo no*. Korbinian, jemand hat Seelig erschossen. Er hat die Sachen von gestern Abend an und liegt tot in meiner Teeküche. Was soll ich denn jetzt machen?»

«Bist du noch dort?» Nun klang er hellwach und klar.

«Ja. Anna, Resi und ich stehen am Hintereingang und warten auf die Polizei.»

«Bei Mord muss die Kripo ran.»

«Die von der 110 werden schon die richtigen Leute schicken, wenn da ein Toter gefunden wird, oder nicht?»

Emma sah sich um. Neben ihr flüsterte Anna leise mit Resi.

«Ich komme, so schnell ich kann», hörte sie Korbinian sagen. «Bleibt ihr einfach da und rührt nichts an, *capito*?»

«*Capito*, Korbinian.» Auf die Idee waren sie zwar schon selbst gekommen, aber das konnte er ja nicht wissen. «Danke.»

Das war Korbinian. Immer zuverlässig, immer hilfsbereit. Und all das war ihr nicht genug gewesen ...

Emma straffte sich, beendete das Gespräch und wandte sich Anna und Resi zu.

«Korbinian kommt gleich.»

«Georg auch.» Anna lächelte aufmunternd. «Du bist nicht allein, Emma.»

Dankbar sah Emma ihre Freundin an. «*Dio*, was würde ich nur ohne euch anfangen?»

«Quatsch. Dafür sind Freunde doch da.»

«Du bist nicht allein», trällerte Resi halblaut vor sich hin.

Anna verdrehte die Augen. «Roy Black auch noch? *Ein* toter Mann reicht doch, Resi, oder nicht?»

Der Gesang verstummte. «Musik ist die Sprache der Herzen», sagte Resi dann.

«Ja schon, aber bitte nicht diese.»

«Celentano zum Beispiel», murmelte Emma und dachte an die Ausgelassenheit des vergangenen Nachmittags mit seinen Unterhaltungen, seinem Lachen und den freundschaftlichen Begegnungen. All das schien mit einem Mal in einem anderen Leben stattgefunden zu haben.

Es kam Emma wie eine Ewigkeit vor, doch in Wahrheit vergingen weniger als zwanzig Minuten, bis gleich nacheinander zwei Autos anbrausten und erst Georg, dann Korbinian ausstiegen.

«Du bist nicht allein», intonierte Therese noch einmal mit trotzigem Blick in Annas Richtung, dann wendete sie ihren Rollator. «Das wird mir zu voll hier. Und außerdem muss ich's der Leni erzählen, die interessiert das bestimmt auch.» Mit diesen Worten schlurfte sie davon.

Korbinian lief auf Emma zu. Sein Lächeln wirkte leicht verkrampft, die Stirn war gerunzelt, und die Haare standen ihm zu Berge.

«Emma! Geht's dir gut?»

«*No. Neanche un pò.* Kein bisschen.» Emma ließ zu, dass er sie kurz in den Arm nahm und fest an sich drückte. «Danke, dass du sofort gekommen bist.»

«Aber natürlich. Jetzt erzähl erst mal.»

Sie löste sich von ihm und trat einen Schritt zurück. «Also, heute früh ...»

«Stopp!» Anna hob warnend die Hand. «In den Fernsehkrimis heißt es immer, man soll nicht im Detail drüber sprechen, um die Erinnerungen nicht zu verfälschen.»

Korbinian und Georg warfen sich einen Blick zu, dann zuckte Korbinian die Schultern. «Na schön, wenn ihr meint.»

Emma war in gewisser Weise froh, jetzt nicht darüber reden zu müssen, und nickte erleichtert.

«Auf jeden Fall liegt Seelig tot in unserer Teeküche», meinte Anna.

Georg schüttelte den Kopf. «Unglaublich. Wie ist er denn überhaupt da hineingekommen?»

«Er hatte immer noch einen Schlüssel», sagte Emma matt.

«Hoffentlich kommt die Kripo bald.» Korbinian ließ nervös seine Fingergelenke knacken. «Je eher die sich um alles kümmern, umso besser.»

«Die werden mir den Laden schließen ...»

Betretenes Schweigen entstand.

«Das wird sich nicht vermeiden lassen, fürchte ich», sagte Georg dann und zog unbehaglich die Schultern hoch.

Angespannt sah Emma auf ihre Uhr. Neun Uhr fünfunddreißig. Vor über einer halben Stunde hätte sie ihr Alimentari aufsperren sollen. Samstags war erfahrungsgemäß immer viel los, die Leute kamen aus dem Dorf und der Umgebung, um ihre Wocheneinkäufe zu machen, und gaben sich normalerweise um diese Zeit schon die Klinke in die Hand.

Heute würden sie vergeblich an der Tür rütteln.

Emma schloss verzweifelt die Augen.

«Emma!»

Helene hatte den bunten Kittel an, den sie in ihrer Praxis oft über den bequemen Pilateshosen trug, und ihre Armbänder und Fußkettchen klimperten, als sie knapp vor Emma und den anderen stehen blieb.

«Stimmt das, was die Omi sagt? Der Seelig ist tot? In *deinem* Alimentari?» Helene klang aufgelöst.

«Ja», sagte Emma und nickte, als würden die beiden Buchstaben allein nicht ausreichen. «Jemand hat ihn erschossen.»

«Oh mein Gott, das ist ja furchtbar!»

Helene zog sie in eine enge Umarmung. Emma atmete tief ein und genoss einen Moment lang die Zuwendung ihrer Freundin, die ihr fest über den Rücken strich.

«Leni», flüsterte sie in Helenes blondes Haar hinein. «Ich habe ihm gestern Abend die Pest an den Hals gewünscht.» Sie machte sich los und suchte Helenes Blick.

«Und du hattest allen Grund dazu», bekräftigte diese.

«Ja, schon, aber … das haben alle gehört. Und jetzt liegt er tot in meinem Laden.»

«Na und?» Helene zuckte die Schultern. «Irgendwo muss einer schließlich liegen, wenn er stirbt. Das hast du dir nicht ausgesucht, oder?»

«Nein, aber …»

Stimmengewirr drang an Emmas Bewusstsein. Es hatte die ganze Zeit im Hintergrund vor sich hin gesummt, doch sie hatte es verdrängt. Nun wurden die Stimmen lauter, und sie nahm wahr, dass auf der anderen Seite des Hauses, zum Dorfplatz hin, Menschen durcheinanderredeten. Es mussten immer mehr geworden sein, wahrscheinlich standen die Leute inzwischen vor der verschlossenen Ladentür Schlange.

Vorsichtig ging sie an der Hausseite nach vorn, Helene und Anna kamen ihr nach. Emma lugte um die Ecke.

«*O dio*!»

«Ja», bestätigte Helene, die hinter sie getreten war. «Da warten ein paar Leute darauf, dass du aufsperrst.»

«Und wir warten auf die Polizei», sagte Emma und lief zügig wieder zurück zum Hintereingang, um etwas Abstand zwischen sich und ihre Kundschaft zu bringen. «Wer weiß, wie lange die brauchen, um das alles zu untersuchen. *Mannaggia*.»

«Wir sollten vielleicht dafür sorgen, dass die Leute nach Hause gehen», überlegte Anna.

«Und was willst du denen erzählen?» Helene runzelte fragend die Stirn. «Die Wahrheit?»

Anna wiegte den Kopf. «Vielleicht. Lässt sich ohnehin nicht lange hinauszögern.»

«Schon, aber wenn wir ihnen das jetzt sagen, gehen sie erst recht nicht weg. Du weißt doch, wie die sind. Am Ende warten sie noch mit uns auf die Polizei.»

«Wir könnten sagen, dass der Strom ausgefallen ist», schlug Emma halbherzig vor. Sie fand den Gedanken, ihre Kunden in dieser Situation auch noch anzuschwindeln, keineswegs angenehm, aber dass die Beamten vor aller Augen vorfahren und Untersuchungen anstellen würden, gefiel ihr noch weniger.

«Oder wir sagen, dass du krank bist und nicht arbeiten kannst.» Helene zuckte die Schultern. «Du hast dir beim Auspacken der schweren Getränkekisten einen Hexenschuss zugezogen. Da könntest du dich in meiner Praxis verstecken, zumindest bis die Polizei kommt.»

«Ich glaube, die Kripo wird die Leute dann schon wegschicken», mischte sich Georg ein. «Und so nervös, wie wir gerade alle sind, glaubt uns wohl sowieso niemand eine erfundene Geschichte.»

«Auch wieder wahr.»

In Emmas Verzweiflung mischte sich irrationaler Ärger auf den Toten. Was hatte er bloß in der Nacht in ihrem Geschäft zu suchen gehabt! Hätte er sich nicht irgendwo anders erschießen lassen können?

«Ich gehe nach vorn», bot Korbinian an. «Falls die Beamten zum Vordereingang fahren, sollte jemand dort sein.»

«Nein, Korbinian. Das muss ich selbst tun», entschied Emma. Es half nichts, sie konnte sich nicht verstecken. Und sie wollte es auch nicht. Schließlich hatte sie sich nichts vorzuwerfen außer ein paar Flüchen und einer saftigen Verwünschung. Aber von Worten allein war noch niemand gestorben.

Trotzdem zitterten ihr wieder die Knie, als sie sich zum zweiten Mal auf den Weg durch die schmale Gasse zwischen den Häusern machte. Ihr Magen fühlte sich an, als hätte sie zum Frühstück ein Kilo Mascarpone verspeist. Jeder Schritt war mühsam, und die paar Meter bis zum Dorfplatz erschienen ihr endlos. Gleichzeitig wünschte sie sich, nie dort anzukommen.

«Da ist sie ja», sagte jemand, dessen Stimme Emma nicht zuordnen konnte.

Sie fand sich einer unüberschaubaren Menschenmenge gegenüber. Zumindest fühlten sich die acht oder neun Personen, die vor ihrem geschlossenen Laden warteten, für sie so an.

«Guten Morgen», sagte Emma und hoffte, dass nur sie selbst merkte, wie zittrig ihre Stimme war.

«Guten Morgen, Emma», sagte Bärbel Müller und kam auf sie zu. «Was ist denn heute los? Ich wollte den Kirmeslikör mitnehmen und dabei gleich fürs Abendessen einkaufen. Aber du hast ja immer noch zu!»

«Ja, weißt du ...» Emma stockte. «Das wird heute nichts werden. Ich muss euch leider enttäuschen, aber das *Alimentari del Sole* bleibt erst mal geschlossen. Wir haben einen ...» Ihre Stimme versagte, und sie musste sich räuspern.

Sollte sie es tatsächlich sagen? Irgendwie fühlte es sich immer noch an wie ein schlechter Traum. Der würde unweigerlich Wirklichkeit werden, wenn sie das schreckliche Wort ausspräche.

«Wir haben einen Notfall», sagte Korbinian neben ihr knapp.

8. KAPITEL

*A*uf dem Dorfplatz entstand Bewegung.

Emma starrte auf die große Limousine und die beiden Streifenwagen, die heranfuhren und die Straße vor ihrem Laden blockierten, ein Krankenwagen folgte. Menschen stiegen aus. Manche uniformiert, manche in Zivil, wieder andere in weißen Ganzkörperanzügen. Spurensicherung, wusste Emma aus den Sonntagskrimis. Und so fühlte sie sich auch: als ob sie unvermittelt in die Dreharbeiten zu einem Tatort geraten wäre.

Die Leute, die bisher in kleinen Grüppchen beisammengestanden und sich halblaut unterhalten hatten, kamen ebenfalls in Bewegung. Sie wichen zur Seite aus, um den Einsatzkräften nicht im Weg zu sein, blieben aber immer noch nah genug am Geschehen, um alles im Blick zu haben.

Unbehaglich zog Emma die Schultern hoch und schaute den Männern entgegen, die auf sie zukamen, als wüssten sie genau, an wen sie sich wenden mussten. Einer der beiden, ungefähr in Korbinians Alter, war schlank, aber sichtbar trainiert, trug einen Dreitagebart und das bereits ergrauende Haar kurz geschnitten. Der andere war jünger und ein klein wenig fülliger. Er hatte halblanges lockiges Haar. Beide waren leger in Jeans und Polohemd gekleidet und wirkten unauffällig – doch Emma musste nicht lange überlegen, mit wem sie es hier zu tun hatte.

Die beiden Männer blieben vor Emma stehen, und der

ältere griff in seine Jackentasche, um seinen Ausweis hervorzuholen. «Guten Tag, Kriminalhauptkommissar Henrik Gieseking, Mordkommission. Das ist mein Kollege Kommissar Oliver Falk.»

Korbinian trat neben Emma und legte ihr den Arm um die Schulter. «Gut, dass Sie da sind», sagte er, bevor sie reagieren konnte.

«Es gibt einen Toten?»

«Ja.» Wieder war Korbinian schneller, und Emma verspürte keinen Ehrgeiz, ihm zuvorzukommen.

«Wem gehört dieses Geschäft?» Die Stimme klang professionell und leidenschaftslos. Und der Mann kam nicht aus der Gegend, so viel stand fest. Er musste irgendwo aus Norddeutschland stammen, das hörte sogar Emma seiner Betonung an. Und es verunsicherte sie, ohne dass sie den Grund dafür benennen konnte. Sie musste sich erst räuspern, um antworten zu können.

«Mir. Ich betreibe diesen Laden seit vier Jahren.»

«Und sie sind?»

«Emma Ferrari.»

Sie wappnete sich für einen der üblichen Sprüche zu ihrem Familiennamen, doch der Kommissar sah sie nur einen Moment lang an. Seine Augen waren von einem strahlenden Grün, und Emma fröstelte. *Dio*, dieser Mann würde sie in alle ihre Einzelteile zerlegen. Und ihre Freundinnen gleich mit.

«Wer ist der Tote?»

«Er heißt Roland Seelig senior.»

«Spielt das *Senior* eine Rolle?»

«Er hat einen Sohn mit dem gleichen Namen.»

Der Kommissar nickte. «Sie haben die Leiche gefunden?»

«Genau. Frau Bachmeier, meine Mitarbeiterin, kam gleich darauf dazu.» Emma deutete auf Anna, die schräg hinter ihr stand, wie um sie aufzufangen, sollte sie umkippen.

«Und ich.»

Woher Therese plötzlich aufgetaucht war, wusste Emma nicht. Wider jede Vernunft hatte sie gehofft, die alte Dame aus dem Geschehen heraushalten zu können, doch das hatte sich nun wohl erledigt.

Der Kommissar ließ einen prüfenden Blick über das kleine Grüppchen schweifen, das ihm hier gegenüberstand. Emma fühlte sich immer unbehaglicher.

«Haben Sie etwas angefasst?»

«Nein», antworteten Emma und Anna wie aus einem Mund und sahen sich an. Anna nickte ihr aufmunternd zu.

«Ich auch nicht!», beteuerte Therese.

Gieseking nickte knapp. «Ich werde mit Ihnen allen sprechen, bevor wir weitere Zeugen vernehmen. Wo kann Kommissar Falk inzwischen Ihre Personalien aufnehmen, während ich mir den Tatort ansehe? Wir brauchen einen Ort, an dem meine Kollegen und ich ungestört unsere Befragungen durchführen können.»

Ratloses Schweigen antwortete ihm.

Im Hintergrund rollten einige Uniformierte gerade das rot-weiße Absperrband aus und riegelten damit symbolisch den Eingang zu Emmas Laden ab. Der Anblick schnitt ihr ins Herz.

Die Menge war inzwischen angewachsen. Wo Leute stehen, stellen sich andere dazu, egal ob sie wissen, was es da zu sehen gibt, oder nicht. Und dass eine solche Neuigkeit wie ein Lauffeuer die Runde durchs Dorf machte, konnte Emma sich lebhaft ausmalen.

Eine junge Beamtin im Alter von Raffaella ging von einem Schaulustigen zum anderen, notierte Namen und forderte die Leute dann dazu auf, den Platz zu verlassen. Einige der Anwesenden warfen Emma noch einen letzten Blick zu, ehe sie sich umwandten.

Fragend? Anklagend? Skeptisch?

Sie konnte es nicht sagen. Unangenehm waren ihr die Blicke in jedem Fall, und sie kam sich vor wie an den Pranger gestellt. Manche tuschelten, andere verließen den Platz schweigend. Allein bei dem Gedanken daran, dass man möglicherweise sie selbst für die Schuldige halten könnten, fing ihr Herz an zu rasen, und sie wollte sich gar nicht ausmalen, was das für ihren Ruf im Dorf bedeuten würde.

«Wir können ins Wirtshaus gehen.» Helenes Stimme riss sie aus ihrer Starre. «Das ist gleich hier gegenüber.»

«Das wird aber kein Frühschoppen», bemerkte ein etwas älterer Beamter, der ihre Worte aufgeschnappt hatte, im Vorbeigehen.

«Weiß ich doch», rief ihm Helene hinterher und wandte sich wieder an Gieseking. «Aber das Lokal gehört meinen Eltern, und dort ist genug Platz für uns alle. Ein Nebenzimmer haben wir auch, wo niemand stört.»

«Verstehe.»

«Ich bin übrigens die Helene Straub, Physiotherapeutin, Freundin und Nachbarin von Frau Ferrari. Und dass sie's nicht war, kann ich Ihnen gleich schon sagen.»

Emma schenkte ihr ein dankbares Lächeln, doch der Kommissar überging Helenes gut gemeinte Bemerkung.

«Danke. Oli, du gehst mit den Herrschaften ...» Er machte eine vage ausholende Bewegung, die ihr kleines Grüppchen umfasste. «... voraus ins Wirtshaus, nimmst die Personalien auf und sorgst dafür, dass sie nicht miteinander über den Fall reden. Ich sehe mir den Tatort an.»

«Kann ich mitkommen?», entfuhr es Emma.

Korbinian stöhnte leise. «Emmi! Was soll das?»

«Es ist *mein* Laden», fuhr sie leidenschaftlich auf. «*Meine* Teeküche. Und es wäre bald *mein* Haus gewesen. Warum also nicht, *porca miseria?*»

Verflixt!

Sicher war es nicht besonders klug, vor dem ermittelnden Kommissar so zu explodieren, aber nun war es schon zu spät. Manchmal verfluchte sie ihr Temperament, das in den unpassendsten Momenten plötzlich mit ihr durchging. Emma presste die Lippen aufeinander, ihr Herz pochte unruhig.

«Frau Ferrari, niemand betritt den Tatort», sagte Gieseking bestimmt. «Das gilt auch für Sie. Lassen Sie die Spurensicherung ihre Arbeit tun. Ich spreche gleich mit Ihnen, dann sehen wir weiter. Danke.»

So, wie er dieses *«Das gilt auch für Sie»* ausgesprochen hatte, klang es für Emma trotz der höflichen Wortwahl eher nach *«Das gilt besonders für Sie».*

«Siehst du?» Korbinian fasste nach ihrer Hand, als wollte er Emma beruhigen.

«Schon gut», sagte sie und machte sich trotzig los. «Das war dumm.»

Gieseking musterte sie ausdruckslos, ignorierte den Wortwechsel aber. «Sie ...» Er deutete auf Anna und Helene. «... gehen bitte mit Herrn Falk voraus zur Vernehmung, mit den beiden Herren unterhält sich jemand vom Team. Frau Ferrari, gehen Sie bitte ebenfalls mit. Alle anderen können nach Hause. Schönes Wochenende.»

Schönes Wochenende? Meinte er das ernst? Der Mann musste einen schrägen Humor haben.

«Und ich? Ich weiß auch was.» Therese rollte an Gieseking heran.

«Omi, nicht.» Helene griff nach dem Rollator, um sie aufzuhalten. «Der Kommissar braucht deine Aussage nicht, du hast doch nichts gesehen.»

«Hab ich wohl. Ich hab einen Toten gesehen, und ich habe Lakritz gerochen. Das muss er aufschreiben.»

Emma schloss kurz die Augen und bedauerte erneut zutiefst, dass nun auch noch Resi in der Sache drinsteckte. Als sie die Augen wieder öffnete, spielte um den Mund des Kommissars ein kleines Lächeln. Lachte er ihre betagte Freundin etwa aus? Emma beschloss verärgert, ihn nicht zu mögen.

«Frau …»

«Obermüller. Ich bin die Therese Obermüller.»

«Frau Obermüller, das erzählen Sie gern meinem Kollegen, ja? Oli, bitte lass jemanden aufnehmen, was Frau Obermüller zu sagen hat.»

Der nickte. «Ist gut.»

«Wo haben Sie das Haus heute Morgen betreten, Frau Ferrari?», wandte sich der Kommissar an Emma. «Hier vorn ist geschlossen.»

«Es gibt einen Hintereingang, den ich morgens und abends benutze.» Emma wies mit der Hand die schmale Gasse entlang.

Mit einem wortlosen Nicken machte er sich auf den Weg. Bekümmert sah sie ihm nach.

«Emma?» Helene berührte sie sanft am Arm.

«Ja, ich komme.» Sie folgte ihrer Freundin und den anderen über den Dorfplatz hinüber zum Wirtshaus. Dabei hatte sie ständig das Gefühl, die Blicke der Leute körperlich im Nacken zu spüren, was sie als völligen Blödsinn abzutun versuchte. Doch der Gedanke blieb.

Der Haupteingang zur Gaststätte war bereits offen. Helene blieb im Gang stehen und drehte sich zu Falk um. «Brauchen Sie für jeden von uns einen eigenen Raum? So viele haben wir nämlich nicht, wir sind ja zu sechst.»

Der junge Kommissar schüttelte den Kopf. «Die Herren Brenner und Bachmeier kommen anschließend an die Reihe. Wichtig ist erst einmal, dass wir die Aussagen der Personen aufnehmen, die unmittelbar am Auffinden der Leiche beteiligt und am Tatort waren.»

«Das sind dann also Emma und ich», resümierte Anna.

«Und ich», meldete sich Therese zu Wort.

«Und du, Omi, genau», sagte Helene liebevoll und lächelte ihre Großmutter kurz an. «Dann würde ich sagen, wir nehmen das kleine Nebenzimmer, da sollte gerade niemand sein, und die große Gaststube. Wer nicht dran ist, kann im Erker darauf warten, dass er an die Reihe kommt.»

«Das klingt doch gut», meinte Falk und machte eine einladende Handbewegung. «Dann begleite ich Frau Bachmeier und Frau Ferrari ins Nebenzimmer, und der Rest von Ihnen geht bitte mit meinem Kollegen in die Stube.»

«Das Nebenzimmer ist hier.» Helene deutete auf eine Tür.

Falk öffnete und trat vor Emma und Anna ein. Ein einzelner Mann saß am Fenster und blätterte in einer Zeitung. Als er hochsah, erkannte Emma den Hausgast, der hier wohl gefrühstückt hatte – zumindest ließ das Geschirr, das vor ihm auf dem Tisch stand, darauf schließen. Sein Name war irgendwas mit Christus gewesen, erinnerte sie sich vage.

Sein Blick glitt über die kleine Gruppe, und als er Emma erkannte, lächelte er sie freundlich an und hielt den Blick für ihren Geschmack einen Atemzug zu lang auf sie gerichtet. Sie fühlte sich nicht danach, die Geste zu erwidern, also nickte sie nur mit unbewegter Miene.

«Entschuldigen Sie», sagte Falk, ohne zu ahnen, dass der Mann nicht von hier war und folglich kein Deutsch sprach, «wir bräuchten bitte diesen Raum hier für uns.»

«Oh, aber selbstverständlich», war die überraschend klare deutsche Antwort. «Ich bin fertig hier sowieso. Guten Tag.»

Er faltete die Zeitung und legte sie neben das Gedeck, erhob sich und verließ mit einem höflichen Nicken den Raum. Emma sah ihm geistesabwesend hinterher, und als sich der Spanier an der Tür noch einmal umdrehte und ihr ein weiteres charmantes Lächeln schenkte, schaute sie rasch zur Seite.

Sie gestand sich ein, dass ihr dieses Verhalten an einem anderen Tag vielleicht geschmeichelt hätte. Aber wenn es irgendeinen Zeitpunkt gab, an dem sie absolut keinen Nerv für einen Flirt hatte, dann war das dieser.

«Bitte, Frau Ferrari.» Falk wies auf einen der freien Tische und riss Emma damit zurück ins Jetzt. «Kommissar Gieseking führt Ihre Befragung durch. Frau Bachmeier, Sie nehmen bitte dort Platz, zu Ihnen komme ich gleich.»

Das unbehagliche Gefühl in Emmas Magen verstärkte sich, als der junge Kriminalbeamte ein Diktiergerät aus seiner Aktentasche zog und vor sie auf den Tisch stellte.

Anna setzte sich derweil auf den ihr zugewiesenen Stuhl am anderen Ende des Raums und warf ihr einen betretenen Blick zu. Falk platzierte ein identisches Gerät auch vor Anna und setzte sich ihr gegenüber. Er begann mit den bürokratischen Details, erfragte Namen sowie ihre Beziehungen zu-einander.

Emma beobachtete ihn. Seine leise Stimme drang in dem stillen Raum problemlos bis zu ihr, und sie konnte nicht anders, als zuzuhören. Er hatte den Akzent der Gegend, kam also nicht aus dem Norden wie sein Chef. Ein Pluspunkt für ihn. Im Gegensatz zu Gieseking wirkte er sympathisch.

Als hätten ihre Gedanken ihn gerufen, öffnete sich in diesem Augenblick die Tür, und Gieseking trat ein. Er steuerte direkt auf Emmas Tisch zu, nahm ihr gegenüber Platz und schaltete das Tonbandgerät ein.

«Frau Ferrari, bitte schildern Sie die exakten Umstände, die zum Auffinden der Leiche geführt haben», fing er ohne Umschweife an, nachdem er die vom Protokoll geforderten Informationen aufgesprochen hatte.

Emma räusperte sich und berichtete erst stockend, dann etwas flüssiger den Ablauf ihres Morgens vom Aufsperren des Ladens bis zu dem Moment, als sie in die Teeküche getreten war.

«Und in welcher Beziehung standen Sie zu dem Opfer?»,

«Er ist ... *war* mein Vermieter.»

Kurz musste sie das Gefühl der Beklemmung wegatmen, das sie beim Aussprechen der Vergangenheitsform überkam.

Seelig war Geschichte. Tot. Endgültig.

Noch einmal holte sie tief Luft. Es war unvermeidlich, sie musste zur Sprache bringen, was am Vorabend geschehen war. Die Ermittler würden es ohnehin erfahren, dann besser von ihr. Helene war dabei gewesen, Korbinian ebenfalls. Sie musste den beiden das unangenehme Gefühl ersparen, sie anzuschwärzen, wenn sie über den gestrigen Abend befragt wurden, denn genau das würde geschehen.

Gieseking sah sie abwartend an.

Von draußen war leises Stimmengewirr durch das gekippte Fenster zu vernehmen, und von Annas Tisch drang Gemurmel zu ihr herüber.

«Ich ...», fing Emma an und wusste nicht weiter. «Er ... also, er wollte mir das Haus verkaufen, in dem ich meinen Laden habe, und hat es sich gestern anders überlegt.» Das war vermutlich nicht korrekt, genau genommen hatte sie es nur da erst erfahren. Aber egal. «Und wir hatten gestern Abend deswegen einen üblen Streit, und ich habe ihm ... ich habe ihm gesagt, dass ich ihm am liebsten den Hals umdrehen möchte.»

Giesekings Augenbrauen hoben sich. «Was genau meinen Sie damit?»

«*Già*, nun ja ...» Emma knetete ihre Hände und fühlte sich mit einem Mal so schuldig, als hätte sie Seelig tatsächlich eigenhändig umgebracht. Unbehaglich sah sie auf das Aufnahmegerät, während sie mit gedämpfter Stimme weitersprach.

«Ich habe ihn beschimpft und verflucht und gesagt, dass er zur Hölle fahren soll, und das haben alle gehört, die gestern dabei waren. Und jetzt liegt er tot in meinem Laden.» Sie blickte auf, geradewegs in Giesekings grüne Augen. «Da bin ich automatisch die Hauptverdächtige, oder?»

«Das zu beurteilen, überlassen Sie besser uns», entschied der Kommissar. «Erzählen Sie weiter, Frau Ferrari. Wie genau kam es zu Ihrem Wortwechsel?»

In knappen Worten schilderte Emma, was am Vorabend im Wirtshaus geschehen war. An manchen Stellen fiel es ihr nicht leicht, bei der ungeschönten Wahrheit zu bleiben. Sie fand, sie kam nicht besonders gut weg mit ihrer aufbrausenden Art. Doch obwohl sie das dachte, stieg auch jetzt die Wut erneut in ihr auf, und sie holte zwischendurch mehrmals tief Luft, um nichts Falsches zu sagen.

Aber was war angesichts dieses Desasters überhaupt noch falsch oder richtig?

«Und?»

«Und was?»

«Können Sie beim doppelten Preis mithalten?»

«*Ma va*! Natürlich nicht! Was denken Sie denn? Dass man mit italienischen Oliven und Mozzarella Millionärin wird?»

Der Kommissar ignorierte den Ausbruch und blätterte in den Unterlagen, die er mitgebracht hatte. Er wirkte sehr vertieft dabei.

Ihre Frustration machte es Emma schwer, still zu sitzen. Was für eine Zeitverschwendung! Andererseits, was sollte die Eile? Es würde heute keine Ladenöffnung geben. Keine Kunden, keine Verkäufe. Keine Einnahmen.

Ihr Magen krampfte sich zusammen.

Vorbei! Sie brauchte sich keine Sorgen um die Umsätze dieses Samstagmorgens mehr zu machen, denn der Hauskauf war sowieso geplatzt, zumindest vorläufig. Der Gedanke hinterließ eine riesengroße Leere in ihr, doch bevor sie sich ihrem Selbstmitleid hingeben konnte, drang Giesekings Stimme wieder in ihr Bewusstsein.

«Was haben Sie nach dem Streit getan?» Er lehnte sich zurück und verschränkte die Arme.

Emma atmete tief aus und lehnte sich ebenfalls zurück. «Ich bin nach Hause gegangen», fing sie an. Während sie den kläglichen Rest des Abends zusammenfasste, wurde ihr erst so richtig klar, dass sie nicht mal ein gutes Alibi hatte.

Trotzdem …

«Glauben Sie wirklich», unterbrach sie sich mittendrin, «dass ich so dumm wäre, Herrn Seelig in meinem eigenen Laden zu erschießen?»

«Ich glaube erst mal gar nichts.» Der Kommissar, der ihr bis hierher unbeteiligt zugehört hatte, runzelte die Stirn. «Aber Mord hat selten mit Dummheit oder Intelligenz zu tun. Jedenfalls hatten Sie offensichtlich sowohl ein Motiv als auch die Möglichkeit, eine solche Tat auszuführen.»

«Und warum hätte ich das tun sollen, verdammt noch mal?», fragte Emma hitzig. Diesmal war ihr der deutsche Fluch flüssig über die Lippen gekommen.

Gieseking zuckte die Schultern. «Herr Seelig hat sein Wort Ihnen gegenüber gebrochen und Sie damit konfrontiert, dass Sie Ihren geliebten Laden verlieren werden. Das war für Sie eine herbe Enttäuschung, das haben Sie selbst zugegeben. Sie haben auch ausgesagt, Sie hätten ihn verflucht und ihm den Tod gewünscht. Vielleicht haben Sie ihn später noch einmal auf ein Gespräch in Ihren Laden gebeten und versucht, ihn umzustimmen. Als Ihnen das nicht gelang, haben Sie im Affekt Ihren eigenen Fluch in die Tat umgesetzt.»

Emma stemmte in einer Mischung aus Entrüstung und Verzweiflung die Hände in die Hüften – was im Sitzen nicht denselben Effekt hatte, als hätte sie vor dem Kommissar gestanden. «Im Affekt? *Stunden* später? Wenn ich ausflippe, dann gleich, glauben Sie mir. Als ich ihn verwünscht habe, *da* hätte ich ihm den Hals umdrehen mögen. Aber doch nicht irgendwann mitten in der Nacht!»

Gieseking musterte sie ein paar Atemzüge lang, die Emma wie eine Ewigkeit vorkamen. «Und trotzdem haben Sie sich als Hauptverdächtige bezeichnet.»

Sie stieß die Luft aus und ließ die Arme sinken. «Ja, aber …

bin ich das denn nicht? Sie haben doch gerade selbst gesagt, dass ...» Hilflos brach sie ab. Redete sie sich da gerade um Kopf und Kragen?

Sie schluckte und beobachtete den Kommissar, der sich jetzt zu ihr herüberbeugte. Er hatte Lachfalten, und um seinen Mund ließ sich ein humorvoller Zug erahnen. Beides musste aus einem anderen Leben stammen.

«Frau Ferrari», holte Gieseking sie aus ihren Gedanken. «Ich habe lediglich ein mögliches Szenario entworfen.» Er lehnte sich wieder zurück und blätterte in seinen Notizen. «Sie sind Mitglied im örtlichen Schützenverein – vermutlich nicht das einzige. Wir werden feststellen, ob noch andere Mitglieder ein Motiv haben könnten, Herrn Seelig zu beseitigen. Erst einmal ist jeder verdächtig, der eine Schusswaffe besitzt. Wo befindet sich Ihre?»

«Äh ...» Der Themenwechsel kam abrupt. «Korrekt zerlegt in meinem Safe. Mein Ex-Mann ist sehr akribisch, was das angeht, und hat mir damals beim Aufbau des Safes geholfen.»

Insgeheim schickte sie ein Stoßgebet zum Himmel und dankte Korbinian für seine Pingeligkeit.

«Sehr vernünftig von Ihrem Mann.»

«Ex-Mann», betonte Emma und wusste nicht, warum ihr das so wichtig war.

Der Kommissar nickte nur. «Erinnern Sie sich, wer von Ihren Vereinskollegen gestern Abend noch anwesend war?»

«Fast alle.» Emma verschränkte wieder die Arme. Zu ihrer Verzweiflung und Frustration kam erneut der innige Wunsch, das alles hier zu beschleunigen.

«Etwas genauer?»

Emma schloss die Augen und versuchte, sich die gestrige

Runde vorzustellen. Dann zählte sie auf, wer ihr in Erinnerung geblieben war.

«Aber Sie fragen vielleicht am besten auch noch Helenes Eltern. Sie betreiben dieses Wirtshaus, und Adelheid Straub, die Wirtin, hat ein gutes Personengedächtnis. Außerdem bekommt sie viel mit, was hier im Dorf passiert.»

«Danke für diesen Hinweis.» Sie glaubte, ein leises Schmunzeln zu erkennen. «Sie sollten bei uns anfangen.»

«Herr Kommissar, ich erkenne Spott, wenn ich ihn höre. Und ich finde das nicht lustig.»

Er beugte sich wieder zu ihr vor und schob die Unterlagen beiseite. «Stellen Sie sich vor, ich auch nicht. Wer außer Ihnen hat noch einen Schlüssel für Ihre Wohnung und Zugriff auf Ihre Waffe?»

Emma hob resigniert die Schultern. «Niemand. Ich habe sie gestern nach dem Treffen im Verein zu Hause weggeschlossen, und außer meiner Tochter hat niemand den Schlüssel.»

«Also doch nicht niemand.» Der Kommissar machte sich eine Notiz. «Die Kombination für den Safe kennt Ihre Tochter auch?»

Emma schüttelte den Kopf. «Nein.»

«Sonst jemand? Herr Brenner vielleicht? Der so akribisch war, was Ihren Safe angeht?»

Das hatte sie ja ganz vergessen. Natürlich hatte Korbinian einen Ersatzschlüssel zu ihrer Wohnung, so wie sie noch einen Schlüssel ihres früher gemeinsamen Hauses hatte, in dem er wohnte. Für alle Fälle. Und tatsächlich wusste er auch die Kombination zum Safe, den er ja selbst in Betrieb genommen hatte.

Nachdem sie das zu Protokoll gegeben hatte, hatte sie das

dringende Bedürfnis, noch etwas hinzuzufügen. «Korbinian würde nie auf einen Menschen schießen, egal, mit welcher Waffe. Er hat ja auch selbst eine, da hätte er meine nicht gebraucht. Aber er kann keiner Fliege was zuleide tun.»

«Auch nicht, um Ihnen einen Gefallen zu tun?»

«Gefallen?»

«Ihr Widersacher ist tot. Das müsste Ihnen ja entgegenkommen.»

«*Ma no* ... aber doch nur, wenn Frau Seelig, oder wer jetzt alles erbt, das Haus nun doch an mich verkauft und nicht an den Immobilienhai. Und warum sollte sie das tun? Sie hat ihm ja selbst dazu geraten, das Geschäft mit denen zu machen und nicht mit mir. Das hat er mir gegenüber jedenfalls gesagt.»

Gieseking nickte knapp. «Hat noch jemand einen Schlüssel? Immerhin sind aus niemand nun zwei weitere Personen geworden.»

Am liebsten hätte sie mit den Augen gerollt. «Nein, das waren alle.»

«Fällt Ihnen sonst etwas ein, das uns dienlich sein könnte?»

Emma durchforstete ihr Gehirn und schüttelte schließlich bedächtig den Kopf. «Nein, leider nicht.»

Der Kommissar schaltete das Aufnahmegerät ab. «Falls doch, melden Sie sich bei uns. Hier ist meine Karte.»

In klarer, schlichter Schrift standen darauf sein Name und eine Telefonnummer. Auf der Rückseite fanden sich sein Dienstgrad und die Adresse der Polizeidienststelle.

«Danke.» Etwas brannte ihr noch auf der Seele. «Wie geht es jetzt weiter?»

«Die Vernehmung wird transkribiert, und Sie kommen in

den nächsten Tagen zu uns aufs Präsidium, um Ihre Aussage zu unterschreiben. Und wir brauchen Ihre Fingerabdrücke, um sie mit denen am Tatort abgleichen zu können.»

Emma schnaubte verächtlich. «Da ist alles voll davon. Gewöhnlich arbeite ich nicht in Gummihandschuhen.»

«Wir brauchen sie, um sie von anderen Spuren vor Ort unterscheiden zu können.» Die Stimme des Kommissars klang nach wie vor sachlich und emotionslos, und Emma fragte sich, ob er grundsätzlich und immer so war oder ob er diese Abgeklärtheit berufsbedingt entwickelt hatte. «Dass Ihre Abdrücke überall zu finden sind, ist nur plausibel. Fragwürdig wäre eher das Gegenteil.»

«Wenn ich alles geputzt hätte?»

«So ungefähr.»

«Und was geschieht nun mit meinem Laden?»

Unwillkürlich warf Emma einen Blick zu Anna hinüber. Auch dort ging das Gespräch anscheinend dem Ende zu, denn ihre Freundin hatte sich schon halb erhoben. Doch dann setzte sie sich wieder hin und schüttelte den Kopf. Was gesagt wurde, konnte Emma nicht verstehen, die beiden redeten jetzt zu leise.

«Herr Seelig wird in die Gerichtsmedizin gebracht, und sobald unsere Spurensicherung vor Ort fertig ist, wird der Tatort bis auf Weiteres versiegelt. Dann beginnen die offiziellen Untersuchungen des Mordfalls. Wir werden das abgefeuerte Geschoss mit den infrage kommenden Waffen vergleichen. Anhand der Eintrittswunde konnten die Kollegen aber schon eingrenzen, dass es ein kleines Kaliber gewesen sein muss. Außerdem werden wir weitere Befragungen vornehmen und diese evaluieren. Wie lange die Versiegelung bestehen bleibt, hängt vom Verlauf der Ermittlungen ab.»

Das klang nach einer kleinen Ewigkeit!

«*Mannaggia.*» Emma stöhnte auf und legte verzweifelt den Kopf in den Nacken. «Ich habe das ganze Kühlhaus voll mit frischer Ware, die gestern geliefert worden ist. Wenn die nicht in den nächsten Tagen verbraucht wird, geht alles kaputt.»

Der schöne Mozzarella. All der frische Käse. Nun gut, Käse hielt sich bei den richtigen Temperaturen eine Weile, aber das Gemüse, der Salat, ihre aromatischen Tomaten ... Der Gedanke, dass sie all die leckeren Sachen würde wegwerfen müssen, wenn sie irgendwann wieder in ihren Laden durfte, tat ihr in der Seele weh. An den wirtschaftlichen Verlust mochte sie noch gar nicht denken ...

«Wie lange dauern solche Ermittlungen denn normalerweise?»

«Das ist ganz unterschiedlich, Frau Ferrari. Aber als Mieterin des Ladens sind Sie tatortberechtigt und können in Begleitung eines Kollegen die verderbliche Ware aus der Kühlung holen.»

Emma riss die Augen auf. Das hatte sie nicht erwartet. Der Mann hatte anscheinend doch menschliche Regungen.

«Das ist ja ... *fantastico! Grazie!*»

«Danken Sie nicht mir, sondern den Vorschriften.» Gieseking erhob sich und ging zur Tür. «Einer meiner Kollegen wird jetzt Ihre Abdrücke sichern und Sie dann nach Hause begleiten, um Ihre Waffe sicherzustellen. Wenn Sie damit fertig sind, schicke ich jemanden, der mit Ihnen die Sachen aus dem Laden holt. Danke für Ihre Zeit.»

Emma wusste nicht, was sie darauf sagen sollte. Sich ebenfalls bedanken? Wofür? Dass ihre Welt von einem Moment auf den anderen Kopf stand? Dass sie vielleicht zwar nicht die Hauptverdächtige war, aber definitiv zum engeren Kreis möglicher Täter zählte? Hätte sie doch diesen Schützenverein schon längst verlassen und ihr Sportgerät an jemanden abgegeben, der darauf mehr Wert legte als sie!

Mit einem stummen Nicken schob sie sich an dem Kommissar vorbei. Gieseking nickte mit undurchdringlicher Miene zurück.

Als sie auf den Gang trat, atmete Emma auf. Was für ein Albtraum!

Helene erwartete sie schon. Emma brachte sie kurz auf den neuesten Stand und berichtete auch, dass sie in Begleitung in den Laden durfte.

«Oh, das ist toll. Ich habe mich schon gefragt, was mit all deinen leckeren Sachen passiert. Aber jetzt gib denen erst mal deine Pistole, damit sie dich so schnell wie möglich als Verdächtige ausschließen können.» Helene lächelte sie aufmunternd an. «Und wenn du damit fertig bist, kommst du wieder, und ich helfe dir, deine Vorräte auszuräumen.»

«Ach, Leni, du bist ein Engel.»

«Das kostet dich lebenslang eine Hartwurstsemmel am Tag.»

«Abgemacht.» Trotz ihrer Anspannung musste Emma unwillkürlich lachen. «*Dammi cinque.* Hand drauf.»

9. KAPITEL

$\mathcal{D}$ie Übergabe ihrer Sportpistole war schnell abgewickelt. Emma lehnte das Angebot ab, anschließend mit dem Beamten zum Laden zurückzufahren. Sie brauchte ein paar Momente für sich allein, um wieder etwas zur Ruhe zu kommen, und wollte zu Fuß gehen. Die Hoffnung, unterwegs auf andere Gedanken zu kommen, erfüllte sich allerdings nicht, denn in ihrem Kopf drehte sich alles in wilden Kreisen.

Noch immer klang ihr die Frage im Ohr, die Therese gestellt hatte, als sie zu dritt vor der Leiche standen: *Wer macht denn so was?*

Ja, wer?

Wer konnte Roland Seelig genug gehasst haben, um ihn zu erschießen? Wieso in ihrem Laden? Was hatte Seelig dort gewollt? Und überhaupt: War er in dieser Nacht zum ersten Mal – eigentlich unbefugt – in ihrem Alimentari gewesen? Oder hatte er das schon öfter gemacht? Wut stieg in ihr auf. Ja, er war vielleicht der Eigentümer des Hauses, aber sie war immerhin die Mieterin und Betreiberin des Ladens und hatte damit das Hausrecht.

Sie war ja sogar tatortberechtigt!

Was für ein Wort.

Tatort ... Ihr geliebter Laden war ein Tatort.

Und damit ein Ort, an dem außer Roland Seelig in der vergangenen Nacht noch jemand gewesen war, der dort nicht hingehörte. Ein Täter.

Nur – wer?

Himmel. Wenn sie das wüsste, wäre sie sofort entlastet, könnte ihren geliebten Laden aufsperren und gemütlich dabei zusehen, wie die Polizei den oder die Schuldige in Handschellen abführte.

Sie versuchte, ihrem Instinkt zu lauschen, um eine Antwort zu bekommen, doch der schwieg beharrlich. Sie hatte keine Ahnung, wer ihren Vermieter auf dem Gewissen haben könnte. Es kam niemand infrage, den sie kannte.

Oder kamen sie etwa alle infrage?

Als sie sich dem Dorfplatz näherte, erkannte sie schon aus der Ferne die rot-weißen Flatterbänder, die ihren geliebten Laden absperrten. Ein echtes Hindernis stellten sie ja nicht dar, und doch war es, als hätte man einen Felsbrocken vor ihre Tür gerollt. Der Anblick der Polizeifahrzeuge, die noch immer auf dem Dorfplatz parkten, verursachte ihr ein beklemmendes Gefühl. Nur der Notarztwagen war mittlerweile verschwunden. Roland Seelig brauchte keinen Arzt mehr, sondern einen Gerichtsmediziner, das hatte sie auf den ersten Blick gesehen.

Ob er noch immer in ihrer Kaffeeküche lag?

Emma zog unbehaglich die Schultern hoch. Das würde sie vermutlich gleich erfahren.

Die Menge hatte sich inzwischen weitgehend zerstreut, wenn auch ein paar vereinzelte kleine Grüppchen noch am Rand des Dorfplatzes versammelt waren und sich leise unterhielten. Die Tür zum Strauberwirt stand offen, wie immer bei schönem Wetter.

War der Kommissar nach wie vor im Gasthaus und führte weitere Zeugenbefragungen durch?

Kurz entschlossen betrat Emma die Gaststätte und sah sich um. Die Tür zum Nebenzimmer war geschlossen, also ging sie in die große Stube und fand dort neben ein paar bekannten Bierdimpfen Anna im Gespräch mit Helene.

Beide sprangen sofort auf und kamen auf sie zu. Die drei Frauen umarmten sich spontan, und Emma atmete erleichtert aus. Wie gut es tat, die Wärme ihrer Freundinnen zu spüren. Annas Hand, die ihr sanft über den Rücken strich, Helenes klimpernde Fußkettchen, die ihr zumindest die Illusion von heiler Welt vermittelten, leise gemurmelte Worte der Ermutigung.

Als sie sich voneinander lösten, hatte nicht nur Emma Tränen in den Augen.

«*Grazie, carissime*», sagte sie schlicht. Mehr wagte sie nicht, denn sie traute ihrer Stimme in diesem Moment ganz und gar nicht.

«Der Kommissar sagt, wenn du wieder da bist, sollst du zum Laden kommen. Da wartet ein Beamter auf dich, der mit dir reingeht, wenn du die Sachen holst.» Helene räusperte sich. «Alles in Ordnung bei dir?»

«*Sì*. Ist der Kommissar noch hier?»

Anna nickte.

«*Va bene*. Dann gehe ich jetzt mal die Kühlung ausräumen.»

Helene griff hinter die Theke nach ihrer Tasche. «Wir kommen mit.»

Zu dritt überquerten sie den Platz und betraten die enge Gasse zwischen dem Alimentari und Helenes Praxis.

«Musst du eigentlich gar nicht arbeiten?», fragte Emma perplex. Dass ihr das erst jetzt einfiel! Helene hatte auch samstags häufig Termine.

«Das waren nur zwei, und als ich ihnen gesagt habe, dass ich heute nicht kann, waren sie wahrscheinlich froh, dass sie sich nicht von ihren Klatschbasen losreißen mussten», meinte ihre Freundin leichthin. «Umso besser, schließlich ist an diesem Tag nichts Normales. Da helfe ich lieber dir.»

Erneut flutete Emma ein so starkes Gefühl der Dankbarkeit für ihre Freundinnen, dass sie kräftig schlucken musste.

Als sie aus der Gasse kamen, blieb sie so abrupt stehen, dass die anderen beiden ungebremst in sie hineinliefen. Auf dem hinteren Parkplatz neben Annas Auto parkte ein Leichenwagen mit geöffneter Heckklappe. Mehrere Polizeibeamte standen vor dem Eingang, und zwei Männer waren gerade damit beschäftigt, einen metallenen Rollwagen mit einem dunklen Sack darauf in den Kofferraum zu schieben.

Roland Seelig.

Ein Schauer lief über Emmas Rücken, Anna neben ihr sog scharf die Luft ein und bekreuzigte sich.

«Möge er in Frieden ruhen», murmelte Helene.

Stumm beobachteten die drei Frauen die Szenerie. Emma schwankte zwischen Erleichterung, weil nun wenigstens keine Leiche mehr in ihrer Teeküche lag, schlechtem Gewissen, weil sie erleichtert war, und einer erneuten Welle des Ärgers über den geldgierigen Zeitgenossen Seelig.

«Warum nur?»

«Was meinst du?» Sie sah Helene an.

«Na, ich frag mich halt, was der Seelig nachts in deinem Laden zu suchen hatte. Fehlt irgendwas?»

«Wohl kaum. Der hatte es doch nicht nötig, ein paar Spaghetti und ein Stück Parmesan zu klauen», sagte Anna.

Helene zuckte die Schultern. «Ich dachte eher an Emmas

teure Grappas und die edlen Weine. Bei manchen würde sich das schon lohnen.»

«Und wo hätten die Sachen sein sollen? Als wir ihn gefunden haben, war von teuren Grappas nichts zu sehen.»

«Habt ihr ganz genau geschaut? Sicher nicht, dafür wart ihr viel zu entsetzt, das wär ich auch gewesen. Außerdem könnte sein Mörder das Diebesgut auch mitgenommen haben, oder?»

Ehe Anna antworten konnte, schlossen die Männer die Heckklappe. Das dumpfe Geräusch ließ Emma zusammenzucken. Es hatte so etwas Endgültiges.

Endgültig wie Seeligs Tod.

«Was er da wollte, frage ich mich natürlich auch schon seit heute Morgen», gestand sie, um sich von der Beklemmung abzulenken, die ihr wohliges Gefühl der Dankbarkeit viel zu rasch verdrängt hatte. «Ich habe leider nicht den Hauch einer Ahnung. Genauso wenig weiß ich, ob er das öfter gemacht hat, einfach nachts in den Laden zu gehen. Falls ja, habe ich jedenfalls nie etwas bemerkt. Und ob etwas fehlt, kann ich euch im Moment auch nicht sagen, ich hab den Laden ja nicht mehr betreten. *Caspita*, ich hab den Kopf voller Fragen und keine Antworten darauf.»

Das Auto fuhr ab, und einer der Beamten kam zu ihnen herüber.

«Ist jemand von Ihnen Frau Ferrari?»

«Das bin ich.» Emma trat einen Schritt vor.

«Ich soll Sie in den Laden begleiten. Kommissar Gieseking sagt, Sie möchten ein paar Sachen mitnehmen.»

Sie nickte. «Danke.»

Alle drei setzten sich in Bewegung, doch der Beamte hielt sie auf.

«Stopp! Nur Frau Ferrari. Sie müssen bitte hier draußen warten.»

«Aber wir können doch mithelfen, umso eher sind wir hier fertig.» Helene schob sich vor Emma und lächelte den Beamten an. «Kommen Sie, Herr Wachtmeister. Viele Hände machen der Arbeit schnell ein Ende.»

Der Spruch könnte von Resi stammen, schoss es Emma durch den Kopf. Ihr war Helenes Versuch, den Mann charmant umzustimmen, etwas peinlich. Doch sie hatte offenbar die Wirkung von Helenes Augenaufschlag unterschätzt.

«Na gut», sagte der Beamte seufzend und winkte seinem Kollegen zu, ebenfalls mitzukommen. «Wenn es dann wirklich schneller geht. Aber das bleibt unter uns!»

«Natürlich.» Helene legte verschwörerisch den Zeigefinger auf ihre Lippen. «Von uns erfährt niemand ein Sterbenswörtchen. Kommt ihr?», rief sie Emma und Anna über die Schulter zu, ging voran und bedankte sich artig bei dem Polizeibeamten, der ihr die Tür aufhielt.

Anna und Emma folgten ihr nach drinnen, und Emma war sich sicher, dass nicht nur sie sich ein Kopfschütteln verkneifen musste.

«Soll ich mit Helene die Sachen aus dem Laden holen?», bot Anna an. «Vielleicht magst du ja lieber den Kühlschrank im Lager leeren. Mir macht's sicher weniger aus als dir, jetzt da reinzugehen.»

Dankbar nickte Emma. Tatsächlich war ihr mulmig zumute bei dem Gedanken, den Laden zu betreten, denn da müsste sie auf jeden Fall an der Teeküche vorbei. Zwar wollte sie einerseits wissen, wie es darin aussehen mochte, auf der anderen Seite schreckte sie genau diese Aussicht ab.

«Gute Idee. Nehmt einfach alles Gemüse mit, und auch

die Kräutertöpfe. Sonst gießt die ja keiner. Und ihr könntet die Kühltheke ausräumen.»

«Machen wir.»

Ihre beiden Freundinnen und der jüngere der beiden Beamten – derjenige, den Helene um den Finger gewickelt hatte – verschwanden durch die hintere Tür in den Laden. Der andere folgte Emma ins Lager.

Dort krempelte sie schweren Herzens die Ärmel hoch und machte sich an die Arbeit.

Eine Stunde später hatten die drei Freundinnen alles, was ein nahendes Verfallsdatum hatte oder innerhalb der nächsten Tage an Frische verlieren würde, in Annas Auto verstaut. Die Polizeibeamten hatten die Hintertür versiegelt und sich dann freundlich verabschiedet, doch anstatt erleichtert zu sein, stand Emma nun da und starrte deprimiert auf den Inhalt des geräumigen Kofferraums. Wohin mit den Sachen? Sie aus dem Kühlschrank im Lager und der Kühltheke im Laden zu holen, war zwar der erste Schritt, doch noch lange keine echte Lösung.

«Und jetzt?»

Das alles fühlte sich an wie ein unüberwindlicher Berg an Problemen. Wie sollte sie all diese Herausforderungen, die ihr plötzlich bevorstanden, nur jemals bewältigen? Dieses Durcheinander entwirren?

Wie würde ihre Zukunft aussehen?

Helene legte ihr tröstend den Arm um die Schulter. «Wir könnten das erst mal in unser Kühlhaus bringen, auch wenn dir das auf Dauer nicht viel hilft.»

Emma nickte. «Vorübergehend ist das schon eine Erleichterung, denn bei mir daheim habe ich gar keinen Platz für so viele Sachen. Aber was mache ich dann damit? Wer soll das alles essen?»

«Die Leute wollen sie ja haben», überlegte Anna, «aber wenn sie nicht in deinen Laden dürfen ...»

«Wir sollten deine Sachen bei uns im Wirtshaus verkaufen», schlug Helene vor.

«Das ist ein *scherzetto, no*? Ihr seid doch kein Alimentari.»

«Aber wir könnten eine mobile Filiale eröffnen. Für einen außergewöhnlichen Sonderverkauf.» Darüber musste sie selbst lachen.

«Dürft ihr das denn?», erkundigte sich Anna.

Helene zuckte die Schultern. «Wer sollte uns daran hindern?»

«Ich weiß nicht recht.» Noch scheute sie davor zurück, die Hilfsbereitschaft der Straubs dafür in Anspruch zu nehmen, denn alles zu verkaufen, konnte etwas dauern. So lange würde sie Platz in deren Kühlhaus und auch deren Hilfsbereitschaft beanspruchen.

Wenn es nur eine schnellere Möglichkeit gäbe ...

«*Un attimo*. Moment mal ...» Langsam begann eine Idee Form anzunehmen. «Wenn deine Eltern einverstanden wären, einen italienischen Abend zu veranstalten – vielleicht morgen? –, dann könnten wir die frischen Zutaten auf diese Art verwerten! Insalata Caprese vorweg, dann Parmigiana, Caponata Melanzane, Peperonata, alles mit frisch geröstetem Brot als Bruschette dazu. Zum Abschluss ein schönes Käsebuffet, und wer möchte, bekommt Salame und Prosciutto ... und aus dem Basilikum könnte ich Pesto machen, ich hab auch noch etliche Packungen Spaghetti zu Hause ...»

«Genial!» Helene strahlte. «Da sagt die Mami bestimmt nicht Nein. Und die Omi bringt die Nachricht unter die

Leut, wenn ich sie darum bitte. Wär doch gelacht, wenn das nicht ein voller Erfolg wird.»

Adelheid Straub hatte tatsächlich nichts gegen die Idee, am Sonntag einen italienischen Abend zu veranstalten, und eine Stunde später saßen sie und Emma bereits zusammen in der Gaststube, um einen improvisierten Speiseplan zu entwerfen. Allerdings war Emma im Gegensatz zur Wirtin, die die Belagerung ihres Wirkungskreises durch die Vernehmungen erstaunlich gelassen hinnahm, nicht wirklich bei der Sache.

Ein paar der männlichen Himmelsrichter saßen wie jeden Samstag beim Wirt, um das zweite Frühstück – fest oder flüssig – zu genießen, und Emma hatte das unbehagliche Gefühl, dass man sie zwar grüßte, ihr aber dennoch scheel hinterhersah. Hielt man sie für eine Mörderin? Oder bildete sie sich das nur ein?

Ihr Blick fiel durch das Fenster hinaus auf den Platz. Ein Auto fuhr heran und parkte nicht weit von der Linde entfernt. Emma erkannte den Mann, der ausstieg: Es war der spanische Übernachtungsgast der Straubs.

Ob er auch befragt würde? Vielleicht hatte er ja irgendetwas mitbekommen. Das Gasthaus lag nur quer über den Dorfplatz, eigentlich in Rufweite ihres Ladens. Wenn dort ein Schuss gefallen war, hätte man das beim Wirt wahrscheinlich hören können.

Der Spanier nahm eine dunkle Aktentasche aus dem Wagen, schloss ab und ging auf das Wirtshaus zu. Wenig später lief er an der geöffneten Stubentür vorbei, dann verschwanden seine Schritte auf der Holztreppe nach oben in den ersten Stock.

Sie warf einen Blick auf die Uhr. Halb drei.

Der Kommissar war noch immer mit Korbinian im Nebenzimmer zur *Einvernahme*, wie Adelheid ihr berichtet hatte. Warum das wohl so lang dauerte? Außerdem seien Georg, Otto Hößlbarth und Bürgermeister Beuerle befragt worden. Die beiden Letzteren hätten das Gasthaus gleich darauf im Eilschritt verlassen, nur Georg habe noch einen Kaffee mit Anna getrunken, nachdem diese mit ihrer Hilfe für Emma fertig war.

Gedankenverloren sah Emma zur Tür des Verhörraums. Was würde der Kommissar ihren Ex-Mann fragen? Würde er darauf eingehen, dass Korbinian theoretisch Zugang zu ihrer Waffe gehabt hatte? Die Fragen, die der Ermittler ihr gestellt hatte, kreisten in ihrem Gehirn und ließen sie nicht mehr los. Und so sehr sie es auch zu ignorieren versuchte, pochte in ihrem Hinterkopf leise ein Gedanke.

Wäre es möglich, dass Korbinian etwas mit alldem zu tun hatte? Aber welchen Grund hätte er haben sollen, Seelig zu erschießen? Um ihr zu helfen?

Nein, das war vollkommen absurd. Korbinian war weder ein Mörder noch dumm. Ihm hätte doch selbst klar sein müssen, dass sie das nicht weiterbringen würde, denn wenn sie die Lage ehrlich betrachtete, war sie jetzt viel schlimmer als zuvor.

«Emma?»

Erst, als sie Adelheid Straubs fragendem Blick begegnete, wurde ihr bewusst, dass die ihr eine Frage gestellt hatte und auf eine Antwort wartete.

«Entschuldige, Adelheid, ich war ... *assente*. Hab dir nicht zugehört, *mi dispiace*.»

«Versteh ich.» Adelheid sah sie mitfühlend an. «Würde mir auch so gehen. Dafür bist du bewundernswert gefasst.»

«Findest du? Ich weiß nicht. Das Ganze setzt mir schon ziemlich zu ...»

«Glaub ich dir, aber du bewahrst trotzdem einen kühlen Kopf.»

Emma lachte kurz auf. «Bleibt mir denn was anderes übrig? Ich weiß nur, dass ich es nicht war, alles andere ...» Sie zuckte ratlos die Schultern. «Was soll ich denn machen?»

Adelheid beugte sich zu ihr über den Tisch. «Ich überlege auch schon die ganze Zeit, wer das gewesen sein könnte, aber ... ich trau so was, ehrlich gesagt, niemandem aus dem Dorf zu. Irgendwie will man ja doch nicht glauben, dass man einen Mörder in den eigenen Reihen hat.»

Emma nickte. Sie wusste genau, was die Wirtin meinte. Auch ihr schwirrte ständig der Gedanke durch den Kopf, wer die Tat begangen haben könnte, und sie war froh über die Ablenkung, die die Planung des italienischen Abends mit sich brachte. Am liebsten hätte sie das unangenehme Thema ganz und gar vermieden, doch dafür war es einfach zu präsent.

«Aber jetzt lass uns mit dem Gemüse weitermachen, sonst werden wir nicht rechtzeitig fertig», sagte Adelheid resolut. «Was soll aus den Auberginen werden?»

«Eine Parmigiana.» Dankbar ging Emma auf den Themenwechsel ein. «Das ist ein Auberginenauflauf mit Tomatenpüree und Parmesan.»

«Klingt gut. Ich finde, das könnten wir überhaupt öfter mal machen ...»

Das Klappern einer Tür und Männerstimmen im Flur ließ die beiden Frauen innehalten. Gleichzeitig wandten sie die Köpfe in Richtung der Tür, die in den Gang hinausführte.

«Das hat aber lang gedauert», meinte Emma.

«Sie haben spät angefangen, der Kommissar hat lange am Telefon gehangen», informierte die Wirtin sie.

«Ich hab mich schon gewundert ...»

Korbinian ging vorbei, ohne sich umzusehen, und wirkte, als hätte er es sehr eilig wegzukommen. Der Kommissar blieb in der Tür stehen und sah seinem letzten Gesprächspartner hinterher. Dann drehte er sich um und betrat die Gaststube.

«Wir sind hier erst einmal fertig, Frau Straub. Vielen Dank, dass wir Ihre Räumlichkeiten nutzen durften.»

Adelheid erhob sich und ging ihm ein paar Schritte entgegen. «Keine Ursache, Herr Kommissar», sagte sie. «Wenn wir helfen können, tun wir das gern. Schließlich wollen wir alle so schnell wie möglich wieder bei unserer lieben Emma einkaufen.»

Emma lächelte gerührt.

«Genauso ist es.» Helene drängte hinter Gieseking durch die Tür. «Drum hoffen wir alle, dass Sie den Mörder schnell finden.»

«Ich gebe mein Bestes», antwortete der Kommissar und nickte verbindlich. «Sagen Sie, haben Sie vielleicht ein Zimmer für uns frei, Frau Straub? Gewissermaßen als Operationsbasis. Der Kollege Falk und ich fahren zwar jetzt zurück ins Präsidium und leiten die nötigen Untersuchungen in die Wege, aber wir sind ab morgen mit weiteren Einvernahmen und Ermittlungen hier beschäftigt.»

«Selbstverständlich, das ist kein Problem.»

«Hoffentlich klärt sich das Ganze bald auf», sagte Helene.

Für Emma klang das nicht danach. Vielmehr hörte es sich an, als würde es eine Ewigkeit dauern, bis Ergebnisse zu erwarten wären. Und so lange könnte sie nur herumsitzen und abwarten.

Ärger stieg in ihr hoch. Wut auf den Mörder, der ihr mit dieser blutigen Schandtat das Leben schwermachte. Denn obwohl Emma wusste, dass es völliger Unsinn war, empfand sie dieses Ereignis als Affront. Als persönliche Beleidigung.

Es war eine Frechheit. Und die sollte sie auf sich sitzen lassen? Und auf die Polizei vertrauen, die vielleicht an der ganz falschen Stelle ansetzte?

Sie sollten bei uns anfangen ...

Der Satz dröhnte geradezu durch ihr Gehirn. Natürlich hatte der Kommissar das nicht ernst gemeint, aber ...

«Übrigens veranstalten wir morgen einen italienischen Abend. Sie sind herzlich willkommen. Nicht wahr, Emma?», drangen Helenes begeisterte Worte an ihr Ohr.

«*Eh* ...» Überrumpelt stand sie da und musste sich erst auf die Frage besinnen, so sehr war sie in ihren Gedanken versunken gewesen. Sie wusste nicht recht, ob sie Helene wegen ihres unbekümmerten Vorstoßes böse sein oder darüber lachen sollte. Doch es erschien ihr einfacher, die Flucht nach vorn anzutreten. «Helene hat recht, Herr Kommissar», bestätigte sie. «Am besten bringen Sie auch Ihre Kollegen mit, und falls das Essen nicht reicht, muss mich eben noch mal jemand in den Laden begleiten.»

Gieseking lächelte schmal. «Vielen Dank für die Einladung. Wir werden sehen. Da ich morgen sowieso hier bin ... möglicherweise.»

Helene nickte. «Dann ist es also abgemacht.»

Der Kommissar sah sie nacheinander an, auf Emma blieb sein Blick einen Moment länger ruhen. Oder kam ihr das nur so vor? Stand ihr etwa schon auf der Stirn geschrieben, was sie vorhatte?

«Nochmals danke und bis morgen», sagte er dann, verabschiedete sich mit einem Nicken und ging.

«Hach», seufzte Helene, als sich die Wirtshaustür hinter dem Kommissar geschlossen hatte. «Was für ein Mann!»

Emma fuhr herum. «Echt jetzt?»

Die Antwort war ein Schulterzucken. «Er sieht doch wirklich gut aus, findest du nicht? Diese grünen Augen ... so faszinierend.»

«*Ma veramente no!* Wie kann man jemanden in so einer Situation gut aussehend finden!»

Helene hob eine Augenbraue. «Dabei hat er dir so tiefe Blicke zugeworfen ...»

«*Sciocchezze*. Blödsinn. Da siehst du echt Gespenster», widersprach Emma kopfschüttelnd. «Also ich finde den Mann nicht besonders sympathisch. Und wie er hier auftritt ...»

«Der macht doch nur seinen Job. Und ganz ehrlich», Helene grinste herausfordernd, «ich glaube, der Herr Kommissar hat ein Auge auf dich geworfen.»

Statt einer Antwort zeigte Emma ihrer Freundin einen Vogel und stand auf. Sie wollte unbedingt wissen, was Korbinian gefragt worden war und was er geantwortet hatte. Und überhaupt – warum war er einfach so davongestürmt?

«Könnt ihr zwei hier ohne mich weitermachen, bitte? Ihr habt ja meine Liste mit Rezeptvorschlägen», rief sie auf dem Weg zur Tür. «Ich komme nachher wieder und helfe euch bei den Vorbereitungen, aber jetzt muss ich erst mal mit Korbinian reden.»

10. KAPITEL

*W*arte, Korbinian!» Emma erwischte ihren Ex-Mann auf dem Parkplatz hinter ihrem abgesperrten Alimentari, als er gerade ins Auto steigen wollte.

«Emma.» Korbinian drehte sich zu ihr herum. «Wo warst du? Ich wollte dich gerade anrufen, weil ich dich nirgends mehr gesehen habe, bevor ich zur Befragung musste.»

«Wir haben die Kühlung ausgeräumt und alles zum Strauberwirt gebracht. Ich habe mit Helene und Adelheid in der Stube gesessen, als du vorbeigelaufen bist. Du hattest es ja ziemlich eilig.»

«Ja, ich wollte da einfach nur raus», gestand er mit einem Schulterzucken.

«Wie war es denn?»

«Wie war es ... puh, gute Frage.» Er sah sich um. «Soll ich dich nach Hause fahren? Da können wir uns in Ruhe unterhalten.»

«*No*, geht nicht. Ich muss zurück zum Strauberwirt.» Sie setzte ihn kurz über die Pläne für den morgigen Abend ins Bild. «Du kommst doch auch, oder?»

«Auf jeden Fall.» Korbinian nickte. «Wir könnten bei Lisa schnell einen Kaffee trinken. Was meinst du? Ist besser, als hier auf dem Parkplatz rumzustehen.»

Unschlüssig verzog Emma den Mund. Sie hatte wenig Lust, sich jetzt in der Öffentlichkeit des Dorfcafés über die Ermittlung zu unterhalten. Schon der Gedanke, dort aufzutauchen, fühlte sich sonderbar an, und obwohl sie an den Ereignissen natürlich vollkommen unschuldig war, verspürte sie den Drang, sich zurückzuziehen.

Doch dann schüttelte sie den Kopf und ärgerte sich über sich selbst. Sie hatte sich nichts zuschulden kommen lassen, und genau so musste sie sich auch verhalten.

«Na gut, lass uns gehen. Je schneller ich wieder im Wirtshaus bin und mithelfen kann, umso besser.»

Auf dem Weg zurück durch die Gasse zum Dorfplatz legte ihr Korbinian tröstend den Arm um die Schulter und drückte sie kurz an sich. «Das wird sich alles ganz schnell aufklären, wirst schon sehen.»

«Hm. Hoffentlich.»

Sie verschwieg Korbinian, dass sie sich da selbst nicht so sicher war. Nichts am Verhalten oder den Worten des Kommissars hatte darauf schließen lassen, wie lange es dauern würde, bis das Leben in Himmelsricht wieder seinen normalen Gang gehen würde. Und sie würde ihm auch vielleicht lieber nichts davon sagen, dass sie die Absicht hatte, die Dinge ein wenig zu beschleunigen.

Sie überquerten den Dorfplatz und betraten das Café von Lisa Mangelkramer. Die stand gerade an einem der Tische mitten in ihrem Lokal, leere Teller und eine Tasse in der Hand, und unterhielt sich mit zwei Gästen. Bei Emmas Eintreten wirkte sie zuerst erstaunt, dann fasste sie sich und nickte ihr und Korbinian zu.

«Sie entschuldigen mich», bat sie das Paar, das Emma nicht kannte. Touristen, mutmaßte sie.

Lisa kam ihnen entgegen.

«Hey, ihr beiden», sagte sie mit gesenkter Stimme. «Stellt euch vor, die Polizei war vorhin bei mir zu Hause, hat meine

Pistole abgeholt und mir eine Menge Fragen gestellt. Gut, dass ich samstags erst später öffne.» Sie sah sich unauffällig um, dann wieder zu Emma. «Stimmt das, was ich auf dem Weg hierher aufgeschnappt habe? Der Seelig liegt tot in deinem Laden? Erschossen?»

«Inzwischen nicht mehr.»

Lisa stellte das Geschirr auf den Tresen. «Was?»

«Inzwischen liegt er nicht mehr tot in meinem Laden, sondern in einem dunklen Sack im Leichenwagen», präzisierte Emma.

Vielleicht eine Spur zu plakativ, denn Lisa verzog das Gesicht. «Wie schrecklich.»

Emma nickte. «Ist leider die Wahrheit. Und ja, die Kripo hat meinen Laden bis auf Weiteres zugesperrt. Es gibt also erst mal keinen Kermes.»

Lisa winkte ab. «Als ob das jetzt wichtig wäre. Wenn ich das richtig verstanden habe, dann haben die von allen unseren Vereinskollegen die Waffen eingesammelt.»

«Ja. Sie wollen prüfen, wer auf Seelig geschossen hat.»

Plötzlich wurde der Gedanke, dass einer von ihnen ein Mörder sein könnte, bedrückend real.

«Hast du einen ruhigen Platz für uns?», mischte sich Korbinian pragmatisch ein.

«Ja klar.» Lisa wirkte erleichtert. «Nehmt den kleinen Tisch im Erker. Da habt ihr eure Ruhe. Was soll ich euch bringen?»

Nachdem Korbinian eine Tasse Kaffee und Emma ein Glas Wasser bestellt hatte, konnten sie sich endlich setzen.

Emma kam direkt zur Sache. «Was wollte der Kommissar von dir wissen?»

«Vermutlich dasselbe wie von dir und allen anderen auch,

die befragt wurden. Wo ich in der Nacht war, was ich mit meiner Pistole gemacht habe, ob ich was gegen Seelig hatte … so was halt. Warum?»

Emma räusperte sich. «Weil er mir gegenüber angedeutet hat, du könntest Seelig getötet haben.» Es hatte keinen Sinn, um den heißen Brei herumzureden.

Korbinian runzelte die Stirn. «Wie kommt er denn darauf?» Seine Stimme klang ungewohnt scharf. «Warum hätte ich das tun sollen?»

Sie zuckte die Schultern. «Weiß nicht. Aus Solidarität zu mir vielleicht? Das hat er zumindest gemutmaßt.»

«Solidarität?» Korbinian suchte ihren Blick. «Emma, du glaubst diesen Unsinn doch hoffentlich nicht, oder?»

Emma zögerte. «Bist du gestern nach dem Strauberwirt gleich nach Hause gegangen?» Warum ihr ausgerechnet diese Frage über die Lippen drängte, konnte sie nicht sagen.

«Was hat das damit zu tun?» Er lehnte sich zurück. Emma merkte, dass er ihrem Blick auswich.

«*Niente*.» Sie zuckte die Schultern. «Ich wollte es einfach nur wissen, aber du hast recht, das geht mich nichts an.»

«Natürlich bin ich gleich heimgegangen. Wo hätte ich sonst hingehen sollen? Es war ja schon spät, und die Stimmung war auch nicht mehr die beste. Also bin ich nach dem Treffen nach Hause. Dasselbe könnte ich übrigens dich fragen.»

Korbinian zupfte an seinem Polohemdkragen herum, seine Stimme hatte einen sonderbaren Unterton angenommen. Fast klang es, als würde er sich ertappt fühlen. Hatte er irgendetwas zu verbergen? Emma schien es, als würde er erleichtert aufatmen, als Lisa die Getränke brachte und so ihre Unterhaltung unterbrach.

«Danke», sagte er.

«Alles in Ordnung bei euch?» Sie sah zwischen ihnen hin und her.

«Soweit man das mit einem Toten im Laden sagen kann, *sì*», antwortete Emma und nahm einen Schluck von ihrem Wasser.

«Hast recht, blöde Frage», sagte Lisa und lächelte schwach. «Wenn ihr noch einen Wunsch habt, meldet euch einfach.»

Als sie wieder allein waren, breitete sich Schweigen zwischen Emma und Korbinian aus. Das war ein merkwürdiges Gefühl für Emma, denn bisher hatte sie mit ihrem Ex-Mann immer über alles reden können. In diesem Moment aber hatte sie das unangenehme Gefühl, dass sie das Thema von vorhin nicht weiterverfolgen sollte. Gleichzeitig wusste sie beim besten Willen nicht, was sie sonst sagen könnte. Der Mord war einfach zu präsent, ihre Situation zu angespannt, um einfach nur Small Talk zu machen.

«Weiß es Raffaella schon?» Korbinian rührte konzentriert in seinem Kaffee, obwohl er wie üblich keinen Zucker genommen hatte.

Emma schüttelte den Kopf. «*No*. Ich hatte noch keine Zeit, irgendjemanden anzurufen. Und ich möchte auch nicht, dass sie es am Telefon erfährt. Ich wollte sie sowieso morgen zum Frühstück besuchen. Und meiner Familie muss ich das auch in den nächsten Tagen in Ruhe erzählen. Ich will nicht, dass sich Nonna Imma unnötig aufregt.»

«Zum Frühstück also. Darfst du denn die Stadt verlassen?» Korbinian grinste schief.

«*Cosa*? Was soll das denn heißen? Was willst du damit sagen?» Empört starrte sie ihn an. «Ich glaube, du hast zu viele Krimis gesehen. Ich bin doch keine Schwerverbrecherin!»

«Schon gut, schon gut.» Korbinian hob abwehrend die Hände. «Das war ein Spaß – du bist doch sonst nicht so humorlos!»

«Humorlos?» Sie schüttelte fassungslos den Kopf. «Finde du mal einen Toten in einem deiner Lamborghinis und lass dir bis auf Weiteres den Laden zusperren, und dann sag mir, wie viel Spaß du da noch verstehst, *mannaggia*!»

Emma war ernsthaft verstimmt. Das hatte ja gerade so geklungen, als stünde sie kurz vor dem Knast und dürfte sich nicht mehr aus dem Ort bewegen.

«Ach komm, jetzt sei nicht gleich beleidigt. So hab ich das doch nicht gemeint.» Korbinian beugte sich über den Tisch zu ihr herüber. «Sag Raffi liebe Grüße von mir, ich komme sie auch bald wieder besuchen.»

«Ja, mache ich», murmelte Emma und stand auf. «Ich geh jetzt wieder rüber zu Straubs. Hab mit den Mädels noch was zu besprechen für morgen.» Sie wandte sich schon zum Gehen, dann drehte sie sich noch einmal um. «Und versuch bitte die nächsten Tage nicht so zu tun, als wäre ich schon überführt.»

Wie sie gehofft hatte, traf Emma Helene und Anna noch beim Strauberwirt an. Die beiden saßen an einem kleinen Ecktisch in der großen Stube und unterhielten sich leise.

Auf dem kurzen Weg von Lisa hierher hatte ihr Gehirn auf Hochtouren gearbeitet. Sie wollte ihre Freundinnen unbedingt in ihren Plan einweihen, denn ohne deren Unterstützung konnte sie das Projekt auf keinen Fall durchziehen.

«Habt ihr nachher noch mal Zeit für mich?»

«Natürlich», sagte Anna. «Georg ist daheim bei den Kindern, ich hab also frei.»

«Hier läuft heute sowieso nichts normal», sagte Helene. «Bis es mit dem Abendgeschäft losgeht, braucht mich niemand.»

«Fein.» Emma strich sich eine Haarsträhne hinters Ohr. Sie war ein bisschen nervös bei dem Gedanken, was ihre Freundinnen zu ihrem Plan sagen würden. «Wir sollten uns allerdings einen Ort suchen, an dem wir ungestört sind.»

Helene überlegte kurz.

«Die Omi hat vorhin angerufen», sagte sie dann. «Sie hat einen Kuchen gebacken. Ich wollte nachher bei ihr vorbeischauen und ein Stück mit ihr essen.»

«Die Resi backt noch? Hut ab.» Emma staunte.

«Ich glaube, das braucht sie an einem solchen Tag, um sich zu beruhigen.» Helene schmunzelte. «Kommt doch mit. Sie freut sich bestimmt.»

«Meinst du nicht, dass ihr das zu anstrengend wird?» Anna stand auf.

Helene schüttelte den Kopf. «Nein, das glaube ich nicht. Wir müssen ja nicht zu lange bleiben.»

«Das ist eine schöne Idee», sagte Emma. «Ich bin dabei.»

Wie Helene vermutet hatte, war Therese geradezu beglückt, als ihre Enkelin samt Freundinnen am Nachmittag bei ihr vor der Tür stand.

«Wie schön! Da mach ich euch gleich noch einen frischen Kaffee, ihr drei. Und soll ich euch Sahne schlagen zum Kuchen?»

«Danke Resi, aber mach dir keine Umstände. Wir stören dich auch sicher nicht?», fragte Emma vorsichtshalber, obwohl das strahlende Gesicht der alten Dame bereits Antwort genug war.

«Ach geh, ich freu mich! Kommt doch rein.»

Sie ging langsam voraus in ihre Küche. In ihrer Wohnung bewegte sie sich oft ohne den Rollator, hatte Helene Emma mal erzählt. Dann ging es eben langsam, aber es ging.

«Setz du dich hin, Omi, ich kümmere mich um den Kaffee.»

Therese gehorchte, und mit klimpernden Fußkettchen machte sich Helene in der kleinen Küche nützlich. Das tat sie wohl öfter, denn sie wusste ganz genau, wo sie was fand.

Anna und Emma setzten sich auf die gemütliche Eckbank am Fenster. Wenig später durchzog frischer Kaffeeduft Thereses kleine Küche, und Anna verteilte Kuchenstücke auf den Tellern.

«Der sieht aber gut aus», sagte Emma anerkennend. «Danke, Resi!»

Die nickte zufrieden. «Mürbeteig mit Mandeln und Mohn. Den mochte mein Sepp immer am liebsten.»

Auch Helene setzte sich und griff nach ihrer Tasse. «So, genug der Vorrede.» Sie sah Emma neugierig an. «Raus mit der Sprache: Worum geht's, dass wir abhörsichere Räume ohne Lauscher brauchen?»

«Der Lauscher an der Wand hört seine eigne Schand, sag ich immer», gab Therese mit erhobenem Zeigefinger zum Besten.

Emma lachte. «Könnte in dem Fall sogar stimmen.» Sie nahm einen Schluck Kaffee. «Der Kommissar hat mich drauf gebracht. Er hat das im Scherz gesagt, aber ... ich habe beschlossen, mich ein bisschen umzuhören. Ich möchte der Sache mit Seelig selbst auf den Grund gehen.»

«Du willst ermitteln?» Helene stellt klirrend ihre Tasse ab. «Wie cool ist das denn! Ich find's super.»

Diese Reaktion freute Emma. Anna sagte nichts, schaute sie nur an und nickte. Dann hob sie den Daumen.

«Ich auch.»

Emma atmete erleichtert durch. «Ermitteln ist vielleicht ein bisschen viel gesagt, aber ... ja, ich glaube, darauf läuft es hinaus. Und ihr denkt wirklich, das ist eine gute Idee?»

«Dass du selber so viel wie möglich rausfindest? Natürlich», sagte Anna. «Die Polizisten mögen ja fähig sein, aber sich nur darauf verlassen?»

«Dein Freund und Helfer», murmelte Therese und schob sich ein Stück Kuchen in den Mund. «Hilf dir selbst, dann hilft dir Gott, sag ich immer.»

«Da fällt mir ein ... gell, Omi, über das, was wir gerade besprechen, reden wir draußen mit niemandem», sagte Helene mahnend. «Nur, was uns die Emma erlaubt, das erzählen wir.»

«Ja, aber ... machen wir denn was Verbotenes?»

«Das nicht», beschwichtigte Emma sie. «Aber es ist trotzdem besser, wenn das erst mal unser Geheimnis bleibt.»

«Versprichst du mir das?», hakte Helene eindringlich nach.

«Ja, das versprech ich», bestätigte Therese. «Wenn das so ein wichtiges Geheimnis ist, dann behalte ich das ganz fest für mich.»

«Danke Resi! Ich könnte mir nämlich gut vorstellen, dass der Herr Kommissar von unseren Nachforschungen nicht besonders begeistert wäre.»

«Wobei er dir eigentlich nichts vorwerfen könnte. Es heißt doch, die Bevölkerung soll Verantwortung übernehmen und Zivilcourage zeigen. Nichts anderes tust du jetzt», fand Helene.

«Na, so ist das bestimmt nicht gemeint.»

«Pah. Du kannst das interpretieren, wie du möchtest», stimmte Anna ihr zu. «Und außerdem ... dich ein bisschen umzuhören, ist schließlich kein Verbrechen, oder? Im Gegenteil. Bestenfalls klärst du eins auf.»

«*Wir* klären eins auf. Nicht ich allein. Diese ganze Aktion ist Teamwork.»

«Okay, *wir* klären ein Verbrechen auf.» Anna lächelte geschmeichelt. «Wir sind an Bord. Es geht schließlich um dich und dein wunderbares Alimentari.»

«Genau. Ohne dich gibt's kein Dolce Vita in Himmelsricht, und das würde uns allen ganz schrecklich fehlen», bekräftigte Helene und grinste. «Wer soll mir sonst meine leckeren Hartwurstsemmeln machen?»

«Will jemand Marmelade, wenn ihr schon keine Sahne mögt?», erkundigte sich Therese.

«Nein, danke, Resi. Der Kuchen ist saftig genug.» Emma strich ihr über den faltigen Handrücken. «Aber ein Blatt Papier könnte ich jetzt brauchen und einen Stift. Ich muss unbedingt aufschreiben, was mir durch den Kopf geht, und wissen, was ihr dazu denkt.»

Therese deutete auf den Küchenschrank. «Da in der Schublade liegt das Notizbuch, das du mir mal geschenkt hast, Leni, das könnt ihr nehmen. Bekomme ich noch Kaffee?»

Während Emma ihr nachschenkte, holte Helene das Notizbuch heraus und blätterte darin.

«Du hast das ja gar nicht benutzt.»

«Was soll ich denn auch schreiben, Leni? Ich kann mir doch alles merken, was ich wissen muss.»

«Auch wieder wahr.» Helene tauschte einen raschen Blick mit ihren Freundinnen.

«Ein Bleistift ist auch da.»

«Danke, Resi.» Emma nahm Buch und Stift von Helene entgegen, legte Ersteres neben ihren Teller und schlug es auf. «Also ... fangen wir an.»

Mehrere Tassen Kaffee und fast den ganzen Kuchen später hatten die vier Frauen eine Liste zusammengestellt, die alle Fragen und Ungereimtheiten umfasste und die sie nun noch einmal durchgingen.

Erstens: Wer hat Hugo eingesperrt?, stand ganz oben. *Der hat auch Roland Seelig getötet.*

«Schade, dass wir den Hugo nicht selbst fragen können.» Therese nahm einen Schluck Kaffee.

Helene lehnte sich satt zurück und leckte sich ein paar Kuchenkrümel vom Finger. «Stimmt, Omi. Der hätte bestimmt was Interessantes zu berichten.»

«Vielleicht war mehr als eine einzelne Person daran beteiligt», gab Anna zu bedenken.

«Das ist aber eher unwahrscheinlich, oder?» Helene legte den Kopf schief.

«Na ja», lenkte Anna ein. «Unwahrscheinlich schon, aber nicht unmöglich. Wir sollten uns nicht auf eine Einzelperson fixieren.»

«Also gut.» *Möglicherweise mehrere Personen*, schrieb Emma ins Heft. «Machen wir weiter.»

«Wie sind Mörder und Opfer in den Laden gekommen?», schlug Therese vor.

«Gute Frage, Resi. Wahrscheinlich mit Seeligs Schlüssel», überlegte Emma. «Aber tatsächlich ergibt sich daraus eine andere Frage.»

Zweitens: Wo ist der Schlüssel, mit dem Roland Seelig reingekommen ist?, schrieb sie auf.

«War der nicht am ... Tatort?» Anna runzelte die Stirn.

«Ich habe ihn nicht gefunden. Was nichts heißen muss. Wenn Seelig ihn in irgendeiner Tasche hatte, wird die Polizei das feststellen.»

«Wie war das überhaupt», forschte Helene nach. «Du bist morgens angekommen, und da war einfach offen?»

«Nicht offen im Sinne von sperrangelweit offen stehend, aber einfach nur zugezogen. Also nicht abgesperrt. Und ich drehe immer den Schlüssel zweimal um, wenn ich gehe.»

«Hm. Dann hat der Mörder also die Tür einfach nur hinter sich zugezogen und ist gegangen. Möglicherweise samt dem Schlüssel.»

«Genau», stimmte Emma zu. «Und es wäre schon beruhigend, das ausschließen zu können. Immerhin gilt: *Wer Seeligs Schlüssel hat, ist möglicherweise der Täter.*»

Sie ergänzte die Schlussfolgerung im Heft.

«Interessanter Ansatz, aber schwierig zu verfolgen, denn wir können schlecht nach dem Schlüssel suchen. Wo sollten wir da anfangen?» Helene beugte sich vor. «Erst mal weiter. Nächste Frage.»

Drittens: Welche Feinde hat Roland Seelig?

«Muss das jetzt nicht *hatte* heißen? Er ist doch tot.»

«Omi! Jetzt sei doch nicht so pingelig», mahnte Helene.

Emma grinste über den Eifer ihrer Freundinnen, wurde aber schnell wieder ernst. «Ich weiß gerade nur einen, und das ist Otto Hößlbarth. Hast du mir nicht gestern Abend am Telefon gesagt, dass die beiden sich nach meinem Auftritt gestritten haben?», wandte sie sich an Helene.

«Echt? Davon hat mir der Georg gar nichts erzählt.»

«Der war da schon weg, Anna.»

«Ach so. Worum ging's denn da?»

«Das war nichts Konkretes.» Helene runzelte konzentriert die Stirn. «Ein paar allgemeine *Komplimente* und viel Gockelgehabe halt. Von den beiden hält ... hielt jeder unsere Gaststube für sein persönliches Territorium.»

«Schade.» Emma wandte sich wieder ihrem Notizbuch zu. «Es wäre schön gewesen, hätten wir dazu mehr erfahren.»

«Ich frag mal meine Eltern, wer da noch infrage käme. Beim Frühschoppen gibt es ja immer wieder interessante Themen, vielleicht wissen die beiden was, ohne dass es ihnen klar ist.»

«Gute Idee. Bei Otto wird es sicher nicht bleiben, was die Feindesliste angeht», mutmaßte Anna. «Wer so viele Geschäfte macht und sich mit solchen Immobilienhaien einlässt, hat bestimmt mehr als nur den Schützenkönig gegen sich.»

Emma sah sie fragend an. «Denkst du auch, dass dieser Bauträger ziemlich groß sein muss?»

Anna zuckte die Schultern. «Vielleicht ist das auch nur so eine kleine Baufirma, aber überleg mal. Wenn du an ein Grundstück mitten im Ort kommen kannst, um was draus zu machen, und das Doppelte vom ursprünglichen Kaufpreis bietest, musst du schon was in der Hinterhand haben.»

«Stimmt. Aber was sollten die mit Seeligs Tod zu tun haben?» Helene schaute ratlos drein. «Noch dazu vor dem Verkauf?»

«Es muss ja nicht um die Firma selbst gehen. Vielleicht gab es irgendwo Widerstand gegen das Projekt?»

«Ich mache mal ein Fragezeichen dahinter», entschied Emma. «Weiter: *Wer ist ohne Alibi?*»

«Das sollten wir bei allen herausfinden, die für die engere Wahl infrage kommen», meinte Helene. «Aber das sind nicht wenige.»

«Alle, die eine Kleinkaliberwaffe haben. Also auf jeden Fall schon mal alle aus dem Schützenverein», resümierte Emma dumpf. «Auch die, die am Freitagabend nicht da waren. Aber vielleicht sollten wir erst mal bei denen bleiben, die im engeren Kontakt zu Seelig gestanden haben.» Sie hatten auf der nächsten Seite bereits eine Liste angelegt, die aber noch lange nicht vollständig war. Sie würden sich dem noch mal in Ruhe widmen müssen. «*Fünftens: Wer hatte ein Motiv?*»

«Puh ... alle, die ihn kennen?» Anna blies die Wangen auf. «Ein Sonnenscheinchen war er ja nicht, unser lieber Roland, wenn ich das mal so sagen darf.»

«Wir müssen versuchen, das irgendwie zu sortieren», sagte Emma. «Im Fernsehen heißt es doch immer, die Familienmitglieder sind erst mal die Hauptverdächtigen. Also Brigitte und Roland junior.»

«Wir brauchen auf jeden Fall ihr Alibi.» Helene schlug das Bein über. Wie meistens im Sommer trug sie nur Flipflops, diese hier waren mit rotem Glitzerkram geschmückt. «Jemand muss sie unauffällig danach fragen.»

«So was geht im Leben nicht unauffällig.» Anna trank ihre Kaffeetasse aus. «Nicht in so einer Situation.»

«Ich habe eine Idee», sagte Emma. «Ich werde Frau Seelig meine *condoglianze* bringen. Oder wie sagt man?»

«Dein Beileid aussprechen», half Therese aus.

«Und ihr dann auch gleich die entscheidenden Fragen stellen», fügte Helene an. «Sehr geschickt.»

«Ihr findet das nicht pietätlos?»

«Nö», sagte Helene entschieden. «Du bist schließlich

gleich nach der Familie die Hauptbetroffene dieses Todesfalls, und ich finde, da ist es nur verständlich, wenn du Licht in die Sache bringen willst.»

«Okay. Dann mache ich das so schnell wie möglich.»

«Was haben wir noch?» Helene reckte den Hals, um auf die Notizen blicken zu können.

Anna warf ebenfalls einen Blick ins Heft. «Ich denke, die zentrale Frage ist: Cui bono?»

«Was soll das denn heißen, Anna?» Therese zog fragend die Stirn in tiefe Falten.

«Das bedeutet *Wer profitiert von Robert Seeligs Tod?*»

«Auf jeden Fall ist sie das.» Ratlos sah Emma auf die Zeile ganz unten auf der Seite. Eigentlich hätte sie viel weiter oben stehen müssen, dachte sie, denn sie gehörte im Grunde zu der Frage nach dem Motiv. «Aber das herauszufinden, wird nicht so einfach sein.»

Eine Textnachricht ging auf ihrem Handy ein. Korbinian. Sie würde ihm nachher antworten. Die Sonne fiel schräg durch das Küchenfenster und zeichnete die Schatten der Zimmerpflanze, die dort stand, auf den Fußboden.

«Ich finde, das ist schon ziemlich umfangreich, was wir hier haben.» Anna nickte anerkennend.

«Das sehe ich auch so.» Emma lächelte und kaute am Ende des Bleistifts. «Dennoch sind es bisher alles Fragen, wir haben noch keine einzige Antwort. Und momentan ist mein Hirn leer. *Completamente vuoto.*»

«Wir sollten uns auch Susann Hillmeier genauer ansehen», schlug Helene vor. «Sie hat heute Morgen ihren Folgetermin abgesagt. Angeblich war sie erkältet und konnte deshalb nicht kommen.»

«Erkältet? Um diese Jahreszeit?» Anna schnaubte.

«Vielleicht hatte sie auch Heuschnupfen oder so. Was auch immer, sie klang ziemlich erbärmlich, muss ich sagen.»

«Dass sie nicht zum Termin gekommen ist, muss nichts heißen. Warum sollte sie Roland senior ermorden? Er war immerhin ihr künftiger Schwiegervater.»

«Genau deshalb. Vielleicht war er ja gegen eine Hochzeit?», spekulierte Anna drauflos. «Sie hat schließlich einen fürchterlichen Dialekt.»

Emma schmunzelte und schrieb den Namen auf. «Noch was?», fragte sie mit Blick auf Helene. «Ich seh dein Hirn förmlich rattern.»

«Wir müssen die Liste mit den möglichen Verdächtigen unbedingt weiterführen», sagte Helene. «Da kommen bestimmt viel mehr Personen als nur Hößlbarth, Susann Hillmeier, die Witwe und der Sohn von Seelig infrage. Vielleicht hatte er eine Lebensversicherung.»

«Aber das würde doch wieder auf die Familie weisen.» Emma tippte mit dem Stiftende auf das Blatt.

«Nicht unbedingt. Könnte auch für einen anderen Begünstigten sein. Oder für seine Firma. Ich weiß, dass manche Geschäftsleute das machen.»

«Ich glaube, du hast einiges vor, Emma», stellte Anna fest.

«Ja, aber nicht jetzt, ich muss los.» Emma klappte das Notizbuch zu. «Es weiß nicht zufällig eine von euch, was das für eine Geschichte zwischen Seelig und Hößlbarth ist, oder?», erkundigte sie sich, während sie ihre Sachen zusammenpackte.

Alle schüttelten den Kopf. «Ich frage mal Georg danach, vielleicht weiß der was», sagte Anna und reckte sich. «Das sollte sich rausfinden lassen. Ich halte in den nächsten Tagen auf jeden Fall die Augen offen.»

Emma nickte. «Das ist wahrscheinlich wichtig, das sollten wir unbedingt rauskriegen. Resi, darf ich das Notizbuch behalten?»

«Freilich. Ich brauch's ja doch nicht. Obwohl ...» Sie zögerte. «Wer schreibt, der bleibt, sag ich immer. Aber behalt's ruhig, jetzt hast du ja schon was reingeschrieben.»

«Danke, Resi.» Sie gab der alten Dame einen flüchtigen Kuss auf die Wange. «Ich besorg dir ein neues. Ein ganz schönes, *va bene*? Aber fürs Erste haben wir dich lang genug aufgehalten.» Sie lächelte der alten Dame zu, deren Gesicht von einem glücklichen Strahlen in eine wundersame Faltenlandschaft verwandelt wurde.

«Schön war's», sagte sie. «So viele spannende Geschichten. Da back ich bald mal wieder einen Kuchen für euch.»

11. KAPITEL

Ich glaub's einfach nicht!»

Raffaella starrte Emma fassungslos an. Bisher hatte sie den Ausführungen gelauscht, ohne sie zu unterbrechen – ganz wie ihre Mutter beherrschte sie die Kunst des Zuhörens beinahe perfekt –, und erst jetzt, als Emma zum Ende ihrer Geschichte kam, gab sie ihren ersten, entgeisterten Kommentar von sich.

«Das ist ja wie in einem schlechten Krimi.»

«Wem sagst du das? Ich komme mir vor wie im falschen Film», bestätigte Emma und löffelte den Milchschaum von ihrem Latte macchiato.

Nach einer unruhigen Nacht mit wirren Träumen hatte sie sich umso mehr auf das gemeinsame Frühstück mit ihrer Tochter gefreut. Nun saßen sie beide in einem Bistro am Donauufer und ließen sich Milchkaffee und hausgemachten Kuchen schmecken, während Heerscharen von Touristen auf der Uferpromenade entlangschlenderten und die Ausflugsdampfer den Fluss hinauf- und wieder hinunterfuhren.

«Was sagt denn Papa zu der ganzen Sache?»

Raffaella hatte sich verändert, seit sie in der Stadt studierte. Sie hatte markantere Gesichtszüge bekommen und wirkte selbstsicher und erwachsen. Emma konnte ein sentimentales Gefühl nicht unterdrücken. Wie schnell war die Zeit vergangen! Eben erst hatte sie ein krähendes Bündelchen in den Arm gelegt bekommen, und nun? Eine junge Frau mit eigenem Leben, eigenen Zielen und Vorstellungen.

«Was soll er schon sagen? Er ist auch ziemlich erschüttert. Aber immerhin war er sofort zur Stelle, als ich ihn gebraucht habe.» Emma beschloss, ihrer Tochter nichts von der Verstimmung zwischen ihr und Korbinian zu erzählen. Es tat nichts zur Sache. Der Rest war schlimm genug.

«Das ist echt richtig beschissen, Mamma», stellte Raffaella fest. «Aber du darfst dich davon jetzt nicht entmutigen lassen, okay? Die werden bald wissen, dass du das nicht warst, und dann ist der Scheiß so schnell wieder vorbei, wie er angefangen hat.»

«Hoffentlich, mein Schatz, hoffentlich. Und damit ich in der Zwischenzeit nicht nur herumsitze und warte und hoffe, dass das alles schnell vorübergeht, habe ich beschlossen, mich ein bisschen umzuhören und ein paar Informationen zusammenzutragen.»

«Mamma!» Raffaella lachte anerkennend. «Gehst du jetzt unter die Columbos? Aber halt, der war ja richtiger Inspektor. Du wirst eher eine italienische Miss Marple. *Fantastico.*»

«Danke.» Emma rührte nachdenklich in ihrem Glas, dann nahm sie einen Schluck Milchkaffee. «Anfangs kam es mir absurd vor, aber warum nicht? Anna und Helene wollen mir dabei helfen.»

Ihre Tochter nickte eifrig. «Das werde ich auch, soweit ich kann. Ist doch wirklich eine gute Idee. Wir sind zwar nicht in Italien, und ich glaube, dass das hier schon ein bisschen zuverlässiger abläuft, aber bei der Polizei sind die sicher auch alle überarbeitet und haben eine Menge zu tun. Du dagegen ...» Sie ließ das Ende des Satzes in der Luft hängen.

«Ich dagegen habe plötzlich gar nichts mehr zu tun und könnte mich unauffällig bei den richtigen Leuten umhören, damit der Kommissar meinen Laden vielleicht schneller wieder freigeben kann.»

Raffaella legte den Kopf schief und musterte sie prüfend. «Das klingt, als käme da gleich ein *Aber*.» Sie schob sich eine Gabel Kuchen in den Mund.

«Ja, tatsächlich. Der Mord ist nämlich nur das halbe Problem», sagte Emma und stellte klirrend ihr Glas auf den Unterteller. «Auch wenn es so weit ist, dass ich wieder öffnen kann – was wird aus meinem Laden? Der Seelig wollte das Doppelte oder an einen Bauträger verkaufen, drum haben wir uns ja so gestritten. Und dieser Plan ist leider nicht mit ihm gestorben.»

Raffaella tippte nachdenklich mit der Kuchengabel gegen ihre Unterlippe. «Stimmt. Hast du irgendeine Ahnung, um wen es sich da handelt? Ich meine – solche Firmen fallen schließlich nicht vom Himmel, und ein Immobilienverkauf hat eine Vorlaufzeit. Du weißt ja, wie lange es bei dir gedauert hat. Wer sind die, und wo kommen die her?»

«Das muss ich noch herausfinden. Die Frage ist, ob es mir was nützt. Nur weil ich weiß, wer mein Konkurrent ist, heißt das nicht, dass ich mit dem Laden an Ort und Stelle bleiben kann.»

«Und falls nicht, kannst du nicht was anderes finden? Gibt's denn in Himmelsricht wirklich sonst nichts, das sich eignen würde?»

Emma schüttelte den Kopf. «Ums Eignen geht es nicht, irgendwas würde ich sicher finden. Aber das Haus ist perfekt, vom Speicher bis zum Keller. Die Lage, der Platz, die ganzen Voraussetzungen sind einfach nur ideal.»

«Vielleicht soll ja noch was Besseres nachkommen», versuchte Raffaella es weiter. «Es heißt doch immer, wenn sich eine Tür schließt, öffnet sich anderswo ein Fenster.»

«Das müsste schon ein verdammt großes Fenster sein, *tesoro*.»

Ihre Tochter zuckte mit den Schultern. «Das weiß man vorher nie. Aber soweit ich das rechtlich einschätzen kann, wird das mit einem Verkauf an jemand anderen jetzt ohnehin erst mal nicht so einfach.»

«Wie meinst du das?» Emma horchte auf.

«Na ja ... ich weiß nicht, wie die Eigentumsverhältnisse genau sind, aber den Verkauf müssen jetzt Seeligs Erben abwickeln, oder? Und bis das alles geklärt ist und ein Erbschein vorliegt, kann das eine Weile dauern, glaube ich.»

«Seit wann studierst du denn Jura?»

Raffaella lachte laut auf. «Mamma! Das kriegt man einfach mit. Ich hab doch schon in der Schule Wirtschaft und Recht als Nebenfach gehabt. Nur weil du dich nicht für so was interessierst, muss das nicht heißen, dass ich auch keinen Schimmer davon habe.»

Dagegen ließ sich nichts sagen. Vielleicht hätte Emma sich auch mal mit diesen Dingen beschäftigen sollen, bevor sie in eine solche Lage geriet, doch wer rechnete schon mit einem Todesfall? Wie gut, dass sie so eine vielseitig interessierte Tochter hatte.

«Und was, denkst du, bedeutet das für mich?»

«Hm ...» Raffaella schob sich das letzte Stück Käsekuchen in den Mund und kaute langsam. «Ich an deiner Stelle würde auf jeden Fall erst mal weitermachen wie bisher.»

«Raffi – es gibt kein *Wie bisher* mehr!» Emma warf die Hände in die Luft. «Der Laden ist zu, ich kann das Haus nicht mehr kaufen, es gibt keine Zukunft für das Alimentari!»

«Nun sei doch nicht gleich so italienisch-dramatisch, Mamma! Irgendwie geht es immer weiter. Schau mal ...» Ihre Tochter beugte sich vor und sah sie eindringlich an. «Nichts wird so heiß gegessen, wie es gekocht wird, sagt man das nicht so? Die Frau Seelig – oder wer auch immer Rechtsnachfolger des Ermordeten wird – muss ja erst mal durch den ganzen Erbschaftsprozess, wenn sie verkaufen will, an wen auch immer. Das geht nicht innerhalb von zwei Tagen, und in der Zwischenzeit kannst du dein Geschäft ganz normal weiterführen, sobald du wieder öffnen darfst.»

«Da hast du es selbst gesagt: *Sobald* ich wieder öffnen darf. Ich habe absolut keine Ahnung, wann das sein wird. Die Polizei wollte mir dazu nichts Genaues sagen. Das kann jetzt Wochen dauern, bis die den Mörder finden ...»

«Und so lange lassen die deinen Laden geschlossen? Das glaube ich nicht. Bist du dir da sicher?»

Nein, von Sicherheit konnte tatsächlich keine Rede sein.

«Ich habe keine Ahnung», wiederholte Emma und seufzte. «Es ist einfach alles Mist. Vorgestern war der tolle Artikel in der Zeitung, und ausgerechnet jetzt ist zu.»

«Ja, das ist wirklich ärgerlich, aber nicht zu ändern. Du könntest den Reporter allerdings mal anrufen, oder?»

«Und dann?»

«Weiß nicht. Vielleicht mag er ja über deine Ermittlungen berichten. Aufmerksamkeit ist immer gut, wenn etwas vorangehen soll.»

«Raffi, du träumst.»

«Wieso denn? Die können doch froh sein, wenn sie jeden Tag ihre Seiten vollkriegen.»

Emma überlegte. «Einen Versuch wäre es wert, das stimmt.»

«Sag ich doch!» Raffaella schob ihren leeren Kuchenteller beiseite und zückte ihr Smartphone.

«Ja, vielleicht rufe ich ihn an. – Was machst du?»

«Ich guck mal in den sozialen Medien, ob sich von irgendjemandem was findet.»

«Auf die Idee bin ich noch gar nicht gekommen.»

«Dafür hast du ja mich, Mammina.»

Wenig später hatte Raffaella dank Facebook herausgefunden, dass Susann Hillmeier aus dem Ruhrpott kam und seit fünf Jahren mit Roland Seelig junior in einer Beziehung war. Roland juniors Profil war seit Monaten nicht mehr aktualisiert worden. Vor anderthalb Jahren hatte Susann ihre Verlobung als Lebensereignis eingestellt. Brigitte Seelig unterhielt wie ihr verstorbener Mann gar keinen Facebook-Auftritt. Ihr Instagram-Account dagegen gab nur ein paar Sonnenuntergänge preis.

«Schau mal nach Hößlbarth», bat Emma und buchstabierte ihr den Namen.

«Ist das der hier?», fragte Raffaella entsetzt und zeigte ihr das Bild eines Mannes, im Hintergrund eine Wand voller Jagdtrophäen.

Emma kniff die Augen zusammen, da die Sonne sie blendete, doch der feiste Wanst von Otto war gut zu erkennen. «Genau der. Komisch. Den Otto hätte ich in den sozialen Medien am wenigsten erwartet.»

«So kann man sich täuschen. Der ist ja gruselig – ein echter Knarrenfreak. Schau dir das bloß mal an!» Raffaella konnte sich gar nicht beruhigen. «So was von retro – wer knallt denn heutzutage noch arme Tiere ab?» Sie schüttelte sich.

«Und er hatte Streit mit dem Opfer.»

«*Davvero*? Bingo! Das wäre so was von mein Hauptverdächtiger.»

«So schnell geht das nicht, Raffi, da muss man schon noch andere Dinge berücksichtigen. Aber ja, der Otto steht auf meiner Liste auch ziemlich weit oben.»

Raffaella nickte, dann sah sie von ihrem Handy auf und blickte Emma halb ernst, halb belustigt an. «Du schaffst das, Mammina. Häng die Kripo ab. Darauf ein High Five!»

Die beiden Frauen klatschten sich ab, und Emma genoss das Gefühl, nun selbst Teil der Mörderjagd zu sein, statt nur danebenzustehen.

«Und darauf gebe ich uns jetzt einen schönen Prosecco aus.»

Als Emma am frühen Nachmittag nach Himmelsricht zurückgekommen war, hatte sie sich nur schnell umgezogen und war zu Fuß in die Ortsmitte marschiert. Sie hatte Futter und Wasser für Hugo an die versiegelte Hintertür des Ladens gestellt und vergeblich nach dem Kater Ausschau gehalten. Wahrscheinlich war ihm der Trubel zu groß gewesen, der nach dem Entdecken der Leiche geherrscht hatte.

Anschließend war sie zum Strauberwirt gegangen, wo Adelheid ihr gleich einen Platz in der großen Wirtshausküche zugeteilt, ihr eine Schürze verpasst und ein Messer in die Hand gedrückt hatte. Nun schälte Emma Zwiebeln für die Peperonata.

Kurz schloss sie die Augen und sog den mild-würzigen Duft ein, der ihr vom Schneidbrett in die Nase stieg. Die milde rote Tropea-Zwiebel war ihr die liebste, und wann immer sie welche bekam, legte sie sich einen beträchtlichen Vorrat zu. Inzwischen wussten viele ihrer Kunden den charakteristischen Geschmack ebenfalls zu schätzen, und manch einer aß sie sogar roh. Darauf verzichtete selbst sie in der Regel. Ihr war der Nachgeschmack nach Zwiebeln im Mund unangenehm, und sie zog es vor, sie trotz ihrer Milde gekocht zu genießen. Auch die Konfitüre, die sie daraus zubereitete, war regelmäßig der Renner. Helene mochte sie gern zu Käse, und Annas Mann Georg aß sie am liebsten zu Grillfleisch. Heute würden die Zwiebeln die Paprika und die Auberginen mit ihrem Aroma bereichern.

Während Emma die Zwiebeln in kleine Stücke hackte, machten sich ihre Gedanken selbstständig und griffen die Überlegungen des gestrigen Nachmittags wieder auf. Wer außer den Personen, die sie bereits ausgemacht hatten, kam noch als Verdächtiger für den Mord an Seelig infrage? Und was konnte ein Motiv sein? Hatte der Kommissar schon etwas herausgefunden?

«Ich sollte ihn fragen!», murmelte sie nachdenklich und warf die gehackten Zwiebeln in den großen Topf mit heißem Öl, der auf dem Gasherd stand. Zischend stieg der Dampf in die Luft, und der Duft anbratender Zwiebeln breitete sich in der Küche aus.

«Wen denn?» Helene war neben ihr aufgetaucht und band sich eine Schürze um. «Korbinian?»

Emma legte das Schneidbrett auf die Arbeitsplatte zurück. «Nein, den Kommissar. Ich wüsste zu gern, wer seiner Meinung nach als Täter infrage kommen könnte. Aber wahrscheinlich würde er mir das sowieso nicht sagen.» Sie griff nach der nächsten Zwiebel.

«Möglicherweise ja doch», meinte Helene leichthin und nahm ein paar Auberginen aus dem Korb auf der Arbeitsfläche. «Du müsstest ihn vielleicht nur freundlich darum bitten. Ich sage dir, du gefällst ihm.»

«Leni, aber wirklich. Deine Fantasie geht mit dir durch.» Emma schnitt energisch die Zwiebel entzwei. «Und mach nicht solche Brocken aus den Auberginen.»

«Ich meine ja auch nur, *falls* er schon einen Verdacht haben sollte. Was leider eher unwahrscheinlich ist.» Entschlossen bearbeitete Helene ihre Aubergine und bemühte sich, die Stücke auf die richtige Größe zu bringen. Ihr scharfes Messer glitt gleichmäßig durch die dunkelviolette Schale. «Wie viele ihr allein schon im Schützenverein seid! Wie soll er da so schnell einen Mord aufklären? Das wird bestimmt eine Weile dauern, manchmal finden sie den Schuldigen ja auch erst nach Jahren.»

«Na, du hast eine schöne Art, mir Mut zu machen.» Emma hielt im Schneiden inne, das Messer in die Luft gestreckt. «Und so lang sollen alle glauben, dass ich es war?»

«Niemand glaubt, dass du es warst, Emma.»

«Wenn du meinst.» Sie wandte sich ab, um passierte Tomaten in den Topf zu gießen und umzurühren. «Wo stellt man denn hier das Gas niedriger?»

Helene drehte den Knopf in die gewünschte Richtung und entzündete eine weitere Platte. Emma goss großzügig Olivenöl in den zweiten Topf und gab auch hier Zwiebeln dazu.

«Soll ich meine Auberginen gleich reinwerfen?»

«Nein, warte noch. Ich möchte erst die Zwiebeln ein bisschen glasig werden lassen. Dann kannst du sie dazugeben.»

Während sie in stiller Eintracht das Gemüse in passende Stückchen schnitten und sie in die jeweiligen Töpfe gaben, in denen es schon bald leise brodelte und blubberte, dachte Emma laut vor sich hin.

«Du hast recht, ich werde ihn ein paar Dinge fragen.»

«Den Kommissar?»

«Mhm. Ist er da? Weißt du das?»

«Der ist schon seit heute Morgen zurück, aber die ganze Zeit unterwegs. Also nein, er ist nicht da.»

«Schade.» Emma ließ für einen Augenblick das Messer sinken. «Weißt du, was mich außerdem brennend interessieren würde?»

«Noch nicht, aber du wirst es mir sicher gleich sagen.»

«Der Schuss in der Nacht auf Samstag – den Knall müsste man doch auch hier gehört haben, was meinst du?»

«Du kannst ja mal unseren Hausgast fragen, was der dazu zu sagen hat», schlug Helene vor, und Emma konnte nicht umhin, einen amüsierten Ton herauszuhören. Sie beugte sich zu Emma, wie um zu flüstern, was beim Zischen in den Töpfen überflüssig war – und außer ihnen war sowieso niemand in der Küche. «Und während du dich mit ihm unterhältst, kann ich in seinem Zimmer nach dem Rechten sehen. Nur für den Fall, dass die Putzfrau nicht alle Staubkörner erwischt hat.»

«Leni!»

«Scht. Ich schau nur nach, ob alles in Ordnung ist.»

«Na gut», sagte Emma. «Er hat gestern eine große Aktentasche hochgetragen. Ich wüsste echt gern, was er beruflich macht.»

«Da kannst du ihn dann auch gleich nach den Geräuschen in der Mordnacht fragen.»

«Richtig. Aber lass du dich bloß nicht vom Kommissar beim Schnüffeln erwischen!»

«Nein, das wird der nicht merken. Außerdem hat er das Zimmer am anderen Ende des Gangs.»

Damit widmeten sie sich wieder dem Gemüse auf ihrem Schneidbrett. Emma hatte ihrer Nonna Imma und ihrer Mutter oft genug über die Schulter geguckt, um heute schmackhafte italienische Gerichte zaubern zu können. Wenn sie sich auf deren Zubereitung konzentrierte, bekam sie immer neue Zuversicht. Vielleicht würde ja doch alles gut gehen und der Kommissar den Mörder schnell entlarven.

Vielleicht.

«Das riecht aber gut! Köstlich, diese süßen Zwiebeln und der Knoblauch dazu.»

«Omi! Wo kommst du denn her?»

«Na, wo soll ich schon herkommen?» Therese schob langsam ihren Rollator neben Emmas Arbeitsplatz und schnupperte genüsslich. «Unter meiner Linde auf dem Dorfplatz bin ich halt gesessen. Was gibt's heute Schönes? «

«Hallo, Resi! Verschiedenes gibt's, das siehst du ja später. Wir arbeiten gerade an der Peperonata und der Parmigiana.» Emma war froh, die alte Dame so sorglos lächeln zu sehen. «Wie geht es dir?»

«Gut, gut. Alles gut. Weißt ja, Mädchen, schlechten Leuten geht's immer gut.»

«Resi! Du bist doch keine schlechten Leute!» Emma wusste nicht, ob sie das lustig finden sollte. «Wie kommst du denn darauf?»

«Sagt man halt so. Immer schon. Schön, dass du bei der Adelheid heute kochst, Emma.»

«Ja, das finde ich auch», mischte sich Helene ein. «Das ist das einzig Gute daran, dass der Laden gerade geschlossen ist.»

«Ja, wegen dem toten Seelig.» Therese nickte wissend. «Da hat mich die Polizei gefragt, was ich gesehen hab. Aber ich hab ja nicht viel gesehen, nur gerochen.»

«Haben sie das aufgeschrieben?» Emma wischte sich die Hände ab und nahm einen Kochlöffel vom Haken. «Und waren sie nett zu dir?» Sie schämte sich ein bisschen, dass sie am vergangenen Nachmittag gar nicht daran gedacht hatte, Therese nach ihrer Vernehmung zu fragen, weil sie so auf ihre *Ermittlungen* fixiert gewesen war.

Therese sah sie nachdenklich an. «Ja, nett waren sie, das kann man so sagen. Sie haben mich gefragt, ob ich den Seelig auch gekannt hab und ob ich weiß, warum er nach Lakritz riecht. Hab ich natürlich nicht gewusst.»

Emma wechselte einen Blick mit Helene. Es war für Therese sicher nicht angenehm gewesen, von den Beamten befragt zu werden.

Therese schien das jedoch nichts ausgemacht zu haben. Sie nickte zufrieden und wendete ihren Rollator. «Ich hab allen erzählt, dass sie kommen sollen, wie du gesagt hast, Leni. Die freuen sich schon, glaub ich. Und jetzt arividertschi. Ich setz mich wieder unter meine Linde.»

«Tu das, Resi.» Emma wischte sich die Hände an einem Geschirrtuch ab. «Und wenn du Hugo irgendwo entdecken solltest, sag Bescheid. Ich hab ihn nicht mehr gesehen seit ...» Sie unterbrach sich und strich sich eine Strähne aus der Stirn. Es war eher unwahrscheinlich, dass Therese ihn bemerken würde.

«Er kommt schon wieder, mach dir keine Sorgen.» Helene hatte ihren bekümmerten Unterton offenbar bemerkt.

Emma seufzte. «Natürlich, du hast ja recht. Ich denk mir nur, dass ihn der Knall sicher furchtbar erschreckt haben muss. Und dann auch noch eingesperrt zu sein ...»

Als alle Zwiebeln sowie das restliche Gemüse geschnitten waren, hatte Emma endlich Zeit, einem kleinen Bedürfnis nachzukommen. Sie hatte es eilig und verließ die Toilette mit feuchten Händen. Vor der Tür rannte sie schwungvoll in jemanden hinein, den sie zu spät und nur noch aus dem Augenwinkel wahrgenommen hatte.

«Sie sind heute aber stürmisch unterwegs, Frau Ferrari.» Dunkle Stimme und grüne Augen – unverkennbar die personifizierte Kriminalpolizei.

«Oh!» Hastig versuchte sie, das Gleichgewicht wiederzufinden, denn der abrupte Stopp ihres Schwunges hatte sie ins Trudeln gebracht. «Mein Gott, Herr Kommissar! *Scusi*, das … tut mir leid.» Wie peinlich! Sie kam sich vor wie ein beschwipster Teenager auf Schlittschuhen, dabei hatten sie beim Kochen nicht mal ein Gläschen Prosecco getrunken!

«Gieseking reicht völlig», sagte er mit einem feinen Lächeln um den Mund und trat einen Schritt zurück.

Er hatte vielleicht doch so etwas wie Humor. Zumindest ein klein wenig.

«Ich wollte Sie nicht erschrecken.»

«Und ich wollte Sie nicht über den Haufen rennen», versicherte Emma atemlos. Noch ehe sie überlegen konnte, ob das sinnvoll oder hilfreich war, sprudelte es aus ihr heraus. «Ich wollte Sie vielmehr etwas fragen, Herr Komm… Herr Gieseking.»

«Ja, natürlich. Worum geht es?»

Emma warf einen raschen Blick nach links und rechts. Zwar war gerade niemand im Flur unterwegs, doch das konnte sich sekündlich ändern. Falls sie es schaffen würde, etwas aus ihm herauszukitzeln, wäre dieser Glücksmoment spätestens dann vorüber, wenn ein weiteres Paar Ohren in ihrer Nähe auftauchen würde. «Unter vier Augen, wenn möglich.»

«Bitte.» Gieseking ließ sich nicht anmerken, ob ihn das irritierte, sondern wies freundlich mit der Hand auf das Frühstückszimmer. «Nach Ihnen.»

«Danke.» Mit pochendem Herzen betrat sie den Raum, der beinahe ganz im Dunkeln lag. Die hohe Kastanie hinter dem Haus und die Ligusterhecke schluckten das meiste Licht weg. Wie würde der Kommissar reagieren, wenn er bemerkte, was sie vorhatte? Und das würde er, da machte Emma sich keinerlei Illusionen.

Während sie überlegte, wo hier drinnen der Lichtschalter war, flammte die Deckenbeleuchtung auch schon auf.

«Was kann ich für Sie tun, Frau Ferrari?» Gieseking setzte sich lässig halb auf einen der Tische und sah sie ruhig an.

«*Allora* ...» Sie zögerte. Doch es half nichts. Wenn sie es versuchen würde und nichts erfuhr, wäre es das eine, aber wenn sie feige wäre, dann würde sie ganz bestimmt nichts erreichen.

«Haben Sie bei ...» Emma schluckte. «... bei Herrn Seelig zufällig die Schlüssel für meinen Laden gefunden?», fiel sie mit der Tür ins Haus. Das wäre sicher auch geschickter gegangen, aber nun war es zu spät.

Gieseking sah sie undurchdringlich an. Nur eine Braue war leicht gehoben und drückte seine Missbilligung aus.

Seine Reaktion – oder besser, Nicht-Reaktion – machte Emma noch nervöser. «Ich finde, ich habe ein Recht darauf, das zu wissen», legte sie trotzig nach. «Wenn der Mörder auch noch mit Schlüsseln für mein Alimentari durch die Gegend läuft, ist das alles andere als beruhigend. Und selbst wenn ihn nicht der Mörder hat, sondern jemand anders –

derjenige könnte unbemerkt den ganzen Laden ausräumen, und dann? Zahlt das eine Versicherung?»

«Das weiß ich nicht, Frau Ferrari», antwortete Gieseking, ganz der professionell-distanzierte Kriminalbeamte. «Aber ich kann Sie beruhigen, die Türen sind versiegelt. Niemand darf hinein, auch kein Dieb.»

War das sein Ernst? Mit einem Schnauben warf Emma beide Hände in die Luft. «Entschuldigung, aber … dass ich nicht lache! Es darf auch niemand einen anderen ermorden, und trotzdem lag da gestern ein Toter in meinem Laden. Denken Sie wirklich, dass so ein bisschen rot-weißes Flatterband und ein Papierstreifen jemanden davon abhält, eine Tür aufzusperren?»

Gieseking musterte sie noch einen unendlichen Atemzug lang, bevor er sich zu einem Nicken durchrang. «In Ordnung. Der Tote hatte tatsächlich den Schlüssel bei sich. Sie müssen also keinen neuen Schließzylinder einbauen lassen. Wenn die Ermittlungen beendet sind, bekommen Sie ihn wieder.»

«*Madonna santa* … das ist sehr gut», sagte sie und ließ sich auf einen Stuhl fallen. «Ich hatte gehofft, dass Sie ihn finden würden. – Wurde Herr Seelig eigentlich dort drinnen ermordet, oder hat man ihn erst später …» Sie hielt inne und sah ihn gespannt an. Würde er antworten?

Einen Moment lang schien er zu überlegen, dann nickte er. «Ihr Laden, genauer gesagt, Ihre Teeküche ist der Tatort.»

«Das habe ich befürchtet», murmelte Emma.

«Sie haben ausgesagt, Sie hätten Herrn Seelig auf der Bank sitzend gefunden, wenn ich mich richtig erinnere?»

«Ja. Ich wollte ihn wecken, und dabei ist er runtergefallen.»

Wieder nickte Gieseking. «Das deckt sich mit den Erkenntnissen der Spurensicherung.» Er sah sie mit schräg gelegtem Kopf aus zusammengekniffenen Augen an.

«Wie ... wie weit ist man dort?» Emma versuchte, die Frage so neutral wie möglich zu halten, doch sie fürchtete, dass ihre Pläne auf ihrer Stirn stehen könnten.

«Es geht alles seinen geregelten Gang, und sowohl Spurensicherung als auch Ballistik sind eingeschaltet.»

«Die arbeiten am Sonntag?», rutschte es Emma heraus.

Nun wanderten Giesekings Brauen beide nach oben. «Wir sind zwar Beamte des Freistaats, aber bei einem Mordfall wissen auch wir, dass an ein Wochenende nicht zu denken ist, Frau Ferrari.» Es klang eindeutig tadelnd.

Emma räusperte sich. «Wer ist für Sie der oder die Top-Verdächtige?»

Nun lachte er. Unfassbar, der ruhige, zurückhaltende Kommissar brach in so herzhaftes Lachen aus, dass Emma irritiert die Stirn runzelte.

«Sobald wir etwas haben, das nach belastbaren Beweisen aussieht, sind Sie natürlich die Erste, die es erfährt, Frau Ferrari», sagte er dann, und sein Schmunzeln war das breiteste, das sie bisher an ihm gesehen hatte. «Haben Sie sonst noch Fragen?»

«Eine ganze Menge», antwortete Emma so würdevoll wie möglich. «Und ganz oben steht die nach meinem guten Ruf und der Wiedereröffnung meiner Einnahmequelle. Was meinen Sie, wie lange das dauern wird?»

«So lange, bis wir alle Spuren ausgewertet und Sie als Täterin ausgeschlossen haben.»

«Geht das auch etwas genauer?»

«Nein.»

Er sah sie an, als wartete er auf weitere Fragen, doch Emma fühlte sich nicht ernst genommen und stand verärgert auf. Es war wohl besser, nicht darauf einzugehen.

Erst an der Tür drehte sie sich noch einmal um. «Bleiben Sie zum Essen?»

12. KAPITEL

Offenbar hatte Therese wirklich ganze Arbeit geleistet und die Einladung zum italienischen Abend einmal quer in Himmelsricht verbreitet, denn gegen sieben Uhr abends wurde es langsam voll im Strauberhof.

«Ja, es ist noch viel mehr los, als ich dachte. Liegt vielleicht am Wetter, keine Ahnung», antwortete Helene auf eine entsprechende Bemerkung von Emma.

Oder war es möglicherweise die Tatsache, dass sich das unschöne Ereignis bereits herumgesprochen hatte und die Leute aus den umliegenden Dörfern zum Ort des Geschehens reisten? So sehr Emma auch mit Roland Seelig gehadert hatte, die Idee, dass er das Ziel eines sensationsgierigen Totentourismus sein könnte, behagte ihr gar nicht.

Und die, im Ort als Mörderin zu gelten, bis ihre Unschuld schließlich bewiesen wäre, noch viel weniger.

Sie schüttelte den Gedanken ab und konzentrierte sich auf den aktuellen Moment. Wie geplant, hatte sie ihr Basilikum zu Pesto verarbeitet. Die Spaghetti alla Genovese sollte es nach der Insalata Caprese als Primo geben. Für den Hauptgang hatte Helenes Vater kurzerhand seinen Kalbsbraten umgewidmet, sodass duftend geschmortes Ossobuco mit Kartoffelstampf aufgetragen werden konnte, begleitet von Peperonata und Caponata Melanzane. Natürlich durfte auch die Gremolata, der Mix aus verschiedenen Kräutern, Kapern und Olivenöl, nicht fehlen. Der intensiv-würzige Duft nach

Knoblauch, Petersilie und Zitrone stieg jedem sofort in die Nase, der das Gasthaus betrat.

Zufrieden stand Emma bei Helene neben der Theke und beobachtete die Leute. Den ganzen Nachmittag hatte sie nach Kräften gekocht und gehackt und angemacht und verfeinert. Danach war sie rasch nach Hause gegangen und hatte sich umgezogen, um nicht den ganzen Abend nach Küche zu riechen. Nun freute sie sich über die vielen Gäste, denn in gewisser Weise war sie ja verantwortlich für den Abend, und es wäre ihr sehr unangenehm gewesen, wenn die Straubs auf ihren vollen Gemüsetöpfen sitzen geblieben wären.

«Magst du dir nicht einen Platz suchen und auch was essen?»

«Ich bin schon satt vom Probieren und Abschmecken. Du etwa nicht?»

«Doch, schon.» Helene hielt sich den Bauch. «Pappsatt, eigentlich. Aber uneigentlich riecht das einfach zu verführerisch. Dafür leg ich dann halt mal eine Extraschicht Pilates ein.»

«Du hast es ja gut, wenn das bei dir so einfach geht mit dem Abnehmen. Da habe ich es deutlich schwerer.» Emma strich sich unwillkürlich über die weiche Rundung ihrer Hüfte.

«Du treibst zu wenig Sport.»

«*Ma va* … das ist nur das Alter.»

«Ein Grund mehr. Aber du bist einfach 'ne faule Nudel, sonst nichts. Letzte Woche am Freitag warst du auch nicht beim Training.»

«Stimmt, da habe ich mit meiner Familie in Amalfi telefoniert.»

«Siehst du?»

Emma gab keine Antwort, denn gerade schob Otto Hößlbarth seinen beachtlichen Bierbauch herein und führte eine Gruppe von vier Männern zum Stammtisch, der mit einem entsprechenden Schild gekennzeichnet war. Gleich dahinter betrat Korbinian den Raum, dicht gefolgt von Petra Krone, der Dorffriseurin, und Stefan Liebl, dem Pfarrer. Die drei blieben in der Tür stehen und ließen ihren Blick durch den Gastraum wandern, auf der Suche nach einem freien Tisch. Ihr Ex-Mann wirkte, als wäre ihm die Situation unbehaglich, Petra lächelte und warf Emma einen unsicheren Blick zu, der Pfarrer grüßte sie mit einem Nicken und einem verschmitzten Zwinkern.

«Die Petra?», murmelte Helene. «Echt jetzt?»

Emma zuckte die Schultern. «Ohne Korbinians Ausflug nach Amalfi wäre vielleicht sie seine Frau geworden.»

«Ja schon, aber ...»

«Wir sind geschieden, der Weg ist frei.»

«Hm.»

Korbinian hatte nach ihrem gestrigen Treffen im Café eine Textnachricht geschrieben, und gerade fiel ihr siedend heiß ein, dass sie die noch nicht mal gelesen hatte. Jetzt ließ er Petra, die ihm unschlüssig hinterhersah, nahe der Tür stehen und kam zu Emma herüber.

«Kann ich dich kurz sprechen?»

«Muss sowieso weg.» Helene verschwand in die Küche.

Korbinian räusperte sich. «Ich wollte gestern nicht unsensibel wirken. Ich dachte, ich könnte dich aufheitern, aber mir hätte bewusst sein können, dass du im Moment keinen Kopf dafür hast.»

«Schon okay.» Emma winkte ab. «Ich war gereizt, und du hast es ja nur gut gemeint, das weiß ich. Ich kenne dich doch schon lange genug.»

«Genau.» Die Erleichterung war ihm anzusehen. «Das ist einfach eine ... eine komische Situation, weißt du?»

Emma konnte diese Steilvorlage nicht ignorieren. «Welche meinst du? Die mit dem Mord oder die mit Petra?»

Korbinian lief rot an. «Also ... ja, die mit dem Mord natürlich. Die Petra und ich, wir haben uns gerade zufällig draußen vor der Tür getroffen.»

Emma betrachtete ihn mit geneigtem Kopf und warf dann einen Blick hinüber zu seiner Begleiterin, die sich inzwischen einen Platz gesucht hatte und nicht besonders glücklich wirkte. Sie wusste, dass Korbinian sich schon das eine oder andere Mal mit Petra getroffen hatte, Resi und Helene hatten es ihr erzählt.

«Du solltest deine *zufällige Begegnung* nicht zu lang allein dort sitzen lassen. Es ist doch in Ordnung, wenn du mit ihr ausgehst.»

«Na ja ...»

«Wirklich. Solange du es nicht tust, um mich eifersüchtig zu machen, auf jeden Fall. Wir sind Freunde, das hast du hoffentlich nicht vergessen.» Sie lächelte ihn an.

«Äh ... nein, natürlich nicht. Es ist nur ... etwas fremd. Ich meine ...» Er fuhr sich durchs Haar. «Was wird Raffaella dazu sagen?»

Emma zuckte die Schultern. «Unser Mädchen ist schon ziemlich erwachsen und fände es höchstens peinlich, in ein Gespräch wie dieses verwickelt zu werden. Alles andere dürfte sie verstehen.»

«Ja, da hast du sicherlich recht.» Erleichtert atmete er aus.

Emma musste unwillkürlich grinsen. «Jetzt geh schon zu ihr. Das wird ein schöner Abend für euch zwei, das Essen ist gut, glaub mir. Ich habe beim Kochen persönlich dafür geweint.»

«Du verwendest nie Zwiebeln, bei denen du weinen musst.» Korbinian schmunzelte.

«Stimmt. Aber der Rest ist wahr, das Ossobuco ist ein Gedicht und mein Gemüse auch. Und jetzt los.»

Korbinian nickte Emma noch einmal zu und ging zu Petras Tisch, wo auch der Pfarrer Platz genommen hatte.

Der Raum füllte sich mehr und mehr. Helenes Vater hob grüßend die Hand, als Emma seinen Blick traf. Offenbar war er ebenfalls zufrieden. Emma winkte zurück. Sie schätzte den wortkargen Wirt, der in seiner Arbeit aufging und den spontanen Gedanken, einen italienischen Abend zu veranstalten, ohne Wenn und Aber aufgegriffen und umgesetzt hatte.

«Könntest du das vielleicht zu Ottos Tisch bringen?» Helene war neben Emma aufgetaucht und deutete auf ein Tablett voller Gläser, das vor ihr auf dem Schanktresen stand. «Die wollen jetzt alle auf einmal was trinken, und zu zweit sind wir schneller. Außerdem redet der Otto schon wieder in einer Tour.» Sie warf Emma einen vielsagenden Blick zu.

Die nickte wissend. «Natürlich.»

Vorsichtig nahm Emma das Tablett auf und balancierte es durch die Stuhlreihen. Der Tisch neben Hößlbarth und seiner Herrentruppe war frei, und sie stellte ihre klirrende Last erleichtert dort ab.

«Das ist eine bodenlose Sauerei», sagte Otto in diesem Augenblick und klopfte mit den Fingerknöcheln auf die Tischplatte. «Alle Sportwaffen – einfach beschlagnahmt. Das ist eindeutig Machtmissbrauch! Ich werd mich bei seinem Vorgesetzten beschweren, da kann sich der Saupreuß auf was gefasst machen.»

Die Runde lachte. Emma hielt inne. Keiner der Männer nahm Notiz von ihr, warum also sollte sie sich mit dem Verteilen der Getränke nicht etwas Zeit lassen?

«Ach geh», sagte einer mit kurzen grauen Haaren, der ihr vage bekannt vorkam. «Was regst dich denn so auf? Du hast doch noch andere daheim, so wie jeder von uns.»

Jetzt fiel es ihr wieder ein. Sie hatte diese Männer tatsächlich schon mal gesehen, im letzten Herbst. Es waren Jagdfreunde von Otto.

«Das verstehst du nicht.» Hößlbarths dichter Schnauzbart sträubte sich vor Empörung. «Mit dem Ding hab ich mich auf die Meisterschaft eingeschossen. So wie alle anderen im Verein mit ihren Waffen auch. Wie sollen wir nächste Woche unser großes Schießen austragen? Hm? Erklärt mir das mal einer?»

«Otto», meinte ein Blonder, der etwas jünger war als die übrigen Mitglieder der Jagdgesellschaft. «Ist nicht erst gestern in eurem Dorf ein Mann gestorben?»

«Hm.» Hößlbarth verschränkte trotzig die Arme vor der Brust. «Und?»

«Wenn ich mich richtig erinnere, hast du erzählt, dass er erschossen wurde.»

«Ja, genau! Drum hat dieser dusslige Kommissar ja alles eingesammelt! Als ob das einer von uns gewesen wär! Und dem Roland trauere ich garantiert nicht hinterher, da kann er so tot sein, wie er will.»

Emma hatte genug gehört. Nun müsste sie nur noch in Erfahrung bringen, wo dieser Zank herkam!

Sie nahm zwei Halbegläser in die Hand und trat an den Tisch. «Ganz schön respektlos, Otto», sagte sie. «Wer bekommt die hier?»

Zwei Hände gingen in die Höhe, und sie stellte die beiden Gläser vor die Gäste.

«Du musst grad reden, Emma», grollte Hößlbarth. «Du hast ja am Freitag auch noch ein Hühnchen mit dem Seelig gerupft, und kein kleines.»

«*E allora*? Da ging es um eine Abmachung zwischen mir und ihm. Die Meisterschaft können wir von mir aus gern verschieben, bis alles geklärt ist.»

«Ja genau, das könnte euch allen so passen», protestierte er. «Einfach verschieben bis irgendwann. Aber so geht das nicht! Alles muss seine Richtigkeit haben.» Er sah auf Emmas Tablett. «Das König-Ludwig-Dunkel krieg ich.»

Emma stellte das Bier vor ihm auf einen Bierdeckel. «Und warum geht das nicht?»

«Weil wir das schon immer so gemacht haben. Am dritten Freitag im Juni wird die Vereinsmeisterschaft ausgetragen. Steht so in der Satzung.»

Emma zuckte die Schultern. «Dann wird es halt der dritte Freitag im Juli. Was macht das schon?»

«Wo sie recht hat ...», murmelte der Grauhaarige. «Ich hab das Weißbier bestellt.»

«Hat sie eben nicht, Martin, hat sie eben nicht!» Otto schlug mit der Hand auf den Tisch. «Wie könnt ihr mir nur so in den Rücken fallen! Satzung ist Satzung, und daran wird sich gehalten. Und außerdem ...» Er wandte sich direkt an Emma. «... steht da nichts davon, dass Frauen überhaupt mitschießen dürfen um die Meisterschaft. Und ausländische erst recht. Wenn das so weitergeht, sollte ich mir vielleicht mal überlegen, was das eigentlich für dich und die anderen Weiber bedeutet.» Er machte eine ausholende Handbewegung.

Emma schüttelte nur den Kopf, solche Sprüche kannte sie schon lange. Sie platzierte das letzte Glas vor demjenigen am Tisch, der noch ohne Getränk dasaß.

«Du hast anscheinend Angst, dass dich die *Weiber*, wie du sie nennst, in die Schranken weisen, Otto», spekulierte der grauhaarige Martin mit süffisantem Unterton.

Gelächter war die Antwort.

«So ein Unsinn! Und überhaupt!» Auch das kannte sie schon. Wenn Otto sonst nichts mehr einfiel, musste das *überhaupt* herhalten. «Wo kommen wir denn hin, wenn man sich auf nichts mehr verlassen kann? Wenn wir nicht bis nächsten Donnerstag alle unsere Waffen wiederhaben, werde ich mich beim Polizeipräsidenten persönlich beschweren. Der ist auch Jäger, der versteht so was.»

Nun wurde es Emma zu bunt. Sie baute sich neben Hößlbarth auf. «Du scheinst ja wirklich keine anderen Probleme zu haben, als dich wegen dieser dämlichen Meisterschaft aufzuregen. Wenn du schon so gute Verbindungen zur Polizeispitze hast, dann sorg doch dafür, dass ich so schnell wie möglich meinen Laden wieder aufsperren darf! Da geht es nämlich um mehr als irgend so eine blöde Plakette für den Schützenkönig. Da geht's um meine Existenz, das ist ein bisschen wichtiger als die Frage, wer sich schmücken darf wie ein Rindvieh auf der Alm. Und außerdem gibt es hier einen Mord aufzuklären. Ein Mann ist tot, falls dir das entgangen ist!»

Was für ein Glück, dass sie bei der schlagfertigen Helene in die Lehre gegangen war! Ein paar der Sprüche hatte sie sich tatsächlich gemerkt. Ob das jetzt mit der Alm gerade wirklich gepasst hatte, wusste Emma nicht so genau, ihr war einfach der Kragen geplatzt.

«Oho», machte Martin und grinste schief. «Da geb ich der temperamentvollen Dame aber recht.»

Hößlbarth hörte gar nicht hin, er drehte sich halb auf seinem Stuhl herum und fixierte Emma finster.

«Weißt», sagte er aufgebracht, «du solltest *ganz* vorsichtig sein. In deinem Laden ist die Leiche gefunden worden, und du hast mit Seelig Streit gehabt am Abend vorher. Da muss man sich schon wundern, dass die Kripo dich nicht mitgenommen hat.»

Für einen Moment war Emma sprachlos.

«Die hat mich nicht mitgenommen, weil ich es nicht war, Otto», antwortete sie dann und bemühte sich, ruhig zu bleiben. «Ich bring doch niemanden um! Noch dazu in meinem Laden!»

«Das sagst du. Aber kannst das auch beweisen?»

«Was? Kannst du denn beweisen, dass du es nicht warst?»

Er verschränkte die Arme. «Ich muss nix beweisen.»

«Und warum nicht? Du warst ihm auch nicht grün, wenn ich mich richtig erinnere, oder?», bohrte Emma nach. «Ihr seid euch doch ständig in den Haaren gelegen wegen irgendwas. Selbst am Freitagabend, als ich schon lange weg war, habt ihr euch noch gestritten.»

«Mag sein, aber wegen so einer Lappalie schieß ich doch niemanden tot.»

«Siehst du? Ich auch nicht.»

«Ach! Was ist denn deine Lappalie, Otto?», fragte der junge Blonde interessiert.

Emma spitzte die Ohren.

«Das geht dich nix an.»

Schade. Sie hatte gehofft, dass er sich herausfordern lassen würde.

«Hast du eigentlich ein Alibi, Otto?», stichelte ein anderer weiter.

«Ja, seine geliebten Schießeisen», feixte Martin. Er ließ sich von Hößlbarth offensichtlich nicht beeindrucken. «Welches deiner geliebten Schmuckstücke hast du denn gestern Abend gestreichelt und poliert? Schad nur, dass keins von denen den Mund aufmachen und das Alibi bestätigen kann.»

Die anderen am Tisch folgten dem Geplänkel grinsend, sagten aber nichts dazu.

«Ich brauch keine Bestätigung.» Hößlbarth griff demonstrativ nach seinem Glas. «Ich schieß niemanden tot. Und jetzt lasst uns wieder über was Angenehmes reden. Prost, Männer.»

13. KAPITEL

*D*a sich nun alle ihren Gläsern widmeten und sie ignorierten, trat Emma den Rückzug an. Mehr war hier nicht zu erfahren, ohne dass ihre Neugierde den Männern auffallen würde.

Wenn Otto ein Alibi haben sollte, das über Waffenstreicheln hinausging und von jemandem bestätigt werden konnte, wäre das immerhin mehr, als sie selbst vorzuweisen hatte. Dass sein Streit mit Seelig eine Lappalie war, bezweifelte sie. Aber letzten Endes wusste sie es nicht – sie hatte keine Ahnung, ob Otto, abgesehen von ihrer persönlichen Antipathie, ein valider Verdächtiger war oder nicht.

«Was war denn da gerade los?», erkundigte sich Helene halblaut, als Emma das leere Tablett zur Theke zurückbrachte. «Du machst ja ein Gesicht, als wär dir das Basilikum vertrocknet.»

Emma zuckte die Schultern und warf einen Blick zurück an den Tisch der vier Männer, die inzwischen wieder in ein Gespräch vertieft waren. «Das klang so, als wollte Otto mir unterstellen, ich hätte den Seelig erschossen. Sehr unangenehm.»

«Ach geh, der redet viel, wenn der Abend lang ist.» Helene knuffte sie in die Seite.

«Leider nicht genug. Ich hatte gehofft, er würde sich verplappern und was über den Streit mit Seelig erzählen. Aber Fehlanzeige.» Sie seufzte. «Ich gehe mir mal schnell die Hände waschen.»

Auf der Toilette ließ sie kaltes Wasser über ihre Handgelenke laufen. Ihr war heiß geworden bei dem Wortwechsel mit Hößlbarth. Wieso machte ihr das plötzlich so viel aus?

Emma drehte das Wasser ab und musterte prüfend ihr Gesicht im Spiegel. Längst waren da erste Fältchen um Augen und Mundwinkel. Die hatte sie eindeutig von ihrer Mutter. Die einzelnen grauen Haare versteckten sich noch im Dunkelbraun ihrer Locken. Bisher hatte sie sich nie alt gefühlt – waren das etwa erste Anzeichen der Wechseljahre? Sie war doch noch keine fünfzig …

«*Mannaggia!*», murmelte sie in sich hinein und trocknete sich die Hände ab.

Wieder sah sie Roland Seelig vor sich auf den Boden ihrer Teeküche sinken, und das Adrenalin ließ ihren Puls in die Höhe schießen. Egal was am Freitagabend geschehen war und was er getan und gesagt hatte, das hatte er wirklich nicht verdient. Und sie selbst auch nicht – einen Toten zu finden, war wahrlich kein Vergnügen.

Das Plätschern des Wassers hatte ihre Blase angeregt, also verschwand sie in einer freien Kabine. Kurz darauf öffnete sich die Tür zum Toilettenraum, und für einen Moment war das dumpfe Stimmengewirr von draußen zu hören. Das Rauschen wurde leiser, als die Tür wieder ins Schloss fiel, und zwei Frauenstimmen blieben, die sich weniger als zwei Meter von Emma entfernt unterhielten.

«Was denkst du – war sie's?»

Unwillkürlich hielt Emma den Atem an, und ihr Herzschlag beschleunigte sich erneut. Es war sonnenklar, dass der Mord das brisanteste Thema an diesem Abend war. Und genauso sonnenklar war, über wen die beiden gerade sprachen.

«Hm … weiß nicht. Welchen Grund sollte sie denn dafür haben?»

«Na, hast du das nicht mitbekommen?»

Emma zog die Hand zurück, die sie schon nach dem Spül-knopf ausgestreckt hatte. Einerseits kam sie sich wirklich dumm vor, hier zu lauschen, andererseits war sie gespannt, was sie noch über sich selbst zu hören bekommen würde.

«Geld natürlich. Am Ende geht es immer ums Geld, und um nichts anderes.»

«Meinst du?»

«Na klar. Diese Frau ist eindeutig nur darauf scharf.»

Sie runzelte die Stirn. Sie? Scharf aufs Geld? Wie blöd, dass sie die Stimmen nicht zuordnen konnte! Doch dazu klangen sie durch die Kabinentür zu gedämpft.

«Das war sie übrigens immer schon. Der arme Mann. Hätte auch was Besseres finden können.»

So eine Unverschämtheit! Dabei hatte Korbinian immer behauptet, sie sei das Beste gewesen, was ihm je passiert war. Na ja, wenigstens bis kurz vor der Scheidung war er dieser Meinung gewesen.

«Du kannst sie nicht leiden, oder?»

Kurzes Schnauben. «Merkt man das etwa?»

«Ach ... nö, gar nicht.»

Die beiden lachten, und Emmas Magen zog sich zusam-men.

Das war genug! Entschlossen drückte sie die Spülung und stieß die Kabinentür auf – um sich am Waschbecken ihrer Schützenkollegin Lisa und Uschi Groß vom Kiosk um die Ecke gegenüberzusehen.

«Hallo, Emma.» Uschi lächelte sie breit an und richtete ihren Pferdeschwanz. «Wir haben uns ja eine Weile nicht mehr gesehen.»

«Hey, Emma, wir haben dich schon gesucht.» Lisa zog ein

Papiertuch aus dem Spender und tupfte damit über ihren Lippenstift. «Helene sagt, du hast den ganzen Nachmittag gekocht – wie geht's dir denn inzwischen? Therese hat uns damit gelockt, dass es heute was besonders Feines gibt bei ihrer Tochter und dass sie nicht mehr mit uns redet, wenn wir nicht kommen.»

Sie und Uschi lachten, als hätte sie einen besonders guten Witz gemacht.

Mit offenem Mund starrte Emma die Frau an, von der sie gedacht hatte, sie wäre eine Freundin. Na gut, das war vielleicht etwas übertrieben – aber zumindest hatte sie Lisa nie für ihre Feindin gehalten.

«Mir fehlen gerade die Worte. Wie kommst du dazu, mich als geldgierig zu bezeichnen?»

«Geldgierig?» Lisa runzelte ratlos die Stirn und warf Uschi einen fragenden Blick zu. «Was meinst du damit, Emma?»

«Und dass Korbinian eine bessere Frau gefunden hätte als mich. Und dass ich Roland Seelig erschossen ...»

«Halt, Emma!» Uschi Groß brach in Gelächter aus.

Emma sah sie verständnislos an. «Was?»

«Ach du Scheiße! Du glaubst doch nicht etwa ... Emma, wir reden von ...» Lisa senkte die Stimme. «Mist, man soll so was eben wirklich nicht auf dem Lokus bequatschen. Wir reden doch von Seeligs Witwe, Emma. Nicht von dir.»

Emma fühlte sich, als würde die Luft aus ihr strömen wie aus einem kaputten Ball, und ihr Ärger fiel sofort in sich zusammen.

«Ach so. Frau Seelig also.»

«Mhm.» Uschi nickte. «Gut, dass nicht sie hier auf dem Topf saß, sondern du.» Sie lachte, bemühte sich aber sofort wieder um Beherrschung, als sie in Emmas Gesicht blickte. «'tschuldigung.»

«Wir haben überhaupt nicht darüber nachgedacht, dass hier jemand mithören könnte.» Lisa warf noch einen prüfenden Blick auf die Kabinentüren, die nun alle offen standen. «Und wirklich – wie konntest du denn denken, dass wir dich meinen?»

Ja, wie nur? Emma spürte, wie ihre Ohren schon wieder glühten. Verlegen zuckte sie die Achseln, zog es aber vor, das Thema zu wechseln.

«Und ihr denkt tatsächlich, dass Brigitte Seelig es war? Im Ernst? Ich dachte immer, diese Frau kann kein Wasser trüben.»

«Kein Wässerchen trüben, meinst du.» Lisa hob die Hände. «Weiß man's? Du kannst den Leuten immer nur vor den Kopf gucken.»

Emma nickte. «Ihr habt gesagt, sie ist scharf auf sein Geld – aber was hat sie dann davon, ihn umzubringen? Wenn er tot ist, schafft er ja keins mehr ran.»

«Vielleicht wollte er ihr den Hahn abdrehen», sagte Lisa. «Möglicherweise hatte er genug davon, dass sie seine Kohle mit vollen Händen unters Volk streut. Und nun hofft sie, dass sie alles erbt und ihr Leben so weitergeht wie bisher.»

«Oder es gibt eine Lebensversicherung», ergänzte Uschi. «In Filmen ist das ja gern mal der Klassiker.»

«Das wusste ich gar nicht. Lebt sie wirklich so verschwenderisch?»

«Und ob», bestätigte Uschi. «Aber ich kriege jetzt langsam Hunger. Wollen wir?»

Lisa nickte. «Kommst du mit, Emma?»

«Gleich. Geht schon mal vor.»

Abgesehen davon, dass sie sich erst noch mal die Hände waschen musste, brauchte Emma einen Moment, um das eben Gehörte zu verdauen.

Als sie gerade nach der Klinke greifen wollte, öffnete sich die Tür, und Petra Krone kam herein. Sie prallte förmlich zurück, als sie beinahe mit Emma zusammenstieß, und ihrem Blick war zu entnehmen, dass sie mit einer solchen Begegnung nicht gerechnet hatte.

«Oh. Emma. Hallo.» Petras Stimme klang angestrengt. Sie schob sich an Emma vorbei zum Waschbecken. «Wie geht es dir? Schreckliche Sache, das mit Seelig.»

«*Sì*. Kann man tatsächlich so sagen.»

«Korbinian war auch total geschockt. So schnell war er vermutlich noch nie aus dem Bett.»

«Was?» Emma hatte wieder nach der Klinke greifen wollen, hielt aber spontan inne.

«Na ja … äh …» Petra wandte sich dem Spiegel zu und kramte hektisch in ihrer kleinen Handtasche. «Hat er jedenfalls gerade erzählt. Draußen am Tisch. Ich sitze ja da neben dem Pfarrer.» Schließlich fand sie ihren Lippenstift und nahm die Kappe ab. Ihre Finger zitterten ein wenig, als sie ein sanftes Rot auftrug, und auf ihren Wangen zeichneten sich kleine hektische Flecken ab.

In diesem Moment fiel bei Emma der Groschen. «Oh. Er war bei dir, als ich angerufen habe, nicht wahr?»

Scheppernd fiel die Kappe des Lippenstifts in das Waschbecken, und Petra drehte sich erschrocken zu ihr um.

«Na ja … also, ich meine … ihr seid schließlich geschieden, oder nicht? Da kann er doch tun, was er … ach herrje!» Sie presste beide Hände an ihre Wangen.

Auf einmal erklärte sich die merkwürdige Reaktion auf

Emmas Frage gestern Nachmittag, ob Korbinian nach der Versammlung beim Wirt gleich nach Hause gegangen sei. Er war in dieser Hinsicht wirklich ein kleiner Feigling, das hatte er vorhin deutlich gezeigt.

«Natürlich kann er tun, was er möchte», beschwichtigte sie Petra, die Frau, die Korbinian als *zufällige Begegnung vor der Wirtshaustür* bezeichnet und in deren Bett er vorgestern genächtigt hatte. Dabei musste sie sich ein unwillkürliches Kopfschütteln verkneifen. Wieso stand er nicht einfach dazu, dass er sich endlich wieder an eine Beziehung heranwagte?

«Hängst du noch sehr an ihm?» Die Frage kam zaghaft. «Weil, weißt du, ich will nicht …»

«An ihm hängen?» Emma schüttelte überrascht den Kopf. Es war wohl eher umgekehrt, aber warum sollte sie Petra das unter die Nase reiben? «*Ma no, ma no!* Keinesfalls. Wir sind nur noch gute Freunde.»

«Ja, das sagte er auch, aber ich … war mir nicht sicher.» Petra wandte sich wieder zum Spiegel und warf Emma darüber einen forschenden Blick zu. «Ich wollte nie in eure … also ich meine … ich mische mich doch nicht in Beziehungen ein. So was mache ich nicht.» Der Lippenstift verschwand mit einem leisen Klimpern wieder in der Handtasche. Petra strich sich in einer Verlegenheitsgeste die tadellos sitzende Kostümjacke glatt und blinzelte nervös.

«Das hast du auch nicht.» Emma lächelte sie an. Es stimmte also, was Helene ihr irgendwann mal gesteckt hatte: Petra war schon früher in Korbinian verliebt gewesen, doch dann hatte ihn ihr eine dahergelaufene Italienerin weggeschnappt. «Petra, wir sind geschieden, und das bereits seit ein paar Jahren. Was immer ihr miteinander habt oder nicht habt, ist ganz und gar eure Sache.»

Petra nickte und wirkte erleichtert. «Du kommst also trotzdem noch zu mir zum Haareschneiden?»

Emma lachte. «Warum sollte ich das nicht mehr tun? Ich meine, ich komme ja sowieso selten genug, und vielleicht sollte ich jetzt, wo ich langsam grau werde, mal über einen modernen Kurzhaarschnitt nachdenken. Aber ich sehe keinen Grund, warum mir den nicht du verpassen solltest – es sei denn, du verschandelst mich absichtlich.»

«Das würde ich nie tun!» Petras Entrüstung war deutlich, aber es war schon wieder eine kleine humorvolle Note herauszuhören. «Ich meine ja nur», schob sie kleinlaut hinterher. «Irgendwie habe ich ein schlechtes Gewissen deswegen, und als du gestern angerufen hast und Korbinian sofort auf und davon ist, da dachte ich, das war's jetzt wieder. Dabei hat es ja noch gar nicht richtig angefangen.» Wieder ein unsicherer Blick.

Emma horchte in sich hinein, aber da war nichts. Kein Groll, keine Eifersucht. Das hätte ihr auch gerade noch gefehlt! Immerhin war sie es gewesen, die die Ehe beendet hatte, warum also sollte sie Korbinian jetzt kein neues Glück gönnen? Weil es Frauen gab, die ihre Ehe wegwarfen und dann plötzlich feststellten, was sie verloren hatten? Sie nicht. Niemals hätte sie ihre Ehe leichtfertig aufgegeben, doch nach all den Jahren war eben nicht mehr genug Gemeinsames vorhanden gewesen, um daran festzuhalten.

«Mach dir wegen mir keine Gedanken», sagte sie und meinte es genau so. «Das ist für mich wirklich in Ordnung.»

«Eure Tochter wird das vielleicht anders sehen.»

«Raffaella ist erwachsen und lebt ihr eigenes Leben. Außerdem schneidet sie sich derzeit die Haare selbst, du wirst ihr also kaum begegnen.»

«Was?» Petra grinste schief. «Wie sieht das denn aus?»

Emma lachte. «Na ja ... frag lieber nicht. Und jetzt lass uns wieder reingehen. Du hast ja wahrscheinlich auch noch nichts gegessen.»

«Bis jetzt noch nicht.»

«Dann komm.» Emma griff nach der Klinke. Dieses Mal in der festen Absicht, wirklich zu gehen.

Im Flur blieb Petra noch einmal stehen. «Sag mal ... hast du einen Verdacht, wer es war?» In ihren Augen funkelte Neugier.

Emma schnaubte. «Ich wollte, ich hätte eine Ahnung, aber ich weiß nur, wer es nicht war, nämlich ich.»

«Glaubt dir die Polizei denn? Ich meine, hast du ein Alibi?»

«Gute Frage. Leider nein.»

«Das ist aber sicher von Nachteil, oder?»

«Ja, schon. Ich hoffe nur, die von der Kripo werden schnell feststellen, dass ich nicht auf Seelig geschossen habe, schließlich haben die alle unsere Waffen mitgenommen.»

«Ah, klar, wegen der Ballistik und so. Sieht man ja immer wieder im Fernsehen. – Na», sie lächelte, «dann werden die sicher bald wissen, wem die Tatwaffe gehört, und du bist aus dem Schneider.»

«Das hoffe ich. Also, dass das bald passiert. Schrecklich auch für die Witwe, dass alles so lange dauert.»

«Oh ja, die Brigitte ist doch so ungeduldig.»

Brigitte? «Kennst du sie näher?»

«Sie war anfangs, als sie hergezogen sind, ein paar Mal bei mir, aber seit Rolands Geschäfte so gut laufen, fährt sie immer nach Regensburg zu einem Promi-Friseur.» Die Verärgerung war Petra anzuhören. «Bloß als sie neulich nach

Malle geflogen sind, hat sie dort keinen Termin mehr bekommen fürs Ansatzfärben und hat's bei mir machen lassen.» Sie schüttelte den Kopf. «*Notgedrungen.* Das hat sie auch jedem erzählt, der da war. Als ob sie sich dafür schämen müsste, meine Kundin zu sein.»

«Das ist ja unmöglich.»

«Allerdings.» Petra zögerte, ehe sie weitersprach. «Sie ist ein bisschen … von oben herab. Keine Ahnung, worauf sie sich etwas einbildet. Als sie das letzte Mal bei mir war, hat sie die ganze Zeit damit angegeben, dass sie so gut Spanisch kann.»

«Interessant.» Emma folgte ihr in Richtung Gastraum.

«Ich kann ja mal die Augen und Ohren offen halten, wenn dich das interessiert. Es heißt zwar immer, beim Friseur wird so viel getratscht», plauderte Petra über die Schulter zu ihr zurück. «Aber das stimmt gar nicht. Wir tauschen nur Informationen aus, das hat mit Tratschen nichts zu tun, wirklich.»

Emma schmunzelte. «Das sehe ich genauso.»

Informationen – natürlich! Der Friseursalon war bestimmt auch kein schlechter Ort für Emma, um zu hören, was im Dorf so gesprochen wurde. Verbunden mit einem neuen Schnitt, der ihrem Haar sicher nicht schaden würde, könnte sie vielleicht sogar selbst das eine oder andere über den Fall Seelig aufschnappen. «Ich rufe dich am Montag mal an für einen Termin. Das schiebe ich schon lange vor mir her, aber solange ich nicht öffnen darf, habe ich ja endlich Zeit dafür.»

Petra nickte eifrig. «Am Montag habe ich geschlossen, aber warum kommst du nicht einfach am Dienstagvormittag vorbei? Da ist es meistens sehr ruhig.»

Sehr ruhig war nicht, was Emma sich erhoffte. «Dienstag kann ich nicht», flunkerte sie daher. «Ich muss also in Kauf nehmen, dass mehr los ist.»

«Dann am Mittwoch.»

«Mittwoch ist super.»

14. KAPITEL

*I*n der Gaststube wurden sie von behaglichem Stimmengewirr und dem Klappern von Besteck empfangen. Inzwischen saßen die meisten Gäste vor gefüllten Tellern und ließen es sich schmecken. Petra verschwand mit einem *Tschüs, bis Mittwoch* zurück an ihren Platz bei Korbinian, und Emma folgte Lisas energischem Winken, sich zu ihr und Uschi zu setzen. Zu ihrer Freude erwartete sie dort auch Anna.

«Was hast du da nur so lange gemacht?», wunderte sich ihre Freundin mit einem verschwörerischen Lächeln.

Sie senkte die Stimme. «Petra will die Ohren offen halten bei ihren Kundinnen, und ich habe beschlossen, mir endlich mal wieder die Haare schneiden zu lassen.»

«Gute Idee», sagte Anna.

«Was?»

«Beides. Neuer Schnitt und offene Ohren. Das bringt dich vielleicht einen Schritt voran. Apropos voran – schau mal, wer dahinten sitzt!»

Emma drehte neugierig den Kopf. «Wen meinst ... oh, der Herr Gieseking.»

Der Kommissar saß an einem Einzeltisch im hinteren Teil der Gaststube und blätterte ein paar Unterlagen durch. Offensichtlich gab es für ihn tatsächlich weder Sonntag noch Feierabend.

«Kommissar Grünauge, wie ihn unsere Leni nennt.»

«Ich hätte nicht gedacht, dass er kommen würde, aber immerhin muss er ja auch mal was essen, nicht wahr?» Spontan stand Emma auf.

«Gehst du ihm guten Appetit wünschen?» Anna grinste.

«Natürlich.» Sie nickte ihrer Freundin zu. «Solche Kontakte muss man pflegen.»

Gieseking sah erst von seinen Papieren auf, als Emma schon vor ihm stand und ihn ansprach.

«Guten Abend, Herr Gieseking. Ich störe Sie hoffentlich nicht.»

«Guten Abend, Frau Ferrari.» Er lächelte zu ihr hoch und ließ den Papierstapel sinken, den er gerade durchgesehen hatte. «Nein, Sie stören nicht, ich war sowieso fertig.»

Protokoll, erkannte Emma noch, ehe sie seinem Blick begegnete und er die Sachen beiseiteräumte.

«Meine Kolleginnen und Kollegen waren sehr flink und ersparen Ihnen den Weg zu uns. Sie können Ihr Vernehmungsprotokoll hier unterschreiben. Ich sehe es mir nur noch mal kurz durch.»

«Ach, das wäre nicht so schlimm gewesen, ich habe ja nichts zu tun, und meine Tochter studiert in der Stadt, also ... hätte ich eben einen Ausflug gemacht.» Im Rücken des Kommissars sah sie, dass Helene ihr von hinter dem Tresen den erhobenen Daumen zeigte und heftig dazu nickte. «Schön, dass Sie es einrichten konnten und uns heute Abend Gesellschaft leisten.»

«Möchten Sie sich nicht setzen?» Er wies auf den Stuhl gegenüber. «Oder sind Sie gerade mit Zeugenbefragungen beschäftigt?»

Emma blieb die Spucke weg, und sie sank auf den freien Platz. Fassungslos starrte sie ihn an.

«Ich mache nichts anderes, als mich mit den Leuten zu

unterhalten», verteidigte sie sich schließlich lahm. «Das ist doch hoffentlich nicht verboten, oder?»

«Frau Ferrari, Sie wissen so gut wie ich, dass ich Ihnen die Kommunikation mit Ihren Mitmenschen nicht verbieten kann. Was ich Ihnen aber untersagen kann, und das tue ich hiermit ausdrücklich, ist, sich in unsere polizeilichen Untersuchungen einzumischen.»

Natürlich musste er das sagen, aber es klang, als wäre es ihm tatsächlich ernst damit.

Sehr ernst.

Seine Stimme war ruhig und gelassen wie immer, und doch hörte Emma eine Härte darin durchschimmern, die sie so nicht erwartet hatte.

«Das werde ich nicht tun. Ich weiß gar nicht, wie Sie darauf kommen.» Lächelnd hob sie das Kinn und verschränkte die Arme. Noch wusste der Mann nicht, wie stur sie sein konnte. «Aber ich werde auch sicher nichts von dem vergessen, was ich zufällig höre.»

Gieseking seufzte. «Davon gehe ich zweifelsohne aus.»

Dieser Mann hatte *zweifelsohne* keine Ahnung, wie es war, selbstständig und für jeden Euro Verdienst verantwortlich zu sein. Und einen Laden zu haben, von dessen täglicher Öffnung man schlicht und ergreifend abhängig war. Sie beugte sich vor und fixierte ihn entschlossen.

«Herr Kommissar, für mich ist das hier genauso wenig Spaß oder Vergnügen wie für Sie. Bei Ihnen geht es um Aufklärungserfolg und vielleicht Anerkennung oder was weiß ich. Bei mir geht es um die nackte Existenz. Ich lebe von meinem kleinen Lädchen, das ist sowieso nicht immer einfach. Und jetzt auch noch das! Können Sie sich auch nur annähernd vorstellen, wie wichtig es für mich ist, so schnell wie möglich wieder öffnen zu können? Wie viel Geld ich an jedem einzelnen Tag verliere, an dem geschlossen ist? Laden zu, keine Kunden, kein Umsatz, kein Geld. Kein Geld, keine Miete, kein Dach überm Kopf. So einfach ist das bei mir. Ganz zu schweigen von den Folgen, die es für mich hätte, wenn wir meine Unschuld nicht beweisen. Meinen Sie etwa, dann kaufen die Leute noch gern bei mir ein? Wenn sie denken, dass ich vielleicht eine Mörderin bin?»

Warum ihr bei diesen Worten der Hals eng wurde, wusste Emma nicht. Sie hatte sich in Rage geredet und bereute es nicht. Sollte er ruhig wissen, womit sie sich herumschlug. Sie löste ihre verschränkten Arme und fuhr mit dem Finger die Maserung der hölzernen Tischplatte nach. Sich Sympathien zu verschaffen, funktionierte sicherlich anders, aber das war ihr in diesem Moment einerlei.

«Ich verstehe», sagte Gieseking nach einer kurzen Pause. «Wir tun unser Möglichstes, damit Sie schnell wieder normal arbeiten können, das kann ich Ihnen zusichern. Mehr nicht.»

Emma nickte. Das war zwar nicht viel, aber mehr konnte sie nicht erwarten. «Vielen Dank – ich weiß das zu schätzen.»

«Tatsächlich?» Nun beugte der Kommissar sich etwas vor und hielt ihren Blick. Die feinen Fältchen um seine Augen vertieften sich, als die Andeutung eines Lächelns seine Mundwinkel umspielte. «Ich bleibe übrigens dabei: Wenn Ihnen noch etwas einfällt, können wir Ihre Aussage jederzeit ergänzen.»

«Ach», sagte sie und grinste herausfordernd. «Sie wollen also alles erfahren, was mir zu Ohren kommt, aber im Gegenzug kriege ich nichts von Ihnen?»

Gieseking lehnte sich wieder zurück und hob die Hände. «So läuft das bei uns.»

Kopfschüttelnd sah Emma ihn an. Sie hatte ihn gestern sehr unsympathisch gefunden, und auch dieses Gespräch lief nicht so, wie sie es sich absurderweise erhofft hatte, aber trotzdem hatte Gieseking mit seiner feinen ironischen Art ein paar Punkte gutgemacht.

Besser so. Sie würde eine ganze Weile mit ihm zu tun haben, da war es angenehmer, nicht auch noch gegen persönliche Abneigungen zu kämpfen.

Sie strich sich eine Strähne hinters Ohr. «Haben Sie denn in der Zwischenzeit eigentlich schon etwas vom italienischen Essen probiert?»

«Das ist eine gute Frage.» Er nahm ihr Friedensangebot an, und wie um seine Aussage zu unterstreichen, zog er eine Aktentasche unterm Tisch hervor und packte den Stapel Dokumente hinein. «Dazu war leider noch keine Zeit, aber ich bin fest entschlossen, das nachzuholen. Der Duft ist einfach zu verführerisch.»

«Danke. Lauter Rezepte meiner Großmutter.»

«Sie haben gekocht?»

«*Mit*gekocht und kommandiert.» Emma lachte. «Herr Straub ist ein toller Koch, aber das italienische Flair am Gaumen hat das Essen von mir.»

Der Kommissar nickte anerkennend. «Dann bin ich mal gespannt.»

Im nächsten Moment wandte er den Kopf. Auch Emma hatte am Rande wahrgenommen, dass sich die Tür zum Gastraum geöffnet hatte, doch sie war zu sehr auf Gieseking konzentriert gewesen, um sich umzudrehen.

Das holte sie nun nach – und ihr blieb unwillkürlich die Luft weg.

Der Auftritt des Neuankömmlings war offenbar von niemandem im Raum unbemerkt geblieben, denn der unablässige Strom der Stimmen rauschte immer leiser, bis er nur noch tröpfelte und schließlich gänzlich versiegte.

Emma war so überrascht, dass sie automatisch aufstand und in Richtung Tür ging.

«Frau von Hohenfels. Guten Abend ... Wie schön, Sie zu sehen.»

«Wir waren schon bei Konstanze und Emma, wenn ich mich recht erinnere.» Der leise Tadel in der Stimme ihrer Kundin verstärkte Emmas Irritation über deren unerwartetes Auftauchen.

«Äh ... ja, das ... waren wir wohl. Guten Abend, Konstanze.»

Ihr Gegenüber nickte gnädig. «Guten Abend, Emma.»

Sollte Konstanze von Hohenfels der Effekt ihres Auftritts aufgefallen sein, so ließ sie es sich nicht anmerken. Sie trug einen schmalen, wadenlangen schwarzen Rock und eine cremeweiße Bluse mit Stehkragen dazu. Eine schimmernde Perlenkette, ebensolche Ohrringe und das passende Armband vervollständigten das elegante Outfit. Emma hatte sie noch nie so gesehen, und in das rustikale Ambiente des Wirtshauses passte sie so gut wie ein Eisvogel in einen Schwarm Spatzen, doch das schien sie nicht zu stören.

Sie blickte nur kurz in die Runde, während sie sich Emma näherte, und wandte sich ihr dann wieder zu.

«Ich konnte leider nicht früher kommen, da die Freifrau einen wichtigen Termin zu absolvieren hatte. Sie lässt Sie herzlich grüßen.»

«Vielen Dank, Konstanze. – Äh ... möchten Sie sich zu uns setzen und mit uns essen?»

Sofort war Emma klar, dass sie damit weit übers Ziel hinausgeschossen war. Und tatsächlich ...

«Bedauerlicherweise kann ich nicht bleiben, aber es ist mir ein Anliegen, Ihnen meine Solidarität auszusprechen.»

In diesem Moment hätte man die berühmte Stecknadel fallen hören können, so still war es in der Gaststube.

«Sowohl meine Mutter als auch ich glauben fest an Ihre Unschuld und bedauern es zutiefst, dass Sie in so eine unangenehme Geschichte verwickelt wurden, Emma. Wir hoffen beide, dass die Sache schnellstens aufgeklärt wird und Sie Ihren wunderbaren Laden bald wieder öffnen können.»

Emma starrte sie sprachlos an. In diesem Moment wurde ihr klar, dass sich Konstanze von Hohenfels ihrer Wirkung durchaus und vollends bewusst war. Und ihr wurde ebenso klar, was für ein Zeichen sie damit setzte.

«Vielen Dank, Konstanze. Ihre Worte bedeuten mir viel.» Sie musste sich räuspern. «Sehr viel. Bitte grüßen Sie die Freifrau von mir.»

Die erste klappernde Gabel durchbrach die faszinierte Stille, und nach und nach kehrte die Geräuschkulisse in die Gaststube zurück. Sofort fühlte sich Emma weniger auf dem Präsentierteller. Vorsichtig lockerte sie ihre angespannten Schultern.

«Das richte ich meiner Mutter gerne aus.» Ein schmales Lächeln erschien auf Konstanzes Lippen. «Sie wäre mitgekommen, doch sie war verhindert.»

«Das ist sehr schade.»

«Wenn Sie schon nicht bleiben können, Frau von Hohenfels, können wir Ihnen auch was einpacken und mitgeben», schlug Helene vor, die wie vom Himmel gefallen plötzlich neben ihnen auftauchte.

Beinahe hätte Emma die Augen zugekniffen – was für ein peinlicher Vorschlag!

«Helene!», zischte sie unangenehm berührt.

«Was denn?», zischte Helene zurück und runzelte die Stirn.

Konstanzes Miene war nicht zu entnehmen, was sie von der Idee hielt. Sie strich sich ein Stäubchen vom Kragen ihrer eleganten Bluse.

«Meinen aufrichtigen Dank für das Angebot, aber wir haben bereits gespeist.»

Siehst du?, hätte Emma am liebsten zu Helene gesagt, doch sie verkniff es sich natürlich.

«Herzlichen Dank, dass Sie gekommen sind, Konstanze. Ich weiß das sehr zu schätzen. Sobald ich wieder öffnen kann, lasse ich es Sie wissen.»

«Ich bestehe darauf. Und nun einen guten Abend.»

Mit einem weiteren huldvollen Nicken drehte Konstanze von Hohenfels sich um und schritt davon. Emma stand noch einen Moment da und starrte dem geraden Rücken hinterher, bis sich die Tür hinter der Freifrau geschlossen hatte.

«Mach den Mund zu», raunte Helene neben ihr und gab ihr einen Schubs in die Seite. «Das war doch absolut großartig gerade.»

«Ja, das war es», murmelte Emma noch immer fassungslos und ließ sich auf ihren Stuhl neben Anna fallen.

«Schau an, schau an», meinte ihre Freundin anerkennend. «Wenn das mal kein Statement war.»

Helene beugte sich grinsend zwischen sie beide. «Das war ja fast so gut, als hätte Kommissar Grünauge persönlich verkündet, dass deine Unschuld bewiesen ist.»

15. KAPITEL

‹Habe Neuigkeiten. Komm, sobald du kannst. Tür ist offen.›

Die Textnachricht von Helene hatte Emmas Neugier aufs Maximum schnellen lassen. Zuvor hatte sie lang geschlafen und dann herumgetrödelt. Mußestunden an einem normalen Montagvormittag waren ihr fremd, und sie wusste nichts mit sich und ihrer Zeit anzufangen, trotzdem war sie ihr erstaunlich schnell zwischen den Fingern zerronnen. So war sie direkt nach Erhalt der Nachricht am frühen Nachmittag zu Fuß aufgebrochen, um sich ein wenig zu bewegen.

Entschlossen ging sie durchs Dorf und über den Dorfplatz und verkniff sich beim Gang durch die schmale Gasse zwischen den beiden Häusern den Blick auf die versiegelte Hintertür ihres Alimentari. Ebenso verbot sie sich jeden Gedanken daran, wie es drinnen in ihrer schönen kleinen Teeküche wohl aussehen mochte.

Wie angekündigt, hatte ihr Helene die Seitentür offen gelassen, also trat sie in den Flur und sah sich um. Die Praxis bestand aus zwei unterschiedlich ausgestatteten Behandlungsräumen, die Helene je nach Bedürfnis ihrer Kundschaft nutzte. Dazu gab es ein kleines Badezimmer, eine Umkleide und ein winziges Büro. Dort setzte sich Emma auf einen der Stühle vor dem Schreibtisch.

Die Tür zum danebenliegenden Behandlungsraum war nur angelehnt, und sie hörte abwechselnd zwei Frauenstimmen. Offenbar unterhielt sich ihre Freundin mit ihrer aktuellen Klientin.

«... was soll ich denn machen? Auf mich hört ja keiner. In letzter Zeit ist die Stimmung im Haus wirklich unerträglich, glauben Sie mir ...»

Das war eindeutig Susann Hillmeier. Offenbar holte sie ihren versäumten Samstagstermin nach. Hatte Emma deshalb so früh kommen sollen, damit sie etwas hören konnte, das ihr weiterhalf?

«... aber das wird sich jetzt ja alles ändern», fuhr die junge Frau fort.

«Meinen Sie?»

«Na, aber sicher. Mit wem soll seine Mutter denn streiten, wenn niemand mehr da ist und den Ton angeben will?»

«Ja, das mit den dominanten Männern ist so eine Sache ...» Helene ließ das Ende des Satzes vage in der Luft hängen, sodass es klang, als hätte sie Erfahrung mit dem Problem.

«Ja, nicht wahr? Mir tut es natürlich fürchterlich leid, dass mein Roland so plötzlich seinen Vater verloren hat. Und auch noch *so* schrecklich.» Sie versah das *so* mit mindestens drei o, damit wirklich absolut klar wurde, wie groß ihr Bedauern war. «Aber er war schon ein sturer Hund, wie man hier bei euch sagt. Und immer musste mein Roland nach seiner Pfeife tanzen ... pffft ...»

Emma wusste nicht, ob der zischende Laut einem besonders kräftigen Griff von Helene geschuldet war oder eine abfällige Bemerkung ersetzen sollte. Eher Letzteres, mutmaßte sie. Ehrlicherweise fand sie es trotz ihrer eigenen Vorbehalte gegen den Ermordeten reichlich geschmacklos, wie die junge Frau über ihren künftigen Schwiegervater – der er ja nun nicht mehr werden würde – sprach.

«Was war denn der Grund des Streits?», erkundigte sich Helene wie nebenbei, und Emma hatte das deutliche Gefühl, dass ihre Freundin die Frage nur stellte, weil sie wusste, dass Emma lauschte.

«So genau hab ich das nicht mitbekommen, es ging um irgendjemanden, den Rolands Vater wohl nicht besonders mag, Brigitte aber schon. Total unangenehm, sag ich Ihnen. Die beiden haben sich in letzter Zeit entweder angeschrien oder angeschwiegen, das war echt nicht mehr normal.»

«Ah. Ja dann ...» Wieder verstummte Helene.

Für einen Moment trat Stille ein. «So», sagte sie schließlich. «Das wär's für heute, mehr kann ich leider nicht für Sie tun. Ich muss sagen, ich habe Sie noch nie so verspannt erlebt ...»

«Ja, das wundert mich nicht.» Susann Hillmeier klang resigniert. «Dicke Luft kann ich nur schwer ertragen. Ich mag's eben lieber harmonisch. Und mit dem Todesfall ist die Stimmung natürlich erst mal eher schlimmer statt besser geworden.»

Als die Geräusche im Nebenzimmer vermuten ließen, dass Susann fertig angezogen war und die Praxis verlassen würde, verhielt sich Emma noch stiller als ohnehin schon, um ja nicht aufzufallen. Schließlich zeigten der Abschiedsgruß und das Zufallen der vorderen Eingangstür an, dass Emma mit Helene allein war. Diese drehte den Schlüssel um und kam den kurzen Flur entlang. Die Tür schwang weit auf, so energisch betrat sie das Zimmer.

«Hast du alles gehört?», fragte sie ohne einen Gruß und stemmte die Hände in die Hüften.

«Die letzten zehn Minuten habe ich mitbekommen, ja.»

«Schade, dass du nicht früher da warst.»

«Das, was ich gehört habe, reicht mir vollkommen.» Emma verschränkte kopfschüttelnd die Arme.

«Das glaub ich dir – ich geh mal eben schnell die Hände waschen. Was für eine Tussi», schimpfte Helene auf dem Weg ins Bad vor sich hin. «Für mich war es eindeutig sie», rief sie durch das Wasserrauschen und die beiden geöffneten Türen zu Emma herüber.

«Glaub ich nicht», rief Emma zurück.

Helene schnaubte und kam mit einem Handtuch zurück, an dem sie sich die Finger abtrocknete. «Doch. Sie ist meine absolute Favoritin.»

«Warum sollte sie das tun? Sie hat sich möglicherweise ausgerechnet, dass Roland junior Geld von seinem Vater aus dem Verkauf bekommt, das sie zu zweit vielleicht schön ausgeben können, aber das könnte mit dem Tod von See-lig senior hinfällig sein.» Kurz setzte sie Helene über das in Kenntnis, was ihr Raffaella beim Sonntagsfrühstück erklärt hatte. «Sie hat keinen Vorteil von seinem Tod.»

«Na ja.» Helene faltete das Handtuch zusammen und legte es über eine Stuhllehne. «Aber wenn ihr Liebster den Vater beerbt, kann sie ein sorgloses Leben führen, und es ist niemand mehr da, der streitet und ihr die Laune verdirbt.»

«Geh, Leni! Das ist ein äußerst schwaches Motiv», urteilte Emma und lehnte sich zurück.

«Vielleicht mag sie nicht, dass ihr Liebster unter Vaters Pantoffel steht», wandte Helene ein. «Du hast sie doch ge-hört. Ich glaube, dass es einer Frau wie ihr enorm wichtig ist, dass sie selbst auf ihren Mann Einfluss nehmen kann.»

«Lassen wir das mal so stehen und denken weiter. Wenn sie es war – wie kam sie an die Waffe? Susann hat meines Wissens keine eigene.»

«Ach weißt du … Schwiegerpapa hat doch genug davon. Sie könnte sich eine *ausgeliehen* haben.»

«Du meinst, Roland Seelig senior hat seine Waffen offen herumliegen lassen?»

Helene warf ungeduldig die Hände in die Luft. «Woher soll ich das wissen? Vielleicht hat er damit geprahlt. Zuzutrauen wäre es ihm.»

Emma schüttelte den Kopf und fuhr sich durch die Haare. «Zu viele *Vielleichts*», entschied sie. «Also Uschi und Lisa sind wie gesagt der festen Überzeugung, dass Brigitte Seelig für den Mord verantwortlich ist. Und mein Favorit ist eindeutig Otto.»

«Der Hößlbarth? Das wäre doch viel zu einfach», urteilte Helene. «Der sitzt so auf dem Präsentierteller, dass das zu schön wäre, um wahr zu sein.»

«Das sehe ich anders.»

«Und wie, meinst du, lief das ab? Die beiden haben sich kräftig gezofft, und danach ist jeder seiner Wege gegangen. Der Seelig ist mit röhrendem Motor abgerauscht, und der Otto hat sich zu Fuß auf den Heimweg gemacht. Hab ich selber mitbekommen.»

«Und wenn die beiden noch mal umgekehrt sind und sich getroffen haben – zufällig oder absichtlich?»

«Ausgerechnet in deinem Laden?»

«Die Frage könnte ich dir zu Susann genauso stellen. Warum in meinem Laden?»

«Seelig hatte die Schlüssel, und dort war sturmfreie Bude, das wusste er. Vielleicht wollte er sich sein Verkaufsobjekt nochmal genau anschauen, und Susann kam dazu.»

«Das könnte auch für Hößlbarth gelten.»

«Gilt für alle Verdächtigen. Entschuldigt die Verspätung,

Mädels!» Anna klang ziemlich außer Atem, als sie das kleine Büro betrat. «Den Schluss habe ich gerade noch mitbekommen. Kleiner Tipp von mir: Schafft euch bloß keine Teenagerzwillinge an, das ist eine Strafe Gottes, glaubt mir.»

Emma grinste schief. Dennis und Tanja Bachmeier waren sicher keine Heiligen, aber so schlimm nun auch wieder nicht. Allerdings erinnerte sie sich noch allzu gut an die Phase, als Raffaella über Nacht von ihrer süßen Kleinen zur unerträglichen Pubertierenden mutiert war. Das war tatsächlich keine einfache Zeit gewesen.

«Was haben sie denn angestellt?», fragte sie und erwiderte die kurze Umarmung, mit der Anna sie begrüßte.

«Den Kirschbaum der Nachbarin mit Klopapierrollen beworfen. Ich komme aus dem Kopfschütteln nicht mehr raus.»

«Klingt doch lustig», meinte Helene.

«Ist es aber nicht, wenn du unsere Nachbarin kennst.»

«Ich fühle mit dir.» Emma konnte trotz allem ein Grinsen nicht unterdrücken. Die Vorstellung war zu komisch.

«Aber sag, wie geht es dir?», fragte ihre Freundin und sah sie forschend an. «Du siehst besser aus, als ich befürchtet hatte.»

«Der Ärger über diesen Idioten, der mir eine Leiche in den Laden gelegt hat, hält mich gut aufrecht», gestand Emma. «Genau wie meine Nachforschungen. Ich habe keine Ahnung, wie das wäre, wenn ich wirklich nur dasitzen und warten müsste, dass die Polizei irgendetwas herausfindet.»

«Hier.» Anna wandte sich an Helene und streckte ihr einen Zettel entgegen. «Das lag draußen im Flur vor der Umkleide auf dem Boden. Hat wohl eine deiner Klientinnen verloren.»

«Ein Rezept? Danke.» Helene nahm es entgegen und warf einen kurzen Blick auf den Namen. «Ach, das ist das von Susann.» Sie steckte das Blatt in den Terminkalender auf ihrem Schreibtisch.

«Und was gibt es jetzt so spektakulär Neues? Deine Nachricht hat sehr dringlich geklungen», kam Anna auf den Punkt.

«Echt? Das freut mich.» Helene lächelte verschmitzt. «Dann hab ich alles richtig gemacht.»

«Jetzt rück schon raus.» Anna krempelte die Ärmel ihrer Bluse hoch. «Ich muss bald wieder weg und den Mist aus der Welt schaffen, den meine Monster angerichtet haben.»

«Wenn ich dir dabei helfen kann, sag Bescheid», bot Emma an. «Aber jetzt will ich auch endlich wissen, was Leni zu erzählen hat.»

«Oh, ihr werdet staunen», fing ihre Freundin an. «Ich habe jemanden eingeladen, der uns bei unserer kleinen Privatermittlung helfen möchte.» Sie zog ihren Schreibtischstuhl hervor und schob ihn neben Annas Platz.

Anna und Emma sahen sich fragend an.

«Wer sollte das sein?», sprach Anna aus, was Emma dachte.

«Das erfahrt ihr gleich.»

«Aber nicht deine Omi, oder?», fragte Emma besorgt. «Ich möchte sie nicht noch tiefer in diese Sache reinziehen, als sie sowieso schon drinsteckt.»

«Nein, die Omi ist es nicht», beruhigte Helene sie. «Aber wollt ihr in der Zwischenzeit ...»

Draußen in der Gasse waren Schritte hörbar, dann klopfte es an die Seitentür, und Helene ging öffnen. Als sie zurückkam, traute Emma ihren Augen nicht, denn direkt hinter ihr trat Konstanze von Hohenfels in den Raum.

Sie wirkte zurückhaltend, beinahe unsicher, als sie den Frauen zunickte.

«Guten Tag, meine Damen.»

Anna sah aus, als würde sie gleich vom Stuhl fallen. «Frau von Hohenfels. Das ist ... eine echte Überraschung.»

«Ich dachte mir schon, dass Sie sich wundern würden, doch ... da ich von Ihnen leider keine private Telefonnummer besitze, Emma, habe ich mich an Fräulein Straub gewandt und wurde für heute hierher eingeladen.»

«Herzlich willkommen, Konstanze! Das freut mich.» Endlich bekam Emma ihre Überraschung in den Griff.

«Ich erfahre ja auch immer wieder so manches und dachte, ich könnte meinen Teil dazu beitragen, dass Sie Ihr Geschäft schnellstmöglich wiedereröffnen können und niemand mehr an Ihrer Unschuld zweifelt.» Ihre leicht raue Stimme verlieh dem Satz fast etwas Getragenes.

«Das ... ist wunderbar», sagte Emma schließlich eilig. «Und so habe ich auch gleich Gelegenheit, mich für gestern Abend zu bedanken. Das war ... bemerkenswert.»

Konstanze lachte vergnügt. Emma staunte. Bei den wenigen Gelegenheiten, die sie die Freifrau hatte lachen hören, hatte sie immer das Gefühl gehabt, sie würde das aus Höflichkeit tun.

«Die Gesichter der Leute waren einfach herrlich», sagte Konstanze. «Allein dafür war es das schon wert.»

«Es war großartig», urteilte Helene begeistert, und Anna nickte.

«Ja, sehr beeindruckend, wirklich.»

Konstanze nahm neben Anna Platz. «Ich habe Sie sicher unterbrochen. Bitte, fahren Sie fort.»

«Gut, dann ...» Helene lehnte sich an die Schreibtischkante, klatschte in die Hände und blickte mit einem freudigen Funkeln in den Augen von einer zur anderen. «... können wir ja loslegen.» Und sie machte schon wieder eine Kunstpause.

«Leni!», mahnte Anna ungeduldig.

Helene hob beide Hände in einer Unschuldsgeste. «Schon gut. Also, mein Paps hat mir verraten, warum der Otto und der Roland so zerstritten waren und dass das schon ewig zurückliegt.»

«Und das wäre?» Anna klang bereits genervt.

Emma konnte sie gut verstehen. Ihre Freundin hatte sich schließlich von zu Hause losgeeist, obwohl diese Sache mit ihren Teenie-Kids im Raum stand.

«Es ging – man mag es kaum glauben – tatsächlich um den Schützenkönig!»

Emma schüttelte den Kopf. Ihrer Ansicht nach war Hößlbarths Ehrgeiz immer schon größer gewesen als seine Intelligenz, doch sollte tatsächlich eine solche Banalität zwischen den Männern gestanden haben?

«Ja und?» Wieder war es Anna, die Helene aufforderte fortzufahren.

«Otto hat damals wohl behauptet, es sei dabei nicht mit rechten Dingen zugegangen. Der Seelig soll ihn beschissen und die Zielscheiben ausgetauscht haben, und eigentlich hätte er der Gewinner sein müssen.»

«Aber das geht doch gar nicht», wandte Emma ein. «Die Zielscheiben sind eindeutig markiert, da kann man nichts vertauschen! Und außerdem ...» Sie stockte und dachte fieberhaft nach. «Wie lange soll das jetzt her sein?»

Helene hob die Schultern. «Das wusste auch mein Paps nicht mehr so genau. Lange auf jeden Fall.»

Emma schüttelte den Kopf. «Ich bin jetzt seit fast zwanzig Jahren Mitglied in diesem Verein und kann mich nicht daran erinnern, dass das jemals Thema gewesen wäre. Das müsste ich doch mitbekommen haben.» Sie war zu jener Zeit aber auch viel zu sehr mit sich und dem Eingewöhnen beschäftigt gewesen, um darauf zu achten, wer mit wem befreundet war oder nicht.

«Vielleicht haben die beiden das damals unter den Teppich gekehrt, und es tauchte irgendwann später erst so richtig auf?»

«Das glaube ich nicht.»

Konstanze von Hohenfels' Worte spiegelten Emmas Zweifel wider. Neugierig sah sie die Freifrau an. Konstanze erwiderte ihren Blick mit ihrer üblichen, leicht überheblichen Gelassenheit.

«In meinen Augen ist das viel zu nichtig, um eine derartige Feindschaft zu rechtfertigen», sprach sie weiter. «Ich habe das Verhältnis, das beiden Herren zueinander hatten, längst aus den Augen verloren, aber sie waren wirklich sehr eng befreundet. Ein Vorfall wie dieser dürfte kaum gereicht haben, um eine solche Freundschaft zu zerstören.»

«Oder das Gegenteil ist der Fall. Ausgerechnet sein bester Freund hat Otto betrogen», sagte Anna. «Ihr wisst doch, wie Männer sein können, wenn man sie in der Ehre kränkt. Vielleicht hat Seelig senior bei ihrem letzten Streit irgendetwas wieder so richtig hochkochen lassen, und da sind dem Otto die Sicherungen durchgebrannt. Möglich wäre das doch.»

«Für mich ist und bleibt Otto auf jeden Fall der Hauptverdächtige», resümierte Emma. «Alles passt. Er hatte ein Motiv und die Möglichkeit, und er hat auch mehr potenzielle Tatwaffen zu Hause als wir alle zusammen.»

16. KAPITEL

Emma musste raus. Unbedingt. Ihre Unruhe war zu groß. Daher zog sie sich nach einem raschen Nachmittagssnack aus Joghurt und Banane ihre Turnschuhe an.

Gern hätte sie sich nach dem Gespräch in Helenes Praxis noch weiter unterhalten, aber Anna war anschließend sofort aufgebrochen, Helene hatte Kundschaft erwartet, und Konstanze war ebenfalls gleich wieder gegangen.

Emma hatte das Gefühl, auf der Stelle zu treten, und sie wusste, dass Bewegung ihr dabei helfen würde, ein bisschen Spannung abzubauen. Zumal sie bei der letzten Sportstunde ihrer Freundin gefehlt und an diesem Tag ansonsten nichts zu tun hatte.

Von ihrer Haustür waren es nur ein paar Kilometer bis zu dem kleinen Naturschutzgebiet, das sie so liebte. Eigentlich hieß es Höllbachtal, aber überall war es als *die Hölle* bekannt. Vom Himmel in die Hölle – wenn man in Himmelsricht wohnte, war dieser Weg tatsächlich nicht allzu weit.

Sie stellte das Auto auf den Besucherparkplatz, warf sich den Rucksack über und spazierte zügig los. Bald war sie im Wald eingetaucht und folgte dem Bach, der sich seinen Weg durch ein Meer aus unterschiedlich geformten Granitfelsen und Findlingen bahnte. Kühl war es hier. Die Luft duftete nach Moos, Wald und Wasser, und bald kehrte Ruhe in ihr Gemüt ein.

Nach etwa einer Stunde tat sich kurz vor dem Ende des

Wanderweges, als der Lauf des Wassers bereits sanfter wurde, eine Lücke im dichten Laubwerk des Waldes auf. Die Sonne schien geradewegs auf ein von feinen Wassertropfen gesprenkeltes Spinnennetz, das zwischen zwei Granitblöcken hing. Die Tröpfchen glitzerten wie Diamanten, und Emma hielt inne, um zu verschnaufen und das kleine Naturwunder zu bestaunen.

Hier war ein guter Ort für eine Rast.

Sie sah sich um und wählte als Sitzgelegenheit einen der Findlinge, der über das nur noch leise plätschernde Wasser ragte und genug Platz für sie und ihren Rucksack bot. Darauf ließ sie sich nieder, packte ihren Apfel und die Wasserflasche aus und zog Notizbuch und Stift hervor.

Während sie an ihrem Obst knabberte und mit halbem Ohr dem Murmeln des Baches lauschte, las sie noch einmal alles durch, was sie bisher notiert hatte. Seit dem Treffen bei Resi war einiges dazugekommen.

Aber wer außer ihren bisherigen Verdächtigen könnte sonst noch etwas gegen Roland Seelig gehabt haben?

Emma fiel auf, wie wenig sie eigentlich über das Opfer wusste.

Er war ihr Vermieter gewesen, und er hatte sie ausgebootet. Und sonst? Wer war der Mann, der tot in ihrem Laden gelegen hatte, wirklich? Erst wenn sie das herausgefunden hatte, konnte sie Antworten auf die Frage nach dem Motiv finden.

Er besaß mehrere Immobilien und Grundstücke – so viele, dass es offenbar reichte, um gut davon zu leben. Zumindest war das der Konsens im Ort. Sein Vater hatte eine Landwirtschaft gehabt und als einer der Ersten im Umkreis in große Gerätschaften investiert, die er dann an andere Landwirte vermietete. Das Haus der Seeligs am Rand des Dorfes, das von einer hohen Hecke umgeben und mit einer Videokamera am Tor gesichert war, gehörte zu den stattlichsten von Himmelsricht, vielleicht war es sogar das größte überhaupt. Und die gesamte Familie fuhr teure Autos.

Aber was tat er abgesehen davon? Emma schloss die Augen und überlegte, doch sie hatte keine Ahnung.

Anna, die sonst stets ein ergiebiger Quell an Informationen war, da sie bereits seit ihrer Geburt in Himmelsricht lebte, hatte ihr zu Seelig nicht mehr sagen können, als sie sowieso schon wusste. Es gab also nur einen Weg, mehr zu erfahren: Sie musste zu ihm nach Hause, musste mit seiner Witwe reden, am besten so schnell wie nur irgend möglich, und mit dem Junior auch. Und was immer sie dort herausbekäme, sie würde professionell sein und sich nicht in die Karten blicken lassen.

Emma schnitt sich selbst eine Grimasse, als sie an ihren Ausraster beim Wirt dachte. Korbinian hatte zwar nichts dazu gesagt, aber früher war ihr südliches Temperament öfter mal Thema zwischen ihnen gewesen. Nun, das würde sie wahrscheinlich in diesem Leben nicht mehr in den Griff kriegen.

Das Zwitschern einer Wasseramsel in der Nähe riss sie aus ihren Überlegungen und ließ sie lächelnd die Augen wieder öffnen. Was für ein Paradies hier in der Hölle!

Sie trank einen Schluck Wasser und sah auf die Uhr. Himmel, es war bereits später Nachmittag. Kein Wunder, dass sie schon wieder einen solchen Hunger hatte, dass auch ihr Apfel wenig ausrichten konnte.

Emma räumte ihre Sachen zusammen und zog den Rucksack zu. Sie rappelte sich auf, klopfte sich das Moos vom Popo und spazierte los. Zurück würde sie einen anderen

Weg nehmen, der zwar wesentlich kürzer war, aber da sie all die Höhenmeter, die sie gemütlich bis hier heruntergeführt hatten, nun bergauf bewältigen musste, würde sie ganz schön ins Schwitzen kommen.

Kurz nach ihrem Rastplatz querte der Wanderweg über einen rustikalen Holzsteg den Bach. Noch ein paar Schritte um die nächste Biegung, und Emma würde den schattigen Wald verlassen und am Rand einer Wiese im Talgrund entlang bis zur Straße laufen.

Der dramatische Ton von Beethovens fünfter Symphonie durchschnitt die kühle Stille. Abrupt blieb sie stehen.

Noch einmal das markante Tatatadaaaaa, tatatadaaaa ...

«Von Hohenfels?»

Beinahe hätte Emma einen Ausruf des Erstaunens nicht unterdrücken können. Schon wollte sie um die Ecke biegen und ihre Kundin mit einem Lachen und einem flotten Spruch über Zufälle begrüßen, da sprach diese weiter.

«Nein, ich weiß natürlich nicht, wer es war ... aber er hat seinen Tod selbst heraufbeschworen, das wissen Sie so gut wie ich ...»

Emma erstarrte. Sie musste nicht lang überlegen, um zu wissen, um wen es ging. Wie unangenehm! Mit wenigen Worten war aus einer netten zufälligen Begegnung eine peinliche Situation geworden. Nun konnte sie sich – besonders nach dem gemeinsamen Treffen vorhin – nicht mehr bemerkbar machen, ohne dass es für sie beide unerfreulich werden würde. Sie mochte das Gefühl nicht, andere zu belauschen, doch die meisten Menschen in ihrem Umfeld redeten einfach so laut, dass sie gar nicht anders konnte. Sie hätte sich schon die Ohren zustöpseln müssen, um das zu verhindern.

So auch jetzt.

«Natürlich hat er *nichts* von uns gekauft – er hatte ja kein Geld ...»

Emma verharrte noch immer reglos. Hoffentlich kam in diesem Moment niemand auf die Idee, *sie* anzurufen! Normalerweise stellte sie in so einer ruhigen Umgebung ihr Telefon auf lautlos, doch heute hatte sie es vergessen.

«Wer hat das denn behauptet? Meine Mutter soll *was?* Ach Unsinn ... Nie im Leben, das kann sie nicht gesagt haben ... Dann hat sie es jedenfalls nicht so gemeint ... Tatsächlich? Also, ich wüsste nicht, warum ... ja, ich werde sie zur Rede stellen ...»

Herrje! Emma hielt den Atem an. Frau von Hohenfels murmelte leise etwas vor sich hin, das sie nicht verstehen konnte, doch sie schien sich nicht zu bewegen. Noch nicht.

Was, wenn Konstanze beschloss, genau den Weg zu nehmen, auf dem Emma stand?

Ihr brach der Schweiß aus. Zaghaft und äußerst vorsichtig machte sie einen Schritt nach dem anderen rückwärts. Ausgerechnet hier war das Gluckern des Wassers kaum mehr zu hören – was gut gewesen war, um Konstanzes Worte deutlich verstehen zu können, aber schlecht, wenn es um ihren lautlosen Rückzug ging.

Dennoch gelang es ihr, eine gewisse Entfernung zwischen sich und die noch immer unsichtbare Freifrau zu bringen, die es ihr ermöglichen würde, die Unschuldige zu spielen, falls es zu einer Begegnung kommen sollte.

«Ich bin's», vernahm sie die Stimme erneut. Es war nicht zu überhören, dass Konstanze äußerst ungehalten war. Mehr noch als beim vorherigen Telefonat. «Was hast du dem Seelig versprochen, Mutter? ... Nein, lüg mich nicht an. Nicht schon wieder, verstanden? ... Und ob mich das etwas angeht!» Sie wurde immer lauter. «Ich lasse dir deine unkontrollierten Alleingänge nicht mehr durchgehen! Wie kommst du dazu ...»

Eine Weile herrschte Stille, als hörte Konstanze einer Tirade ihrer Mutter zu. Dann gab sie einen verärgerten Laut von sich.

«Einfach aufgelegt», schimpfte sie vor sich hin. «Na wehe, alte Hexe. Das war zu viel! Jetzt reicht es.»

Hatte sie die Augen bis eben noch peinlich berührt geschlossen gehabt, riss Emma sie jetzt überrascht auf. Noch nie hatte sie die Freifrau so mit ihrer Mutter sprechen hören! Und *über* sie natürlich schon gar nicht.

Worum mochte es konkret gegangen sein? Welchen Alleingang meinte Konstanze? Die beiden Telefonate hingen zusammen, so viel war klar, und letzten Endes war Seelig der Mittelpunkt beider Gespräche gewesen.

Jetzt war nichts mehr zu hören. Emma fasste sich ein Herz und setzte sich in Bewegung. Dabei fing sie an, laut Azzurro zu summen. Wenn Konstanze noch immer dort stand, würde sie mitbekommen, dass jemand sich näherte, und nicht annehmen, dass Emma ihr schon länger so nahe gewesen war.

Doch als sie um die Ecke kam, war da niemand mehr.

Sie sah sich suchend um. Der Weg vor ihr bis zur nächsten Kurve war zu lang, als dass Konstanze ihn in dieser kurzen Zeit hätte hinter sich bringen und aus ihrem Blickfeld verschwinden können. Demnach musste sie irgendwo abgebogen sein. Anscheinend war sie sehr gut zu Fuß, denn da war kein Pfad, und es ging auch ziemlich steil bergauf. Hut ab, dachte Emma. Die Freifrau schien fit zu sein.

Sie musste ihre Gedanken festhalten, bevor sie ihr vollends entglitten. Eilig zog sie ihr Notizbuch noch einmal heraus. *Hohenfels – Seelig – kaufen?*, kritzelte sie hinein. Das würde ihr als Gedankenstütze reichen.

Dann setzte sie endlich ihren Rückweg fort. Nach einer Weile bog der Spazierweg auf die Landstraße ein, die in kleinen Serpentinen bergauf zum Parkplatz zurückführte. Ab hier begann der Aufstieg.

Von hinten näherte sich ein Auto. Emma sah erst auf, als es verlangsamte und auf ihrer Höhe stehen blieb. Der Fahrer winkte von der anderen Straßenseite zu ihr herüber.

«Soll ich dich ein Stück mitnehmen?»

«Hallo, Peter! Wo kommst du denn her?» Ohne eine Antwort abzuwarten, überquerte sie die Straße und stieg ein. «Danke. Du bist meine Rettung.»

Peter Huber, der Elektromeister des Dorfes, warf ihr einen schiefen Blick zu. «Wenn du das mal so meinen würdest!»

Emma lachte verlegen. Sie hatte nicht darüber nachgedacht, dass Peter schon lange offen für sie schwärmte, und einfach drauflosgeredet.

«Ich meine natürlich deinen Taxiservice.»

«Ja, leider.» Er seufzte, doch er lachte ebenfalls dabei und fuhr langsam an. «Furchtbare Sache, das mit Seelig, oder?»

«Du verlierst ja keine Zeit!»

«Bis zum Parkplatz ist es nicht weit, und ich muss die Gelegenheit nutzen, dir zu sagen, dass ich überzeugt bin, dass du es nicht warst.»

«Danke.» Derart geradeheraus hatte sie ihn gar nicht eingeschätzt. «Und warum bist du da so sicher?»

Er warf ihr einen kurzen Blick zu, konzentrierte sich aber mit einem Schulterzucken schnell wieder auf die schmale Straße. «Nenn es ein Bauchgefühl.»

Peter war im Normalfall eher wortkarg und hielt sich

aus allen Querelen im Dorf heraus. Als Fußballtrainer der Kids war das auch nötig, er würde sonst in Teufels Küche kommen. Doch er hatte viele Kontakte und kam in seinem Job ziemlich herum. Emma beschoss, die Gelegenheit beim Schopf zu packen.

«Was sagt dir dein Instinkt zu einer Verbindung zwischen Roland Seelig und Konstanze von Hohenfels?»

Wieder ein rascher Blick zu ihr, und er drosselte das ohnehin schon langsame Tempo. «Gehen wir ein Eis essen?», stellte er die Gegenfrage.

«Peter!» Mahnend hob sie die Brauen, obwohl er es nicht sah, da er jetzt wieder nach vorn auf die Straße blickte. «Ich bin zwar neugierig, aber heute wird das nichts mit dem Eis. Vielleicht in den nächsten Tagen mal? Solange mein Laden dicht ist, hab ich viel Freizeit.» Die sie mit Ermittlungen zu nutzen gedachte – aber das und dass diese Fahrt bereits dazu gehörte, musste sie ihm ja nicht auf die Nase binden.

«Schon gut. Tut mir echt leid für dich. Deine eingelegten Oliven fehlen mir.»

«Mir fehlt noch viel mehr», sagte sie mit einem abgrundtiefen Seufzer.

«Verständlich.» Sie waren an der Hügelkuppe angelangt, und Peter ließ das Auto ausrollen. «Seelig hat von der Hohenfelserin ein Jagdrevier gepachtet und schon lange nicht mehr dafür bezahlt. Ich hab das mal mitgekriegt, als ich wegen eines Kurzschlusses in ihrer Küche gerufen worden bin. Die Alte hat gerade mit jemandem telefoniert und dabei alle Heiligen vom Himmel geholt. Am Ende habe ich dann die Zusammenhänge kombiniert.»

«Ein Jagdgebiet? Der Seelig? Und wenn du dich irrst und jemand anders dran war?»

«Nein, sie nannte ihn beim Namen. Alles andere habe ich mir aufgrund ihrer Satzfetzen zusammengereimt. Sie war megawütend.»

«Interessant. Und gehört dieses Jagdrevier Isadora oder Konstanze?»

«Isadora, soweit ich das verstanden habe. Aber letzten Endes erbt ja Konstanze sowieso mal alles. Falls die Mutter nicht das ewige Leben hat.»

«Ja, sie hat ein gesegnetes Alter», murmelte Emma nachdenklich.

«Sie ist zweiundneunzig. Von Menschen wie ihr sagte meine Großmutter immer, dass die weder Gott noch der Teufel haben wollen.»

Emma lachte halbherzig. «Ja, sie kann Haare auf den Zähnen haben.»

«Und sie hat ihre Tochter feste unterm Pantoffel.»

Diesen Eindruck hatte Emma auch schon gehabt, obwohl sie den beiden Damen bisher immer nur als Kundinnen in ihrem Laden begegnete. «Demnach war also auch Seelig Jäger, nicht nur Otto. Das wusste ich gar nicht.»

«Klar. Warum sonst sollte er ein Revier pachten und im Wohnzimmer über dem Kamin so schreckliche Geweihe hängen haben?» Peter schüttelte den Kopf. «Er war auch öfter im Ausland zum Jagen, zumindest hat er das mal erzählt.»

«Das ist ja interessant.»

Auf Peter Huber als Informant war Emma von selbst gar nicht gekommen, und sie ärgerte sich darüber. Eine schöne Ermittlerin war sie! Peter hatte als Elektriker natürlich zu allen möglichen und unmöglichen Adressen Zugang, und sie hatte nicht einen Gedanken an ihn verschwendet.

Peter ließ seinen Wagen neben den von Emma auf den Parkplatz rollen und sah sie an. «Du stellst mir mehr Fragen als der Kommissar.»

«Dich hat er auch befragt?»

«Ja. Eben vorhin, bevor ich losgefahren bin, um den Kabelbruch bei einem unserer Bauern zu reparieren. Er klingt, als würde er damit rechnen, dass die Ermittlungen eine Weile dauern.»

«Ja, scheint so, das ist alles ein Mist.» Emma sah aus dem Autofenster, stieg aber noch nicht aus. «Sag mal – jagst du eigentlich auch?»

«Ich?» Peter sah sie verblüfft an. «Wie kommst du denn darauf?»

«Einfach so», antwortete Emma achselzuckend. «In den letzten paar Tagen erfahre ich so viel Neues über meine Mitmenschen hier, dass mich bald nichts mehr überrascht.»

«Nein, ich hab lieber mit großen Kugeln zu tun.» Eine Pause entstand. «Also balltechnisch, meine ich», schob er hastig hinterher.

Emma prustete los. «Schon gut, Peter», japste sie, als sie seine hochroten Ohren sah. «Das wäre mir auch ohne deine Erklärung klar gewesen.»

Peter fuhr sich verlegen über das Gesicht, und Emma griff nach dem Türöffner.

«Danke fürs Mitnehmen. Vielleicht klappt es ja demnächst tatsächlich mal mit einem Eis. Ciao.»

17. KAPITEL

*D*er Gedanke an einen stillen Abend zu Hause hatte nichts Verlockendes. An einem normalen Abend hätte Emma die aktuellen Bestelllisten für ihren Laden überarbeitet, weil am Samstag so viel verkauft worden war, hätte sich Rezeptideen überlegt oder das Internet nach kulinarischen Neuigkeiten und regionalen italienischen Spezialitäten durchforstet, die für ihre Kunden interessant sein könnten.

Und nun? Nichts dergleichen. Wie lange sollte das so gehen?

Die Vorstellung machte ihr Angst.

Früher hätte sie Korbinian angerufen, ihm ihr Leid geklagt und sich vielleicht auf eine Kugel Eis bei Bärbel mit ihm verabredet, doch seit sie wusste, dass er sich allmählich in seine eigene Richtung entwickelte und ihn etwas mit einer anderen Frau verband, mochte sie ihn nicht einfach so behelligen – denn genau danach fühlte es sich für sie plötzlich an. Zum ersten Mal seit der Scheidung spürte sie die tiefe innere Trennung, die sie beide mit diesem Schritt vollzogen hatten. Daran würde sie sich nun gewöhnen müssen.

Wie schnell sich Dinge ändern konnten.

Leider war auch sonst nichts mehr so normal, wie es noch bis Freitag gewesen war, und so entschied sie sich für einen weiteren Abend beim Strauberwirt. Sie duschte und zog sich um, dann brach sie auf.

In der Gaststube war weniger los, als Emma erwartet hatte. Die Tagestouristen hatten den Heimweg angetreten, und die Dörfler saßen vermutlich vor ihren Fernsehgeräten. Für Emma keine Alternative, steckte sie doch selbst gerade mitten in einem Krimi, der keineswegs so spannend war wie im TV, sondern im Gegenteil höchst unangenehm.

«Was magst du denn essen?», erkundigte sich Helene und setzte sich zu Emma an den kleinen Tisch in der Ecke, an dem sie früher oft mit Korbinian gegessen hatte. «Einen Salat? Eine Käseplatte?»

«Ja, irgendwas Herzhaftes wäre wirklich schön.»

Sehnsüchtig dachte sie an ihre geliebten Spaghetti Aglio e Olio. Carbonara. Amatriciana. Arrabiata. Oder auch nur ganz schlicht mit Olivenöl und Parmesan. Allein die Erinnerung daran ließ ihr das Wasser im Mund zusammenlaufen. Sie hätte doch lieber zu Hause bleiben und sich einen Teller Nudeln kochen sollen, statt dem Impuls nachzugeben und davonzulaufen. Hier saß sie nun und wusste nicht, was sie essen sollte. So was Dummes!

Helene legte ihr eine Hand auf den Unterarm. «Du siehst ein bisschen traurig aus, weißt du das?»

Emma musste schlucken. «Es kommt gerade alles wieder hoch. Wenn ich beschäftigt bin, geht es, aber jetzt ... brauch ich unbedingt ein paar Kohlenhydrate, glaube ich.»

«Ich bin sicher, die Mami hat noch etwas Pesto von gestern.»

«Das wäre wunderbar. Aber bevor du gehst ...», stoppte sie ihre Freundin, bevor die in die Küche verschwinden konnte. «Ich habe heute zweimal gehört, dass Seelig senior knapp bei Kasse gewesen sein soll. Wusstest du das?»

Helene ließ sich überrascht auf den Stuhl ihr gegenüber plumpsen. «Nein! Woher hast du das?»

Emma fasste kurz die Erkenntnisse ihres Nachmittags zusammen. «Und Jäger war er auch, sagt Peter.»

«Das stimmt, das ist nichts Neues, daran hab ich nur nicht mehr gedacht. Aber dass er Geldsorgen hatte? Der Seelig?»

«Merkwürdig, oder? Dem muss ich unbedingt nachgehen.»

«Aber erst, wenn du ordentlich gegessen hast», bestimmte Helene und stand entschlossen auf. «Und dafür werden wir jetzt sorgen.»

Wenig später saß Emma vor einem Teller Spaghetti, und dank des köstlichen Dufts nach Basilikum fühlte sie sich schon wieder ein klein wenig mit der Welt versöhnt. Adelheid war wirklich ein Schatz!

Hmmm ... mit geschlossenen Augen schmeckte sie dem Aroma nach, das für sie immer wieder Heimat, leckeres Essen und irgendwie auch Geborgenheit bedeutete. Basilikum, die Königin unter den Kräutern. Gleich dahinter kamen Rosmarin und Oregano. Und Salbei. Über diesen Gedanken musste sie selbst schmunzeln. Irgendwie war ihr immer das Kraut am liebsten, das sie gerade auf dem Teller hatte.

«Oh, eine Genießerin, ich sehe.»

Emma sah auf. An ihrem Tisch stand der Spanier und lächelte aus dunklen Augen auf sie herunter.

«Guten Abend», schob er hinterher.

Na, das traf sich ja bestens!

Sie nickte und schluckte hastig hinunter. «Guten Abend», sagte sie und wischte sich mit ihrer Serviette den Mund ab. «Ja, es ist sehr lecker.»

«Darf ich setzen mich?» Er wies mit der Hand auf den freien Stuhl.

Kurz zögerte Emma. Sie wollte nicht zu begeistert wirken

über den Zufall, dass er von sich aus auf sie zukam. Dann nickte sie.

«Wenn es Sie nicht stört, dass ich zu Ende esse, gern. Meine Spaghetti werden sonst kalt.»

«Oh, das mich nicht stört» Lächelnd nahm er Platz und schlug die Beine über. «Guten Appetit. Das riecht wunderbar. Ich mag sehr Basilikum.»

«Ach. Gibt es das auch in Spanien?» Emma gestand sich ein, dass sie nie darüber nachgedacht hatte.

«Natürlich. Oder zumindest ich glaube das. Ich verstehe nicht von zubereiten.»

Er besaß einen charmanten Akzent und sprach ein gut verständliches Deutsch – von etwas abenteuerlichen Satzstellungen mal abgesehen.

Emma lächelte und versuchte krampfhaft, sich an den Namen zu erinnern, den ihr Helene am Freitagabend genannt hatte. Irgendetwas Biblisches ... «Ich heiße übrigens Emma Ferrari», rettete sie sich aus der Verlegenheit.

Es funktionierte, denn er sprang auf und deutete eine Verbeugung an. «Oh, ich bin nicht vorgestellt – wie unhöflich. Mein Name ist Pablo Cristo Diaz, und komme aus Mallorca.» Er setzte sich wieder.

Emma musste schmunzeln. «Freut mich. Eine sehr schöne Insel, wie man hört.» Entschlossen drehte sie eine neue Portion Spaghetti auf ihre Gabel. Cristo also, aha. Neues Testament. «Was bringt Sie in unser kleines Dorf?»

Emma hoffte, dass er sich wie viele gut aussehende Männer in Italien gern selbst reden hörte. Denn zum einen würde sie dann in Ruhe essen können, während er sprach, und zum anderen wäre das die perfekte Möglichkeit, so viele Informationen zu sammeln wie möglich.

«Oh, zu Hause ich habe in ein Reisebüro ein Heft gesehen, wo beschrieben wird diese Ort als kleines Paradies.»

Hm. Diaz interessierte sich bestimmt in besonderem Maß für Deutschland und war wohl schon öfter hier gewesen. Seine Deutschkenntnisse konnten jedenfalls nicht von ein paar Tagen Aufenthalt stammen. Aber Himmelsricht in einem spanischen Reisekatalog? Im Ernst?

Immerhin, Emmas Finte zog. Ihr Gegenüber beschrieb die vielen malerischen Fotos, die er in dem Katalog gesehen hatte, und schwärmte von der idyllischen Umgebung. Während er erzählte, sah Emma, dass Helene in seinem Rücken gestikulierte und eine Handbewegung machte, die wohl bedeuten sollte, dass sie weitermachen müsse.

Emma verstand. Hoffentlich würde sie ihn lang genug aufhalten können, dass Helene Zeit hatte, in seinem Zimmer *Staub zu wischen*. Zwar gefiel ihr der Gedanke nach wie vor nicht wirklich, aber nun konnte sie ihre Freundin nicht mehr stoppen.

«Und es gefällt Ihnen hier?», fragte sie Pablo Cristo Diaz daher rasch, als der Strom an entzückten Worten zu versiegen drohte.

«Oh ja, es ist wundervoll, wirklich sehr. Schon ich habe viel gesehen von die Umgebung.»

Während er mit hörbarer Begeisterung von den Ausflügen erzählte, die er bereits unternommen hatte und noch zu unternehmen gedachte und Emma Gabel für Gabel ihren Teller leerte, betrachtete sie ihn verstohlen. Diaz war ein bisschen zu braun gebrannt für ihren persönlichen Geschmack und mit seinen zurück gegelten Haaren auch ein wenig zu ... glatt. Anders konnte sie das nicht nennen. Dafür trug er interessante Schuhe. Die Sohle war extrem dünn, wie sie an seinem übergeschlagenen Fuß erkennen konnte, und die Zehen einzeln ausgearbeitet. Barfußschuhe. In sattem Dunkelrot.

Korbinian hatte sich im vergangenen Jahr auch mal für ein solches Modell interessiert, daher kannte Emma diese Art von Schuhen. Er hatte sich dann aber doch dagegen entschieden, weil er viel im Wald unterwegs war und die dünne Sohle für das steinige Gelände nicht das Richtige gewesen wäre.

Satt und zufrieden legte Emma schließlich die Gabel in den leeren Teller und schob diesen etwas beiseite, während Diaz zum Glück noch immer von den Vorzügen der Region schwärmte.

Im Hintergrund tauchte Helene mit enttäuschtem Gesicht auf, schüttelte den Kopf und hob die leeren Hände. Offenbar war aus ihrer Mission nichts geworden. Als gleich nach ihr der Kommissar vorbeiging und das Haus verließ, war Emma klar, dass sie oben in der Etage der Gästezimmer auf ihn getroffen sein musste.

«Darf ich Sie einladen auf ein Espresso?», fragte Pablo, der von den Bewegungen in seinem Rücken nichts mitbekam. «Ich glaube, bei Ihnen in Italien man trinkt ihn auch sehr gern.»

Er wusste, dass sie Italienerin war. Wer mochte ihm das erzählt haben? Sicher waren es entweder Adelheid oder eher noch Helene gewesen. Diaz war schließlich Hotelgast bei Straubs, da kam man schon mal ins Plaudern.

«In Spanien auch?»

«Mallorca, *por favor*», verbesserte er. «Ich bin Mallorquiner, nicht Spanier.»

«Ah ...» Das war wohl wie bei ihnen mit manchen Insulanern. «Aber *por favor* ist doch Spanisch, oder?» Emma erinnerte sich vage an eine Doku über Mallorca, die sie mal gesehen hatte. «Sprechen die Mallorquiner zu Hause nicht eigentlich was anderes?»

Diaz lief knallrot an. «Ja, Mallorquí, das ist ein Dialekt von Catalán. Ihn ich spreche nicht so gut, meine Eltern sind aus Madrid, deshalb Spanisch ist meine Muttersprache. Aber trotzdem ich bin echter Mallorquiner!»

Oje, oje, da schien sie ja ein ganz sensibles Thema getroffen zu haben. «Oh, *eh, mi scusi*, ich wollte nicht ...»

Diaz räusperte sich. «*De nada*. Und jedenfalls, ja, wir trinken gern auch sehr starken Kaffee, den wir nennen *café solo*.»

«Also, wenn Sie mir dabei Gesellschaft leisten, dann ist der Kaffee nicht mehr solo.» Emma lächelte.

«Das werde ich selbstverständlich tun sehr gern.»

Als Helene kam, um Emmas Teller abzuräumen, bestellte Diaz zwei Espressi – immerhin mit der richtigen Endung, auch wenn der Touristenbegriff für ihren geliebten *caffè* Emma nach all diesen Jahren noch immer störte. Allerdings hatte sie inzwischen aufgegeben zu missionieren und bot in ihrem Laden zähneknirschend ebenfalls Espresso an.

Ihre Freundin brachte die beiden kleinen Tassen und zwinkerte ihr anzüglich zu. Offenbar hatte sie ihre Enttäuschung über den missglückten Spionageversuch schon wieder überwunden. Am liebsten hätte Emma mit den Augen gerollt, doch da sie im Gegensatz zu Helene im Blickfeld von Diaz saß, verkniff sie es sich.

«*Gracias*», sagte er, als Helene die Tassen abstellte, und schenkte ihr ein charmantes Lächeln, ehe er sich wieder Emma zuwandte. «Sie sind die Dame mit die italienische Lebensmittelgeschäft, nicht wahr?», fragte er. «Wie unglücklich, diese Ereignisse um den Herrn, der ist gestorben.»

Emma nickte und nippte an ihrer Tasse. «Das kann man wohl sagen. Eine Frage, Señor Diaz, wenn Sie erlauben.»

«*Ciertamente sí.*»

«Haben Sie in der Nacht, in der Herr Seelig starb, vielleicht etwas gehört? Mein Laden ist ja nicht weit von hier, und der Knall eines Schusses muss ziemlich laut gewesen sein.»

Diaz wirkte nachdenklich, schüttelte dann aber den Kopf. «Nein, nicht habe gehört. Das aber heißt nichts, ich habe ein sehr tiefe Schlaf.»

«Schade. Aber Sie kannten Herrn Seelig, oder?»

Er schüttelte den Kopf. «Nein, ihn ich kannte nicht. Niemand aus Familie. Erst bin ein paar Tage hier.»

«Ja richtig. Ich dachte nur. Himmelsricht ist klein, und man lernt sich ziemlich schnell kennen, besonders wenn man sich öfter hier bei unserem Dorfwirt aufhält. Da bleibt das nicht aus, das sehen Sie ja an uns beiden.»

«Damit Sie haben recht, durchaus.» Er kippte den Inhalt seiner Tasse in einem Zug hinunter. «Sehr dramatische Ereignisse. Und so gewaltsamer Tod.» Er schüttelte den Kopf und machte ein betrübtes Gesicht. «Diese arme Familie. Ist sehr tragisch, wenn man wird Witwe noch so jung und mit so viel Verantwortung.»

Auch Emma leerte ihre Tasse. Diaz' letzte Worte klingelten in ihren Ohren. Ehe sie sich eine Frage dazu überlegen konnte, ertönte ein Piepton. Diaz zog sein Handy aus der hinteren Hosentasche und überflog die Textnachricht, die offenbar eingegangen war. Seine Mundwinkel zuckten kurz, als würde er sich ein Lächeln verkneifen, dann steckte er das Telefon wieder weg, ohne zu antworten.

«Tut mir leid, Señora Ferrari, aber nun ich muss Sie verlassen.»

«Ja, die Zeit ist vergangen wie im Flug», sagte Emma und sah auf ihre Uhr. «Oh, ich muss auch los», flunkerte sie.

«Ich hoffe, uns sehen in die nächste Tage einmal wieder», fuhr Diaz fort und erhob sich. «Gerne ich würde Sie besuchen in Ihrem Laden und kaufen ein Souvenir für meine Mutter.»

«Ja, das würde ich auch toll finden», sagte Emma und seufzte, «denn dann wäre mein Alimentari wieder geöffnet, und alles wäre wieder einigermaßen normal.» Sie stand ebenfalls auf.

Noch nie hatte sie in den letzten Jahren so viel Zeit am Stück im Gasthaus verbracht wie in den vergangenen drei Tagen, aber immerhin, so argumentierte sie mit sich selbst, war ihr ja auch noch nie der Laden zugesperrt worden. Sie ignorierte geflissentlich Helenes eindringlichen Blick, als sie an ihr vorbei zum Ausgang der Gaststube ging, während Diaz ihre Freundin im Vorbeigehen darum bat, die beiden Espressi auf seine Zimmerrechnung zu schreiben.

Draußen auf dem Dorfplatz vor der Wirtschaft atmete Emma tief die etwas abgekühlte Abendluft ein. «Danke für den *café solo*.»

«Sehr gern. Guten Abend, Señora.»

Mit einer weiteren angedeuteten Verbeugung, die Emma eher überflüssig fand, verschwand der smarte Mann um die Ecke des Gebäudes. Sie selbst blieb noch einen Moment stehen und starrte über den Platz auf die andere Seite hinüber. Inzwischen hatte die Dämmerung eingesetzt, doch sie sah trotzdem das rot-weiße Absperrband an der Tür ihres geliebten Alimentari leicht im Abendwind flattern. Der Anblick schnitt ihr ins Herz und erinnerte sie erneut schmerzlich daran, dass sie auch am kommenden Morgen nicht wie sonst üblich ihren normalen Arbeitstag beginnen würde.

Entschlossen biss sie die Zähne aufeinander. Sie hatte ja nun eine Aufgabe: den Mord an Roland Seelig aufklären.

Und warum sollte sie nicht noch etwas mit dem Mann aus Mallorca weitermachen, wenn es sich so schön ergeben hatte? Seine Behauptung, niemanden der Seeligs zu kennen, kam ihr … spanisch vor. Oder eben mallorquinisch. Natürlich gab es viel Gerede im Ort, und hier im Wirtshaus hatte er sicher so manches aufgeschnappt, aber wie er die große Verantwortung der ach so jungen Witwe erwähnt hatte, war dennoch seltsam gewesen. Es hatte geklungen, als wüsste er etwas, das Emma unbekannt war, und dem würde sie auf den Grund gehen.

Also lugte sie vorsichtig um die Ecke des Gebäudes und sah Diaz eben noch am Ende der Gasse verschwinden. Lautlos eilte sie ihm hinterher und lobte sich in Gedanken für ihre Vorliebe für leichte Sneaker, die beim Laufen kaum Geräusche verursachten.

Am Ende der Gasse öffnete sich der Parkplatz des Gasthofs. Die Lichter eines Wagens blinkten auf, und Diaz öffnete die Beifahrertür, griff ins Handschuhfach und nahm etwas heraus. Das Display eines Smartphones leuchtete auf, und er startete einen Anruf. Leider wehten in der lauen Abendluft nur vereinzelte Wortfetzen zu ihr herüber, doch er sprach Spanisch, so viel stand fest, und sein Tonfall klang sanft und einschmeichelnd.

Sicherlich hätte sie etwas von dem verstanden, was er sagte, denn auch wenn das Spanische in mancherlei Hinsicht deutliche Unterschiede zu ihrer Muttersprache aufwies, war ein Teil dennoch sehr ähnlich. Zumindest den Sinn seines Telefonats hätte sie erfassen können, aber sie war zu weit weg, und ihr fiel keine Möglichkeit ein, sich unbemerkt zu nähern. Diaz lehnte lässig an seinem Wagen und hatte so das gesamte Gelände im Blick.

Doch dann löste er Emmas Dilemma höchstpersönlich.

«*¿Pero de qué estás hablando, querida?*», rief er aus, trat einen Schritt zurück und hob theatralisch die freie Hand zu einer eindeutigen Unschuldsgeste.

Als ob ihn seine Gesprächspartnerin sehen könnte, dachte Emma kopfschüttelnd. Denn dass es sich um eine – seine? – Frau handeln musste, stand für sie nach dieser Frage fest. Wem sonst würde ein Mann *Aber was redest du da, Schatz?* durchs Telefon zurufen?

Auf Mallorca wartete also vermutlich seine Frau auf ihn und seine Anrufe. Aber wieso benutzte er dafür nicht das Telefon, auf dem er vorhin die Textnachricht bekommen hatte, sondern eines, das im Handschuhfach seines Wagens lag?

Schließlich beendete Diaz das Telefonat mit klingenden Worten, verstaute das Smartphone wieder im Auto, betätigte die Fernbedienung und wandte sich zum Gehen. Er kam direkt auf die Gasse zu, in der Emma sich verbarg – offenbar wollte er wieder zu Straubs –, und sie nahm die Beine in die Hand. Im Laufschritt legte sie den Weg zum Gasthaus zurück und huschte atemlos durch das geöffnete Seitentor in den Innenhof der Wirtschaft. Ein anderes Versteck fiel ihr in der Eile nicht ein, denn wäre sie weitergelaufen, hätte Diaz sie sicherlich gesehen.

Vorsichtig lugte sie durch den Torbogen. Schräg gegenüber lag die Eisdiele, die um diese Uhrzeit geschlossen war. Eine Bewegung, die sich im dunklen Fenster spiegelte, zeigte ihr an, dass Diaz sich näherte und den Gasthof betrat. Sie hörte ihn nicht kommen – natürlich, er trug ja seine lautlosen Schuhe. Endlich fiel die Eingangstür hinter ihm zu.

Emma atmete auf.

Aus dem Nichts ertönte ein entschiedenes *Mrrraaauu*, dazu spürte sie eine streifende Berührung an ihrem Schienbein, und eine Welle der Erleichterung erfasste sie.

«Hugo! Ich hab dich schon vermisst! Wo hast du dich in den letzten zwei Tagen nur herumgetrieben?»

Emma ging in die Hocke, doch als sie nach ihm greifen und ihn streicheln wollte, machte er einen Satz um sie herum und stolzierte tiefer in den Hof hinein. Dort stapelten sich seit jeher Getränkekisten, hölzerne Bierfässer und Gartenmöbel, die die Straubs bisher noch nicht in den Biergarten gebracht hatten, der sich nach hinten an den Gasthof anschloss. Bei dem Wetter der letzten Wochen war es nicht nötig gewesen, die Bestuhlung aufzustocken, doch Emma vermutete, dass sich das bald ändern würde. Dem Wetterbericht nach zu urteilen, würde es ab der kommenden Woche noch wärmer werden und sonnig bleiben.

Zwischen zwei mannshohen Stapeln Bierkästen hielt Hugo an und fuhr sich mit einer Pfote über Gesicht und Ohr.

«Ist der gnädige Herr nun endlich so weit, ja?», murrte sie leise vor sich hin und bückte sich zu ihm hinunter.

Sie wollte gern sichergehen, dass mit dem Rabauken alles in Ordnung war, und zu ihrer Zufriedenheit spendete das Hauslicht über dem Nebeneingang genug Helligkeit in dem ansonsten eher düsteren Hof, um einigermaßen gut sehen zu können. Prüfend begutachtete Emma den Kater von allen Seiten, doch der wirkte wohlgenährt und guter Dinge. Und wie üblich zeigte er keinerlei Neigung, ihr sein geheimes Leben zu offenbaren, sondern stieß laut schnurrend seinen Kopf in ihre Handfläche und ließ es sich gefallen, dass sie aufmerksam durch sein Fell kraulte. Sie konnte keine Verletzungen fühlen. Womit er sich auch die Zeit vertrieben hatte, es hatte ihm offensichtlich nicht geschadet.

Futter für Hugo besorgen, notierte Emma im Geiste. Wenn der Kater schon nicht mehr im Alimentari unterkommen konnte, sollte er sich wenigstens keine andere Futterstelle suchen müssen. Vielleicht würde sie ihn daran gewöhnen können, hier in der Nähe des Gasthofs zu bleiben. Die Straubs mochten ihn ja auch, besonders Therese hatte ihn ins Herz geschlossen. Allerdings weigerte sich Hugo zur großen Enttäuschung der alten Dame standhaft, im Korb ihres Rollators spazieren gefahren zu werden.

«Ich gehe jetzt nach Hause», informierte Emma ihren vierbeinigen Freund im vollen Bewusstsein, dass er sie nicht verstand. «Wenn du also mitkommen willst, auch wenn ich heute noch kein Futter für dich daheim ha...»

Eilige Schritte näherten sich und ließen sie verstummen. *Mannaggia*... wer auch immer das sein mochte, musste nicht unbedingt mitkriegen, dass sie hier im Dunkeln hockte und eine einseitige Konversation mit einer Katze pflegte.

Emma huschte gerade rechtzeitig in den Schatten der gestapelten Bierkisten. Die Person kam von draußen in den Hof herein, es war also niemand von den Straubs. Diaz konnte es auch nicht sein, denn dessen Schritte waren auf dem Pflaster vorhin nicht zu hören gewesen. Hier näherte sich eindeutig eine Frau, und es klang, als hätte sie ziemlich unbequeme, dafür aber elegante Schuhe an. Das Geräusch wurde leiser, je näher sie kam. Am Ende hörte es sich an, als ginge sie auf Zehenspitzen.

Vorsichtig reckte Emma den Hals und spähte zwischen den Flaschen zweier aufeinandergestapelter Bierkisten hindurch. Die Person war nun ganz nah und hatte eindeutig den Nebeneingang zum Ziel. Emma erkannte Brigitte Seelig erst in dem Moment, als sie direkt unter das Hauslicht trat, und schon in der nächsten Sekunde verschwand sie in der Seitentür.

Emma hielt die Luft an. Es war sicher schon kurz vor elf Uhr, was tat Brigitte Seelig hier um diese Uhrzeit? Wollte sie mit den Straubs ungestört das Essen für die bevorstehende Totenfeier besprechen? Wenn sie niemandem begegnen wollte, war die Uhrzeit sicher günstig, da im Gasthaus nicht mehr viel los war, aber warum benutzte sie nicht den Haupteingang? Und warum lief sie auf Zehenspitzen?

Emma richtete sich auf, da ihr in der Hocke die Beine einzuschlafen drohten. Hugo nahm ihre Bewegung zum Anlass, mit einem leisen Maunzen in den Tiefen des Hofes zu verschwinden.

So viel dazu, dass er mit ihr nach Hause kommen könnte. Die Aussicht auf ein paar frische Mäuse war vermutlich verlockender als ein leerer Napf.

Emma verließ den Innenhof auf ebenso leisen Sohlen, wie Brigitte hereingekommen war, und betrat das Gasthaus wieder durch die Vordertür. Helene polierte gerade ein paar Gläser und sah ihr ungeduldig entgegen.

«Wo warst du so lange? Ich warte doch auf dich. Ich dachte, du erzählst mir noch, was ihr gesprochen habt, du und der Spanier …»

«Später. Jetzt erst mal was anderes …»

«Und wo wollte er so eilig hin, und warum war er so schnell wieder zurück?» Helenes Neugier ließ sie nicht zu Wort kommen.

Emma trat neben ihre Freundin hinter den Tresen. «Er hat bei seinem Auto über ein zweites Handy mit jemandem telefoniert, den er *Schatz* nannte», berichtete sie mit gesenkter Stimme und erzählte, was sie beobachtet hatte. «Mehr habe ich leider nicht verstanden. Und jetzt gerade ist Brigitte Seelig durch den Seiteneingang hereingekommen.»

«Was?» Helene ließ das Geschirrtuch sinken und sah sich suchend um.

«Ich habe sie zufällig gesehen, weil ich im Hof mit Hugo beschäftigt war.»

«Ach, ist er wieder da? Wie schön!»

«Ja, ist er. Aber wo ist Frau Seelig? Wollte sie vielleicht mit deinen Eltern über das Totenessen sprechen? So heißt das doch bei euch, oder?»

«Leichenschmaus sagt man dazu. Aber meine Eltern sind gar nicht mehr da, ich mach nur noch ein bisschen sauber, weil die Mami heut so müde war. Der Spanier ...»

«Mallorquiner!»

«... ist reingerauscht und im Eiltempo die Treppe hinauf in sein Zimmer. Der Kommissar ist noch nicht wieder zurück, und sonst hab ich niemanden gesehen.»

«Du müsstest Frau Seelig doch bemerkt haben.»

«Nicht, wenn sie direkt vom Hausflur aus die Treppe nach oben genommen hat.»

«An wen habt ihr gerade Zimmer vermietet?»

«Moment.» Helene drehte sich um, zog das Reservierungsbuch aus der Schublade und schlug es auf. «Diaz, Gieseking, das Ehepaar Münter und eine Frau Ansorge. Die fünfte Buchung ist heute abgereist, und es kommt erst übermorgen jemand Neues.»

«Hm ...» Emma kaute auf ihrem Fingernagel. «Weißt du, ob Frau Seelig jemanden von euren Gästen kennt?»

Helene sah hoch. «Ich glaube nicht.»

«Dann tippe ich, wenn sie jemanden besucht, auf Diaz. Er hat zwar gesagt, dass er die Seeligs noch nicht getroffen hat, aber er hat so eine komische Bemerkung gemacht, bei der ich dachte, dass er vielleicht doch mehr über die Familie weiß.»

Emma trat hinter der Theke vor. «Ich gehe mal nachsehen, vielleicht höre ich ja was.»

«Sei vorsichtig. Ich bin vorhin oben mit Grünauge zusammengestoßen, als ich ins Zimmer von Diaz wollte, da war er schon misstrauisch. Nicht dass du ihm auch noch in die Arme läufst.»

Eilig huschte Emma die Stufen hinauf in den ersten Stock. Oben sah sie sich vorsichtig um. Hier war sie noch nie gewesen, wurde ihr bewusst. Warum auch – sie hatte nie ein Zimmer beim Wirt gebraucht. Der lange Gang führte über die gesamte Rückfront des Hauses, von ihm gingen die Zimmer ab, die alle auf die Vorderseite und den Dorfplatz hinauswiesen.

Falls Brigitte Seelig noch hier war, musste sie eins der Zimmer betreten haben.

Ratlos verharrte Emma am Treppenabsatz, dann schlich sie mit angehaltenem Atem an den Türen vorbei. Alles war still. Nirgendwo regte sich etwas. Warum hatte sie Helene eigentlich nicht nach der Zimmernummer von Diaz gefragt?

Sie ging den Flur ein zweites Mal ab und kehrte um. Immer noch war kein Laut zu hören. Ob sie einfach warten sollte, bis sich hinter irgendeiner Tür etwas tat?

Schritte, die die Treppe heraufkamen, nahmen ihr die Entscheidung ab.

Mist. Das war eindeutig ein Mann.

Hektisch sah Emma sich um, doch es gab keinen Flucht-weg. Wer immer die Treppe heraufkam, würde sie unweiger-lich entdecken. Und die Auswahl, wer das sein könnte, war nicht sehr groß.

Henrik Gieseking hatte den Blick auf sein Telefon gehef-tet, das sein Gesicht beleuchtete und die kantigen Züge noch deutlicher hervortreten ließ. Er sah ... grimmig aus.

Vielleicht war er so abgelenkt, dass er sie gar nicht zur Kenntnis nahm? Emma biss die Zähne zusammen, setzte ein Lächeln auf und schob sich an ihm vorbei in Richtung Treppe.

Gieseking sah von seinem Handy hoch. «Frau Ferrari – was für eine Überraschung.»

«Guten Abend, Herr Kommissar», murmelte sie und ging weiter.

Die nächsten Worte – beziehungsweise deren Fehlen – waren entscheidend. Emma hielt den Atem an.

Gieseking drehte sich nach ihr um. «Was tun Sie hier um diese Uhrzeit?»

Mannaggia. Das wäre auch zu schön gewesen, um wahr zu sein.

«Ich ...»

«Wollten Sie zu mir?»

Diese Frage mit Ja zu beantworten, war verführerisch, und beinahe wäre sie ihm in die Falle gegangen. Doch dann wäre sie schnell aufgeflogen.

Nein, jetzt half nur die Flucht nach vorn. Das Einzige, was ihr einfiel, war die Wahrheit.

«Ich suche Frau Seelig.»

Ein strafender Blick war die Antwort. «Und warum sollte sie hier sein?»

Emma verdrehte im Geiste die Augen. Wie konnte Helene diesen Mann nur sympathisch finden?

«Weil ich sie habe hereinkommen sehen?», bot sie schnippisch an und vergaß dabei beinahe, die Stimme zu dämpfen. «Aber sie ist offenbar nicht hier, und ich gehe jetzt nach Hause.»

Sie wandte sich zum Gehen, doch Gieseking hielt sie auf. «Nicht so schnell, Frau Ferrari. Was wollten Sie um diese Zeit von Frau Seelig?»

«Ich wollte mit ihr sprechen.»

Er verschränkte die Arme und sah sie aus zusammengekniffenen Augen an. «Ich habe Ihnen, sofern ich mich richtig erinnere, schon mal gesagt, was ich von eigenmächtigen Schnüffeleien halte. Und ich sage es nur ungern ...»

«Sie müssen nicht so schreien», unterbrach ihn Emma gereizt, aber mit gedämpfter Stimme. Falls Brigitte Seelig hier irgendwo war – warum auch immer –, sollte sie nicht hören, dass Emma ihr nachspionierte. «Hier schlafen Leute.»

«Die Sie auf keinen Fall wecken wollten», erwiderte er ungerührt, senkte jedoch zu Emmas großer Befriedigung ebenfalls die Stimme. «Aber ich wiederhole es trotzdem: Halten Sie sich aus meiner Arbeit raus.»

Emma beugte sich angriffslustig vor. «Ich darf der Witwe aber ja wohl mein Beileid aussprechen, oder? Und wenn wir dabei ein bisschen plaudern sollten, werde ich ihr nicht den Mund verbieten.»

Gieseking seufzte genervt. «Sie haben mich schon verstanden. Und jetzt gehen Sie nach Hause und schlafen sich mal so richtig aus.»

Damit wandte er sich ab, ließ Emma stehen und öffnete die Tür zum vorletzten Zimmer.

«*Potrei mangiarmi il fegato*», murmelte sie wütend vor sich hin, dann atmete sie tief durch und ging nach unten, wo Helene auf sie wartete.

«Ich konnte ihn nicht aufhalten, tut mir leid», sagte sie zerknirscht, als sie Emmas düsteres Gesicht sah.

Die winkte ab. «Schwamm drüber. Ich habe Brigitte Seelig nicht gefunden, was sagt uns das?»

«Dass sie unbemerkt wieder gegangen ist?» Helene zuckte ratlos die Schultern.

«Habt ihr noch einen dritten Eingang?»

Helene schüttelte den Kopf. «Aber in der Zeit, die du hier bei mir am Tresen warst, hätte sie wie zuvor den Nebeneingang benutzen können. Das hätten wir beide nicht gemerkt.»

«Weshalb ist sie dann überhaupt hereingekommen? Und warum auf Zehenspitzen und nicht durch den Vordereingang? Und was wollte sie um diese Uhrzeit hier?»

Eine Frage, die der Kommissar berechtigterweise auch ihr gestellt hatte – und auf die sie ihm die Antwort schuldig geblieben war.

18. KAPITEL

*I*n dieser Nacht schlief Emma so schlecht wie selten.

Sie hatte noch kurz mit Helene darüber spekuliert, was Brigittes Besuch bei Diaz – alles andere schlossen sie aus – bedeuten könnte und ob sich die beiden möglicherweise doch schon länger und besser kannten, als alle glauben sollten, doch bisher waren all ihre Ideen nur haltlose Theorien.

Außerdem ärgerte es sie immer noch, dass sie von Gieseking so abgekanzelt worden war. Es war nicht gerade angenehm gewesen, mit ihm aneinanderzugeraten, und es frustrierte sie, dass sie nicht in Erfahrung gebracht hatte, ob es neue Erkenntnisse gab oder etwas zu ihrer Entlastung aufgetaucht war. Sie hätte das Gespräch geschickter führen können.

Immerhin formte sich, als sie am Morgen erwachte, sofort ein Plan in ihrem Kopf. Nach einer raschen Dusche verließ Emma das Haus ohne Frühstück. Sie hatte keine Lust, allein zu essen, und außerdem würde sie in ihrem stillen Kämmerlein nichts herausbekommen. Sie musste unter Leute.

Ihr erster Weg führte sie daher zu Lisa ins Café. Die machte einen fast so guten Cappuccino wie sie selbst – klar, hatte sie ja auch von Emma gelernt –, und ihre Biskuitrolle mit den roten Streifen war ebenfalls nicht zu verachten. Da sie heute viel vorhatte, brauchte sie eine gehaltvolle Stärkung, und da kam ihr die mit Sahne gefüllte Kalorienbombe gerade recht.

Der Laden war ziemlich voll. Emma bestellte bei Lisa an der Theke und ging mit dem Kuchen hinüber in den kleinen Gastraum. Den Cappuccino würde ihr Lisa bringen. Guter Milchschaum dauerte eben seine Zeit.

Den Teller in der Hand, sah sie sich nach einem freien Platz um.

Dabei hatte sie das Gefühl, dass sie von allen Anwesenden angestarrt wurde. Schlagartig wurde ihr heiß. Wer von denen mochte sie wohl verdächtigen, auf Seelig geschossen zu haben? Doch einen Moment später straffte sie die Schultern. Sie würde es allen zeigen.

In dem kleinen Erker, wo sie neulich mit Korbinian gewesen war, saß ein einzelner Mann und las Zeitung: Richard Beuerle, der Bürgermeister. Den hatte Emma hier noch nie gesehen. Andererseits, wann war sie in der letzten Zeit schon mal dazu gekommen, außerhalb ihres Lädchens zu frühstücken? Er stand zwar nicht an oberster Stelle ihrer Gesprächsliste, doch wenn das Schicksal so entschieden hatte, warum nicht.

Entschlossen steuerte sie den Erker an.

«Guten Morgen, Herr Beuerle. Ich störe ungern, aber der einzige freie Stuhl steht hier bei Ihnen», sagte sie und bemühte sich nicht, ihren Akzent wie sonst üblich zu unterdrücken. Seine Sekretärin hatte ihr mal gesteckt, dass ihr Chef eine Schwäche für alles Italienische habe. Und tatsächlich kaufte seine Frau regelmäßig bei ihr ein.

Beuerle sah irritiert von seiner Zeitung auf und wirkte, als müsste er erst in die Wirklichkeit zurückfinden. Anscheinend hatte er sehr konzentriert gelesen. Er schaute in die Runde, dann hoch zu ihr.

«Frau Ferrari ... tatsächlich. Bitte, nehmen Sie Platz.»

Er deutete ein kurzes Aufstehen an und faltete mit einem freundlichen Lächeln die Zeitung zusammen.

«Vielen Dank.» Emma setzte sich, stellte ihren Teller vor sich ab und hängte die Tasche über die Stuhllehne. «Sie haben wohl schon gefrühstückt?», fragte sie mit Blick auf die leere Tasse, die vor ihm stand.

«Ich frühstücke zu Hause mit meiner Frau. Hier trinke ich gelegentlich einen zweiten Kaffee und informiere mich über das Tagesgeschehen.»

«Lesen Sie ruhig weiter. Ich wollte Sie nicht bei der Arbeit unterbrechen.»

Beuerle lachte. Vielleicht besaß er mehr Humor, als sie ihm zugetraut hatte. Mehr als ein paar Worte hatte sie bisher nicht mit ihm gewechselt. Er war noch nicht lange im Amt, die Wahlen, die ihn auf den Chefsessel der Gemeinde befördert hatten, lagen erst ein paar Monate zurück.

«Aber nein, das wäre schon sehr unhöflich. Außerdem gehört es ja durchaus auch zu meiner Arbeit, mich mit meinen Gemeindemitgliedern zu unterhalten. Erst recht an Tagen wie diesem.»

Emma hatte gerade ihre Kuchengabel in die Biskuitrolle gespießt und hielt nun inne. «Tage wie diesem?»

«Na ja, ich meine eigentlich alle Tage seit Samstag.» Ein Schatten huschte über sein Gesicht.

Aufmerksam musterte sie seine Miene. Richard Beuerle war etwa in ihrem Alter, hatte aber schon fast alle seine Haare verloren und trug einen kurz geschorenen Kranz um den Kopf. Er hielt sich stets sehr gerade und tat offenbar viel für seine recht sportliche Figur. Seine Frau hingegen war etwas mollig und hatte sich nicht lange in Helenes Sportgruppe gehalten, wofür Emma durchaus Verständnis hatte. Sie ließ die Kurse auch nur ihrer Freundin zuliebe über sich ergehen. Auf die körperliche Plackerei hätte sie gern verzichtet und Helene stattdessen lieber bei einem Panino con Salame getroffen. Doch sie zwang sich durchzuhalten.

Lisa brachte ihren Cappuccino und zog eine anerkennende Miene, die sich wohl darauf bezog, dass Emma sich den Stuhl gegenüber vom Bürgermeister geschnappt hatte.

«Darf's für Sie noch was sein, Herr Beuerle?»

«Na ja, wenn Sie mich schon so fragen – ich nehme auch so einen.» Er wies auf Emmas Tasse.

«Kommt sofort.» Lisa verschwand in Richtung Theke.

«Hervorragende Wahl. Er ist fast genauso gut wie mein eigener», leitete Emma das Gespräch ein. «Im Moment sogar besser als mein eigener, denn an den komme ich ja leider nicht heran.»

Beuerle stützte sich mit den Unterarmen auf dem Tisch ab und nickte schwer. «Ja, das ist wirklich eine schlimme Sache. Wie geht es Ihnen denn, Frau Ferrari?» Er sah sie aus wasserblauen Augen an.

Emma hob die Schultern. «Mir würde es entschieden besser gehen, wenn das nicht passiert wäre. Und damit meine ich auch die Angelegenheit mit dem Bauträger.» Warum sollte sie um den heißen Brei herumreden? Sie musste herausfinden, um wen es sich dabei handelte, und da konnte sie zum einen nicht zimperlich sein und war zum anderen hier sicher genau an der richtigen Stelle.

«Ja, das ...» Wieder nickte er, dann lehnte er sich zurück und verschränkte die Arme. «Ich kann mir vorstellen, dass das für Sie ein Schlag ins Gesicht war. Ich habe dem Herrn Seelig auch davon abgeraten, aber er wollte nicht mit sich reden lassen.»

Das klang interessant. «Wie lange gibt es das Angebot denn schon? Ich meine … so ein Bebauungsplan entsteht ja nicht in ein paar Tagen.»

«Wieso Bebauungsplan? Nein, nein, so weit sind wir noch lange nicht. Es gab nur Vorgespräche, mehr nicht. Herr Seelig wusste, dass im historischen Ortskern ein Projekt wie das, das der Bauträger sich vorgestellt hatte, nicht genehmigt werden würde.»

«*Cosa?*» Emma musste sich verhört haben. «Wie bitte? Herr Seelig hat aber am Freitagabend zu mir gesagt, dass es schon einen konkreten Plan für den Platz im Dorfkern geben würde. Mit zehn Wohnungen und Tiefgarage und so. Also kompletter Abriss und Neubau.»

«Wir haben über eine Änderung der Pläne für das allgemeine Bauvorhaben gesprochen, weil so, wie der Bauträger sich das vorgestellt hat, wäre das nie und nimmer durch den Gemeinderat gegangen.»

«Und was für eine Firma ist das?»

Beuerle senkte den Kopf und sah sie unter gerunzelten Brauen an.

«Ich nehme an, dass ich den Namen auch über die örtliche Presse oder das Internet herausfinden könnte», schob Emma rasch nach. «So was ist doch sicher kein politisches Geheimnis.»

Er seufzte übertrieben. «Na schön. Das Unternehmen kommt aus Berlin und nennt sich Hummer-Holding.»

«Berlin?»

Beuerle hob die Hände in einer Geste der Ahnungslosigkeit. «Wie er an die geraten ist, weiß ich auch nicht. Letzten Monat kam er mit einem von denen an und stellte seine Pläne vor.»

«Letzten Monat!» Emma rührte betroffen in ihrem Cappuccino, dessen Schaum bereits zusammengefallen war.

«Genau.»

«Das ist eine ganze Weile her. Und parallel dazu hat er immer noch mit mir verhandelt und mir weisgemacht, er würde an mich verkaufen.»

Lisa kam erneut an den Tisch. «Ihr Cappuccino, Herr Bürgermeister.»

Er dankte und fing an, den Schaum unterzurühren. «Ihnen ist jetzt hoffentlich nicht der Appetit vergangen», meinte er mit einem Blick auf ihren Kuchen.

«*No*. Na ja, ein bisschen. Das ist schon sehr merkwürdig alles», gab Emma zu. «Sieht aus, als hätte ich von Anfang an keine Chance gehabt.»

«Das ist bitter, und ich kann Ihren Ärger verstehen. Aber, Frau Ferrari, so sehr meine Frau und ich Ihre Spezialitäten schätzen – Sie wissen, dass ich Ihnen nicht mehr dazu sagen darf?»

«Ja, ich kann es mir denken. Aber trotzdem muss ich versuchen, so viel wie möglich herauszufinden, oder? Ich möchte meinen Laden, so schnell es geht, wiedereröffnen und meine Unschuld beweisen, da wäre es ideal, wenn ich der Polizei den Mörder präsentiere.»

Wieder lachte er. Es war ein sympathisches Lachen, fand Emma zu ihrer eigenen Überraschung, und es half ihr, die kurzzeitige Niedergeschlagenheit zu überwinden.

Es war so, wie es nun mal war. Daran konnte sie nichts mehr ändern. Sie musste nach vorne sehen.

«Ich hab Sie übrigens gewählt.» Sie grinste ihn verschmitzt an. «Mir hat Ihr Programm zum Erhalt der alten Burg und zum Ausbau des Fremdenverkehrs sehr gut gefallen.»

Er betrachtete sie mit einem leisen Kopfschütteln und schmunzelte. «Ihr italienischer Charme in allen Ehren, aber Sie können mir so viele Komplimente machen, wie Sie wollen … ich sage nichts weiter. Trotzdem danke für Ihre Stimme.»

«*A proposito* italienischer Charme: Falls Sie mal ein gemütliches Quartier an der schönen Amalfi-Küste suchen, kann ich Ihnen eins empfehlen. Meine Mamma würde sich riesig freuen, den Herrn Sindaco höchstpersönlich zu bekochen.» Und das war nicht mal geschwindelt. Einen Politiker hatte ihre Familie schon lange nicht mehr beherbergt. Zuletzt war Craxi mal vorbeigekommen, aber das war in einem anderen Jahrtausend gewesen.

Wieder lachte Beuerle. «Frau Ferrari, selbst wenn Sie mir einen roten Sportwagen anbieten – mehr kann ich nicht für Sie tun. Bestechung wird hierzulande nicht gern gesehen.»

«Nicht mehr, ich weiß.» Emma lächelte, und ihr Gegenüber sah sie tadelnd an.

«Das mag vielleicht in Italien noch funktionieren, aber nicht in Deutschland.»

Oh – war er jetzt ernsthaft in seiner Ehre gekränkt?

Sie winkte ab. «Diese Zeiten sind auch bei uns lange vorbei. Zumindest offiziell. Aber nein, das war definitiv nicht meine Absicht! Ich verspreche Ihnen, falls Sie bei mir im Laden einen Sonderpreis kriegen …»

Er wollte widersprechen, doch Emma beugte sich lachend vor und hob die Hände, bevor er intervenieren konnte.

«… dann wird er eher höher sein als niedriger. Beruhigt Sie das?»

Beuerle fing sich wieder. «Schon gut. Ich bin bei diesem Thema nur etwas empfindlich, wissen Sie?»

«Ich verstehe. Und das ehrt Sie.»

Er griff nach seiner Zeitung und stand auf. «Meine Pause ist leider vorbei, Frau Ferrari. Ich drücke Ihnen die Daumen für den Laden und wünsche alles Gute.»

«Vielen Dank. Und grüßen Sie Ihre Frau von mir.»

Wann Frau Beuerle wohl wieder zu ihr in den Laden kommen könnte? Bestimmt bald, daran musste sie einfach glauben.

Gerade als Emma ins Auto stieg, klingelte ihr Telefon.

Ihre Mutter.

Dieses Gespräch hatte sie seit Tagen vor sich hergeschoben, und es war klar gewesen, dass sich ihre Mutter irgendwann melden würde. Sie telefonierten zwar sonst auch nicht jeden Tag, aber mindestens jeden dritten, und der war eigentlich schon am Sonntag gewesen.

Emma zog die Tür zu und nahm das Gespräch an.

«*Ciao*, Mamma!»

«Warum meldest du dich denn nicht, Emma? Ist etwas passiert? Bist du krank? Ist etwas mit Raffi?» Germana Cassetta ließ ihre Tochter gar nicht zu Wort kommen.

«Nein, Mamma, uns geht es allen gut, mach dir keine Sorgen.»

«Du klingst aber merkwürdig. Irgendetwas stimmt nicht, oder? Sag mir die Wahrheit!»

Die vertraute Stimme in der vertrauten Sprache zu hören, ließ Emmas Kehle eng werden. Sie musste erst den Kloß herunterschlucken, bevor sie antworten konnte, und ärgerte sich über sich selbst. Bei der eigenen Mutter plötzlich wieder zum Kind zu werden, war in ihrem Alter eher peinlich als rührend. Sie holte tief Luft, und dann gelang es ihr, einigermaßen sachlich und von Anfang an zu berichten, was vorgefallen war.

«*Dio mio*, das hättest *du* sein können!» Ihre Mutter klang erleichtert und vorwurfsvoll zugleich.

Daran hatte Emma keine Sekunde lang gedacht, und die Vorstellung war so absurd, dass ihr erst keine Antwort einfiel.

«Wie kommst du denn darauf?», fragte sie perplex.

«Na, denk dir nur – der Einbrecher hätte dich statt deines Vermieters erwischt. Dann lieber ihn, das ist mal sicher.»

Emma stellte sich vor, wie ihre Mutter in ihrer Heimat unter dem Zitronenbaum saß und heftig gestikulierte, um ihren Worten Nachdruck zu verleihen.

Sie räusperte sich. «Erstens war das kein Einbrecher, und zweitens ist eher das Gegenteil eingetreten: Ich bin verdächtig! Weil ich mich mit dem Opfer am Vorabend gestritten habe. Und wegen der blöden Sache mit dem Haus habe ich jetzt auch noch ein Motiv.»

«Ja, dieser Streit, und dann ein Mord in deinem Laden … das ist nicht gut. Das ist gar nicht gut. Und wenn du den Laden nun nicht mal kaufen kannst …» Emma konnte förmlich hören, wie ihre Mutter missbilligend den Kopf schüttelte. «Unter diesen Umständen ist es wohl doch das Beste, du kommst endlich wieder nach Hause. Einen Laden kannst du hier auch eröffnen, wenn du schon die Pension nicht haben willst.»

Emma schwankte eine Sekunde lang zwischen Frustration und Sehnsucht, doch der Ärger über die typisch italienische Einmischung in ihr Privatleben gewann die Oberhand.

«Ich bin hier zu Hause, schon vergessen, Mamma? Ich lasse nicht alles liegen und stehen, nur, weil es gerade etwas kompliziert wird.»

«Ach, Kind.» Germana seufzte. «Was hält dich denn dort, jetzt, wo du von deinem Mann geschieden bist ...»

«Mamma! Ich bin erwachsen und habe eine Tochter!» Emma rollte mit den Augen. Gut, dass sie nicht per Video-Call mit ihrer Mutter verbunden war. «Ich lasse Raffaella nicht hier zurück!»

«Du siehst sie doch kaum noch, seit sie in der Stadt studiert. Sie kann mit nach Italien kommen. Und wenn nicht, hat sie auch noch einen Vater. Korbinian kann auf sie aufpassen, und du besuchst sie regelmäßig. Mädchen in diesem Alter kommen schon mal ohne Mutter aus, du bist der beste Beweis. Du warst jünger als sie, als du nach Deutschland gezogen bist ...»

«Mamma, das kannst du nicht vergleichen. Und darum geht es jetzt auch gar nicht.»

Germana seufzte wieder, diesmal noch schwerer. «Und er wollte plötzlich das Doppelte von dem, was ihr vereinbart hattet?»

«*Sì.*» Emma nahm den Themenwechsel dankbar an.

«So ein *idiota*! Man bricht doch nicht einfach so sein Wort! Das hat er nun davon, das war sicher Gottes Strafe dafür.»

Das war wohl Ansichtssache, und Emma ging lieber nicht darauf ein. «Die Polizei hat mir den Laden natürlich geschlossen», sagte sie dumpf. «Das ist das Schlimmste für mich.»

«Dann komm wenigstens ein paar Tage zum Erholen heim. Wir bringen dich auf andere Gedanken, und wenn alles vorüber ist, kannst du wieder zurückfahren ...»

«Ich denke darüber nach.» Sie verkniff sich die Bemerkung, dass sie in der gegenwärtigen Situation nicht einfach Hals über Kopf verreisen konnte – und es auch nicht wollte.

«Tu das, *tesoro*.»

Emma griff nach dem Zündschlüssel, sie wollte jetzt wirklich los. «Mamma, ich melde mich wieder ...»

«Ist das Emma?», hörte sie da die hohe, etwas brüchige Stimme ihrer Großmutter im Hintergrund. «Was hat sie denn angestellt? Gib sie mir mal!»

«Deine Großmutter will dich sprechen», sagte Germana überflüssigerweise. «*Ci sentiamo.*»

«*Sì, ciao*, Mamma.»

Es wurde einen Moment still in der Leitung.

«Emma?»

«*Sì*, Nonna Imma, ich bin's. *Ciao.*»

«*Ciao ciccia!*»

Ihre Großmutter nannte sie noch immer so wie als kleines Mädchen, und die Sehnsucht nach der heilen Welt ihrer Kindheit zwischen Zitronenlimonade und Rosmarin wurde für einen Moment übermächtig.

«Wie geht es dir, Nonna?»

«*Bene, bene*. Die üblichen Zipperlein, du weißt ja, wie das ist in meinem Alter.»

Das wusste Emma zwar glücklicherweise noch nicht, doch darauf musste sie ihre Großmutter nicht hinweisen.

«Was hat deine Mutter da gerade gesagt? Es hat einen Toten gegeben? Der ist doch hoffentlich nicht an irgendwas gestorben, das du in deinem Alimentari verkaufst?»

Wider Erwarten musste Emma schmunzeln. «Nein, Nonna, er wurde erschossen.»

«Erschossen!» Schrill schallte der Ausruf durch das Telefon. «In deinem Laden! Wer macht denn so was?»

«Ich weiß es nicht, aber die Polizei ist schon dran an dem Fall. Die klären sicher schnell auf, wer das war», versicherte Emma mit mehr Überzeugung, als sie verspürte.

«Ach – das wissen die noch gar nicht?»

«Es ist ja auch erst am Samstagmorgen passiert. Oder irgendwann in der Nacht zum Samstag. Ich weiß es nicht genau.»

«Hoffentlich taugt eure Polizei mehr als unsere hier.»

«Ganz sicher.» Emma hoffte inständig, dass das stimmte. «Wann kommt ihr mich denn mal wieder besuchen? Oder ist dir die Reise inzwischen zu anstrengend?»

«Anstrengend? *Ma che!* Wenn ich will, dann laufe ich zu Fuß über die Alpen zu dir, merk dir das.»

Emma lachte. Tatsächlich war ihre Großmutter für ihre 89 Jahre noch unfassbar gut drauf und hatte sich ihren Humor bewahrt.

«*Fantastico*, Nonna. Darüber reden wir noch, *va bene*? Ansonsten setzt du dich zu Mamma und Papà ins Auto und lässt dich chauffieren.»

«*Vedremo*. Mal sehen. Und du pass auf dich auf. Mit so einem Toten ist nicht zu spaßen.»

«Ich werde dran denken, Nonnina.»

Als das Gespräch beendet war, nahm Emma einen tiefen Atemzug. Es hatte gutgetan, die beiden zu hören, wenn es auch manchmal anstrengend war mit ihrer Mutter. Sie legte das Telefon in die Mittelkonsole und startete endlich den Wagen.

19. KAPITEL

Etwas später parkte Emma ihr Auto in der Straße, in der das Wohnhaus der Seeligs lag. Sie hatte sich viele Gedanken über die richtige Uhrzeit gemacht und entschieden, dass der späte Vormittag perfekt wäre. Falls Brigitte Seelig nach dem Tod ihres Mannes schlaflose Nächte hatte – was sie gut verstehen könnte – und deshalb länger schlief, wäre Emma immerhin nicht unhöflich früh. Und rechtzeitig vor dem Mittagessen wäre sie auf jeden Fall schon wieder weg und würde nicht stören, selbst wenn es sie reizte, dem Junior und seiner Susann gleich auch noch zu begegnen. Wie sie von Anna wusste, bewohnten die beiden eine überdimensionierte Einliegerwohnung im Anbau.

Einen Moment blieb sie im Auto sitzen und betrachtete das Haus. Es war eindrucksvoll – und auch wieder nicht. Der Baustil war definitiv eine Frage des Geschmacks. Es schien, als hätte Roland Seelig mit der nüchtern gestalteten und sehr modernen Immobilie versucht, seine bäuerliche Herkunft abzustreifen. Emma hätte hier nicht für viel Geld wohnen mögen.

Gerade als sie aussteigen wollte, öffnete sich die Haustür, und Kommissar Henrik Gieseking und sein Mitarbeiter Falk traten heraus. Emma erstarrte. Gut, dass sie nicht früher gekommen war! Sie wäre den beiden geradewegs in die Arme gelaufen. Die zwei Männer verabschiedeten sich von Brigitte Seelig, die ihnen noch einen Moment hinterhersah, ehe sie die Tür schloss.

So tief sie konnte, rutschte Emma auf ihrem Sitz nach unten und duckte sich, als die beiden auf ein Auto ganz in der Nähe zugingen, einstiegen und losfuhren. Erst als sie sicher sein konnte, dass die Luft rein war, richtete sie sich wieder auf und sah sich um.

Niemand war zu sehen. Beim Aussteigen lachte sie in sich hinein. Sie hatte eindeutig zu viele Krimis geschaut.

Rasch legte sie die paar Meter zum Tor der Seeligs zurück. Auf ihr Klingeln tat sich eine ganze Weile nichts. Sie versuchte, so mitfühlend wie möglich in die Überwachungskamera zu lächeln. Dann klingelte sie noch einmal und sah sich unschlüssig um. Vielleicht hatte Frau Seelig nach der Kripo die Nase voll von Besuch? Schließlich aber klackte es doch, und das Törchen neben dem großen Eingangstor entriegelte sich. Kurz bevor sie die Haustür erreichte, wurde diese geöffnet, und sie stand der Witwe gegenüber.

Was Emma erwartet hatte, wusste sie nicht genau. Rot geweinte Augen vielleicht. Schwarze Kleidung. Verhärmte Gesichtszüge. Doch weit gefehlt.

Brigitte Seelig trug, was sie die wenigen Male, in denen Emma ihr begegnet war, meistens getragen hatte: ein dezent-elegantes Kostüm im Chanel-Look, dazu passende Pumps, trotz der Wärme Nylonstrümpfe, die ihr perfekte Beine zauberten – oder ihre perfekten Beine betonten? –, und jede Menge Schmuck. Lediglich die Tatsache, dass sie ihr Kostümjäckchen nur über die Schultern gehängt und die obersten Blusenknöpfe geöffnet hatte, wies darauf hin, dass auch sie die warmen Temperaturen registrierte.

Frau Seelig passte rein äußerlich für Emma überhaupt nicht zu dem vierschrötigen, etwas untersetzten und absolut nicht eleganten Mann, der Roland Seelig gewesen war.

Und sie wirkte, als wäre nichts geschehen. Aber man konnte den Menschen immer nur vor den Kopf gucken – wer hatte das neulich noch gesagt? –, und wer wusste schon, wie es in der Frau aussah.

Vielleicht ganz anders.

«Entschuldigen Sie, Frau Seelig, dass ich Sie einfach so überfalle ...» An ein vorheriges Telefonat hatte Emma durchaus gedacht, aber nach dem gestrigen Abend bewusst darauf verzichtet, um sich keine Absage einzuhandeln. Falls sie nicht eingelassen worden wäre, hätte sie immer noch anrufen können. «Ich möchte Ihnen mein Beileid aussprechen.»

«Vielen Dank», sagte Brigitte Seelig. Einen Augenblick stand sie reglos und mit starrem Blick in der Tür, und Emma dachte schon, das wäre es gewesen, doch dann trat sie mit einer einladenden Handbewegung zur Seite. «Kommen Sie herein. Heute ist erstaunlich viel los in diesem Haus.»

«Danke.»

«Hier in der Küche ist es am gemütlichsten.» Sie wies auf die erste Tür links, und Emma folgte der Aufforderung. Ein bisschen fühlte sie sich unbehaglich, schließlich kannte sie ihre eigenen Hintergedanken zu diesem Besuch, aber letztendlich überwog die Neugier.

Die Küche, die sie betrat, war weit davon entfernt, gemütlich in ihrem Sinne zu sein, doch vor einer großen Fensterfläche stand eine riesige Eckbank aus weiß lackiertem Holz, die tatsächlich so etwas wie heimeliges Flair verströmte.

«Nehmen Sie doch Platz.» Brigitte Seelig wies vage in Richtung des Tisches, auf dem noch drei benutzte Tassen standen.

«Gern.» Emma rutschte auf die Bank und ließ ihre Tasche auf den Boden gleiten.

«Möchten Sie Tee oder Kaffee?», fragte Brigitte Seelig und

klang noch immer verblüffend normal. «Die beiden Kommissare, die gerade hier waren, haben Kaffee getrunken.» Sie stand einen Moment da und blickte auf die Tassen, als müsste sie überlegen, was sie mit ihnen tun sollte. Dann nahm sie sie und stellte sie in die Spüle.

Doch nicht so normal? War sie gerade noch dabei, den Tod ihres Mannes zu realisieren? Manchmal konnte es ja eine Weile dauern, bis jemand einen schweren Schicksalsschlag an sich heranließ.

«Bitte machen Sie sich keine Umstände. Ein Glas Leitungswasser genügt vollkommen.» Emma wäre es unangenehm gewesen, mehr zu verlangen, auch wenn die Polizisten diesbezüglich nicht so bescheiden gewesen waren.

«Wie Sie meinen.» Offenbar hatte sie sich wieder gefangen. Mit unbewegter Miene öffnete Brigitte Seelig eine Oberschranktür, nahm ein großes Glas heraus und hielt es unter den Wasserhahn. Das stellte sie vor Emma auf den Tisch und lehnte sich ihr gegenüber an die Küchenzeile, als wollte sie nicht zu sehr in die Nähe ihres Gasts geraten.

«Danke.» Verlegen nippte Emma an ihrem Wasser. Wie sollte sie das nun am besten anfangen? Leider hatte sie sich keine konkrete Strategie zurechtgelegt, sondern darauf vertraut, dass sie entsprechend der Situation, die sie vorfände, schon wissen würde, was sie sagen oder fragen sollte. Allerdings hatte sie nicht mit einer solchen undurchdringlichen Gefasstheit gerechnet, die ihr absolut keine Anhaltspunkte für eine Taktik bot.

Schließlich gab sie sich einen Ruck. «Ich komme, wie schon gesagt, um Ihnen mein aufrichtiges Beileid zum Tod Ihres Mannes auszusprechen, Frau Seelig.» Sie fand ihre Stimme reichlich schwach.

«Danke.» Nun wirkte Frau Seelig doch etwas müde, und bei genauerem Hinsehen erkannte Emma die tiefen Falten an ihren Mundwinkeln und über der Nasenwurzel. «Sie hätten sich dafür nicht extra herbemühen müssen. Ein Anruf hätte gereicht. So machen das die anderen im Dorf auch.»

Es klang erstaunlich bitter, und Emma versuchte, sich ihre Irritation nicht anmerken zu lassen. Kam denn wirklich niemand persönlich vorbei für einen Kondolenzbesuch?

«Na ja ...», sagte sie und drehte das Glas zwischen ihren Händen. «Irgendwie fühle ich mich verantwortlich – immerhin ist Ihr Mann ja in meinem Laden gefunden worden.»

«Was auch immer er dort nachts noch gemacht haben mag und mit wem.» Brigitte Seelig seufzte und schüttelte den Kopf.

«Und ich möchte, dass Sie wissen, dass ich das natürlich nicht war», sprudelte es heraus, bevor Emma sich bremsen konnte.

Was sollte denn das? Sie war hier, um Fragen zu stellen, nicht um ihr eigenes Gewissen zu beruhigen.

Die perfekt gezupften Augenbrauen ihres Gegenübers hoben sich erstaunt. «Das habe ich nie angenommen, Frau Ferrari. Obwohl Sie nach Freitagabend wahrlich Grund gehabt hätten, ihn zu hassen.»

«Sie wissen also davon.»

Brigitte Seelig zuckte die Schultern und sah an ihr vorbei aus dem Fenster. «Die Buschtrommeln ... Mein Mann versteht es ...» Sie räusperte sich. «... verstand es, sich *Freunde* zu machen.» Sie hätte nicht erst Gänsefüßchen in die Luft zeichnen müssen bei dem Wort, um Emma wissen zu lassen, wie sie das meinte.

«Sie sagten gerade, ein Anruf hätte gereicht. Ich dachte, man macht das so hierzulande. Ich meine, dass man persönlich kommt und das Beileid ausdrückt.»

Frau Seelig griff ins linke Jackentäschchen und zog eine elektronische Zigarette hervor. «Stört Sie das?»

«Nein, natürlich nicht. Sie sind ja schließlich zu Hause.»

Ein kurzes Lächeln belohnte Emma für ihr Verständnis. Brigitte Seelig holte auch ein Päckchen Tabaksticks heraus und steckte eines in den Erhitzer, dann inhalierte sie und blies den Rauch langsam aus.

«Schöne Nägel», bemerkte Emma, um irgendetwas zu sagen, das das Schweigen zwischen ihnen brechen konnte.

Frau Seelig streckte eine Hand aus und betrachtete ihre Fingerspitzen. «Danke. Hat Susann gemacht. Sie ist da wirklich eine Künstlerin.»

Perlmuttweiß, blaue Verzierungen und Glitter … «Genau meine Farben», meinte Emma.

«Ja, sie gefallen mir auch. – Und Sie haben recht, so macht man das eigentlich», sprach sie nach dem ersten Zug weiter und kehrte so abrupt zum ursprünglichen Thema zurück, dass ihr Emma erst einen Moment später folgen konnte. «Aber wir wurden hier nie wirklich akzeptiert. Also … ich meine, *ich* wurde nie akzeptiert. Roland wurde übel genommen, dass er die Landwirtschaft seines Vaters nicht fortführen wollte, sondern viel Grund und Boden verkauft und Geschäfte gemacht hat. Auch dass er mich geheiratet hat statt einer Hiesigen, wurde ihm von den Alteingesessenen immer nachgetragen.»

«Aber das ist Jahre her!» Beinahe hätte sie in ihrer Verblüffung *Jahrzehnte* gesagt, es dann aber gerade noch verhindern können. Wenn Frau Seelig auch sicher schon jenseits der fünfzig war – und der erwachsene Sohn legte den Schluss nahe –, so sah sie doch blendend aus für ihr Alter.

«Manche Dinge werden nie vergeben, glauben Sie mir», sagte sie dumpf und zog erneut an ihrer Zigarette. «So ein kleines Dorf vergisst nicht.»

Eine Pause entstand.

«Roland war ein guter Mann», kam es dann zusammenhanglos. «Er wollte einfach nur Anerkennung und Respekt. Dafür hat er sein Leben lang gekämpft und sein Geld zusammengehalten. Und er wollte, dass man das auch sieht. Er zeigte gern, was er hat.» Sie senkte den Kopf. Die Fassade begann zu bröckeln. «*Hatte*. Was er hatte.»

Unwillkürlich schweifte Emmas Blick durch die Küche und hinaus in den Flur, dann in den Garten.

«Die letzten Jahre habe ich gehofft, er würde ein bisschen leiser treten und mehr mit mir unternehmen, aber ...» Sie zuckte mit den Schultern.

«... aber das hat er nicht?»

Brigitte schnaubte. «Wir waren vor ein paar Jahren auf einer Kreuzfahrt zum ersten Mal auf Mallorca und haben uns sofort in die Insel verliebt und dort was gekauft. Aber Roland war Geschäftsmann mit Leib und Seele und konnte einfach nicht abschalten. Er hatte sich in den Kopf gesetzt, mit Immobilien noch mehr Geld zu machen, und war ständig auf Achse.»

Mallorca? So ein Zufall! In Emmas Kopf schrillten alle Alarmglocken. «Ich wusste gar nicht, dass Ihr Mann auch Immobilienmakler war», sagte sie, um sich heranzutasten.

Brigitte Seelig schüttelte den Kopf. «War er auch nicht. Er hat selbst gekauft. In günstige Immobilien investiert, sie herrichten lassen und teuer wieder weiterverkauft. Das lief zwar super, weil es auf Mallorca gerade so boomt, aber er musste sich um alles selber kümmern, denn den Leuten dort ist nicht zu trauen, das hat er immer wieder betont.»

«Dann waren Sie mittlerweile sicher schon öfter auf der Insel, nicht wahr?»

«Natürlich», bestätigte Brigitte. «Es ist großartig, ein Ferienhaus dort zu haben, aber wegen Rolands vielen Geschäftsterminen habe ich auch im Urlaub nicht viel von ihm gesehen, sondern war die meiste Zeit auf mich allein gestellt, während er von einem Objekt zum nächsten hetzte.» Wieder zuckte sie mit den Schultern und nahm einen tiefen Zug von ihrer E-Zigarette.

«Das klingt stressig.»

«Ja, es war leider umständlicher, als Roland sich das vorgestellt hatte, aber er hat sich nicht entmutigen lassen. Es hat ihn nur eben viel Zeit gekostet, dort alles im Griff zu behalten.»

«Das tut mir sehr leid», sagte Emma leise.

Bisher hatte sie sich nie Gedanken gemacht, wie die Ehe der Seeligs wohl ausgesehen haben mochte. Ein wenig schämte sie sich dafür, dass sie erst jetzt daran dachte. Nach eitel Sonnenschein klang das nicht.

«Immerhin hat er mir mit der Einrichtung freie Hand gelassen.» Wieder ein Zug. Der süßliche Geruch stieg Emma unangenehm in die Nase, doch sie unterdrückte eine Reaktion.

«Was haben Sie denn gekauft auf Mallorca?» Emma konnte ihre Neugier nicht unterdrücken und hakte nach.

Brigitte sog an der Zigarette. «Ein Ferienhaus auf dem Land. Alt, aber schön renoviert. Finca nennt man so etwas, falls Ihnen das was sagt.»

«Ja, den Begriff kenne ich durchaus. Das ist dann sicher ein schönes großes Anwesen.»

«Hm ... ein bisschen größer natürlich als die meisten im Umkreis. Nun ja, Roland wollte eben auch dort einen gewissen Lebensstil pflegen.» Sie zuckte die Schultern, als wäre das ihr selbst einerlei. «Ich persönlich empfinde das Haus nicht als so groß, wie andere das vielleicht tun. Sie sehen ja, was wir gewohnt sind.»

Ja, das sah Emma.

«Ich hatte am Sonntag übrigens Gelegenheit, einen echten Mallorquiner kennenzulernen», merkte sie an.

«So? Wo denn?» Die Witwe kniff die Lider zusammen und nahm einen weiteren Zug. Auf ihrem Gesicht lag ein Ausdruck, den Emma nicht deuten konnte, und die Stimme war ein kleines bisschen nach oben gerutscht.

«Er hat sich bei Straubs einquartiert. Kennen Sie ihn vielleicht? So groß ist die Insel schließlich nicht, auf Capri kennt auch jeder jeden.» Der Vergleich hinkte ein wenig, aber etwas Besseres war ihr auf die Schnelle nicht eingefallen.

«Ich bin wie gesagt wenig herumgekommen, wenn ich dort war ...»

«Ja, natürlich, das verstehe ich. Ich dachte nur, sie würden Herrn Diaz kennen, nachdem Sie ihn gestern spätabends bei Straubs besucht haben.»

Wäre da nicht die leichte Röte gewesen, die unter ihrem Make-up in Brigitte Seeligs Wangen stieg, hätte Emma geglaubt, sie hätte ihre Worte nicht gehört – oder nicht verstanden. So aber wusste sie, dass ihr Klopfen auf den berühmten Busch jemanden daraus vertrieben hatte. Und sie war außerdem sicher, dass die Witwe ein Beruhigungsmittel genommen hatte. Der befremdlich starre Blick, der ihr bei ihrem Eintreffen aufgefallen war, rührte sicherlich davon.

«Wie kommen Sie darauf, dass ich ...» Frau Seelig brach ab und legte langsam ihre E-Zigarette auf den Tisch. «Dann waren Sie das, die draußen auf dem Flur mit dem Polizisten gesprochen hat.»

Ha!

«In der Tat. Ich habe Sie das Haus betreten sehen und mich gefragt, warum Sie den Nebeneingang benutzt haben, statt einfach vorn reinzugehen.»

«Ich hatte etwas mit ihm zu besprechen und wollte vermeiden, dass getratscht wird, ganz einfach. In einem Dorf wie diesem geht das schnell, das sollten Sie wissen, Frau Ferrari.»

«Nun ja ...» Emma legte den Kopf schräg. «Wenn Sie Herrn Diaz aus Mallorca kennen und mit ihm reden wollen, ist doch nichts dabei.»

Sie erntete einen unbewegten Blick. «Was wissen Sie schon.»

«Viel zu wenig», gab Emma zu. «Um das zu ändern, bin ich hier.»

Brigitte Seelig lachte ein wenig damenhaftes Schnauben heraus. «Da sind Sie bei mir an der falschen Adresse. Ich wüsste selbst gern, wer meinen Mann umgebracht hat, glauben Sie mir. Mein Sohn und seine Verlobte ebenfalls und ...»

«Und Pablo Cristo Diaz, der Mann aus Mallorca, bestimmt auch. Sie kennen ihn ziemlich gut, nicht wahr?»

«Was wollen Sie mir hier unterstellen?» Die bisher teilnahmslose Stimme wurde scharf.

«Nichts. Ich versuche nur, die Zusammenhänge zu begreifen. Und zu verstehen, warum Herr Diaz behauptet, Sie und Ihre Familie nicht zu kennen, obwohl er Ihren Besuch offensichtlich erwartet hat.»

Brigittes Röte unter ihrem Make-up verstärkte sich. Das war umso deutlicher zu erkennen, als sich die roten Flecken nun auch im Dekolleté von ihrer sonst bleichen Haut abhoben.

«Nun, Roland und ich waren übereingekommen, dass wir Klatsch im Ort besser vermeiden sollten. Die Leute sind neidisch genug.» Sie griff wieder nach ihrer Zigarette, doch die war ausgebrannt, und sie zog den Stummel heraus und legte ihn neben das Gerät auf die Anrichte. «Er ist ein Geschäftspartner von Roland. Pablo ... ich meine, Herr Diaz handelt mit Immobilien, und er und Roland kennen sich schon ein paar Jahre. Ich wollte gestern Abend einfach nur wissen, was die beiden ... wegen einer alten Sache vereinbart haben, die Roland noch klären wollte. Mehr nicht.» Wieder zuckte sie die Schultern.

Wieder so unkonkret. Innerlich rollte Emma mit den Augen bei all diesen durchschaubaren Ausflüchten. «Und weil es um Geschäfte ging, sind Sie auf Zehenspitzen ins Haus geschlichen. Aber ich hätte noch eine andere Frage. Wo waren Sie Freitagnacht, Frau Seelig?»

Nach einem langen Moment, in dem Brigitte Seelig schwieg und Emma auf eine Weise ansah, dass sie erwartete, gleich hinausgeworfen zu werden, kam doch noch eine Antwort.

«In Regensburg im Theater. Es gab eine Komödie von Shakespeare. Leider hatte Roland an so etwas kein Interesse, also bin ich allein hingefahren. Wäre er doch ausnahmsweise mitgekommen ... aber uns haben nur wenige Dinge verbunden.»

Ihr Tonfall war überraschend traurig. Ob Frau Seelig ihren Mann gemocht hatte? Zwischendurch klang es fast danach, so unverständlich das aus Emmas persönlicher Warte auch sein mochte.

«Und falls Sie das ebenfalls wissen wollen: Nein, ich habe keine Zeugen. Die Garderobiere könnte sich noch erinnern. Vielleicht.»

Wieder dieses Schulterzucken. Es schien ihre Lieblingsgeste zu sein. Offenbar war ihr dank der Medikamente ziemlich vieles einfach gleichgültig.

Emma nickte und stand auf. «Danke, dass Sie sich Zeit für mich genommen und meine Fragen beantwortet haben, Frau Seelig.»

Brigitte nahm Emmas leeres Glas vom Tisch und stellte es zu den Tassen in die Spüle.

«Falls es Sie interessiert: Ich habe dem Kommissar vorhin genau dasselbe erzählt wie Ihnen gerade», sagte sie auf dem Weg zur Tür. «Und natürlich sind Sie genauso wie er beim Leichenschmaus willkommen. Ich hoffe, der kann bald stattfinden.»

«Das hoffe ich auch», sagte Emma. «Und, ich meine … so schmerzhaft es sein mag, all diese Fragen zu beantworten – sicherlich sind Sie erleichtert, wenn dieser Albtraum endlich ein Ende hat und der …» Sie räusperte sich verlegen. «… der Mord aufgeklärt ist.»

Obwohl es ihr unter den Nägeln brannte, irgendeine Information zu bekommen, wie es jetzt mit dem Haus am Marktplatz weitergehen sollte, beherrschte sie sich und schwieg. Das war wirklich der denkbar falscheste Zeitpunkt für diese Frage.

Leider.

Also ließ sie sich hinausbegleiten und verabschiedete sich von der Witwe Seelig. Das Gartentor öffnete sich, und sie zog es hinter sich ins Schloss. Erst als sie in ihrem Auto saß, atmete Emma aus.

Beim Verlassen des Hauses hatte sie etwas bemerkt, das ihr beim Hineingehen nicht aufgefallen war: Im Schuhregal im Eingangsbereich stand ein Paar roter Barfußschuhe.

20. KAPITEL

*W*arum hast du sie nicht einfach gefragt, ob sie was mit ihm hat?» Helene sah sie vorwurfsvoll an. «Das war doch eine echte Steilvorlage.»

«Denkst du, sie hätte mir darauf eine ehrliche Antwort gegeben?»

«Das kann man nie wissen. Menschen reagieren manchmal unerwartet, wenn man sie überrumpelt.»

Bisher hatte Emma weder Zeit gehabt, alles einzuordnen, was sie in den letzten Stunden erfahren hatte, noch, sich mit jemandem darüber auszutauschen. Nun saß sie in Helenes kleinem Besprechungszimmer. Anna war kurz nach Emmas Ankunft ebenfalls zu ihnen gestoßen, sodass sie nun zu dritt über die neuesten Ereignisse diskutierten.

«Hallo? Leni, bist du da?», schallte eine bekannte Stimme durch die Praxis.

«Ja, komm ruhig rein, Omi, die Tür ist offen!»

Wenig später schob Therese ihren Rollator durch die Tür in den kleinen Raum, in dem die Frauen schon am Vortag gesessen hatten.

«Da bin ich. Aber Kuchen gibt's heute keinen.»

«Das macht doch nichts, Resi.» Emma nahm die alte Dame kurz in den Arm. «Schön, dich zu sehen.»

«Hallo, Resi.» Anna winkte Therese lächelnd zu und kehrte zum Thema zurück. «Ich sehe das wie Emma: Sie hätte sicher keine ehrliche Antwort von der Brigitte bekommen.»

«Ich hätte sie trotzdem einfach mal gefragt. Kostet ja nichts.»

«Die Antwort liegt doch ohnehin auf der Hand», sagte Anna. «Diaz behauptet, er kennt die Seeligs nicht, und Brigitte Seelig besucht ihn abends in seinem Hotelzimmer. Wenn es wirklich um Geschäfte gegangen wäre – die hätte sie auch in eurer Stube mit ihm besprechen können.»

«Es klang so, als hätte sie sich von ihrem Mann vernachlässigt gefühlt», erinnerte sich Emma nachdenklich.

«Der macht Geschäfte mit dem Spanier ...»

«Mallorquiner», korrigierten Helene und Emma wie aus einem Mund.

«Wie auch immer.» Anna wischte den Einwand weg. «Sie fühlt sich vernachlässigt, der attraktive *Mallorquiner*», sie verdrehte die Augen, «ist statt Roland zur Stelle, und sie wird schwach. Bingo.»

«Und wer von den beiden war es nun? Er oder sie?»

Schweigen beantwortete Helenes Frage.

«Der Mörder ist doch immer der Gärtner», warf Therese ein. «Oder der Partner, das habe ich auch schon mal gehört.»

«Stimmt, Resi.» Emma lehnte sich zurück und legte den Kopf in den Nacken. «Lasst es uns mal anders versuchen. Wenn Diaz schon länger mit Seelig Geschäfte gemacht hat, ist zumindest klar, woher sie sich kennen. Ich frage mich nur, warum er nach Himmelsricht gekommen ist.»

«Um sich mit Brigitte zu treffen?», schlug Anna vor.

«Ob Seelig davon wusste, dass er hier ist?»

«Bestimmt. Hier kann sich doch keiner verstecken, dafür ist das Dorf zu klein, und der Spanier ...»

«Mallorquiner!»

Anna verdrehte die Augen. «... der attraktive Christus zu

auffällig», beendete sie ihren Satz. «Mensch – ihr könnt einen aber auch echt nerven!»

Emma und Helene lachten.

«Spaniens Gitarren begleiten die Verliebten seit ewigen Zeiten», sang Therese ziemlich falsch und stützte das Kinn in die Hand. «Warum wohnt er denn nicht bei seinen Bekannten?»

Die anderen drei Frauen sahen sich an.

«Eine gute Frage, Resi», bestätigte Anna.

«Na, wenn er wirklich der Liebhaber von Brigitte ist, dann wäre das wohl sehr unpassend, bei ihnen zu wohnen, oder? Erst recht, wenn er gleichzeitig mit dem betrogenen Ehemann Geschäfte gemacht hat», gab Helene zu bedenken. «Und vielleicht ... hm ...»

«Was denkst du gerade?» Emma sah ihre Freundin gespannt an.

«Susann hat doch erzählt, dass die beiden in der letzten Zeit so viel gestritten haben. Vielleicht genau wegen dieser Sache. Vielleicht war Roland eifersüchtig auf den Mann.»

«Das kann gut sein. Auf jeden Fall werde ich mit dem Herrn noch mal reden müssen», beschloss Emma. «Aber nun zu einem anderen Thema, das ich dringend mit euch besprechen möchte. Es geht um Frau von Hohenfels.»

«Konstanze oder Isadora?», fragte Helene nach.

«Konstanze. Am Nachmittag, nachdem du sie hierher eingeladen hast, habe ich sie in der Hölle bei einem Telefonat gehört ...» Sie berichtete den Freundinnen von Konstanzes Ausbruch und davon, was sie von Peter erfahren hatte. «Ich habe das ungute Gefühl, sie hängt da auch irgendwie mit drin. Zumindest haben sie und ihre Mutter eine Verbindung zu Seelig.»

«Hatten», korrigierte Helene und kaute nachdenklich am Ende einer Haarsträhne. Ihre Fußkettchen klimperten leise, als sie ein Bein überschlug. «Glaubt ihr, Konstanze hat nur gesagt, dass sie uns helfen möchte, um uns auszuspionieren und zu verhindern, dass wir den Mord aufklären? Vielleicht hätte ich sie nicht einladen sollen.»

«Zumindest hat sie uns nicht gesagt, dass Seelig Geldprobleme hatte.» Emma wollte ihrer Freundin kein schlechtes Gewissen machen, aber sie mussten trotzdem vorsichtig sein, schließlich ging es hier um Mord. «Dabei wäre das ja durchaus eine relevante Info für uns gewesen.»

Anna nickte. «Allerdings. Geld ist immer ein gutes Mordmotiv. Wobei es mich wundert. Hast du bei Frau Seelig irgendwas aufgeschnappt, das darauf hindeuten könnte, *warum* er Geldprobleme hatte?»

Emma schüttelte den Kopf. «Aber er muss welche gehabt haben, oder? Warum sonst hätte er seine Pacht nicht bezahlen sollen.»

«Ein richtiges Mordmotiv für eine der Hohenfelserinnen ist das trotzdem nicht», erwiderte Anna. «Außerdem kann es sein, dass Konstanze uns zwar helfen, aber nichts über die Geschäfte ihrer Familie verraten will. Vielleicht hat sie auch gar nicht daran gedacht, dass wir nicht wissen könnten, wie es um Seeligs Finanzen bestellt war, sie ist schließlich nicht so oft im Dorf. Und könnt ihr euch vorstellen, dass eine der Damen jemanden erschießt?»

Helene verzog das Gesicht. «Bei Konstanze nicht. Bei ihrer Mutter hingegen ...»

«*Vero.* Ich finde auch, dass Isadora verdächtiger ist. Offenbar hat sie ja irgendwas in Bezug auf Seelig unternommen, von dem Konstanze bisher gar nichts wusste. Wir sollten allerdings trotzdem aufpassen, was wir in ihrer Gegenwart erwähnen, einverstanden?» Emma blickte in die Runde. Alle nickten, auch Therese.

Helenes Miene wurde wieder fröhlicher. «Weil wir's gerade von Konstanze haben: Wollt ihr wissen, was seit Sonntag das Hauptgesprächsthema bei uns im Wirtshaus ist?»

«Ich kann es mir denken», meinte Anna.

«Genau. Frau von Hohenfels und ihr filmreifer Auftritt. Keiner kann sich erinnern, dass sie jemals unser Gasthaus betreten hätte.»

«*Però*! Na so was!» Emma war sprachlos. «Im Ernst?»

«Weder sie noch ihre Mutter. Dass sie überhaupt im Ort einkauft, ist schon ein Wunder für sich, aber dass sie unsere Schwelle überschritten hat, gilt als absoluter Ritterschlag.»

«Oha.»

«Ja, die Hohenfelser», sagte Therese mit einer gewissen Dramatik in der Stimme. «Die waren immer schon was Besseres hier im Dorf, zumindest dachten sie's. Das arme Mädel.»

«Wen meinst du mit *Mädel*?» Emma horchte auf.

«Na, die Konstanze. 's hieß mal, sie hätte heiraten wollen, aber die Alte hätt's nicht erlaubt.»

«Davon weiß ich ja gar nichts.» Nun war auch Anna ganz Ohr.

«Das haben die natürlich nicht herumerzählt damals, weil der Mann nicht für sie getaugt hat.»

«Nicht standesgemäß. Soso.» Anna schüttelte den Kopf. «Wenn das stimmt, kann sie einem tatsächlich leidtun.»

«Aber wirklich. Und das vorgestern muss ein ziemlicher Sprung über ihren Schatten gewesen sein», mutmaßte Helene. «War schon eine tolle Sache. Wie die alle still waren – das hätte man filmen sollen.»

«Und ich hab das nicht gesehen», murmelte Therese. «Schade.»

Helene ging zu ihr und legte ihr den Arm um die Schulter. «Ja, schade, Omi. Aber da hast du bestimmt schon geschlafen.»

«Hab ich nicht. Ich war noch spazieren, bis unter meine Linde. Die Luft war so schön lau. Und der dunkle Mann ist auch spazieren gegangen, jetzt weiß ich's wieder.» Sie rieb sich mit dem Zeigefinger nachdenklich die Stirn und sah ihre Enkelin an. «Er war bei seinem Auto und hat telefoniert. Dann ist er wieder zu euch ins Wirtshaus zurück. Und der hat denselben Gang wie der Kater, der Hugo.»

Emma nickte. «Pablo Cristo Diaz und seine Barfußschuhe. Gut, dass du ihn erkennen konntest.»

«Nachts sind alle Katzen grau, sag ich immer», merkte Therese mit erhobenem Zeigefinger an.

Emma bemerkte Annas konzentrierten Blick, ging aber nicht darauf ein. «War er allein spazieren, Resi?»

«Ich hab außer ihm niemanden gesehen.»

Sie schlug ihr Büchlein auf und machte sich einige Notizen. «Er telefoniert mit einem zweiten Telefon auf Spanisch, ich unterstelle mal, mit seiner Frau. Bekommt dann Besuch von Brigitte Seelig. Er kennt Roland Seelig aus Mallorca ...» Sie sah hoch. «Helene, auch wenn mir der Gedanke gar nicht gefällt, könntest du noch mal versuchen, in sein Zimmer zu kommen? Vielleicht findest du was Spannendes. Neulich hat er eine schwarze Aktentasche aus dem Auto reingebracht.»

«Mach ich. Hoffentlich ist er heute Abend weg. Vielleicht geht er ja wieder in die Villa Kalter Protz.»

Emma rümpfte die Nase. «Nennt man Seeligs Haus im Ort so? Nicht schön, aber passend. Ich fand ...» Das Klingeln ihres Telefons unterbrach ihr vernichtendes Urteil. Sie stand auf und trat ans Fenster, um das Gespräch entgegenzunehmen. «Ja, Korbinian?»

«Hast du Lust, später auf einen Kaffee vorbeizukommen? Ich würde ihn gern mit dir bei Lisa trinken, aber ich kann hier leider nicht weg.»

Emma warf einen Blick auf die Uhr. «Klar. Ich habe ja im Moment nichts zu tun.»

«Fein, dann also bis später.»

«Ich fahre nachher zu Korbinian ins Autohaus», teilte sie ihren Freundinnen mit, als sie das Gespräch beendet hatte.

«Hat er von Petra schon genug?», fragte Helene mit einem Grinsen.

Emma musste lachen. «Glaube ich nicht. Früher haben wir das öfter mal gemacht, aber in letzter Zeit ist diese Gewohnheit ein bisschen eingeschlafen. Mal schauen, was er zu erzählen hat.»

Als Emma den Ausstellungsraum des Autohauses betrat, das Korbinian leitete, überlegte sie, wann sie das letzte Mal hier gewesen war, und konnte sich beim besten Willen nicht daran erinnern.

Ihr Ex-Mann winkte ihr schon von Weitem zu und deutete auf den Telefonhörer in seiner Hand.

«Bin gleich fertig», besagte die Geste, die er dazu machte.

Emma nickte und schlenderte zwischen den ausgestellten Luxuskarossen umher. Die Autos gefielen ihr durchaus, und als Italienerin war sie natürlich stolz, dass viele der Modelle aus ihrer Heimat kamen und manche ihren Namen trugen, aber obwohl ihr die Ehe mit Korbinian eine gewisse Nähe zu dieser Welt verschafft hatte und sie als seine Frau jederzeit die Möglichkeit gehabt hätte, einen solchen Wagen zu fahren, hatte es sie nie gereizt.

Sie war stets mehr für das Praktische zu haben gewesen, und in einem Luxusgeländewagen ein paar Meter durchs Dorf zu kutschieren, bevor man ihn wieder mit einem Seidentuch zudeckte, war ihr von jeher gänzlich unsinnig erschienen. Längere Fahrten hatten sie immer mit Korbinians Wagen unternommen, der ihr zuliebe bei der Wahl seines Fahrzeugs Kompromisse gemacht hatte, und hier im Ort genügte ihr kleines Auto. Unwillkürlich fragte sich Emma, wann er wohl auf eines dieser schnellen Autos umsteigen würde. Petra hätte vielleicht nichts dagegen.

«Na? Gefällt er dir?»

Sie hatte nicht bemerkt, dass Korbinian mit dem Telefonieren fertig und neben sie an den kornblumenblauen Lamborghini getreten war.

«Hm. Schöne Farbe», bestätigte Emma und lugte durch die Scheibe ins Innere. «Ich bräuchte vermutlich inzwischen eine extra Hebevorrichtung, um da wieder rauszukommen.»

Er lachte. «Halb so schlimm, auch wenn lustige Videos dazu durch die sozialen Medien geistern.»

Sie nahm dankbar zur Kenntnis, dass er ihr keine Fahrt mit dem Ding anbot, denn sie hätte ungern die Probe aufs Exempel gemacht.

«Du hast mir Kaffee versprochen», erinnerte sie ihn.

«Richtig. Du kannst in meinem Büro warten. Cappuccino wie immer?»

«Gern.»

«Kommt sofort.»

Korbinian machte sich auf den Weg zur Kaffeemaschine, die im Wartebereich für Kunden stand, und Emma ging in den Raum, den er sein Büro nannte. Eigentlich war es nur ein Kabuff, das in keinem Verhältnis zu seiner Verantwortung und seinen Aufgaben stand, aber sie wusste, dass er die meisten Büroarbeiten sowieso an sein Personal delegierte. Er verbrachte nur wenig Zeit an seinem übervollen Schreibtisch. Längere Gespräche mit Kunden oder Geschäftspartnern fanden in einem repräsentativen Besprechungszimmer statt, das mit allem technischen Schnickschnack ausgestattet war. Ansonsten war er viel unterwegs, sowohl bei Kunden als auch bei Lieferanten. Das hatte ihm immer schon am meisten Spaß gemacht an diesem Job. Und so hatten sie sich ja auch kennengelernt.

Emma stellte ihre Handtasche auf dem Besucherstuhl ab und ging langsam an der Wand entlang, um die neuen Bilder zu begutachten, die da hingen. Natürlich zeigten sie lauter Autos, aber einige der Werke waren überaus künstlerisch gestaltet. Direkt über dem Drucker hing eine Fotostudie in kornblumenblauen Schattierungen, und Emma grinste. Das musste der Lamborghini sein, der draußen stand.

Auf dem Drucker lag ein kleiner Stapel Papiere, und als sie sich umwandte, um sich zu setzen, fiel ihr Blick darauf.

Kaufvertrag stand da.

Den Namen darunter kannte sie: Brigitte Seelig.

Schlagartig erwachte Emmas Neugier. Mit einem Blick nach draußen vergewisserte sie sich, dass niemand sie sah, dann lehnte sie sich an die Wand neben der Tür und blätterte den Vertrag rasch durch.

Als Korbinian nach einer gefühlten Ewigkeit mit ihrem Cappuccino und einer Tasse Tee zurückkam, lagen die Papiere wieder auf dem Drucker, als wäre nichts geschehen.

«Entschuldige, dass es so lang gedauert hat», sagte er und

klang kein bisschen schuldbewusst. «Aber die Milch war alle, und ich habe bei so was ja bekanntlich zwei linke Hände. Dir war inzwischen hoffentlich nicht langweilig?»

Er reichte ihr den Cappuccino, setzte sich auf die andere Seite des Tisches und sah sie fragend an.

«Nein, gar nicht, danke. Die neuen Bilder sind sehr schön. Besonders das blaue über dem Drucker.»

«Nicht wahr? Ich wusste, dass dir die Farbe gefallen würde.»

«Das tut sie wirklich.»

Er nickte zufrieden, und Emma schmunzelte.

«Danke. – Wann fährst du denn mal wieder zu Raffaella?»

«Nächstes Wochenende vielleicht.» Er wirkte erleichtert, dass sie verstanden hatte. «Ich muss ihr auch irgendwann mal von Petra erzählen. Was meinst du?»

Emma zuckte die Achseln. «Das ist deine Entscheidung. Aber ich denke, das würde zumindest deiner Freundin die Bedenken nehmen.» Sie hatte nicht vor, ihm Details von ihrer Unterhaltung mit Petra zu berichten, aber so viel konnte sie ihm schon raten – und verraten.

«Meinst du?»

«*Sì*, das meine ich.»

«Ja, du hast vielleicht recht. Sag mal … könntest du vielleicht …»

Emma lachte und leerte ihre Tasse. «Verstehe schon, du Hasenfuß. Aber gut, ich bin dir was schuldig, und wenn es dir lieber ist, mache ich eine Andeutung, dann hast du es einfacher.»

«Danke. Das wär mir wirklich sehr viel lieber.»

Sie standen gleichzeitig auf, und Emma umarmte ihn zum Abschied.

«Danke», sagte sie noch mal.

«Gern geschehen. Wenn ich dir schon sonst nicht helfen kann ...»

«Sie hat was?» Anna klang so verblüfft, wie Emma selbst gewesen war. «Wirklich?»

In Ermangelung anderer Möglichkeiten hatte sie sich mit ihrer Freundin bei Bärbel in der Eisdiele verabredet. Trotz des herrlichen Wetters hatten sie sich drinnen einen Platz gesucht. Natürlich wollten bei diesem Sonnenschein alle draußen sitzen und den lauen Sommerabend genießen, und so waren sie in der hintersten Ecke der Eisdiele völlig ungestört.

«Sì, wirklich. Brigitte Seelig hat vor Kurzem ein neues Auto bestellt. Und was für eins. Mit meinem Namen drauf, und ausgerechnet bei Korbinian. Eigentlich hätte ich gedacht, dass sie so was aus Prestigegründen eher irgendwo in München oder so tun würde, aber nein. Sie kauft gleich nebenan.»

Sie verstummte, denn Bärbel kam an ihren Tisch.

«Ah, hier seid ihr. Ich habe euch zwar über den Dorfplatz kommen sehen, aber dann wart ihr verschwunden. Was darf ich euch denn bringen?»

Sie bestellten zwei Eiskaffee, und Bärbel machte sich an die Arbeit. Emma war froh, dass so viel zu tun war, die Schlange an der Eistheke war lang genug, um ihnen noch eine ganze Weile Ruhe zu verschaffen.

«Das hat überhaupt gar nichts mit Understatement zu tun», maulte Anna. «Unsereins arbeitet sich krumm, und Frau Seelig unterschreibt mal eben für ein bisschen Blech einen Kaufvertrag über eine sechsstellige Summe.»

«Lass das *bisschen Blech* bloß Korbinian nicht hören», meinte Emma. «Das würde seinen Stolz erheblich verletzen.»

Anna lachte. «Ich bin ja nur neidisch.»

«Vielleicht war das einer der Gründe, warum ihr Mann das bessere Angebot von dem Bauträger annehmen wollte. Vielleicht hatte er ihr das Auto versprochen, damit sie ihren Spanier ...»

«Mallorquiner!», verbesserte Anna gespielt streng. «Gerade du solltest das inzwischen besser wissen.»

«... damit sie ihren Verehrer wieder aufgibt. Und bei dem neuen Preis für den Laden hätte er ja selber auch noch einen solchen Schlitten dazubekommen.»

«Hm. Aber wer kauft so eine Kiste denn und zahlt sie sofort cash? So was wird doch meistens geleast, oder?»

«Das hab ich Korbinian gar nicht gefragt. Es waren keine Finanzierungsunterlagen dabei, und ich war zu perplex, um nachzufragen. Außerdem wollte ich ihn nicht in Verlegenheit bringen. Vielleicht war es doch keine Absicht, dass ich die Dokumente lesen konnte, und ich interpretiere das nur hinein. Aber da er mit mir nicht wirklich was Konkretes zu besprechen hatte, gehe ich schon davon aus, dass er es wollte.»

«Ja, das war ein feiner Zug von ihm. Und keiner kann sagen, er hätte dir unerlaubt Informationen weitergegeben.»

Emma nickte. «Ich hätte das bei all seiner Korrektheit auch nicht erwartet, aber es freut mich natürlich trotzdem sehr.»

«Hast du ihm denn erzählt, was du vorhast?»

«*Ma no!* Du kennst doch Korbinian. Wenn ich ihm das gesagt hätte, dann hätte er sicher versucht, es mir auszureden.

Aber offensichtlich kennt er mich eben gut genug, um davon auszugehen, dass ich die Füße nicht stillhalten kann.»

«Und was machen wir jetzt mit diesem Wissen?» Anna schüttelte ratlos den Kopf.

«Das weiß ich noch nicht. Erst mal will ich mit Diaz reden. Hoffentlich ist er heute Abend wieder bei Straubs, dann werde ich zur Abwechslung ihn auf einen Espresso einladen.»

«Seit wann sagst du Espresso?», erkundigte sich Bärbel, die mit zwei großen Gläsern ankam und die letzten Worte gehört hatte. «Und wen willst du darauf einladen?»

«*Mannaggia*! Das rutscht mir manchmal so raus», überspielte Emma ihre Unaufmerksamkeit. «Und gemeint ist der Kommissar. Vielleicht lässt er mich den Laden dann schneller wieder aufsperren.»

«Das glaubst du doch selbst nicht.»

«Nicht wirklich, du hast recht.»

«Ich hätte ja nichts dagegen, dann könnte ich endlich diesen Kirmes probieren. Die Farbe möcht ich wirklich gerne in meiner Eistheke sehen.»

«Das wirst du.»

«Da fällt mir ein ...», begann Bärbel, beugte sich zu ihnen hinunter und sprach mit gesenkter Stimme weiter. «Es kursieren im Dorf aus aktuellem Anlass ein paar Gerüchte.»

Anna und Emma sahen sich fragend an.

«Und? Lass hören.» Emma war ganz Ohr.

«Es heißt, der Roland junior ist gar nicht von Seelig. Und sein Vater soll eine Geliebte gehabt haben.»

21. KAPITEL

*N*achdem sie Hugo gesucht, im Wirtsgarten gefunden und gefüttert hatte – er hatte sich bei ihrer Wahl des Futters nicht gerade gnädig gezeigt und nur ein paar Krümel aus der Schüssel geschleckt –, kehrte Emma auch an diesem Abend bei Straubs ein. Sie hätte viel mehr Lust auf ein gemütliches Essen daheim in ihrer Wohnung gehabt, aber zum einen hatte sie nichts zu Hause, zum anderen hoffte sie, wenigstens einen der beiden Männer anzutreffen, mit denen sie unbedingt sprechen wollte.

Besser noch natürlich alle beide.

Auf dem Weg über den Dorfplatz warf sie einen sehnsüchtigen Blick hinüber zu ihrem geliebten Lädchen. Traurig lag es da, fand sie. Sie blieb stehen und musterte mit zusammengekniffenen Augen die Fassade. Morgen wäre der Tag gewesen, an dem sie mit Seelig zum Notar hätte gehen sollen.

Stattdessen nun das hier!

Frustriert wandte sie sich der Wirtshaustür zu und prallte gegen einen warmen Körper. Sie taumelte zurück. Zwei Hände fassten sie um die Oberarme und hielten sie fest, bis sie wieder einen sicheren Stand hatte.

«*Epa*!», sagte die unverkennbare dunkle Stimme von Pablo Cristo Diaz. «Señora Ferrari ist aber wie das schnelle Auto heute Abend. Bitte Sie bauen keinen Unfall.»

«Das haben Sie ja zum Glück gerade noch verhindert. *Grazie*», antwortete Emma geistesgegenwärtig.

Nun gut, der Zufall hatte entschieden. Erst Mallorca, dann die Kripo.

«Wie schön, dass ich Sie treffe», begann sie und schenkte ihm ein verbindliches Lächeln. «Ich möchte mich gern für den Espresso gestern revanchieren und würde mich freuen, wenn Sie gerade dafür Zeit hätten.»

«*Eh … sì*, aber gern», sagte er, doch Emma hatte das klare Gefühl, dass ihm ihr Überfall ungelegen kam. Um darauf einzugehen, war zwischen Tür und Angel nicht der richtige Ort, also schluckte sie ihre direkte Frage, ob er zu Brigitte wollte, hinunter und trat vor ihm durch den Eingang. «Sie waren auf dem Weg nach draußen. Ich halte Sie hoffentlich nicht von etwas Wichtigem ab», sagte sie über die Schulter.

«*Que no!*», rief er hinter ihr, doch es klang ihr etwas zu schnell und angestrengt.

Emma begrüßte Adelheid mit einem Winken. «Langsam kann ich mir ein Bett zu euch hereinstellen», scherzte sie im Vorbeigehen.

«Ein Zimmer ist gerade frei», sagte die Wirtin und lachte. «Du bist immer willkommen, das weißt du. Möchtest du was essen?»

Emma sah sich rasch zu Diaz um, der hinter ihr stand. «Sie essen vermutlich auswärts, oder?»

Er lächelte nervös. «*Sí*, das Sie haben richtig erraten, liebe Emma.»

«Dann nur zwei Espressi, Adelheid. Mir einen doppelten, bitte. Ich bin noch satt von meinem Eiskaffee vorhin.» Sie nickte Helenes Mutter zu und suchte sich dann einen ruhigen Platz ganz hinten am Fenster. Als sie sich setzte und Richtung Tür sah, fiel ihr Konstanzes Auftritt wieder ein.

Himmel, war das wirklich erst zwei Tage her? Nur achtundvierzig Stunden?

Und was war in dieser Zeit alles geschehen!

Nur das Wichtigste nicht – der Beweis ihrer Unschuld, die Rehabilitierung ihres Namens im Dorf. Und die Wiedereröffnung ihres Ladens.

Aber dazu war es wohl wirklich noch zu früh. Sie seufzte verhalten.

«Ist alles in Ordnung, Emma?»

«Ja, danke. Natürlich.» Seit wann nannte er sie eigentlich beim Vornamen? «Mir fällt es nur schwer, Geduld zu haben mit der Situation.»

«Oh, verstehe. Sie möchten wieder eröffnen Ihre Laden.»

«Allerdings.»

Adelheid kam und stellte die beiden Tässchen vor ihnen ab.

«Danke.» Unschlüssig verrührte Emma ihre Crema. Wie sollte sie es anfangen? Mit der Tür ins Haus? Das war vielleicht das Beste.

«Sie sagten, Sie würden Roland Seelig nicht kennen, Señor Diaz. Dabei haben Sie auf Mallorca mit ihm Geschäfte gemacht, nicht wahr?»

Diaz' Miene gefror, und er setzte die Tasse wieder ab, die er eben zum Mund hatte führen wollen. «Wie Sie kommen darauf?» Er machte ein Gesicht, als wäre diese Frage eine unverschämte Unterstellung.

Emma lächelte und trank ihrerseits einen Schluck. «Frau Seelig hat es mir erzählt.»

Diaz lehnte sich erkennbar verblüfft zurück. «Sie hat – so.»

Entweder konnte er sich das nicht vorstellen, oder er wollte Zeit gewinnen für seine Antwort. Aber Geschäfte waren schließlich nichts Verwerfliches. Außer, sie waren illegal.

«Nun gut. Ja, wir sind Geschäftspartner seit paar Jahre.»

«Sie sind der Mann, mit dem Herr Seelig auf Mallorca in Sachen Immobilien zusammenarbeitet.» Emma konnte sich nicht verkneifen, ihm ihr Wissen unter die Nase zu reiben. «Daran ist nichts Geheimnisvolles, oder?» Sie zuckte die Schultern und dachte dabei an Brigitte Seelig. Hoffentlich war nicht auch noch das Rauchen ansteckend. «Ich frage mich nur, warum Sie hier ein Hotelzimmer genommen haben, wenn Sie die Seeligs so gut kennen. Deren Haus ist doch sicher groß genug und hat ein Gästezimmer.»

«So gut nicht uns kennen, Señora Ferrari.»

«Sagen Sie ruhig Emma zu mir, wie vorhin. Das gefällt mir.» Was ihr auch gefiel, war, ein wenig mit seinen Nerven zu spielen.

«Nun gut ... Emma.»

«Ihr Espresso wird kalt.» Sie leerte ihre Tasse und lehnte sich etwas vor. Ein bisschen mulmig war ihr schon bei dem Gedanken, dass sie gleich ziemlich frech werden würde, doch es ging nicht anders, wenn sie weiterkommen wollte. «Ich vermute ja, dass Sie nicht mit dem Ehemann Ihrer Geliebten unter einem Dach wohnen wollten. Das hätte zu peinlichen Situationen führen können, nicht wahr?»

«Was sich Sie erlauben!», fuhr er auf, dämpfte allerdings sofort die Stimme, als die Gäste nahe der Tür sich zu ihnen umdrehten, und beugte sich ebenfalls vor. «*Difamación*! Das ist eine Lüge ... eine ...» Ihm fehlten offenbar die richtigen deutschen Worte. «*Insinuación descarada*. Sie sind ... Sie sind ...»

«Ja, ich weiß», gestand Emma äußerlich ungerührt, doch insgeheim mit pochendem Herzen ein. Sie sprach bewusst leise, ließ ihn aber nicht aus den Augen. «Gestern Abend ist Frau Seelig hier zur Seitentür hereingekommen und danach spurlos verschwunden, und wir wissen beide, dass sich ein Mensch nicht in Luft auflösen kann. Sie war also bei jemandem zu Besuch. Die anderen Gäste scheiden aus, allen voran der Herr Kommissar.» Sie ließ ihre Worte einen Augenblick wirken. «Heute Vormittag war ich bei ihr, um ihr mein Beileid auszusprechen. Mir ist erst später klar geworden, dass Sie auch da waren. Sie haben irgendwo gewartet, bis ich gehe, richtig? Dummerweise haben Sie Ihre Schuhe ausgezogen. Sehr ungewöhnliche Schuhe, wie Sie zugeben müssen, die trägt nicht jeder. Sie haben sie schön ordentlich in die Garderobe gestellt. Gute Erziehung kann manchmal auch nach hinten losgehen.»

«Das nicht war meine Idee», grummelte Diaz düster. Offenbar war er bereits eingeknickt, auch wenn sein Espresso noch immer unberührt vor ihm stand. «Brigitte mit ihrer … *manía de limpiar*.»

Emma unterdrückte ein Schmunzeln. Brigitte Seelig hatte einen Sauberkeitsfimmel? «Trinken Sie endlich», empfahl sie Diaz trocken. «Wäre schade drum. Kalter Kaffee soll zwar schön machen, sagt man hierzulande, aber ich wüsste nicht, wozu Sie das nötig haben sollten. Wie auch immer. Ihre Affäre ist natürlich als Mordmotiv relevant. War Ihnen der Rivale im Weg?»

«Rolando? Pah!» Das Schnauben war eindeutig verächtlich. «Sehen Sie an mich – und denken an ihn. Nennen Sie einen Rivalen das?»

Er verspielte gerade einen großen Teil der ohnehin nicht sonderlich üppigen Sympathiepunkte, die er bei Emma gesammelt hatte. Was für ein arroganter *gagá*. Emma wünschte sich, Helene hätte das gehört, sie würde sicherlich sofort aufhören, von ihm zu schwärmen.

«Sie geben es also zu», resümierte sie kühl.

Diaz warf ungeduldig die Hände in die Luft. «Na gut, ich gebe zu. Ja, Brigitte und ich uns sind gekommen sehr nahe. Na und? Der Mann nie war da für sie, da ist nur verständlich, wenn eine Frau braucht eine Schulter, um sich anlehnen können.»

Anscheinend hielt er den Angriff für die beste Verteidigungsstrategie. Immerhin tat er so, als wäre es sein gutes Recht, mit der Frau eines Geschäftspartners ein intimes Verhältnis zu pflegen.

«Und da waren Sie gern zur Stelle, während Roland Seelig auf Ihrer schönen Insel auf Immobiliensuche ging.»

«Was ist dabei? Eine einsame Frau, ein freier Mann … *así es la vida*.»

«Hm …» Ein freier Mann – Emma dachte kurz an seine Gespräche am Auto, doch das stand hier nicht im Fokus. Sie lehnte sich zurück und verschränkte die Arme. «Wusste Herr Seelig davon?»

«Natürlich nicht.» Es klang beleidigt. «Was Sie denken denn? Wir waren sehr vorsichtig.»

«Aha.» Sie hob die Brauen. «Warum sind Sie hergekommen? Die beiden waren doch anscheinend sehr oft auf Mallorca. Hatten Sie solche Sehnsucht nach Brigitte?»

Diaz spitzte den Mund. «Ein Mallorquiner nicht rennt einer Frau hinterher», ließ er sie gönnerhaft wissen.

Diesmal wünschte Emma, Brigitte Seelig könnte das hören. Vielleicht würde sie sich darauf besinnen, welcher Mann das kleinere Übel in ihrem Leben war. Oder gewesen war.

«Warum dann?»

«Es ging ums Geld. Und noch immer geht darum.»

«Verstehe», sagte Emma, obwohl ihr die Details durchaus noch nicht klar waren. «Ein Mallorquiner, der was auf sich hält, läuft zwar keiner Frau hinterher, aber dem Geld schon. – Mit wem telefonieren Sie eigentlich abends an Ihrem Auto mit dem versteckten Telefon?», fragte sie, ihrem Impuls von eben folgend.

Erst war er baff, dann entrüstete sich Diaz. «Was geht Sie das an! Ich kann telefonieren, mit wem will.»

«Ich vermute ja, dass es auf Ihrer schönen Insel irgendwo eine Señora Diaz gibt, die von den Eskapaden ihres Mannes nichts weiß. So viel zu *freier Mann* …»

Diaz war bleich geworden, und seine Miene versteinerte. Emma beschloss, dass ihr das Bestätigung genug sein konnte, und wandte sich dem dritten Thema zu, das sie noch eruieren musste.

«Sie sagten, es ging ums Geld. Inwiefern?»

Diaz seufzte abgrundtief und verdrehte die Augen. Emma konnte ihm ansehen, wie es in seinem Kopf arbeitete und er schließlich endgültig aufgab. Wenn sie jetzt schon alles andere wusste, konnte er ihr das auch noch erzählen, stand wie auf seiner Stirn geschrieben.

Sie verbiss sich ein Schmunzeln und gestand sich ein, dass ihr diese Art von Gesprächen inzwischen einen Heidenspaß machte.

«Noch mir schuldet Geld für die Finca, die von mir hat gekauft. Viel Geld. Und immer mich hat vertröstet.» Sein Akzent wurde deutlicher, je länger er sprach. Er wurde wohl müde, seine Konzentration ließ nach. «Und ich nicht wollte warten länger, weil schließlich ich auch brauche mein Geld. Sonst er hätte müssen vom Vertrag … wie man sagt … zurücktreten, und ich konnte verkaufen das Haus an jemand anderen. Aber er nicht wollte das.»

«Frau Seelig sagte, ihr Mann hätte mit Immobilien gehandelt. Nicht als Makler, sondern er hätte sie gekauft, renoviert und dann mit Gewinn weiterverkauft.»

Diaz schnaubte abfällig. «Ja, er sich gern sah als großer Investor, der verdient viel Geld mit wenig Einsatz. Aber das nicht funktioniert so einfach, wie er sich hat ausgedacht, darum nicht hat geklappt. Dazu man muss auskennen sich und haben die richtigen Kontakte.»

Damit hatte sie wohl ihre Antwort, warum es Roland Seelig vor seinem Tod an Geld gemangelt hatte. «Und beides fehlte ihm?»

Wieder ein Schnauben. Der Mann wurde ihr immer unsympathischer. «Das waren *meine* Leute, *meine* Kontakte. Er nicht mal konnte Spanisch und hat gemacht alles falsch.»

«Das ist natürlich schrecklich.» Nun konnte sie ein Quäntchen Sarkasmus nicht unterdrücken.

Ihr wurde immer klarer, dass Seelig nicht so eindimensional gewesen war, wie sie ihn gekannt hatte. Er war nicht nur der grobe Stinkstiefel gewesen, der ihr als Vermieter so auf die Nerven ging. Er hatte offensichtlich selber zu kämpfen gehabt. Auch wenn er sich bei seinen Aktivitäten übernommen hatte und selbst an dem Dilemma schuld war, war das sicher keine einfache Situation gewesen. Und so wie es aussah, hätte er das Haus doppelt verkaufen müssen, um all die Löcher zu stopfen, die sich da nach und nach auftaten.

«Wie lange sind Sie und Brigitte Seelig schon liiert?» Sie hatte nichts zu verlieren, entweder bekam sie eine Antwort darauf oder nicht. Weniger als jetzt würde sie nachher auch nicht wissen.

«Eine Weile», wich Diaz aus. Und als hätte sie ihn angeklagt, fuhr er etwas vehementer fort. «Was Sie wollen? Brigitte ist schöne und leidenschaftliche Frau. Und wenn ihr eigener Mann nie ist da für sie ...»

Er ließ den Satz unvollendet und hob in einer Unschuldsgeste die Hände.

«Dann ist Fremdgehen nicht so schlimm?» Emma schüttelte den Kopf. «Die vernachlässigte Ehefrau ist Ihnen also ohne Ihr Zutun in die Arme gesunken, weil Sie gerade in der Nähe waren.»

«*Sí.*»

Emma bezweifelte, dass Brigitte Seelig diese Antwort gefallen hätte.

«Und wie geht es jetzt mit der Finca der Seeligs weiter?»

Er hob die Schultern. «*Ni idea.*»

Emma nickte. Hier würde sie nicht weiterkommen. Sie wusste allerdings bereits so viel, dass ihr der Kopf schwirrte, und beschloss, die Unterhaltung zu beenden. «Danke für das interessante Gespräch, Señor Diaz, aber nun will ich Sie nicht länger aufhalten, Sie wollen sicher zu Frau Seelig.» Sie stand auf.

Er erhob sich ebenfalls, und kurz sah es aus, als wollte er eine scharfe Antwort geben, doch dann nickte auch er und straffte die Schultern. «So ist es. Danke für der Espresso, Señora Ferrari.»

Emma wartete noch, bis Diaz ins Auto gestiegen und weggefahren war, dann zog sie ihr Handy heraus und schickte eine Textnachricht an Helene.

Die Luft sollte heute Abend rein sein für den Zimmerservice speciale, schrieb sie.

Prompt kam ein erhobener Daumen zurück. *Super, bin schon unterwegs!*

Zufrieden steckte sie das Telefon wieder weg. In diesem Moment kam Adelheid aus der Küche.

«Magst du jetzt was essen?», fragte sie gutmütig. «Ich weiß, ihr Italiener seid immer ein bisschen später dran damit, aber langsam wird es Zeit!»

«Stimmt.» Emma nickte. «Ja, inzwischen hab ich wirklich Hunger.»

«Was hältst du davon, wenn ich dir einen schönen Brotzeitteller mache? Mit knusprigem Bauernbrot und Butter und Essiggurken dazu?»

«Klingt gut, machen Sie den doch bitte gleich für zwei Personen», ertönte eine Männerstimme hinter ihr. «Und ich hätte dann gern noch ein alkoholfreies Bier dazu, Frau Straub, vielen Dank.»

«Ich nehme ein Radler, Adelheid.» Emma drehte sich um. Das traf sich ja wie bestellt. «Guten Abend, *commissario*.»

«Gieseking reicht auch, Frau Ferrari.»

«Sie leisten mir also Gesellschaft beim Essen, Herr Gieseking?»

«Sieht so aus. Und wir können gern denselben Tisch nehmen, an dem Sie sich gerade mit dem Gast aus Mallorca unterhalten haben.»

Mist. Er hatte sie gesehen, während sie wiederum ihn gar nicht bemerkt hatte.

«Die Pflege internationaler Beziehungen steht ganz oben auf meiner Prinzipienliste», konterte Emma.

«Ich kann mir auch gut vorstellen, warum. Setzen wir uns doch.» Er machte eine einladende Handbewegung. «Nach Ihnen.»

Emma ging voran und nahm sich vor, auf der Hut zu sein. Wie laut hatten sie sich unterhalten? Er hatte sie schon einmal in die Schranken gewiesen.

«Sind Sie gerade angekommen? Ich habe Sie den ganzen Tag nicht gesehen», trat sie die Flucht nach vorn an, als sie sich gegenübersaßen.

Er ging nicht darauf ein. «Ich hatte Ihnen doch ausdrücklich untersagt, sich in die Ermittlungen einzumischen.»

«Tue ich nicht», erwiderte Emma ungerührt. Tat sie ja auch nicht. Sie führte ihre eigenen Ermittlungen durch, da war sie ihm bisher noch nicht in die Quere gekommen. «Ich unterhalte mich nur mit meinen Mitmenschen. Wir Italiener sind ein sehr kommunikatives Volk, wissen Sie?» Sie schenkte ihm ein Lächeln und nahm die Hände von der Tischplatte, damit Adelheid die Getränke darauf abstellen konnte. Dann hob sie ihr Glas. «Auf Ihr Wohl.»

Das verärgerte Blitzen in Giesekings Augen amüsierte sie, doch sie beschloss, den Bogen möglichst nicht zu überspannen.

«Und Sie vergessen nichts, was Sie gehört haben», erinnerte er sie an ihre eigenen Worte, nachdem er sein Glas abgesetzt hatte.

«So ist es.»

Sie schaute ihm offen ins Gesicht. Er sah müde aus. Vielleicht nahm der Fall ihn mehr mit, als sie sich denken konnte. Oder hatte er so lärmende Zimmernachbarn?

«Waren die beiden gestern noch sehr laut?», fragte sie, ehe sie ihre Worte überdenken konnte.

«Wen meinen ...» Er unterbrach sich und sah unwillkürlich zur Ausgangstür, durch die Diaz vorhin verschwunden war. «Ah.»

Gieseking schwieg und starrte sie an. Seine Augen wirkten dunkel im beginnenden Zwielicht, und die Fältchen rundherum traten deutlich hervor. Es waren freundliche Falten, die in seinen harten Zügen lagen, und sie erwischte sich dabei, wie sie sein Gesicht betrachtete. Er presste die Lippen aufeinander und wandte den Blick ab, wieder ganz Tadel.

Emma rollte insgeheim mit den Augen.

«Er hat das Zimmer neben Ihnen, und Frau Seelig kam gestern zu Besuch. Haben Sie nichts gehört, was Ihren Fall weiterbringen könnte?»

«Und damit auch Sie?»

Sie musste unwillkürlich grinsen. «Quid pro quo heißt es doch, oder, *commissario*?»

«Nur, dass wir nicht Hannibal und Clarice sind.»

Sie zuckte die Achseln. «Das macht nichts. Bei mir gibt es derzeit immerhin das Schweigen der Tomaten, also sollten wir das nicht so eng sehen. Sie könnten mir wenigstens sagen, ob Sie schon was über die Waffe wissen.»

«Die Ballistik arbeitet noch daran.»

Adelheid und das rustikale Holzbrett mit der doppelten Portion Brotzeit dämpften Emmas Frust darüber etwas.

«Guten Appetit, ihr beiden. Herr Kommissar, Sie sollten auf Emma hören. Sie hat ein feines Gespür, das kann Sie weiterbringen», mahnte die Wirtin und verschwand mit einem Grinsen.

Gieseking sah ihr missmutig hinterher. «Hat mir unsere Wirtin hier gerade Ihre Dienste als Verstärkung ans Herz gelegt? Bisher bin ich professionelle Teammitglieder gewöhnt.»

Schmunzelnd griff Emma nach einem Stück Brot. Sie strich großzügig Butter darauf und belegte es dann mit Schnittkäse. «Guten Appetit, Herr Gieseking.» Herzhaft biss sie hinein und versteckte ihr amüsiertes Grinsen über seine unverhohlene Gereiztheit hinter ihrem Kauen. «Und täuschen Sie sich mal nicht – ich kann sehr professionell sein.»

«Mit Mozzarella und Basilikum, das glaube ich Ihnen gern. Aber hier geht es um Mord.»

«Ich weiß.» Emma schluckte ihren Bissen hinunter und wurde ernst. «Glauben Sie mir, ich möchte auch nicht jeden Tag einen Toten in meinem Laden finden. Aber ich möchte wieder öffnen und nicht ewig untätig herumsitzen. Ich habe mich schon immer oft und gern mit meinen Mitmenschen ausgetauscht. Das gehört zu meinem Alltag als Geschäftsfrau. Und diesen Alltag will ich genauso wiederhaben wie meinen unbescholtenen Ruf.» Ruhig erwiderte sie seinen eindringlichen Blick, und als er etwas sagen wollte, hob sie bittend die Hand. «Ich mische mich nicht in Ihre Ermittlungen ein. Mein Wort darauf. Aber ich bin hier zu Hause und erfahre Dinge, die Sie vielleicht nicht erfahren.»

Er holte Luft, doch sie korrigierte sich sofort.

«... die Sie vielleicht *nicht so schnell* erfahren, *va bene*. Oder wussten Sie etwa, dass Frau Seelig und Ihr mallorquinischer Zimmernachbar eine Affäre haben?»

Der Kommissar hatte seinen Teil der Mahlzeit noch nicht angerührt. Stattdessen saß er mit aufgestützten Armen da und fixierte sie finster.

«Nein», gab er schließlich zu.

«Und dass man munkelt, Roland junior sei nicht von Seelig? Sicher auch nicht. Dabei ist das alles bestimmt nicht unerheblich für Ihre Ermittlungen, oder?»

Als er stumm nickte, hatte Emma Mühe, das Gefühl des Triumphs zu unterdrücken, das in ihr aufstieg, doch sie wollte etwas erreichen und durfte ihr Gegenüber jetzt nicht durch unangebrachte kindische Emotionen verärgern. Sie legte ihre Brotscheibe beiseite und wischte sich die Finger an der Serviette ab.

«Ich bekomme vieles mit, für das Sie vielleicht länger brauchen. Und Sie ermitteln Dinge, die ich im Leben nicht herausfinde. Warum können wir unser Wissen nicht einfach zusammenschmeißen, *per carità*?»

Gieseking schnaubte. «Schmeißen?»

«Ja, *werfen* ist eleganter, glaube ich. Aber Sie lenken ab.»

«Gut erkannt, Frau Kollegin.»

Emmas Herz tat einen aufgeregten Sprung. Kollegin? «Also?»

Gieseking griff nun seinerseits in den Brotkorb und belegte sich in Seelenruhe eine Scheibe mit Schinken. Emma hätte in die Tischkante beißen können vor Ungeduld.

«Gibt es hier auch Meerrettich?», erkundigte er sich, als wüsste er nicht ganz genau, dass sie sehnlich auf eine Antwort wartete.

Wie konnte er sie nur so auf die Folter spannen! Er nahm einen herzhaften Bissen und kaute konzentriert. Emma war kurz davor, ihm das Brot aus der Hand zu rupfen.

«Nein», sagte er endlich.

Die fast euphorische Erwartung, die Emma eben noch beflügelt hatte, fiel in sich zusammen, und sie ließ sich zurücksinken.

«Nein?», echote sie und starrte ihn fassungslos an. «Aber ...»

«Kein Aber», unterbrach er sie. «Weder kann noch werde ich mich mit Ihnen auf einen solchen Kuhhandel einlassen. Sie haben anscheinend vollkommen vergessen, dass ich nicht als Privatperson hier herumschnüffle, sondern vom Staat dafür bezahlt werde.» Er legte ebenfalls das Brot auf den Teller und lehnte sich etwas vor. Seine Stimme wurde leiser, blieb aber eindringlich. «Wie stellen Sie sich das vor? Ich komme in Teufels Küche, wenn ich Zivilisten, noch dazu Verdächtigen, interne Ermittlungsinformationen zukommen lasse.»

Kopfschüttelnd aß er weiter.

Ernüchtert schob Emma die Stulle auf ihrem Teller hin und her. Ihr war der Appetit vergangen, und sie kam sich unendlich dumm vor. Was hatte sie erwartet? Dass ihr Charme und ihre Informationen ausreichten, um einen korrekten Kriminalbeamten sämtliche Dienstvorschriften vergessen zu lassen?

Lächerlich.

Und außerdem hing da jetzt auf einmal wieder das Wort «Verdächtige» wie ein Damoklesschwert über ihrem Kopf.

«Essen Sie, es ist wirklich lecker», animierte er sie und nahm einen Schluck aus seinem Glas. Seine Stimme klang plötzlich weicher als zuvor. «Frau Ferrari, Sie sind intelligent genug, um zu begreifen, dass ich Ihnen keine Informationen geben darf. Geben *kann*.»

Emma schwieg. Ihr blieb wohl nichts anderes übrig, als das zu akzeptieren.

«Na gut», sagte sie dann, richtete sich auf und griff nach einem Gürkchen. «Ich weiß, wann ich eine Partie verloren habe. Aber Sie werden verstehen, dass ich Sie das fragen musste.»

«Sie hätten sonst sicher nicht einschlafen können heute Nacht», sagte er schmunzelnd.

Gegen ihren Willen musste auch Emma lächeln. Dass sie sich geschlagen gab und sein Schweigen hinnahm, musste ja noch lange nicht heißen, dass sie selbst mit ihren Recherchen aufhörte. Und vielleicht könnte sie, wenn sie eine andere Taktik probierte, doch noch von ihm profitieren.

«Ich glaube, Seelig könnte sich finanziell etwas übernommen haben», begann sie. «Darum war für ihn auch der Bauträger mit dem doppelt so hohen Angebot so wichtig. Es klingt, als hätte er dringend Geld gebraucht. Sicher haben Sie schon daran gedacht, seine Finanzen und Versicherungen zu überprüfen, oder?»

Kauend nickte Gieseking. «Wir sind dran. Was noch?»

«Hm ...»

Um Zeit zu gewinnen, verzehrte sie eine weitere halbe Scheibe Brot, diesmal nur mit Butter, und dachte nach.

Dieses verbale Fingerschnippen gefiel ihr nicht besonders, doch es war unbestreitbar von Vorteil für sie, wenn er ihre Informationen für seine Ermittlungen nutzen würde. Schließlich ging es hier nicht darum, wer den Mörder schneller stellte, sondern dass ihn überhaupt jemand stellte. Sie konnte ihn nicht dazu bringen, Informationen preiszugeben, aber vielleicht dazu, auf sie zu hören und da zu ermitteln, wo ihr Grenzen gesetzt waren. Sie würde ihre Eitelkeit ablegen und den Kommissar an ihren Erkenntnissen teilhaben lassen. Zumindest an ein paar Dingen, die sie herausgefunden hatte. Vielleicht könnte sie die ganze Sache dadurch etwas beschleunigen.

«Das mallorquinische Grundbuchamt könnte interessant sein. Brigitte Seelig hat von den Immobiliengeschäften ihres Mannes gesprochen. Diaz war sein Geschäftspartner und hat durchscheinen lassen, dass Seelig da nicht besonders erfolgreich war. Das klingt vielleicht absurd, aber ... möglicherweise waren seine finanziellen Schwierigkeiten, wenn er tatsächlich welche hatte, ja kein Zufall.»

Gieseking griff nach der Serviette, um sich den Mund abzuwischen, und Emma erkannte dahinter ein schiefes Lächeln. Fast wirkte es anerkennend.

«Sie meinen, jemand hat nachgeholfen?»

«Vielleicht ist Diaz gar nicht so seriös, wie er sich den Anschein gibt, sondern hat Seelig bewusst da reingeritten. Immerhin ist er als Liebhaber von Brigitte sein Rivale, auch wenn er offenbar selbst verheiratet ist.»

Wieder nickte Gieseking. «Das ist zumindest ein interessanter Gedanke. Ich werde Falk darauf ansetzen.» Er nahm einen Schluck Weißbier und ließ sie dabei nicht aus den Augen. «Mein Gefühl sagt mir, dass das nicht alles ist, was Sie herausgefunden haben. Sie haben wirklich gute Ideen. Woran denken Sie noch?»

«Das ist unfair», beschwerte sie sich, doch absurderweise fühlte sie sich gleichzeitig geschmeichelt.

Er lachte. Es klang unbeschwert und ließ ihn einen Moment lang regelrecht jungenhaft wirken. Unwillkürlich fragte sich Emma, wie alt der Kommissar sein mochte. Jünger als sie auf jeden Fall, aber nicht viel.

«Niemand hat gesagt, dass das Leben gerecht sein würde», sagte er leichthin.

Emma überging den Einwand und nahm sich eine Salamirosette vom Brett. Das gab ihr Zeit nachzudenken. Bisher hatte Helene keine Entwarnung gegeben, was bedeutete, dass sie vermutlich länger im Zimmer von Pablo Cristo Diaz beschäftigt war, was sie ein wenig beunruhigte. Auch wenn es nicht danach aussah, als würde er so schnell nach oben gehen wollen – es war besser, sie hielt den Kommissar hier noch ein bisschen bei der Stange.

Was sollte, oder besser, durfte sie ihm von ihren Erkenntnissen erzählen? Es widerstrebte ihr, die Begegnung mit Konstanze zu erwähnen; warum, wusste sie nicht genau. Es war nur ein Bauchgefühl, das sie noch nicht richtig einordnen konnte. Höchstwahrscheinlich würde Gieseking die beiden Freifrauen ohnehin befragen – falls er es nicht schon getan hatte.

Und Brigittes Autokauf? Konnte sie Korbinian schaden, wenn der Kommissar davon wusste?

Sie entschied sich für einen Kompromiss und berichtete von Brigittes neuem Auto, ließ es aber so klingen, als hätte sie es nebenbei aufgeschnappt und nicht – mehr oder weniger direkt – von ihrem Ex-Mann erfahren. Konstanzes Telefonate behielt sie für sich.

«... und», entfuhr es ihr schließlich, obwohl sie nicht sicher war, ob sie das nicht lieber erst selbst eruieren sollte, «es heißt, dass auch Herr Seelig eine Geliebte hatte.»

Bei Gieseking Gesichtsausdruck musste sie sich ein zufriedenes Grinsen verkneifen. Anscheinend war sie ihm tatsächlich ein paar Nasenlängen voraus.

«Mir scheint, so klein Ihr Himmelsricht auch ist, es fehlt tatsächlich an nichts, was die Verwicklungen der Bewohner angeht», merkte er ironisch an.

Nun grinste Emma doch. «Wie in der großen Welt, so in der kleinen. Warum sollte es hier anders sein als sonst wo?»

«Und haben Sie auch einen Namen für mich?»

«*No*. Ein bisschen müssen Sie sich schon selbst anstrengen.»

Sein Kopfschütteln war tatsächlich mehr belustigt als tadelnd, und er gab keine Antwort darauf.

Während sie ihre Portionen verspeisten und die Gläser leerten, ging sie mit ihm die Liste ihrer Hauptverdächtigen durch. Wie angekündigt, kamen von Gieseking keine Kommentare dazu, und Emma versuchte hoch konzentriert – und meistens vergeblich –, seine Miene zu deuten.

Als ihr Handy endlich eine Nachricht von Helene meldete, streckte Emma sich genüsslich und atmete erleichtert ein.

«Ich glaube, es ist Zeit, dass ich aufbreche», meinte sie. «Danke für die Gesellschaft und das Gespräch. Auch wenn es etwas einseitig war.» Die Spitze konnte sie sich nicht verkneifen.

Gieseking schmunzelte, als sie entschlossen aufstand. Emma hatte den Eindruck, dass er während ihrer gemeinsamen Brotzeit mehr gelächelt hatte als bei all ihren bisherigen Begegnungen zusammen. Warum sie das freute, konnte sie sich selbst nicht erklären.

Er erhob sich ebenfalls. «Schreiben Sie das Essen bitte auf mein Zimmer», sagte er zu Adelheid, die nun zu ihnen an den Tisch kam, nachdem sie sich die ganze Zeit im Hintergrund gehalten hatte. «Als Ausgleich für meine Wortkargheit», wiegelte er Emmas versuchten Widerspruch ab.

Diese Mahlzeit würde nicht auf der Spesenabrechnung landen, davon war sie aus unerfindlichen Gründen überzeugt.

«Dann *buona notte, commissario*», sagte sie und streckte ihm die Hand hin. «*Grazie.*»

Er ergriff sie. «*Buona notte* und *grazie* auch Ihnen», antwortete er und nickte ihr zu. Dann verschwand er nach oben.

Vermutlich hatte Gieseking die Zimmertür noch nicht richtig hinter sich geschlossen, als auch schon Helene aus der Küche kam. Offensichtlich war sie dem Kommissar lieber aus dem Weg gegangen.

«Und? Hast du was gefunden im Zimmer von Diaz?», erkundigte sich Emma mit gesenkter Stimme.

«Und ob. In der Aktentasche, die du gesehen hast, ist eine Menge Papier drin.»

«Und? Jetzt spann mich doch nicht so auf die Folter!» Emma beugte sich über die Theke. Mit halbem Ohr horchte sie in Richtung Treppenhaus, als könnte Gieseking jederzeit wieder herunterkommen und sie beim Austausch ihrer Spionageergebnisse stören.

«Was soll ich sagen – ist alles auf Spanisch. Ich versteh kein Wort von dem, was dort steht ...»

«Aber?» Manchmal fand Emma die Neigung ihrer Freundin, ihr Gegenüber immer so lang wie möglich zappeln zu lassen, ziemlich anstrengend.

«Aber ich hab Fotos von ein paar Dokumenten gemacht.» Helene grinste breit, zog ihr Smartphone aus der hinteren Jeanstasche, entsperrte den Bildschirm und hielt es Emma hin. «Da. Wirst du daraus schlau?»

Emma scrollte durch die Bilder, vergrößerte hier und zoomte dort und versuchte, sich einen Reim darauf zu machen. «Waren auch Baupläne und Zeichnungen dabei?», fragte sie nebenbei, als sie ein paar Schlagworte entziffert hatte.

«Allerdings.»

Emma las weiter, nach und nach erschloss sich ihr, was das für Dokumente waren.

Sie sah vom Handy auf. «Das bestätigt, was Brigitte Seelig und Diaz behauptet haben.» Sie erzählte ihrer Freundin die Details über die Immobiliendeals und Seeligs finanzielle Situation, und Helene nickte zufrieden.

«Und was hat Grünauge so gesagt?»

«Nicht viel. Ich glaube, die tappen noch immer ziemlich im Dunkeln.»

«Und dein Laden?»

«Nichts. Nada. Niente.» Emma zuckte die Schultern. «Es gibt nur eine Möglichkeit: Wir müssen weiter ermitteln.»

22. KAPITEL

Emma hatte ihre Verabredung mit Petra nicht vergessen. Wenn sie sich auch nicht sicher war, wie viel ihrer ergrauenden Mähne sie ihrem Vorhaben opfern wollte, so hatte sie dennoch telefonisch einen Termin für den frühen Mittwochvormittag vereinbart. Zwar hatte Petra sie erneut gewarnt, dass genau da immer besonders viel los sei, aber sie hatte dieses *Opfer* seufzend auf sich genommen – und hoffte auf viele neue Informationen.

Mit einem raschen Blick in den Nebenraum des Salons stellte sie bei ihrem Eintreffen enttäuscht fest, dass er leer war. Der Nageltisch war verwaist und ordentlich aufgeräumt, von Susann Hillmeier keine Spur. Schade, sie hätte sich gerne gleich auch noch mit ihr unterhalten.

Petra stand hinter der in elegantem Silber lackierten Empfangstheke und begrüßte sie freudig. Um sie herum summte und brummte es. Emma zählte insgesamt fünf Friseurinnen, die herumwuselten. Ein paar der Damen, die gerade in Behandlung waren, kannte Emma vom Sehen, ein paar andere nicht. In der Ecke dröhnte eine altmodische Trockenhaube, die wie eine Requisite aus einem 60er-Jahre-Film auf sie wirkte. Unter ihr saß eine schmale Gestalt im Frisierumhang und blätterte in einer Zeitschrift, während die Locken auf den Wicklern trockneten. Zwei Köpfe wurden gewaschen, eine weitere Kundin bekam von einer der Angestellten Farbe in die Längen geschmiert und sah mit ihren Aluminiumtrennblättern aus wie ein Alien. Und wieder eine andere ließ sich die Haare föhnen, bevor das Glätteisen zum Einsatz kam.

Mit anderen Worten: Petra hatte nicht zu viel versprochen. Es herrschte tatsächlich reger Betrieb.

Emma war sicher, dass sie nur wenig zur Unterhaltung würde beitragen müssen. Ihre bloße Anwesenheit und ein paar klug eingestreute Bemerkungen sollten ausreichen, die Damen zum Plaudern zu bringen – und zwar besonders dann, wenn sie selbst mit dem Umhang und dem Handtuch um den Kopf kaum noch wiederzuerkennen sein würde. Sie brauchte nur etwas Geduld.

«Es dauert noch einen Moment, Emma», sagte Petra. «Wenn du was lesen magst inzwischen ...»

Also setzte sich Emma auf das Ledersofa im Wartebereich neben dem Eingang, nahm sich eine der ausliegenden Zeitschriften und steckte die Nase hinein. Zum Lesen kam sie nicht, denn kaum dass sie saß, wurde sie mit Fragen und Anteilnahme überfallen. Bereitwillig stand sie Rede und Antwort, berichtete, wie es gewesen war, Roland Seelig zu finden, und wie sie sich dabei gefühlt hatte. Nicht ohne eine gewisse Befriedigung nahm sie die bedauernden Kommentare zur Schließung ihres Ladens zur Kenntnis.

Dann wurde Emma von einem jungen Mädchen, das sich als Jenni vorstellte, ans Waschbecken gebeten. Wegen des rauschenden Wassers verstand sie leider eine Weile nichts von den Unterhaltungen um sich herum, doch bald drehte Jenni das Wasser ab und begann mit einer äußerst angenehmen Kopfhaut-Massage.

Dass sie an diesem Waschbecken praktisch direkt neben der Trockenhaube saß, wurde Emma in dem Moment bewusst, als das Telefon der Kundin klingelte, die mit ihrem Kopf noch immer darin steckte.

Sie nahm das Gespräch an, und Emma vergaß mit einem Schlag das unangenehme Drücken des Waschbeckenrands in ihrem Nacken.

«Von Hohenfels?» Brüchig, aber dennoch scharf und dominant.

Isadora!

Wer sonst würde heute noch dieses fossile Relikt der Haarpflege nutzen, das wahrscheinlich nur ihretwegen hier in der Ecke stand?

«Frau Krone!», gellte die scharfe Stimme durch den Raum. «Nun machen Sie doch mal dieses Ding leiser, man versteht dabei ja sein eigenes Wort nicht!»

Petra ließ alles stehen und liegen und eilte an Emma vorbei. Ihr Augenrollen war deutlich erkennbar, nur natürlich nicht für die Freifrau, die bis zur Nase unter der Trockenhaube verborgen war. Petra stellte die Leistungsstufe des Ventilators auf niedrig, sodass nur noch ein leises Gesäusel zu vernehmen war, und warf Emma auf dem Rückweg einen vielsagenden Blick zu. Emma lächelte mitfühlend. Dann schloss sie die Augen und tat so, als würde sie vollkommen in der Massage versinken, doch sie war ganz Ohr.

«Was wollen Sie, natürlich bekommen Sie Ihr Geld», tönte Freifrau von Hohenfels, die die Tatsache, dass sie nicht allein im Salon war, hochherrschaftlich ignorierte.

Wahrscheinlich fühlte sie sich unter ihrer Haube in ihrem eigenen kleinen Universum. Doch das nun gemächliche Summen konnte die herrischen Worte nicht mehr übertönen.

«Es dauert widriger Umstände wegen eben ein paar Tage

länger, kein Grund, die Bestellung auf Eis zu legen ... Wenn ich sage, ich bezahle, dann können Sie sich auch darauf verlassen ... Wie können Sie es wagen, an meiner Glaubwürdigkeit zu zweifeln! Sprechen Sie mit Dr. Liebeskind, der wird Ihnen schon sagen, wie es läuft.»

Hörte nur sie das? Zumindest gingen im Salon die Gespräche weiter, und der Föhn pustete im Rhythmus der Bürste vor sich hin – niemand sonst schien auf das Telefonat zu achten.

«Der Doktor kann meine Injektionen vorbereiten wie geplant ... kein Wenn und Aber ... oh, ich weiß selbst, dass es einen Toten gegeben hat ... was geht Sie das überhaupt an? Woher wissen Sie ...»

Injektionen und ein Toter? Gab es einen Zusammenhang mit Seeligs Ermordung, oder sprach Isadora von etwas ganz anderem? War sie vielleicht schwer krank? Emma lauschte angespannt, doch ehe die Freifrau weitersprechen konnte, drehte Jenni das Wasser auf, um ihr die Spülung aus dem Haar zu waschen. Wieder verstand sie keinen Ton mehr, und als Jenni fertig war und Emma ein Handtuch um den Kopf wickelte, hatte leider auch Isadora von Hohenfels ihr Telefonat beendet und ließ sich gerade von Petra aus der Trockenhaube befreien.

«Genug», befand sie mit einer wedelnden Handbewegung. «Frisieren Sie mich, und dann rufen Sie gefälligst meine Tochter an, sie soll mich abholen. Ich habe nicht den ganzen Tag Zeit, ich muss noch einiges erledigen.»

Emma warf einen prüfenden Blick in die Runde, doch niemand reagierte in irgendeiner Weise überrascht. Man kannte die Dame also nicht anders. So dominant hatte sich Isadora in ihrem Alimentari bisher nicht aufgeführt, und sie hoffte sehr, dass das auch so bleiben würde. Angenehme Kundschaft ging anders.

Emma bekam einen Platz zwischen den beiden großen Schaufenstern, um auf ihre weitere Behandlung zu warten.

«Ich bin gleich bei dir», versprach Petra im Vorbeilaufen und eilte zum Telefon, um dem Wunsch ihrer VIP-Kundin nachzukommen.

Emma vertiefte sich in der Zwischenzeit wieder in ihr Magazin, behielt aber mit einem Auge die Straße vor dem Salon im Blick. Nach einer kurzen Weile fuhr der herrschaftliche Wagen vor. Konstanze stieg aus und kam herein, doch ohne Emma zu bemerken. Tarnung war eben alles. Sie verließ den Laden zusammen mit ihrer Mutter, die nun, frisch onduliert und frisiert, einmal mehr an Queen Elizabeth II. erinnerte.

«So, da bin ich.» Mit einem erleichterten Aufatmen trat Petra hinter ihren Stuhl und beugte sich zu Emmas Ohr herab. «Ich bin jedes Mal froh, wenn dieser Staatsakt ohne größere Probleme vorüber ist», flüsterte sie.

«Das glaub ich dir. Vielleicht hilft es, wenn du es das nächste Mal mit *Gnädige Frau* versuchst.»

«Also bitte!» Petra richtete sich gespielt entrüstet auf. «Wir sind doch nicht in Österreich. – Was machen wir denn heute?» Sie lächelte Emma über den Spiegel an.

«Ich habe keine Ahnung», sagte Emma wahrheitsgemäß und schlug das Magazin zu.

«Was hältst du von einem schicken Pixie-Cut? Der müsste perfekt zu deiner Haarfarbe passen.»

«Eine grau gesträhnte Fee? Ist das dein Ernst?»

Sie debattierten ein wenig hin und her, dann einigten sie sich auf eine spektakuläre Aktion: Petra würde Emma die Spitzen schneiden. Enttäuscht, aber ganz die gute Verliererin zog sich die Friseurin einen Rollhocker heran, schnappte sich die Schere und machte sich an die Arbeit.

«Danke übrigens noch mal», sagte sie leise, als sie mit Emma auf Augenhöhe war.

«Wofür denn?»

«Dein Verständnis – du weißt schon. Und nein, du musst nichts darauf sagen», fügte sie nach einem raschen Blick in die Runde hinzu.

Emma zuckte die Schultern. «*Va bene*. Wie du meinst. – Ich fahre übrigens nachher Raffaella besuchen.»

«Oh. Und, willst du sie einweihen?»

«*Esatto*. Aber sag mal, Petra ...» Emma wartete, bis die Friseurin ihre Haare angefeuchtet hatte und weiterschnitt. «Es wird behauptet, Seelig soll eine Freundin gehabt haben. Kann das sein?»

Petras anzügliches Grinsen bestätigte Bärbels Behauptung.

«Du siehst aus, als wüsstest du, wer sie ist.»

Die Friseurin näherte sich erneut ihrem Ohr. «Veronika vom Rathaus.»

Emma machte große Augen. «*Su serio?* Aber ... die ist doch so nett. Wie kann die sich mit einem Grobian wie Seelig einlassen?»

Gut, dass der Föhn im Hintergrund so laut war, so blieb ihr kleiner Informationsaustausch unter ihnen beiden. Hoffte Emma wenigstens. Sie wollte den Tratsch zwar nutzen, aber nicht unkontrolliert weiterverbreiten.

Petra machte eine undefinierbare Geste. «Vielleicht hatte er noch andere Seiten, von denen wir nichts wissen. Er soll früher mal echt charmant gewesen sein.»

«In einem anderen Leben?»

«Hm ... vielleicht.» Mehr hatte sie dazu offenbar nicht zu sagen, denn sie verstummte und arbeitete konzentriert weiter.

«Wo ist eigentlich Susann heute?», erkundigte sich Emma, nachdem ein paar weitere Strähnen auf Länge gebracht worden waren.

«Die fehlt schon seit Samstag. Der Tod ihres künftigen Schwiegervaters ist ihr wohl ganz schön an die Nieren gegangen.»

«Aha. Na, dann hat sie wenigstens Zeit, ihre Erkältung auszukurieren.» Emma dachte an den abgesagten Physio-Termin bei Helene.

«Gestern war sie kurz da und hat aufgeräumt, ist dann aber wieder gegangen, weil es ihr noch nicht wieder richtig gut ging. Und für heute musste ich schon einige verzweifelte Damen vertrösten, denen ihre Nägel rauswachsen.»

Emma unterdrückte ein Kopfschütteln. Wie konnte man sich nur so zur Sklavin seiner Schönheit machen und alle vier Wochen seinen Fingernägeln hinterherrennen?

«Macht sie deine auch?»

Petra lachte. «Sie macht die von den meisten meiner Mädels. Bei mir selbst ist das mehr aus Werbezwecken. Und ja, ich bin auch bald wieder dran. Sie meinte, dass sie ab morgen zurückkommt.»

«Ich hätte nicht gedacht, dass ihr der Tod von Rolands Vater so zusetzt.»

Petra wiegte den Kopf. «Wundert mich auch, denn es klang nie so, als hätten sich die beiden besonders viel zu sagen. Aber in Ausnahmesituationen sieht die Welt gern mal anders aus.»

«Ja», sagte Emma und seufzte. «Da hast du wohl recht.»

«Irgendwie tut sie mir schon leid.» Petra betrachtete prüfend die Haarlängen beidseits von Emmas Gesicht und korrigierte links etwas nach.

«Wer – Susann?»

Petra brummte bestätigend. «Dass es bisher nicht geklappt hat mit einem Baby, ist für sie und Roland junior sicher eine schwere Belastung.»

«Sie wollen Kinder?» Irgendwie konnte sich Emma die junge Frau absolut nicht als Mutter vorstellen. Doch andererseits – warum nicht?

«Ja, schon sehr lange. Roland hat es mir bei der Weihnachtsfeier erzählt. Wir haben alle miteinander einen schönen Abend verbracht, und die Mädels konnten ihre Partner mitbringen. Das war lustig.» Petra lächelte. «Wir waren gemeinsam etwas essen, und zu späterer Stunde saß er plötzlich neben mir. Da war er nicht mehr ganz nüchtern und hat mir das Herz ausgeschüttet. Ich hätte das nie gedacht, aber wie es scheint, ist der Junge ein echter Familienmensch.»

Emma nickte. «Da ist den beiden ja wirklich zu wünschen, dass das bald klappt – nach dem Todesfall, den Ermittlungen und allem.»

«Da hast du recht.» Petra sah ihr Werk prüfend an. «So, ich hole kurz den Föhn, und dann sind wir gleich fertig.»

«Ich habe was für dich, Mamma.» Raffaella beugte sich zu ihrer Tasche hinunter, die neben ihrem Stuhl stand, zog einen großen braunen Umschlag heraus und legte ihn auf den Tisch.

«Hier.»

Wie schon am Sonntag hatten sie sich wieder in dem heimeligen Bistro am Donauufer getroffen. Der Milchkaffee schmeckte erstaunlich italienisch, die Kuchen waren lecker und die Aussicht bei dem ungetrübt schönen Wetter absolut erholsam.

Überrascht nahm Emma das Kuvert entgegen. Sie war gespannt auf den Inhalt, doch zuerst wollte sie loswerden, was sie auf dem Herzen hatte.

«Bevor ich da reinschaue, muss ich dir noch was sagen.»

Ihre Tochter machte ein alarmiertes Gesicht. «Was denn? Ist alles in Ordnung mit dir?»

«Ja, keine Sorge», sagte sie eilig. «Es ist nur ... dein Vater hat eine Freundin!» Sie beobachtete die Miene ihrer Tochter genau.

Raffaellas Augen blitzten amüsiert. «Ach ... endlich?»

Emma nickte. «Du findest das gut?»

«Natürlich – sollte ich nicht? Ich dachte, du wünschst ihm das auch.»

«Natürlich. Ich hatte nur Bedenken, wie du das aufnimmst.»

«Ach, Mamma.» Raffaella lachte. «Früher hätte mich das wahrscheinlich gestört, aber jetzt bin ich erwachsen und freue mich drüber. Er ist doch noch viel zu jung, um auf Dauer allein zu bleiben.» Sie nahm einen Schluck aus ihrem Kaffeeglas und fixierte Emma. «Das gilt übrigens auch für dich.»

Unangenehm berührt hob Emma die Schultern. «Gute Männer fallen nicht vom Himmel. In meiner Altersklasse schon gar nicht.»

«Ja, klar – weil du so eine alte Schachtel bist. Jetzt red keinen solchen Blödsinn!»

«Das ist kein Blödsinn, sondern eine Tatsache. Wenn ein Mann in meinem Alter noch immer allein ist, hat er vermutlich irgendeinen Knall. Und wenn er wieder allein ist, hat er eine Scheidung hinter sich und ...»

«... und auch einen Knall», vervollständigte Raffaella grinsend und wies auf die Schrift, die vorn auf ihrem blauen T-Shirt prangte. «Irgendwas ist immer.»

«*Infatti*», bestätigte Emma und lachte. «Irgendwas ist immer. Außerdem habe ich gerade wirklich ...» Sie hielt inne, als ihr bewusst wurde, was sie hatte sagen wollen: Dass ihr Laden und die Kundschaft sie gerade so in Anspruch nahmen, dass sie keine Zeit für einen Mann hatte. Gewohnheit der Gedanken – bis ihr wie nach dem Aufwachen in einem fremden Bett wieder einfiel, dass sich binnen kürzester Zeit alles geändert hatte, was über Jahre hinweg ihr tägliches Leben gewesen war, ihre Träume und Pläne. Und dass absolute Unsicherheit darüber herrschte, wie es nun weitergehen sollte.

«Zeit hat man nicht, man nimmt sie sich», dozierte Raffaella altklug. Natürlich kannte sie ihre Mutter gut genug, um diesen Einwand vorherzusehen.

«*Chiaro.*» Emma beschloss, das Thema zu wechseln, und deutete mit dem Kinn auf das Kuvert, das zwischen ihnen auf dem Tisch lag. «Was ist das?»

Raffaella grinste verschmitzt. «Nachdem du am Sonntag weg warst, hat mich die Neugier gepackt ...»

«Das liegt wohl in der Familie.»

«... und da habe ich mich mal mit einem Freund in Verbindung gesetzt, der recht gut darin ist, im Internet Informationen auszugraben, an die nicht jeder rankommt.»

«Ein Hacker? *Ma sei matta?* Spinnst du? Und wenn der arme Kerl nun Schwierigkeiten bekommt deswegen? Oder du?» Die Sorge ließ Emma schärfer reagieren, als es normalerweise ihre Art war.

«Beruhige dich, Mamma, der weiß, wie man mit so was umgeht, ohne erwischt zu werden, und ich bin vollkommen aus dem Spiel. Außerdem hat er nur ein kleines bisschen recherchiert, mehr nicht. Ist aber interessant, was da so alles rausgekommen ist. Vielleicht hilft es dir ja weiter.»

Emma war noch immer sprachlos und linste vorsichtig in den Umschlag. Raffaella lachte.

«*Caspita*, Mamma – da ist nix drin, was dich anspringen oder beißen könnte. Nur Papier.»

«Ihr habt das alles ausgedruckt!»

«Na klar. Wie hätte ich dir das sonst übermitteln sollen? Als E-Mail vielleicht? Dann hätten wir die Aktion gleich an die große Glocke hängen können.»

«Datenspeicher? Ganz hinterm Mond bin ich nun auch wieder nicht.»

Raffaella zuckte mit den Schultern. «Da ist mein Bekannter anscheinend etwas oldschool.»

«*Va bene* – aber das muss ich mir zu Hause in Ruhe ansehen. Jetzt möchte ich erst noch ein bisschen mit dir plaudern.»

Zu Hause auf dem kleinen Balkon ihrer Wohnung konnte sich Emma in Ruhe den Unterlagen widmen. Ein bisschen quälte sie das schlechte Gewissen: Sie hatte sich bei Raffis Bekanntem in irgendeiner Form für seine Mühen revanchieren wollen, war aber abgeschmettert worden.

«Das ist sein Hobby, Mamma. Solche Daten sind für ihn Fingerübungen, die macht er sowieso immer wieder. In diesem Fall eben mit konkretem Hintergrund. Dafür will er nichts.»

Also hatte sie mit einem herzlichen Gruß und einem

ebensolchen Dank, den Raffaella hoffentlich weitergab, die Rechercheergebnisse an sich genommen, war nach einem kleinen Snack mit ihrer Tochter wieder nach Hause gefahren.

Nun ging sie die Unterlagen Seite für Seite durch. Kontoauszüge, Vertragsunterlagen, Fotos, die ihn und Otto noch aus ihrer Zeit als Freunde zeigten, Infos professioneller Auskunfteien ...

Zwei Stunden später war sie müde, hungrig, und ihr Kopf rauchte. Aus den vorliegenden Informationen konnte sie einen klaren Schluss ziehen, der ihre neueste Erkenntnis bestätigte: Mit Roland Seeligs großem Vermögen war es nicht mehr weit her. Zwar besaß er mindestens sieben Immobilien auf Mallorca in unterschiedlichen Stadien der Restaurierung, was die Informationen bestätigte, die sie bereits von Brigitte und Diaz bekommen hatte. Aber er hatte den größten Teil seiner liquiden Mittel dafür eingesetzt, und wie es aussah, gab es aktuell keine Käufer dafür. Er hatte sich offenbar in ernsthaften Zahlungsschwierigkeiten befunden.

Emma ließ die Blätter sinken. Unter diesem Aspekt bekam der Sinneswandel ihres ehemaligen Vermieters, was ihr Alimentari anging, eine andere, durchaus verständliche Bedeutung. Schade nur wegen der Konsequenzen für sie selbst.

Sie blätterte weiter und riss die Augen auf, als es doch noch eine Überraschung gab: eine vor wenigen Jahren von Roland Seelig abgeschlossene, enorm hohe Lebensversicherung.

Oder vielmehr deren neue Begünstigte.

23. KAPITEL

*A*n diesem Mittwochnachmittag war es ruhig in der Gemeindeverwaltung im Rathaus von Himmelsricht. Emma war schon länger nicht mehr hier gewesen, es hatte schlicht keinen Grund dazu gegeben. Das war heute anders.

Wie immer empfand sie das Gebäude mit seiner Siebziger-Jahre-Architektur als optischen Schandfleck in einem Dorf wie Himmelsricht, aber wenigstens hatte man damals so viel Respekt vor dem historischen Dorfkern gehabt, die Bausünde an den Ortsrand zu stellen.

Emma schob die Glastür auf und trat ins Foyer. Stickige Luft empfing sie, und wieder einmal war sie heilfroh darüber, dass sie nicht in so einer Atmosphäre arbeiten musste, sondern den schönsten Beruf der Welt ausüben durfte. Ihr Herz zog sich schmerzhaft zusammen, als ihr die eigene Hilflosigkeit wieder voll bewusst wurde. In den letzten Tagen war sie dank ihrer Beschäftigung die meiste Zeit in der Lage gewesen, das bedrückende Gefühl der Ohnmacht und die Sehnsucht nach ihrem geliebten Alltag in den Hintergrund zu drängen. Jetzt kam beides mit voller Wucht zurück und gesellte sich zu einem Gefühl der Panik, das wie ein Tsunami über ihr zusammenschlug.

Wie viele Kunden würde sie verlieren, wenn sie nicht bald ihre Unschuld beweisen konnte? So großartig Konstanzes Auftritt beim Wirt gewesen war, wenn nicht bald offiziell bewiesen wurde, dass Emma nichts mit dem Mord an ihrem

Vermieter zu tun hatte, würde der Effekt verpuffen. Schon jetzt hatte sie mehr und mehr den Eindruck, dass die Leute hinter ihrem Rücken tuschelten und ihr scheele Blicke zuwarfen. Und so unschuldig sie auch war, das war ein Scheißgefühl.

Sie blieb mitten im Flur stehen, atmete ein paar Mal bewusst ein und aus und redete sich selbst gut zu.

Sie würde es schaffen. Die Wahrheit würde ans Licht kommen und sie vollständig entlasten.

Danach ging es ihr etwas besser, und sie setzte entschlossen ihren Weg in Richtung Bürgerbüro fort. Dort im Empfangsbereich lag der Arbeitsplatz von Veronika Pfeifer. Emma hatte sich im Internet über die Öffnungszeiten informiert, aber wie bei Brigitte Seelig darauf verzichtet, vorher anzurufen oder sich eine Strategie zurechtzulegen. Das hatte bei der Witwe schließlich auch gut funktioniert.

Veronika war da, und sie war allein. Sie saß an einem Schreibtisch ganz rechts im Büro, eine Lesebrille auf der Nase, das grau melierte Haar raspelkurz geschnitten und einen dezenten Lippenstift als einziges Make-up. Als Emma eintrat, sah sie ertappt von einer Tüte Haribo auf, die sie vor sich auf dem Tisch liegen hatte. In der Hand hielt sie eine halbe Lakritzschnecke.

Nur mit Mühe konnte sich Emma daran hindern, angesichts des intensiven Geruchs das Gesicht zu verziehen.

«Emma! Dich habe ich ja schon lange nicht mehr gesehen.» Veronika klang aufrichtig erfreut – was sich bestimmt gleich ändern würde.

«Stimmt – seit du nicht mehr in Helenes Pilates-Stunden kommst», sagte sie mit einem Lächeln.

«Und du bist noch fleißig dabei?»

«Ich versuche es zumindest, aber es klappt nicht immer.»

Die angebissene Schnecke wanderte zurück in die Tüte und diese in die Schreibtischschublade. Emma atmete erleichtert auf. Nachdem sie die Schublade geschlossen hatte, nahm Veronika den Blätterstapel auf, der danebenlag, und stieß ihn ordentlich zusammen. Sie trug ein beiges Kleid, das nicht der aktuellen Mode entsprach, sondern eher in den Neunzigern mal in gewesen sein mochte. Dennoch stand es ihr gut und ließ sie irgendwie … zeitlos aussehen. Emma schätzte sie auf etwas älter als Brigitte Seelig.

«Was führt dich zu mir? Willst du mir etwas die Zeit vertreiben an diesem stinklangweiligen Nachmittag?»

«Darf ich?» Emma wies auf den Stuhl, der Veronikas Schreibtisch gegenüberstand, und setzte sich, als diese nickte. «Ich will ganz ehrlich zu dir sein. Ich bin hier, weil ich ein paar Fragen an dich habe.»

Veronika ließ die Blätter sinken. Die fröhliche Maske fiel von ihr ab, und mit einem Mal sah sie traurig aus.

«Du kommst wegen Roland, nicht wahr?», fragte sie tonlos.

«*Sì*», bestätigte Emma sanft und beschloss, ihrem Instinkt zu folgen und den geraden Weg zu wählen. «Ich will dir nichts vormachen, Veronika. Ich forsche nach, warum er sterben musste und warum das ausgerechnet in meinem Laden passiert ist.»

Veronika nickte. «Das kann ich mir gut vorstellen. Ist ja deine Existenz.»

«Es ist also wahr, was man sich erzählt? Du und Seelig?»

Veronika setzte ihre Brille ab, und Emma fiel auf, wie müde sie wirkte. So als hätte sie seit Tagen nicht mehr gut geschlafen.

«Verurteile mich nicht, Emma», bat sie. «Die Auswahl an Männern, mit denen man sich wirklich unterhalten kann, ist nicht besonders groß. Und hier auf dem Land schon gar nicht.»

«Du machst mich neugierig. Worüber habt ihr euch denn unterhalten?»

«Ach, über viele Themen. Ich gebe in meiner Freizeit zum Beispiel Kurse für Hundeverhaltenstherapie. Roland hatte als Jäger immer Hunde. Und immer wieder mal einen, der noch den letzten Schliff brauchte.»

«Ihr habt euch über *Hundeerziehung* ausgetauscht?» Emma war perplex.

Veronika zuckte die Schultern, als müsste sie sich dafür entschuldigen, dass sie nichts Spektakuläreres zu bieten hatte. «Sex war mir nie besonders wichtig», sagte sie frei heraus. «Ich führe lieber Gespräche über Dinge, die mich interessieren und beschäftigen. Fühle mich verstanden. Geborgen. Nichts weiter.»

Emma war sich bewusst, dass sie mehr als verblüfft wirken musste. «Du weißt, dass es Gerede über euch gibt, oder?»

«Roland war einsam.» Veronika sagte das in einem Ton, als würde diese Feststellung alles erklären. «Und wir kennen uns schon ewig. Irgendwann sind wir uns dann nähergekommen und haben Freundschaft geschlossen. Seiner Frau sind ja nur die Äußerlichkeiten wichtig.»

Schnelle Autos und teure Häuser, dachte Emma.

«Mit der Brigitte hat er schon lange keine Gemeinsamkeiten mehr.» Sie stockte, und ihre Augen füllten sich mit Tränen. «Hatte, meine ich. Roland und ich, wir waren sehr, sehr gute Freunde. Ich habe ihn gemocht und seine Meinung sehr geschätzt. Er konnte wirklich gut zuhören.»

«Und die Gerüchte? Ich selbst weiß erst seit Kurzem davon, aber ... ich meine ... Warum seid ihr nicht zu dieser Freundschaft gestanden? Wenn ihr nicht intim wart, hättet ihr euch doch auch nicht verstecken müssen, oder?»

«Du meine Güte, Emma! Glaubst du wirklich, es hätte irgendjemanden interessiert, dass das rein platonisch war? Die Leute wollen Skandale und Gerüchte, an denen sie sich die Schnäbel wetzen können. Schnöde Wahrheiten wie diese interessieren sie überhaupt nicht.»

«Du hast also deinen besten Freund verloren», resümierte Emma leise.

«Ja.» Veronikas Stimme klang dünn. «Es gab nicht viele, die ihn einfach so nahmen, wie er war.»

Nicht nur Seelig war einsam gewesen, wurde Emma bewusst. Veronika war es auch.

«Alle wollten sie etwas von ihm. Meistens sein Geld», setzte sie hinzu.

«Hatte er denn tatsächlich so viel?» Emma verschwieg, dass sie über Seeligs Finanzen inzwischen beinahe so gut im Bilde war, wie er selbst zu seinen Lebzeiten gewesen sein dürfte.

Veronika schüttelte langsam den Kopf. «Nicht mehr.» Was sie dann berichtete, deckte sich ausnahmslos mit den Erkenntnissen, die Emma seit der Lektüre der Hackerergebnisse gewonnen hatte. Um Rolands Vermögen hatte es nach seinen misslungenen Investitionen in mallorquinische Immobilien nicht mehr gut gestanden.

«Er hat in seinem Leben ein paar falsche Entscheidungen getroffen, hat er erst kürzlich zu mir gesagt. Eine davon war, Brigitte zu heiraten, aber damals war es ihm wohl wichtig, eine Vorzeigefrau zu haben. Eine, mit der er angeben konnte. Dabei war er gar nicht der Typ dafür. Das ist ihm aber erst später bewusst geworden. Eigentlich ist ...» Sie holte zittrig Luft. «... *war* Roland der absolute Familienmensch. Genau wie sein Sohn.»

«Davon hab ich schon gehört. Roland junior und Susann wünschen sich wohl Kinder, aber es scheint nicht zu klappen.»

«Ja. Die beiden Seeligs sind wirklich ähnlich gestrickt, der Junior ist bloß wesentlich schüchterner als sein Vater. Ich hoffe nur ...» Veronika hielt inne und presste für einen Moment die Lippen aufeinander, als sollte das, was heraus-wollte, lieber dahinter verschlossen bleiben. «Egal, warum soll ich's dir nicht sagen», meinte sie dann.

Emma schwieg konzentriert, in der Hoffnung, dass Vero-nika es sich nicht doch noch anders überlegen würde.

«Ich hoffe nur, der Roland hat sich in seiner künftigen Schwiegertochter getäuscht», fuhr sie tatsächlich etwas kryptisch fort.

«Ich fürchte, das verstehe ich nicht.»

Veronika seufzte tief. «Roland hat nicht viel von ihr ge-halten. Susann ist Brigitte viel zu ähnlich, hat er mal zu mir gesagt. Die macht den Jungen nicht glücklich. Das waren seine Worte.»

Emma holte tief Luft. «Ganz schön hart, findest du nicht?»

Veronika zuckte mit den Achseln. «Was soll ich dir sa-gen – ich finde, er hatte recht. Susann ist wie Brigitte, nur anders. Brigitte hat Stil, Susann ist ein einfaches Mädchen, das hoch hinauswill. Roland hat seinen Sohn ins gleiche Un-glück laufen sehen. Das hat ihm zugesetzt.» Sie seufzte und nahm ein Taschentuch aus der obersten Schublade ihres Schreibtisches. Nachdem sie sich die Nase geputzt hatte, lächelte sie schief. «Der Junge liegt ... lag ihm wirklich am Herzen.»

Emma wusste nicht, was sie sagen sollte. Sie spürte, wie sich das Bild von Roland Seelig in ihrem Inneren veränderte, und sie war sich nicht sicher, wie sie damit umgehen sollte. So ganz bekam sie das noch nicht mit dem miesepetrigen und unfreundlichen Menschen zusammen, den sie gekannt hatte.

«Roland senior ja früher mal gut mit Otto Hößlbarth befreundet gewesen», wechselte Emma das Thema. Die Hackerunterlagen gaben über Otto und den Streit leider nicht viel her, vielleicht konnte sie hier noch etwas erfahren, das ihr weiterhalf. «Weißt du was darüber, warum das so extrem in die Brüche ging?»

Veronika zögerte. «Roland hat nicht gern darüber gesprochen. Nein, stimmt nicht. Er hat gar nicht darüber gesprochen. Aber ich weiß, dass irgendwas passiert ist zwischen den beiden und dass das eine ziemlich alte Geschichte war.»

«Ich habe gehört, es wäre wegen eines Betrugs beim Schützenfest gewesen.»

Veronika lachte freudlos. «Deswegen soll eine so enge Männerfreundschaft zu Bruch gehen? Falls das eine Rolle spielte, dann war es nur noch der Tropfen, der das Fass zum Überlaufen brachte.» Sie sah Emma eindringlich an. «Hältst du Otto für verdächtig?»

Emma hob die Schultern. «Ich denke nur so ein bisschen herum. Suche Gründe und Möglichkeiten. Es ist nicht besonders schön, im Visier der Mordkommission zu stehen. Und wenn Otto ein handfestes Motiv haben sollte, wäre das ein Grund, ihn genauer zu durchleuchten. Mit all seinen

Waffen hatte er immerhin die Möglichkeit, den Mord zu begehen.»

Aber hatte er auch wirklich ein Motiv? Gab es vielleicht jemand anderen, den sie übersah? Wieder wurde ihr klar, wie wenig sie von dem Ort, in dem sie lebte, und dessen Bewohnern tatsächlich wusste. Und das nach all diesen Jahren.

«Wenn du danach gehst, gibt es eine ganze Menge Leute, die diese Möglichkeit haben.»

Emma nickte. «Das stimmt leider. Hast du eigentlich auch eine Waffe?»

«Nein.» Veronika schüttelte heftig den Kopf. «So was kommt mir nicht ins Haus.»

«Gute Entscheidung. Sobald das hier alles vorbei ist und ich meine wiederhabe, werde ich sie auch abgeben», sagte Emma mehr zu sich selbst.

«Das musst du am Landratsamt machen. Waffenbesitz geht über unsere Kompetenzen als Gemeindeverwaltung.»

«Danke für den Tipp. Sag mal – hat der Kommissar eigentlich mit dir gesprochen?»

Veronika schüttelte den Kopf. «Bis jetzt nicht.»

«Dann mach dich darauf gefasst, dass er das vermutlich bald tun wird.»

«Weshalb?»

Emma überlegte kurz, ob sie ihr Wissen diesbezüglich preisgeben sollte. Sie entschied sich dafür. Eine Sekunde lang hatte sie ein schlechtes Gewissen, weil sie Gieseking zuvorkam und Veronika damit gewarnt war, doch das ging so schnell vorbei, wie es gekommen war.

«Weil Roland Seelig den Begünstigten einer dicken Lebensversicherung geändert hat. Seit Kurzem steht dein Name drin.»

«Was?»

Veronika starrte Emma an und brachte erst mal kein Wort heraus. Dann füllten sich ihre Augen mit Tränen, und sie begann haltlos zu weinen. Emma beobachtete sie genau und war überzeugt, dass der Schock echt war.

«Aber ich wollte doch nie was von ihm», beteuerte Veronika unter stoßweisen Schluchzern. «Mir hat es gereicht, dass er hin und wieder ein paar Stunden mit mir auf dem Hundeübungsplatz verbracht hat. Und dass wir ab und an irgendwo ein Bier miteinander getrunken haben.»

Es dauerte, bis sie sich wieder beruhigt hatte, und Emma ließ sie in Ruhe. Aus Erfahrung wusste sie, dass Tröstversuche oft die gegenteilige Wirkung hatten und die betroffene Person dann noch länger brauchte, bis sie sich wieder gefangen hatte. So behielt sie auch erst einmal für sich, dass Veronika durch die Lebensversicherung für die Polizei sicher eine der Hauptverdächtigen sein würde. Ihre Sorge galt in diesen Augenblicken vielmehr der Möglichkeit, dass irgendjemand hereinkommen und Frau Pfeifer vom Bürgerbüro so aufgelöst sehen könnte. Sie tat Emma aufrichtig leid, und zu ihrer eigenen Überraschung spürte sie, dass ihre glühende Abneigung gegen Roland Seelig nur noch leise schwelte.

Der Mann hatte sie hintergangen. Aber er hatte es auch nicht leicht gehabt und einen Hoffnungsschimmer gesehen, ein paar der Löcher zu stopfen, die sich um ihn herum aufgetan hatten.

«Wer ist eigentlich dieser Bauträger, dem er das Haus verkaufen wollte?», fragte sie vorsichtig, als Veronikas Tränen langsam zu versiegen begannen.

Ein letztes Schniefen, noch einmal die Nase putzen, und Veronika räusperte sich die Stimme frei. «Das ist eine Berliner Firma, soweit ich weiß. Die haben sich aber nicht mehr blicken lassen. Wenn du mich fragst, haben die kalte Füße bekommen.»

«Das wär ja mal was.»

Vielleicht hatte sie doch noch eine Chance? Emma versuchte, sich ihre aufgekeimte Hoffnung nicht anmerken zu lassen.

«Du, wenn du schon rumfragst ...» Veronika zögerte und zerknüllte das nächste Taschentuch aus ihrer Schublade.

«Ja?»

«Dann geh doch mal zu den Hohenfelserinnen.»

Emma war verblüfft, behielt aber für sich, dass sie das ohnehin vorgehabt hatte. «Was weißt du über die beiden?»

«Es geht um einiges an Grundbesitz. Zum Herrenhaus gehört ein Jagdrecht, und Roland hat das Revier schon seit Jahren gepachtet. Isadora von Hohenfels wollte einen Teil des Waldes an Roland verkaufen. Konstanze war dagegen.»

«Warum war sie denn dagegen?»

«Das alte Herrenhaus, in dem die beiden wohnen, kostet ein Vermögen im Unterhalt, und außerdem muss ein ganzer Flügel dringend renoviert werden, weil es reinregnet und all so was. «

«Klingt teuer.»

«Ist es auch. Dafür gibt es zwar eigentlich EU-Gelder, aber Beuerle kriegt den Arsch nicht hoch, sich darum zu kümmern. Darauf hofft Konstanze von Hohenfels schon jahrelang, nur tut sich nichts. Ich nehme deshalb an, sie hat sehnsüchtig auf Rolands Pachtzahlung gewartet. Und auf Dauer bringen Pachteinnahmen eben mehr als der Verkauf. Aber gleichzeitig hat Roland mit Isadora schon seit Monaten über einen Verkauf verhandelt, aber sie wollte zu viel.»

«Du bist gut informiert.»

«Danke.» Veronika lächelte wehmütig. «Er hatte keine Geheimnisse vor mir, weißt du?»

Außer der Lebensversicherung, dachte Emma, sprach es jedoch nicht aus.

«Ich glaube, Konstanze hängt mehr an all dem als ihre Mutter», fuhr Veronika fort. «Isadora hat da nur reingeheiratet und würde wahrscheinlich eher heute als morgen alles zu Geld machen, was geht, aber Konstanze sind die Traditionen und damit auch der Familienbesitz sehr wichtig.»

«Aber warum wollte er das denn überhaupt kaufen, wenn es finanziell bei ihm sowieso schon so knapp war?», überlegte Emma laut.

«Er sagte mal, dass ihm der Blick von dort aus so gut gefiel. Dass ihm Himmelsricht und das ganze Tal praktisch zu Füßen läge. Allerdings wäre das Geld, das Roland von dir bekommen hätte, gerade eben genug gewesen, es zu kaufen, und nachdem er noch andere finanzielle Verpflichtungen hatte, musste er mit dem Haus am Dorfplatz eben pokern.»

Emma atmete tief ein und ließ die Luft wieder aus ihren Lungen strömen. Ein Sportwagen, Immobilien, Pachtrückstände ...

«Dumm nur, dass meine Existenz der Einsatz war», sagte sie ohne Bitterkeit.

«Er hat dafür bezahlt.» Veronika war erneut den Tränen nahe.

«Ja, das hat er, und der Preis war definitiv zu hoch.»

«Wenn ich noch irgendetwas erfahre, lasse ich es dich wissen», bot Veronika an. «Ich will unbedingt, dass derjenige, der ihn erschossen hat, zur Rechenschaft gezogen wird.»

Was für ein Unterschied zur Witwe. Veronikas Gefühle waren echt, ihre Stimme hatte einen besonderen Klang, wenn sie von Seelig sprach. Sie wollte Gerechtigkeit für ihn.

«Das will ich auch. Danke, dass du mir das alles erzählt hast.»

«Gerne.» Veronika atmete jetzt ebenfalls tief durch.

«Du hast was gut bei mir.» Emma stand auf und schenkte Veronika ein warmes Lächeln. «Komm doch wieder zum Pilates, wenn das alles vorüber ist», schlug sie vor.

«Ja, vielleicht tue ich das.»

«Und sobald mein Laden wieder geöffnet ist, suchst du dir bei mir ein schönes Delikatessenpaket aus.»

«Das geht leider nicht. Du weißt schon ... Bestechung.» Sie zuckte bedauernd die Schultern. «Seit der Siemensaffäre dürfen wir nicht mal mehr einen Kugelschreiber annehmen.»

«Dann lade ich dich eben privat zu mir zum Essen ein. Wer will schon einen Kugelschreiber, wenn er Prosecco haben kann?»

«Ja, das ist bestimmt kein schlechter Tausch.» Veronika schniefte ein letztes Mal. «Und ... noch was, Emma ...»

«Ja?»

«Roland hatte vor, die Scheidung einzureichen.»

24. KAPITEL

$\mathscr{F}$rau Ferrari?» Die Stimme des Kommissars klang streng aus ihrem Telefon. Mit einer Begrüßung hielt er sich nicht auf. «Wo sind Sie gerade?»

«Ich? Gleich zu Hause», antwortete Emma überrumpelt. «Warum fragen Sie?»

«Wann können Sie bei Ihrem Laden sein?»

Emma bremste den Wagen ab, den sie gerade in die Einfahrt zu ihrer Wohnung hatte steuern wollen. «In fünf Minuten. Weshalb?»

«Ich erwarte Sie hier.» Er legte auf.

Seufzend wendete Emma ihr Auto und fuhr wieder ins Dorf. Eigentlich war ihr heutiger Gesprächsbedarf gedeckt, ihr schwirrte der Kopf, sie war müde und hungrig und sehnte sich nach einer Pause, in der sie überlegen konnte, wie sie nun weitermachen sollte. Doch daraus schien nichts zu werden – zumindest nicht gleich.

Dass der Kommissar gute Neuigkeiten für sie hatte, schloss sie aus. Er hatte eher geklungen wie ein Lehrer, der eine ungehorsame Schülerin zur Raison bringen musste. Wusste er bereits von ihrem Gespräch mit Veronika?

Als sie am Parkplatz ankam, lehnte Gieseking an seinem Auto und sah ihr finster entgegen.

«*Buonasera, commissario*», grüßte sie ihn mit trotzig guter Laune.

Er stieß sich von seinem Auto ab und kam auf sie zu.

«Ich dachte, ich hätte mich deutlich ausgedrückt. Ermittlungen sind Sache der Polizei, nicht Ihre.»

Raffi!

Emma sank das Herz in die Hose, und ihr Adrenalinspiegel schoss hoch, doch dann riss sie sich zusammen. Er konnte unmöglich etwas von den Informationen wissen, die sie von ihrer Tochter bekommen hatte. Also beschloss sie, sich dumm zu stellen.

«Ich weiß nicht, was Sie meinen.»

Sein Gesicht nahm einen grimmigen Ausdruck an. «Waren Sie im Laden?» Er schien wirklich verärgert zu sein.

«Was?» Emma hielt inne. Ihre Erleichterung war so groß, dass sie am liebsten gelacht hätte. Hier war sie nun wirklich absolut unschuldig. «Wieso glauben Sie das?»

«Kommen Sie mit.» Gieseking ging voran in Richtung Hintereingang, doch seine Stimme klang schon etwas weniger eisig als noch kurz zuvor.

Emma folgte ihm. Dann sah sie es auch.

«Oh.»

«Waren Sie das?», fragte er und wies anklagend auf die Tür.

Der Papierklebestreifen, den die Polizei angebracht hatte, nachdem sie und ihre Freundinnen das Ausräumen beendet hatten, war zerrissen. Doch die Tür war nicht aufgebrochen und wies auch sonst keinerlei Spuren eines versuchten gewaltsamen Eindringens auf.

«Nein! Warum sollte ich das tun?»

«Weil Sie ungeduldig sind? Weil Ihnen irgendein Ablaufdatum eingefallen ist? Sagen Sie es mir, ich weiß es nicht. Ich weiß nur, dass Sie derzeit die Einzige sind, die einen Schlüssel hat, denn Frau Bachmeier hat uns den ihren ausgehändigt, damit wir Zugang zum Tatort haben.»

«Ich weiß. Aber ich war das nicht. Mehr kann ich Ihnen dazu auch nicht sagen.» Emma trat näher heran. «Das sieht merkwürdig aus, finden Sie nicht? So ... wie zerfetzt.» Sie kniff die Augen zusammen und beugte sich hinunter. Der Papierstreifen wies Löcher und Risse auf. War es möglich, dass ...

Sie brach in Lachen aus und richtete sich auf.

«Was ist daran so witzig?»

«Ich glaube, das war Hugo!» Emma hatte Mühe, mit dem Kichern aufzuhören. «Vielleicht hatte er Hunger. Schauen Sie, da sind auch feine Kratzspuren am Türstock.»

Eine kurze Stille entstand.

«Haben Sie Ihren Schlüssel dabei?», fragte er dann unvermittelt, ohne auf ihre Vermutung einzugehen.

Wortlos hielt sie ihren Schlüsselbund hoch. «Der hier ist es.»

Gieseking schloss auf, und Emma folgte ihm mit rasendem Herzen hinein. Abgestandene Luft empfing sie. Sie hätte am liebsten gelüftet und zu putzen angefangen. Die inneren Türen waren alle versiegelt, die Papierstreifen unversehrt.

«Hier war niemand», stellte sie fest. Wie denn auch? Hugo konnte zwar einen Papierstreifen zerreißen, aber mehr auch nicht.

«Was ist mit der Wohnung im ersten Stock?»

«Für die habe ich noch keinen Schlüssel.»

Der Kommissar nahm zwei Stufen auf einmal und sah sich oben um. Dann kam er wieder herunter. «Unberührt. Entweder jemand fand es lustig, das Polizeisiegel zu zerstören, oder Ihr Kater hat sich tatsächlich daran zu schaffen gemacht.»

«Sag ich doch. Wie kommen Sie darauf, dass ich so dumm sein könnte ...» Sie stellte sich mit in die Hüften gestemmten Fäusten vor ihn hin.

«Das erkläre ich Ihnen, wenn wir beim Wirt zum Abendessen sitzen.» Er ging an ihr vorbei nach draußen.

Emma schüttelte den Kopf. Das könnte ihm passen, so über sie zu entscheiden. Natürlich wäre ein Abendessen eine gute Gelegenheit für einen weiteren Versuch, ein paar Details aus ihm herauszukitzeln, doch ihr Missmut über seinen Verdacht, sie hätte das Polizeisiegel zerstört, war stärker.

«Ich habe heute weder Zeit noch Lust auf ein Essen mit Ihnen», rief sie und folgte ihm hinaus. «Ich bin müde und kaputt und freue mich auf meine Badewanne.»

Er drehte sich um und sah sie an. Dieses Mal hob er nur eine Augenbraue. «Sie wollen also tatsächlich die Chance verstreichen lassen, vielleicht etwas Neues zu erfahren?»

«Pf!» Emma schnaubte. «Sie wollen mir ja nur die Zähne lang machen, und wenn es ernst wird, sagen Sie mir doch wieder nichts. Das kann heute einen erholsamen Abend auf meinem Sofa nicht aufwiegen, glauben Sie mir, *commissario*.»

Dass sie viel zu aufgeregt war, um sich einfach aufs Sofa zu setzen, musste er nicht wissen. Sie würde stattdessen Anna anrufen und fragen, ob sie Zeit hätte, die neuen Informationen mit ihr durchzugehen. Genau.

«Dann kommen Sie eben morgen nach Regensburg aufs Revier zur Befragung. Das geht auch.» Eine steile Falte stand zwischen seinen Brauen, als er sich zu seinem Wagen umwandte.

«Wie bitte?» Emma starrte ihm ungläubig nach. «Sie erpressen mich?»

«Ich habe heute nicht sonderlich viel Geduld, und ich muss mit Ihnen reden. Und vielleicht doch lieber nicht bei Straubs, denn dort haben die Wände bekanntlich Ohren. Also?»

Kopfschüttelnd sah Emma ihn an, dann seufzte sie. «Unter diesen Umständen lassen Sie lieber mich fahren.»

Kurz hatte Emma in Erwägung gezogen, den Kommissar einfach zu sich nach Hause mitzunehmen und ein paar Spaghetti zu kochen, es sich dann aber anders überlegt. Die Situation wäre ihr zu intim gewesen. Außerdem war er so schlechter Laune, dass sie keine Lust hatte, davon abhängig zu sein, wann er wieder gehen würde. Also entschied sie sich dafür, ein paar Kilometer über Land zu fahren und in einem Biergarten im Nachbardorf einzukehren. Der Schnurrbartwirt von Mordskofen war für seine spektakulären Bratensülzen bekannt und hatte die besten Süßkartoffelpommes der ganzen Umgebung auf der Karte.

Sie fanden einen ruhigen Tisch etwas abseits unter einer sagenhaft in Blüte stehenden Linde.

«Da Sie fahren, kann ich heute ja mal über die Stränge schlagen», verkündete Gieseking, nachdem sie sich beide gesetzt hatten, und bestellte ein dunkles Weißbier.

«Wer die Autoschlüssel abgibt, hat den Abend nicht mehr in der Hand», sagte Emma schmunzelnd und bat um dasselbe in der alkoholfreien Version. «Also. Was ist?»

«Das sage ich Ihnen, wenn ich etwas gegessen habe.»

Emma nahm ihn beim Wort. Sie beide bestellten Schnitzel und Pommes. Beim Essen merkte sie selbst, wie hungrig sie war. Doch sie verlor ihr Ziel nicht aus den Augen. Kaum hatte er die Gabel abgelegt, setzte sie sich erwartungsvoll in Positur.

«Also, was hat es mit Ihrer schlechten Laune auf sich?»

«Schlechte Laune?»

«Sie sind heute unerträglich.»

Gieseking seufzte und ließ ihr hartes Urteil unkommentiert. «Dieser Fall wird immer undurchsichtiger statt klarer. Wir haben nur verschmierte und damit unbrauchbare Fingerabdrücke gefunden. Das Opfer hatte Katzenhaare an den Hosenbeinen ...»

«Klar, Hugo war ja da drin. Außerdem hat Seelig am Nachmittag noch nach ihm getreten, da gab es ja auch eine Begegnung zwischen den beiden.»

«... und jetzt, wo die ballistischen Untersuchungen abgeschlossen sind ...»

«Was?» Emma starrte ihn an. «Und das sagen Sie mir jetzt erst? Aber dann wissen Sie doch, wer es war! Das ist für mich so ziemlich das Wichtigste, was es momentan überhaupt geben kann.» Ärger stieg in ihr auf. «Sie machen sich einen Spaß daraus, mich an der Nase herumzuführen, oder? Quetschen mich über alles aus, was ich herausfinde, und so eine Information bekomme ich gerade mal per Zufall mitgeteilt? Welche Waffe war es denn nun? Wer hat Seelig erschossen? Oder dürfen Sie mir das immer noch nicht sagen?»

Er seufzte und nahm einen großen Schluck von seinem Bier.

«Es war keine der Waffen, die wir untersucht haben. Keine von Roland Seelig. Keine von den anderen Schützenvereinsmitgliedern. Natürlich auch Ihre nicht. Und das Projektil gibt uns Rätsel auf. Der Patronenhülse nach, die wir gefunden haben, könnte es aus dem Ostblock stammen. Ich halte es nach wie vor für eine ungeplante Tat, was die Suche nach einem Motiv nicht gerade vereinfacht, und dieses Ballistikergebnis hilft leider auch nicht weiter.»

Einen Moment lang versuchte Emma, die Information zu begreifen. Sie sank an die Lehne ihres Stuhls zurück und atmete aus wie ein Luftballon, dem die Luft entweicht.

Sie waren der Lösung des Falls kein Stück näher gekommen.

«Soll das heißen, Sie verdächtigen mich immer noch?»

«Ich verdächtige Sie schon eine ganze Weile nicht mehr.»

«Aber wieso ... ich meine ...» Sie brach ab und blickte verwirrt ins Geäst der Linde über ihr. Was für eine dumme Frage. Das klang ja so, als wäre sie beleidigt, dass er nicht mehr gegen sie ermittelte.

«Sie sind zu intelligent, um jemanden auf so plumpe Weise ausgerechnet in Ihrem Laden umzubringen.»

«Ha!» Emma nickte bekräftigend. «Endlich mal ein vernünftiges Wort. Das habe ich Ihnen schon beim ersten Verhör gesagt. Dann kann ich meinen Laden ja vielleicht bald wiedereröffnen.»

Der Kommissar zögerte, dann nickte er und lehnte sich zurück, um der Bedienung Platz zu machen, die ihre leeren Teller abräumte.

«Allerdings. So gibt es wenigstens für Sie eine gute Neuigkeit.»

Emma hielt den Atem an. Und das sagte er so nebenbei, als hätte es überhaupt keine Bedeutung?

«Ist das Ihr Ernst?»

«Es scheint Sie nicht gerade zu freuen.»

«Ich kann es nicht glauben. Ist das offiziell? So richtig?»

Gieseking nickte. Inzwischen wirkte er etwas entspannter als vorhin. «Ist es.»

«Ab wann?»

Er zuckte die Achseln. «Das kommt auf Sie an. Wenn Sie erst noch eine Großbestellung verderblicher Ware machen wollen, dann nächste Woche. Aber ich lasse morgen früh die Siegel entfernen. Die, die Ihr Kater übrig gelassen hat.»

Heiße Freude breitete sich in Emma aus. Sie musste unbedingt Anna anrufen und ihr Bescheid sagen. Ab morgen würde es weitergehen mit ihrem Alimentari!

«*Dio*», flüsterte sie überwältigt, senkte den Kopf und schloss einen Moment die Augen, bevor sie ihn wieder ansah. «Endlich! *Grazie*.»

«Und damit ist dann hoffentlich auch Schluss mit Ihren vielen *Unterhaltungen*.» Er malte Anführungszeichen in die Luft. «Sie sind aus der Schusslinie, Sie haben keinen Grund mehr, Ihre eigenen Befragungen durchzuführen. Darum kümmern wir uns, in Ordnung?»

Emma konnte nicht verhindern, dass sich ein Strahlen auf ihrem Gesicht ausbreitete. In diesem Moment war sie so glücklich, dass sie alles versprochen hätte. Wirklich alles.

Nur das nicht.

«Natürlich», sagte sie leichthin. «Ich werde mich nur noch über Kalorien, Vitamine und Promille unterhalten.»

Er schüttelte den Kopf. «Warum nur glaube ich Ihnen das nicht?»

«Keine Ahnung. Wirklich.» Sie zuckte mit den Schultern und machte ein unschuldiges Gesicht.

Der Kommissar sah sie aus seinen grünen Augen an, eine Spur Belustigung lag darin, aber auch Frustration. Er kam mit seinen Ermittlungen offenbar nicht wirklich voran.

Jetzt, wo sie nicht mehr verdächtig war, konnte ihr das ja eigentlich egal sein. Aber die Euphorie, die sie dank der guten Neuigkeit durchströmte, ließ sie großzügig sein. Sie lehnte sich vor und hielt Giesekings Blick.

«Ich habe Ihnen ja schon von den Gerüchten erzählt, dass Roland junior nicht der Sohn des Ermordeten sein soll.»

Gieseking nickte. «Und?»

«Was, wenn Brigitte Seelig verhindern wollte, dass ihr Mann einen Vaterschaftstest machen lässt? Gehen Sie dem nach?»

«Gegenfrage», erwiderte er. «Was haben Sie heute im Bürgerbüro gemacht?»

Mannaggia! Das wusste er? Gewisse Dinge entgingen ihm offenbar doch nicht. Vor allem solche, die sie betrafen.

Emma zögerte nur minimal. «Ich brauchte Informationen über die Rückgabe meiner Waffenbesitzkarte.»

«Damit sind Sie dort an der falschen Stelle.»

«Durch meinen Besuch weiß ich das jetzt auch, vielen Dank.» Sie hielt Veronika für unschuldig und würde die Sache mit der Lebensversicherung daher für sich behalten. Wenn Gieseking von selbst darauf stieß, gut. Aber sie würde diese warmherzige Frau sicher nicht in Schwierigkeiten bringen.

Als sie den Biergarten verließen, schlug Emma vor, noch ein paar Schritte zu gehen, ehe sie ins Auto stiegen und zurückfuhren.

«Ich habe die meiste Zeit der vergangenen Tage in den verschiedenen Lokalen von Himmelsricht zugebracht», sagte sie, als sie auf einem schmalen Feldweg oberhalb von Mordskofen entlangspazierten. «Das war interessant und kalorienreich, aber auch anstrengend und frustrierend, und ich freue mich wirklich darauf, endlich meine gewohnte Routine wiederzuhaben.»

«Sie lieben Ihren Laden sehr, nicht wahr?»

Emma nickte bekräftigend. «Ja, das tue ich. Und ich werde zur Wiedereröffnung eine Riesenparty geben.» Sie wandte sich zu ihm und fasste ihn spontan am Oberarm. «Sie kommen doch auch, oder?»

Gieseking blieb stehen, und als Emma seine Muskeln unter dem leichten Poloshirt spürte, wurde ihr bewusst, wie übergriffig ihre Geste war. Sie ließ ihn los, als hätte sie sich verbrannt. Ihre Ohren begannen zu glühen. Hoffentlich hatte er die Berührung nicht falsch aufgefasst.

«Kommt darauf an, wann. Sofern sich keine unvorhergesehenen Entwicklungen ergeben, werde ich versuchen, da zu sein.»

«Ich sage Ihnen rechtzeitig Bescheid», versicherte sie. «Was ist eigentlich mit Ihrem Kollegen Falk? Den habe ich schon ewig nicht mehr gesehen.»

«Mein Kollege kümmert sich im Hintergrund gerade um eine Reihe von organisatorischen Dingen zu dem Fall.» Er warf ihr einen Blick zu und schlenderte weiter, als hätte er ihre Verlegenheit nicht bemerkt. «Wenn es klappt, bringe ich ihn zur Feier mit.»

«Sehr gern.» Emma zog ihre leichte Jacke enger, obwohl der Abend sehr lau war, und setzte ihren Weg fort, den Blick zu Boden gesenkt. «Wer ist denn nun Ihr Hauptverdächtiger, nachdem ich offenbar aus dem Rennen bin?»

«Sie stellen viele Fragen.» Gieseking holte Luft, als wollte er noch etwas hinzufügen, schwieg aber.

«Sie wollen es mir nicht sagen», schlussfolgerte sie und klang enttäuschter, als sie tatsächlich war. Ihre freudige Erwartung angesichts der bevorstehenden Wiedereröffnung glich im Moment alles aus. «Dabei habe ich Ihnen alles gesagt, was ich weiß.»

Gieseking warf ihr einen schrägen Blick zu. «Haben Sie das?»

«Natürlich.»

Hatte sie das? Natürlich nicht.

Sollte sie? Natürlich.

Nicht.

Als sie die Hälfte der Runde hinter sich hatten, erreichten sie einen markanten Aussichtspunkt und hielten an. Hier stand eine Bank am Wegesrand, und der Blick hinaus in die Ebene war mindestens so spektakulär wie der von der Himmelsrichter Burg.

Emma setzte sich, und der Kommissar ließ sich neben sie fallen.

«Gott, ist das friedlich hier.»

«Ja, nicht wahr?», sagte Emma leise. «Man möchte kaum glauben, dass in so einer Welt schlimme Dinge geschehen können.»

Er nickte stumm.

Eine Weile saßen sie wortlos nebeneinander. Es war ein angenehmes Schweigen. Eines, das sich auch nach ein paar Atemzügen noch gut anfühlte.

«Wie zerstritten waren Seelig und Hößlbarth?», fragte Emma schließlich unvermittelt. Sie sah Gieseking herausfordernd an. «War es genug für einen Mord?»

«Wir sind uns noch nicht sicher», wich er aus. «Roland Seelig war nicht unbedingt beliebt im Ort, aber eine Feindschaft, die auf einen Mord hinauslaufen würde, drängt sich auch nicht unbedingt auf.»

«Und doch haben wir einen Toten und keine Ahnung, wer's war», ergänzte Emma, ohne nachzudenken.

«Wir?»

Er klang so pikiert, dass sie lachen musste. «Mein Laden, mein Toter, mein Fall.» Als sich seine Miene wieder verfinsterte, lenkte sie ein. «Ich weiß, das ist nicht lustig, aber erstens bin ich so glücklich, dass ich endlich wieder öffnen darf, und zweitens ist die Situation doch mit etwas Humor gleich besser zu ertragen. Also. Lassen Sie uns mal frei denken. Wer bringt einfach einen Menschen um? Und warum?»

«Welche Motive haben Sie denn zusammengetragen, Frau Ferrari?»

Überrascht wandte sie ihm den Kopf zu. «Das fragen Sie mich ernsthaft?»

Der Kommissar seufzte und lehnte sich vor, stützte die Unterarme auf seine Oberschenkel und sah in die Ferne. «Mir wird allmählich klar, dass ich Sie nicht davon abbringen werde, sich weiterhin mit Ihren Mitmenschen zu *unterhalten*.» Das letzte Wort setzte er wieder in Gänsefüßchen. «Sie wissen beinahe so viel wie wir, und ich muss sagen, dass mir das tatsächlich Respekt abnötigt.»

«Ha!» Emma musste zugeben, dass seine Anerkennung sie stolz machte.

«Das heißt aber nicht, dass ich plötzlich keine Vorschriften mehr hätte und Ihnen Zugang zu den Informationen beschaffen könnte, die Sie haben möchten.»

«Das erwarte ich auch gar nicht mehr», gestand sie wahrheitsgemäß. Die Tatsache, dass er ihr ein großes Lob ausgesprochen hatte, ohne es wirklich zu wollen, versöhnte sie mit seiner Korrektheit, was den Informationsaustausch anging. Er durfte und würde keine Interna ausplaudern, das war klar. Und doch konnte er sie nicht daran hindern, ihn immer wieder auf die Probe zu stellen.

«Wir können ja einfach ein paar Gedanken austauschen», schlug sie vor. «Also: Seelig und Hößlbarth. Wissen Sie irgendwas über die Vergangenheit der beiden?»

Gieseking lehnte sich zurück. «Wir arbeiten daran.»

«Also nein.»

«Das habe ich nicht gesagt.»

«Aber gemeint.»

Zufrieden registrierte Emma, dass er resigniert seufzte.

«Gut, dass Sie Ihren Laden bald wieder aufmachen. Sie sind anstrengend, wenn Sie nichts zu tun haben.»

«Sie wissen gar nicht, wie ich bin, *wenn* ich was zu tun habe!»

«Touché.»

«Warum waren Sie vorhin eigentlich so schlecht gelaunt? Das lag doch nicht nur an den Ergebnissen aus der Ballistik?»

«Nein.» Er richtete sich auf, dabei mied er ihren Blick. «Ich hatte Sie tatsächlich in Verdacht, in Ihren eigenen Laden eingedrungen zu sein, und bei so viel vermeintlicher Dummheit ...»

«*Non ci credo*», fuhr sie auf und verschränkte die Arme. «Das ist ... eine Entschuldigung wert.»

«Ich habe Sie gerade zum Essen eingeladen, das muss reichen.» Seine Mundwinkel zuckten. «Aber Spaß beiseite. Der Gedanke, Sie könnten tatsächlich das Polizeisiegel missachtet haben, hat mich wirklich geärgert. Gerade jetzt, wo ich Ihnen eigentlich sagen wollte, dass wir den Tatort freigeben, finde ich so etwas. Das kam noch on top zu all den anderen Ungereimtheiten dieses Falles. Natürlich war es nicht richtig, dass Sie das so ungefiltert abbekommen haben, aber ich dachte, wenn Sie so dumm sein könnten, dort einzudringen, dann ...» Er ließ den Satz unvollendet.

Dann? Was meinte er damit?

«War das nun doch eine Entschuldigung?» Geklungen hatte es anders.

Gieseking zuckte die Schultern, nickte aber.

Emma schwieg eine Weile und spürte dem angenehmen Gefühl nach, das sie empfand. Es war schön, hier zu sitzen und den Sonnenuntergang zu bewundern. Das Abendrot über der Flussebene färbte den Himmel noch einmal in den spektakulärsten Farben, ehe es gleich in das Blaugrau der Sommerdämmerung übergehen würde.

«Wer beerbt Roland Seelig eigentlich?», sprach sie schließlich einen Gedanken aus, der ihr schon länger im Sinn war. «Gibt es ein Testament?»

«Auch daran arbeiten wir noch. Aber wir werden den Leichnam demnächst zur Beisetzung freigeben.»

«Dann kommt also endlich wieder etwas Bewegung in den Fall. Werden Sie auch zur Beerdigung kommen? Um die Trauergäste im Auge zu behalten?»

Er lachte. «Das haben Sie aus welchem Krimi genau?»

«Also ja.»

«Ihre Interpretationen sind abenteuerlich.»

«Wenn Sie das vermeiden wollen, müssen Sie mir schon konkrete Antworten liefern.»

Er sah sie an, und sie konnte den Ausdruck in seinem Gesicht nicht deuten. Dann stand er auf und ging den Weg hinunter.

«Kommen Sie!», rief er über die Schulter zurück.

Emma seufzte und lief ihm hinterher. Trotz der wenigen

Informationen, die er ihr gegeben hatte, vibrierte ein wunderbares Glücksgefühl in ihr. Sie durfte ihr geliebtes Lädchen wieder öffnen, und das bedeutete auch, dass ihr Ruf bald wieder makellos sein würde.

Wie auch immer alles weiterging, sie hatte ein gutes Gefühl.

25. KAPITEL

Emma hatte, kaum dass sie zu Hause angekommen war, sofort Anna angerufen und ihr die gute Neuigkeit mitgeteilt. Natürlich hatte ihre Freundin sich mindestens so gefreut wie sie selbst und versprochen, am nächsten Morgen pünktlich im Laden zu sein. Helene hatte nicht abgenommen, Emma informierte sie per SMS, erhielt jedoch keine Antwort. Korbinian, Raffaella und ihrer Mutter schickte sie ebenfalls Textnachrichten.

Um alle anzurufen, war die Zeit zu knapp gewesen, denn Emma hatte die restliche halbe Nacht damit zugebracht, per Mail diejenigen ihrer Lieferanten zu kontaktieren, die für die Lieferung der frischen Ware zuständig waren. Im Grunde war sie noch einmal mit einem blauen Auge davongekommen: Der Rhythmus ihrer Bestellungen hatte sich lediglich um ein paar Stunden verschoben, und sie hatte tatsächlich nur vier Öffnungstage verloren. Dafür würde sie sich bei Kommissar Gieseking bedanken. Vermutlich hätte das alles viel länger dauern können.

Aber wie hatte er gesagt? *Sie sind anstrengend, wenn Sie nichts zu tun haben.* Vielleicht hatte das nicht unerheblich zur schnellen Wiedereröffnung beigetragen.

Anna kam zeitgleich mit ihr auf dem Parkplatz hinter dem Laden an und strahlte ihr entgegen.

«Gott, was bin ich froh, dass es endlich weitergeht», rief sie. «Wann lassen wir die Party denn steigen?»

«Gleich diesen Sonntag.» Emma drückte Anna fest an sich. «Bis dahin haben wir etwas Luft, um alles vorzubereiten. Die ersten Gäste habe ich schon eingeladen. Der *commissario* und sein Kollege werden auch kommen.»

«Ach, na sieh an», sagte Anna belustigt. «Großartig. Dann lass uns mal loslegen.»

Kaum hatten sie die Räume einmal ordentlich durchgelüftet, übernahm Anna die Reinigung der Teeküche, damit Emma sich gleich um den Laden kümmern konnte. Dankbar akzeptierte sie diese Aufgabenverteilung und machte sich daran, die Kühltheke auf Vordermann zu bringen. Schon morgen würde sie wieder gefüllt sein wie eh und je. Der Mord und die Ermittlungen hatten sie wegen der fehlenden Einnahmen einen kleinen Teil ihres finanziellen Polsters gekostet, aber das war nicht zu ändern. Und was die nähere Zukunft anging ... Emma hatte entschieden, jetzt erst mal nicht mehr darüber nachzudenken, sondern nur von heute auf morgen zu planen.

Wie schnell das Leben ihre Vorstellungen durchkreuzen konnte, hatte sie ja eben erst gesehen.

Pünktlich um halb zehn sperrte sie die Vordertür auf und stellte die Schiefertafel vor den Laden, die allen verkündete, dass sie wieder da sei und sich – zwar noch ohne Tomate und Mozzarella, aber mit umso mehr Elan – auf die Kundenwünsche freue.

«Wie herrlich», erklang Helenes fröhliche Stimme etwas später, begleitet von der hellen Türglocke. «Endlich wieder Cappuccino und Hartwurstsemmeln.» Sie knuffte Emma, die gerade neben der Kaffeemaschine stand, liebevoll in die Seite, dann nahm sie ihre Freundin fest in den Arm.

«*Ma va!*» Lachend schob Emma sie von sich. «Jetzt brechen hier neue Zeiten an. Das heißt ab sofort *panino con salame, capito?*»

Unter liebevollem Gekabbel machte sie Helene einen Cappuccino und sich selbst gleich einen zweiten.

«Demnächst kann Seelig wohl auch beerdigt werden», berichtete sie, als sie die beiden Tassen auf den Bistrotisch stellte.

«Aber wer es war, wissen wir immer noch nicht, oder?» Helene löffelte genüsslich den Milchschaum von der Oberfläche.

«Nein.» Emma schüttelte den Kopf.

«Wir machen aber doch weiter mit unseren Nachforschungen, obwohl du wieder ganz normal offen hast?» Anna kam zu ihnen und strich sich eine Haarsträhne aus dem Gesicht. «Oder willst du dich als Ermittlerin wieder zur Ruhe setzen?»

«Auf keinen Fall», entschied Helene. «Oder, Emma? Du hörst doch jetzt nicht etwa auf?»

«Natürlich nicht!», sagte Emma entschieden. «Ich bin zwar entlastet, und mein Laden ist wieder offen, aber ich kann unmöglich einfach die Füße stillhalten. Es wird den Herrn Kommissar zwar nicht freuen, dass wir uns weiter umhören, aber vielleicht hilft es ihm sogar. Anscheinend wissen wir fast so viel wie er und sein Team, und in manchen Details, glaube ich, wissen wir auch mehr.»

«Das denke ich auch», sagte Helene. «Was liegt als Nächstes an?»

«Ich muss unbedingt noch mit ein paar Leuten sprechen», überlegte Emma.

Anna nickte. «Tu das, ich halte dir hier den Rücken frei.»

«Danke, Anna. Helene, deine Omi könnte wieder allen

von der Party am Sonntag erzählen, so wie letztes Mal, beim italienischen Abend. Gibst du ihr Bescheid? Sie sitzt doch so gern unter ihrer Linde, und da kann sie gleich die Leute auf dem Laufenden halten.»

«Ja, und ich bastle ihr dazu noch ein paar Flyer», bot Helene an. «Ich hab heute etwas Zeit, die kann ich gleich mal sinnvoll nutzen.»

«Ach ihr Schätze.» Emma drückte jeder ihrer Freundinnen ein Küsschen auf die Wange. «Und heute Mittag treffen wir uns wieder und besprechen noch mal alles, was wir wissen.»

Als sie in die Teeküche ging, um ihre Tasse in die Spüle zu bringen, blieb sie in der Tür stehen und horchte in sich hinein. Ja, die Erinnerung an Roland Seeligs leblosen Körper vor ihr auf dem Boden war unangenehm, doch sie wusste, sie würde mit der Zeit verblassen. Dank Annas Einsatz und der Arbeit der Spurensicherung deutete rein äußerlich nichts mehr darauf hin, was hier geschehen war, und sie selbst war glücklicherweise mit einem recht robusten Gemüt gesegnet, sodass es ihr tatsächlich nichts ausmachte, den Raum nun wieder zu betreten. Stattdessen beschäftigte sie seit ihrem Besuch bei Veronika etwas anderes: Es hatte den Anschein, als wäre ihr Vermieter Roland Seelig gar nicht so ein ignoranter Stinkstiefel gewesen, wie sie immer gedacht hatte. Ihre negativen Gefühle für ihn waren weitgehend verraucht, und er tat ihr mittlerweile nur noch leid. Wie ekelhaft er zu ihr auch gewesen sein mochte, er sollte dennoch Gerechtigkeit erfahren.

«Wir finden schon noch raus, wer das war», murmelte sie halblaut, ehe sie tief durchatmete und die Teeküche betrat.

Als Emma über den Marktplatz lief, zückte sie ihr Handy und rief als Erstes Benedikt Kramer an, den jungen Journalisten, der in der vergangenen Woche über ihr Alimentari berichtet hatte. Das Telefonat hatte sie in den letzten Tagen immer wieder vor sich hergeschoben, nun war es wirklich an der Zeit. Und es gab viel Besseres zu berichten, als in den letzten Tagen der Fall gewesen wäre.

Er hatte natürlich von den Ereignissen gehört, und als Emma ihn zur Party am Sonntag einlud, sagte er begeistert zu. Er freute sich hörbar darüber, dass er noch mal einen aktuellen Artikel für seinen Lokalteil bekommen würde.

Zufrieden legte Emma auf. Jetzt musste sie unbedingt mit Roland Seelig junior sprechen. Für den Sohn des Mordopfers hatte sie bisher noch keine Gelegenheit gefunden, doch das würde sich nun ändern. Argumente, die ein solches Gespräch rechtfertigen würden, hatte sie mittlerweile genug.

Der Junior, das war im Ort bekannt, war in die Fußstapfen seines Vaters getreten und hatte die Verwaltung der Immobilien sowie aller weiteren Geschäfte übernommen. Das Büro, das Seelig seit ein paar Jahren dafür unterhielt, lag nicht weit vom Rathaus entfernt, und Emma hoffte, Roland junior dort anzutreffen. Nach dem Todesfall gab es sicher etliches zu tun.

Als Emma auf ihrem Weg am Rathaus vorbeikam, ärgerte sie sich, dass sie Veronika bei ihrem Besuch nicht zu den Gerüchten über Seeligs Vaterschaft befragt hatte. Vielleicht hätte sie etwas darüber gewusst. Ob sie den Junior selbst darauf ansprechen würde, musste sie sehen.

Das Büro lag in einem unspektakulären Mehrfamilienhaus. Die schlichte Eingangstür öffnete sich nach dem ersten Klingeln, und Emma folgte dem Firmenschild in den zweiten Stock hinauf. Es erschien ihr wie eine Ewigkeit, seit sie hier gewesen war und mit Seelig senior die Einzelheiten des Immobilienkaufs besprochen hatte.

Die Tür zum Büro, das in einer umgebauten Wohnung eingerichtet war, war nur angelehnt, sie schob sie etwas auf und klopfte laut dagegen.

«Herr Seelig?»

«Kommen Sie einfach rein, die Sekretärin hat Urlaub.»

Emma trat ein, schloss die Tür hinter sich und folgte der Stimme, die aus einem der hinteren Zimmer ertönte. Roland Seelig stand im Raum rechts am Ende des Ganges vor einem Schreibtisch voller Ordner und wirkte ratlos, wie er sich den Nacken rieb und das Chaos vor sich betrachtete.

«Ah, Frau Ferrari», sagte er. «Ich hatte Sie schon früher erwartet.»

Emma hatte mit vielem gerechnet, aber nicht mit diesem Empfang. Der junge Mann, den sie immer als unscheinbar und langweilig eingestuft hatte, sah um Jahre reifer aus, stellte sie verblüfft fest. Er hatte zwar immer noch etwas Babyspeck, den er wohl auch nicht mehr verlieren würde, jedoch schien er eine erstaunliche Wandlung durchgemacht zu haben, seit Emma ihn das letzte Mal gesehen hatte. Wie lange war das jetzt her? Ein paar Wochen?

«Haben Sie eine Idee, wie ich dieses Chaos an Unterlagen in den nächsten Tagen geordnet kriegen soll?», fragte er vermutlich mehr sich selbst als Emma.

«Nein», antwortete sie trotzdem, trat ein und blieb direkt vor dem Schreibtisch stehen. «Ich beneide Sie nicht um diese Aufgabe.»

«Das glaube ich Ihnen gern.» Er lachte, doch es klang eher wie ein hilfloser Schluckauf.

«Mein aufrichtiges Beileid zum Tod Ihres Vaters. Ein ganz schönes Stück Verantwortung, das Sie da plötzlich tragen.» Sie räusperte sich. «Aber wenn Sie mir die Frage erlauben: Warum haben Sie mich erwartet?»

Roland junior sah von seinen Akten auf. «Wo die Kommissare sind, da sind Sie neuerdings nicht weit, heißt es. Und die Kommissare sind vor einer halben Stunde gegangen. Außerdem kommen Sie doch bestimmt wegen des Hauses am Marktplatz, oder?»

Emma machte eine entschuldigende Geste. «Eigentlich nicht, aber wenn Sie das Thema schon von selbst ansprechen ... natürlich interessiert mich brennend, wie es nun weitergeht.»

Roland Seelig seufzte. «Mein Vater war in manchen Dingen ...» Er ließ den Satz unvollendet, doch die Linien um seinen Mund drückten Unwillen aus. «Wollen Sie sich hinsetzen?» Er kam um den Schreibtisch herum, raffte ein paar Klarsichthüllen zusammen, die auf der Sitzfläche eines Bürostuhls lagen, und machte eine einladende Geste.

«Danke.» Emma nahm Platz, mehr deshalb, weil er ihr den Stuhl extra frei gemacht hatte, als weil sie unbedingt sitzen wollte.

Roland Seelig lehnte sich an die Fensterbank. «Also, wenn es nach mir geht, kaufen Sie das Haus ruhig, wenn Sie weiterhin daran interessiert sind.»

«Tatsächlich?» Emma war kurz davor, wieder aufzuspringen. Das klang zu schön, um wahr zu sein. «Und was ist mit dem Bauträger aus Berlin und den anderen ... Verpflichtungen?», erkundigte sie sich vorsichtshalber.

«Der Bauträger ist abgesprungen. Angeblich, weil sich jetzt zeitlich alles verzögert, aber ich glaube, dass die mit einem Mordfall nichts zu tun haben wollen. Für mich war das sowieso ein ziemlich windiger Verein, aber mein Vater hat denen anscheinend vertraut. Er war manchmal sehr leicht zu beeindrucken.»

Wieder eine neue Eigenschaft von Seelig senior, die Emma überraschte. Auf sie hatte der Mann immer gewirkt, als wüsste er haargenau, wie der Hase zu laufen hatte.

«Ich würde mich natürlich unendlich darüber freuen, aber da wird Ihre Mutter auch noch ein Wort mitzureden haben», sagte sie vorsichtig, die aufsteigende Euphorie unterdrückend. Hier und jetzt einen Luftsprung zu machen, sähe nicht gut aus – noch saßen sie nicht beim Notar, und sie wusste besser als jeder andere, wie unsicher eine mündliche Zusage war.

«Hat sie nicht.» Seelig trat wieder an den Schreibtisch, schlug ein paar Ordner zu und stellte sie wahllos in das Regal hinter sich. «Mein Vater hat mir bereits vor einiger Zeit eine geschäftliche Generalvollmacht ausgestellt. Die gilt auch und im Besonderen für den Fall seines Todes.»

«Oh! Das ist … beruhigend!», rutschte es Emma heraus. Sie musste aufpassen, dass sie ihre Erleichterung nicht noch offensichtlicher werden ließ. «Dann habe ich also künftig mit Ihnen zu tun, was das betrifft. Das freut mich aufrichtig.»

Die Vorstellung einer Erbengemeinschaft aus Mutter und Sohn, die sich in ihren Plänen uneins waren, wäre ein Albtraum. Mit Roland junior könnte der Kauf hingegen glatt über die Bühne gehen, war ihr Gefühl.

«Es sind sicher eine Menge bürokratischer Verpflichtungen, die da auf Sie zukommen», sagte sie vorsichtig. «Ihr Vater war ja sehr … umtriebig.»

Er nickte. «Da liegen Sie richtig. Ich fürchte allerdings, dass so einige dieser *Verpflichtungen*, wie Sie es nennen, nicht zu einem angenehmen Abschluss kommen werden. Und da meine ich nicht nur das Auto meiner Mutter.»

«Ah ... das wissen Sie also.»

«Natürlich. Und ich fand es nicht besonders lustig.»

Es trat Stille ein. Emma überlegte fieberhaft, wie sie ihre Fragen stellen konnte, ohne plump zu wirken. Vielleicht war es am besten, außerhalb der Familie zu beginnen.

«Haben Sie eine Ahnung, warum Ihr Vater und Otto Hößlbarth so zerstritten waren?», fragte sie. «Es wird gemunkelt, es ginge um den Schützenkönig, aber das kann ich mir nicht vorstellen.»

Roland junior hielt inne. Er wirkte erstaunt. «Haben Sie ihn etwa in Verdacht?»

Emma hob vage die Schultern. «Waffennarr und Feind des Opfers, da kann man ins Grübeln kommen, finden Sie nicht?»

«Na ja, vielleicht. Aber das wird die Polizei dann schon rausfinden.»

Oder ich, dachte Emma.

«Sie wollen doch sicher auch wissen, wer Ihren Vater ermordet hat?»

Seelig schob den letzten Ordner beiseite, setzte sich auf die Kante des Tisches und verschränkte die Arme. «Natürlich will ich das wissen. Aber es macht ihn weder wieder lebendig noch seine Fehler ungeschehen.»

«Fehler?» Emma wurde hellhörig.

«Na, das mit Ihnen zum Beispiel. Und noch ein paar Sachen, die ich mehr erraten muss, als dass ich sie weiß. Früher war er anders. Da war er noch der Typ Ein-Mann-ein-Wort.

Aber irgendwas hat ihn die letzte Zeit aus der Bahn geworfen.»

«Vielleicht Probleme mit Ihrer Mutter?» Emma wagte einen leisen Vorstoß.

Er schnaubte. «Mit meiner Mutter und Pablo Cristo Diaz, meinen Sie. Das pfeifen die Spatzen ja inzwischen von den Dächern.» Es klang bitter und missbilligend. «Allmählich will ich mit dem Ganzen nichts mehr zu tun haben, und der Diaz kann sich seine Ferienhäuser in den Allerwertesten schieben. Das Geschäft hat sowieso nur meinen Vater interessiert, und den nur wegen meiner Mutter.»

«Da wird sie aber enttäuscht sein.»

«Ja, und Susann vielleicht auch. Wir hatten auch schon überlegt, ob wir uns dort was kaufen. Das ist der einzige Grund, warum ich überhaupt darüber nachdenke, den Kontakt aufrechtzuerhalten.» Er schwieg einen Moment und schien zu überlegen, bevor er sich wieder Emma zuwandte. «Aber zurück zu Otto. Der ging früher bei uns daheim ein und aus, daran kann ich mich erinnern.»

«Wann war das?»

«Ich war noch in der Schule ... erinnere mich nicht so genau. Vor fünfzehn Jahren? Vielleicht mehr. Nein», korrigierte er sich, «bestimmt mehr. Ich hatte noch eine ganze Weile bis zum Abitur, das muss also an die zwanzig Jahre her sein. Und dann, von einem Tag auf den anderen, kam er nicht mehr. Mich hat das damals ja weniger interessiert, die Schießwut der beiden hat mich gelangweilt, und den Otto fand ich auch nie so toll, drum ist das irgendwie an mir vorbeigerauscht.»

«Schade. Warum sich die beiden nicht mehr verstanden haben, hätte mich brennend interessiert», gab Emma zu.

«Übrigens ... wegen der Sache mit Ihnen ...», fing er an und wirkte verlegen. «Ich war da keineswegs einer Meinung mit ihm und habe ihm das auch mehrmals gesagt. Nur umstimmen konnte ich ihn nicht.»

«Aber warum haben Sie sich überhaupt auf meine Seite geschlagen? Ihnen kann doch egal sein, wer das Haus kauft.»

Er schüttelte den Kopf. «So hat er mich aber nicht erzogen. Ich hab ja gerade schon erwähnt, dass er früher anders war. Da hatte er noch Prinzipien, und zwar auch dann, wenn sie im Alltag unangenehm waren. Irgendwas ist passiert, das ihn verändert hat.»

«Der Streit mit Hößlbarth?»

«Nein, der war schon zu lange her. Ich glaube, es lag tatsächlich daran, dass er mit meiner Mutter nicht mehr glücklich war. Er hat ihr immer alles gegeben, was sie sich wünschte. Sie wollte Mallorca? Sie hat Mallorca bekommen. Sie wollte ein neues Auto, sie hat ihr Auto gekriegt. Weltreise? Hier, bitte schön. Schmuck, Klamotten ... und doch war das nicht genug. Die beiden haben sich entfremdet, und ich habe ihn zu Hause kaum noch gesehen.» Er trat ans Fenster, sah hinaus. «Ich verstehe das nicht.»

Du solltest weiter darüber nachdenken, dachte Emma, denn sonst trittst du geradewegs in die Fußstapfen deines Vaters. Die Susann und ihre Ansprüche liegen mit denen deiner Mutter gleichauf.

«Ich habe gehört, Ihr Vater wollte sich scheiden lassen.»

Seelig fuhr zu ihr herum, die Augen waren groß. «Im Ernst?» Er überlegte. «Die Möglichkeit ist nicht von der Hand zu weisen, doch eher unwahrscheinlich. Nicht unmöglich, aber ...» Er brach kopfschüttelnd ab. «Verstehen könnte ich es», sagte er dann leise.

Emma ging nicht darauf ein, sie wusste sehr gut, worauf er anspielte, und wollte ihn nicht zwingen, es vor ihr auszuführen.

«Wo waren Sie am Freitagabend?», fragte sie stattdessen.

«Ich hatte ein Klassentreffen und bin ziemlich spät nach Hause gekommen.»

«Waren Sie denn allein dort?»

«Ja. Susann hatte keine Lust, mich zu begleiten, und ist zu Hause geblieben.»

Emma machte sich eine geistige Notiz: Sie musste seine Verlobte unbedingt fragen, ob sie den ganzen Abend zu Hause gewesen war.

«Sie und Susann sind schon länger ein Paar?» Die Angaben zu verifizieren, die seine Verlobte auf Facebook eingestellt hatte, war sicher nicht verkehrt.

«Ach, schon ein paar Jahre. Erst war's eine Fernbeziehung, Susann ist ja nicht von hier. Dann wurde was Ernstes draus, und wir haben beschlossen, eine Familie zu gründen, drum ist sie vor ein paar Jahren zu mir gezogen.» Er ließ sich wieder auf dem Rand des Schreibtischs nieder.

Emma dachte an ihr Gespräch mit Petra und daran, dass der Kinderwunsch von Roland und Susann schon so lange unerfüllt war. Sie stellte es sich schrecklich vor, sich so sehr ein Kind zu wünschen – für einen Mann ebenso wie für eine Frau. Aber sie war nicht die Richtige, Roland darauf anzusprechen. Trotz aller Ermittlungslust wollte sie auf keinen Fall unsensibel wirken.

«Wussten Sie von den Immobiliengeschäften Ihres Vaters auf Mallorca?»

«Natürlich. Eine Weile lief es wohl auch ganz gut. Nur in letzter Zeit ... da ist alles aus dem Ruder gelaufen.»

Roland junior schwieg. Mit gesenktem Kopf stand er da, als wüsste er nicht mehr weiter. Er war noch jung, hatte Aufgaben übertragen bekommen, die ihn wohl überforderten, ihm wahrscheinlich keinen Spaß machten, und fand keinen Weg, wie er aus der Nummer wieder herauskommen sollte. Seine Ratlosigkeit tat Emma leid, doch helfen konnte sie ihm natürlich auch nicht. Am liebsten hätte sie ihn wie ein Kind in den Arm genommen und ihm gesagt, dass alles wieder gut werden würde. Nur – würde es das?

«Das klingt alles nicht sehr erfreulich», sagte sie leise. «Was möchten Sie denn selbst?»

Er lachte, und es war spöttisch und bitter zugleich. «Ich wollte eigentlich mal Landschaftsarchitekt werden, aber davon war mein Vater gar nicht erbaut. Bäume pflanzen und Blümchen säen ist brotlose Kunst, sagte er immer. Dabei hätte ich mich auf Golfplätze spezialisiert. Das boomt schon lange und wird auch weiter wachsen.» Er ließ sich auf den anderen Stuhl im Raum fallen und sah sie an. «Ich wäre gut gewesen, das weiß ich.»

«Das glaube ich Ihnen sofort. Man ist immer dort am besten, wo man mit dem Herzen ist», sagte Emma und meinte es ehrlich. «Es ist noch nicht zu spät, Sie sind doch jung!»

Er schüttelte traurig den Kopf. «Der Zug ist abgefahren.»

«Zu viele Ansprüche von außen?», fragte Emma vorsichtig.

Roland Seelig junior nickte. «Und jetzt ist mein Vater weg und lässt mich mit dem ganzen Scheiß allein.»

Eine Weile saßen sie und sagten beide nichts. Emma spürte tiefes Mitleid mit dem jungen Kerl, der sein Leben schon jetzt als gescheitert ansah. Sie wusste, sie müsste bei ein paar Details nachhaken, und sie wusste, ein Mann wie Gieseking würde das auch tun. Doch sie war eben nicht von der Kripo. Sie konnte es sich leisten, ihren Gefühlen Raum zu geben und diesen Menschen, der ohnehin schon geknickt war, nicht noch mit weiteren Fragen zu löchern.

«Soll ich Ihnen einen Kaffee machen? Oder einen Tee?» Emma holte tief Luft und sah sich um. «Wann kommt denn Ihre Sekretärin wieder? Kann Ihnen sonst niemand hier helfen?»

«Nein, schon gut.» Seelig junior erwachte aus seiner Starre und lächelte schief. «Ich hab eh keine Lust mehr auf das Chaos hier und gehe lieber nach Hause.»

«Das ist eine gute Idee. Susann wird sich bestimmt freuen, wenn Sie sich ein bisschen Zeit für sie nehmen. Ich denke, der Tod Ihres Vaters ist auch ihr nahegegangen.»

Irgendwie hatte sie das dringende Bedürfnis, ihn zu trösten. Er ging nicht darauf ein, stattdessen stand er auf und strich sich das Hemd glatt.

«Ich lasse Sie dann mal in Ruhe zusammenräumen und zusperren», sagte Emma. «Ach, eins noch: Am Sonntagabend stoßen wir auf meine Wiedereröffnung an. Sie sind herzlich eingeladen. – Das halten Sie hoffentlich nicht für pietätlos», setzte sie hastig hinzu.

Roland Seelig lächelte und reichte ihr die Hand. «Das Leben muss ja weitergehen, nicht wahr? Und wenn Sie das Haus jetzt doch kaufen, sollte der Laden laufen. Vielen Dank für die Einladung.»

26. KAPITEL

*H*elene biss herzhaft in ihre Schinkensemmel und hielt den Kugelschreiber hoch. «Also, was haben wir?»

«Eine ganze Menge Verdächtige», stöhnte Emma. Sie ließ ihren Blick über die Namen in ihrem Notizbuch wandern – da standen sie: die ganze Familie Seelig, Veronika, Otto, Pablo Cristo Diaz, die Hohenfelserinnen. «Und immer weniger Durchblick, wer das stärkste Motiv hat.»

Emma und Anna leisteten ihr in ihrem Laden Gesellschaft, heute ausnahmsweise bei Brötchen und Wurst, die sie schnell beim Metzger gekauft hatte. Der Mozzarella war noch nicht geliefert worden, frische Tomaten fehlten auch, und das Basilikum hatte seinen Zweck beim italienischen Abend erfüllt. Noch auf dem Rückweg von Roland Seelig junior hatte Emma beim Gemüsebauern angerufen und einige Bestellungen aufgegeben. Neue Basilikumtöpfchen würde sie nachher persönlich aus der Gärtnerei holen. Sie freute sich schon jetzt auf den Duft!

In der Zwischenzeit würde sie verkaufen, was die Regale hergaben, das war ja immerhin eine ganze Menge. Hauptsache, die Tür stand offen, und jeder konnte herein.

«Immerhin hast du ein paar interessante Details über Seelig als Mensch erfahren», sagte Anna, und Emma kehrte aus ihren Kräuterträumen zurück.

«Ja, und es kristallisiert sich mehr und mehr heraus, dass ich eine ganze Menge nicht über ihn wusste.»

«Das Opfer gut zu kennen, soll das Wichtigste sein, wenn man den Mörder finden will», dozierte Helene und begegnete Annas skeptischem Blick. «Ja, wirklich! Hab ich mal in einer Doku gesehen.»

«Da das Opfer unsere Fragen nicht mehr beantworten kann, wäre es vielleicht trotzdem gut, wenn wir uns den Verdächtigen zuwenden», meinte Anna spöttisch.

«Wir wissen immer noch zu wenig über die Damen von Hohenfels. Und Susann. Und Otto», gab Emma zu bedenken. «Irgendwie scheue ich mich gerade bei Otto davor, mit ihm zu reden. Er mag mich nicht.»

«Was ja wohl auf Gegenseitigkeit beruht.»

«Leni!»

«Schon gut, Anna, sie hat ja recht. Es ist sehr unprofessionell, aber das blockiert mich gerade ein bisschen. Und von der Kripo erfahre ich auch nichts. Es ist echt zum ...» Emma ließ den Satz unvollendet.

«Lass uns noch mal die Motive anschauen.» Anna nahm einen Schluck Wasser und beugte sich über das Notizbuch. «Wer profitiert von Seeligs Tod?»

«Brigitte wäre frei für ihren Liebhaber», sagte Emma, «was auch ein Motiv für Diaz selbst sein könnte.»

«Das setzt aber auch voraus, dass sie nichts von seiner Ehefrau weiß, oder?», warf Helene ein.

«Nicht unbedingt», überlegte Anna. «Vielleicht ist es ihr auch egal. Warum sollte sie Diaz heiraten wollen? Ihr ging es doch gut in ihrer Ehe. Allerdings plante Seelig ja, sich scheiden zu lassen – was sie ganz sicher *nicht* wollte, weil sie dann nicht mehr auf sein Vermögen hätte zugreifen können. Wenn wir davon ausgehen, dass sie nicht wusste, wie schlecht es um seine Finanzen stand, aber vielleicht von seinen Scheidungsplänen erfahren hat, wäre sein Tod die beste Lösung für sie gewesen: Sie hätte freie Bahn mit Diaz und rechnete damit, einen ganzen Haufen Geld zu erben.»

«... und die Lebensversicherung zu bekommen, von der sie sicher wusste», ergänzte Emma. «Als ursprünglich Begünstigte stand ihr auch da eine große Summe in Aussicht.»

«Und sie wusste nicht, dass Roland das geändert und Veronika statt seiner Frau eingesetzt hatte. Vor ziemlich genau ... wann hattest du gesagt, war das?», fragte Anna.

«Vor etwa einem halben Jahr. Aber so kaltblütig ist Brigitte doch nicht, oder?»

Helene zuckte die Schultern. «Das wissen wir nicht.»

Anna fuhr sich mit dem Kugelschreiber durchs Haar. «Bei Diaz ergibt das Ganze weniger Sinn», sagte sie. «Schließlich wusste er definitiv, dass es bei Seelig geschäftlich überhaupt nicht lief. Sein Motiv wäre rein emotional: Wenn Seelig aus dem Weg ist, hat er freie Bahn bei seiner Angebeteten.»

«Und die andere Frau, mit der er telefoniert hat?», fragte Helene. «Der begeht doch nicht hier in Deutschland einen Mord aus Liebe, während zu Hause in Spanien jemand sitzt und auf ihn wartet?»

Emma schüttelte den Kopf. «Nein, das ist Quatsch. Ich frage mich, ob er mit den Häusern, die Seelig renovieren und weitervermitteln wollte und die Brigitte Seelig ja nun auch erbt, irgendetwas hätte machen können, mit seinen Kontakten ...»

«Interessanter Gedanke», sagte Anna und machte eine Notiz. «Trotzdem habe ich das Gefühl, dass Diaz auf unserer Liste eher nach unten rutscht. Auch wenn ich den Mann ziemlich zwielichtig finde, irgendwie glaube ich nicht, dass er es war.»

«Schauen wir mal weiter.» Helene steckte sich eine Scheibe Salami in den Mund. «Der Junior, der vielleicht ein Kuckuckskind ist, kommt von der Leine, wenn der Vater tot ist. Vielleicht hat er sich von Roland senior eingeengt gefühlt, vielleicht hätte er doch lieber etwas anderes gemacht. Vielleicht wollte er vom vorgezeichneten Pfad runter und hat nur eine Möglichkeit gesehen ... Oder er wusste ebenfalls nichts von der finanziellen Situation und hat auch auf Geld gehofft?»

Emma schüttelte entschieden den Kopf. «Das wusste er. Der Junior war das nicht, das hab ich im Gefühl. Er ist viel zu gutmütig für so was. Der will seine Susann und ein Kind und Familienvater sein, dafür hätte er die Zusammenarbeit mit seinem Vater sicher auch weiterhin in Kauf genommen. Wenn ich mich zwischen Mutter und Sohn entscheiden müsste, dann würde ich schon eher auf die Witwe tippen.»

Anna nickte. «Als Nächstes Veronika. Sie bekommt die Lebensversicherung ...»

«... von der sie aber nichts wusste. Sie hat am wenigsten ein Motiv.»

«Glaubst du ihr das denn?»

«Ich tu's.» Helene wischte sich ein paar Krümel aus dem Mundwinkel und zog ihren Pferdeschwanz zurecht. «Das ist doch richtig romantisch, oder? So eine echte platonische Freundschaft zwischen Mann und Frau. Dass es so was heutzutage noch gibt!»

«Wie retro bist du denn drauf, würden dich meine Zwillinge jetzt fragen.»

Helene grinste und schlug die Beine übereinander, dass ihre Fußkettchen klimperten. «Wahre Werte altern nie.»

«Das stimmt», sagte Emma. «Weiter, Anna. Was noch?»

Anna schüttelte langsam den Kopf. «Dann sind da noch die Hohenfelserinnen mit ihrem Grund und Boden. Das durchblicke ich nicht ganz, diesen Streit um Kauf und Pacht.» Sie sah Emma ratlos an. «Das ist doch verrückt. Fast kann Seelig einem ja leidtun, der arme Tropf, so viele Baustellen, wie der offen hatte ...»

Das Geheule eines Rettungswagens, der durchs Dorf fegte, ließ Anna verstummen.

«Ja, den Gedanken hatte ich auch schon», stimmte Emma ihr zu, als die Sirene leiser wurde. «Und einer von denen, die irgendwas von ihm wollten, hat es nicht bekommen und ist dann eben ausgetickt. Oder es steckt doch was anderes dahinter ... Der Kommissar meinte gestern Abend, das sei kein geplanter Mord gewesen.»

«Kommissar Grünauge? Gestern Abend? Emma! Hast du etwa vergessen, uns etwas zu erzählen?» Helene sah sie vielsagend an und hob eine Augenbraue.

«Nein, es war nichts. Er hat mich angerufen wegen einer Beschädigung des Polizeisiegels und war echt übellaunig.» Kurz berichtete sie den beiden vom vergangenen Abend, was geschehen war und von den Informationen, die sie aus Gieseking herausgekitzelt hatte – in der Euphorie darüber, dass sie ihren Laden wiedereröffnen durfte, war das vorhin tatsächlich untergegangen.

«Ich sag dir doch schon die ganze Zeit, dass er einen Narren an dir gefressen hat.» Helene grinste, dann wurde sie wieder ernst. «Wirklich doof, dass die Mordwaffe nicht identifiziert werden konnte. Dann wüssten wir jetzt, wer's war.» Sie sah gedankenverloren in Richtung Kaffeemaschine, und Emma begriff.

«Espresso?»

«Seit wann sagst du Espresso?»

«In Zeiten wie diesen hab ich keinen Nerv, euch zu missionieren. Anna, du auch?»

«Gern.»

Emma portionierte das Kaffeepulver ins Sieb, schraubte es fest und drückte auf den Knopf für zwei Tassen. «Mir lässt Otto keine Ruhe, obwohl ich dem Gespräch ausweiche», gestand sie. «Was hat er eigentlich beruflich gemacht? Gefühlt ist er schon ewig in Pension.»

«Ich glaube, er war beim Finanzamt», antwortete Anna in das Brummen der Siebträgermaschine hinein. «Und dann ist er wohl aus gesundheitlichen Gründen frühzeitig pensioniert worden.»

«Der war Finanzbeamter?» Helene griff dankbar nach dem Tässchen, das Emma ihr reichte. «Das passt gar nicht zu ihm, oder?»

Anna zuckte die Schultern. «Kann ich nicht sagen, so gut kenne ich ihn nicht. Danke für den *caffè*, Emma. Willst du keinen?»

«Doch, doch, aber ...» Emma war mit dem zweiten Sieb in der Hand stehen geblieben. «Könnte das zusammenhängen? Ottos Beruf, Seeligs Unternehmen und dann der Bruch?» Sie schraubte das Sieb ein und wandte sich zu den Freundinnen um. «Es hilft nichts, ich muss mit ihm reden. Steht Otto im Telefonbuch?»

Helene zückte ihr Handy. «Moment, ich schau mal ... er selber hat keinen Eintrag, aber die Annemie, seine Frau, steht drin. Hier ist die Nummer.»

Sie drehte Emma das Display so hin, dass diese die Nummer ablesen und in ihr eigenes Telefon tippen konnte.

«Danke. Wenn er daheim ist, fahre ich gleich hin, dann habe ich das hinter mir. Wo wohnt er eigentlich?»

Während sie dem Freizeichen lauschte, ließ sie sich von Anna die Richtung beschreiben und wie sie am besten fahren sollte.

«Da nimmt keiner ab», stellte sie fest und starrte auf ihr Handy, als würde es ihr eine Erklärung für das Schweigen am anderen Ende geben.

«Vielleicht sind sie im Garten und hören es nicht.»

Emma nickte. «Kann sein. Ich fahr da jetzt mal hin. Anna, ich hoffe, ich bin zum Ende der Mittagspause wieder da. Kommst du zurecht?»

«Geh nur. So viel wird schon nicht los sein, noch weiß ja kaum einer, dass du wieder offen hast.»

Das Einfamilienhaus der Hößlbarths lag etwas außerhalb der Ortschaft in einer Seitenstraße, die in einer Sackgasse endete. Emma war noch nie dort gewesen, denn zufällig fuhr man an diesem Haus nicht vorbei, und Grund herzukommen hatte sie bisher keinen gehabt.

Schon als sie von der Hauptstraße abbog, war ihr klar, dass etwas nicht stimmte. Vor dem von Anna beschriebenen Haus stand mit blinkenden Lichtern ein Rettungswagen, vermutlich derjenige, der vorhin an ihnen vorbeigejagt war. Sie stieg aus dem Auto und näherte sich langsam.

Gerade schlugen zwei Sanitäter die hinteren Türen zu. Einer setzte sich ans Steuer, der andere sprach mit einer älteren Frau, die sich an ihrer dünnen Strickjacke festhielt und lautlos weinte. Dann stieg auch er ein.

Betroffen sah Emma zu, wie der Krankenwagen wegfuhr. Dann wandte sie sich an die weinende Dame.

«Entschuldigen Sie – Frau Hößlbarth?»

«Ja?» Sie wischte sich übers Gesicht und zog die Schultern hoch, als wäre ihr trotz der sommerlichen Temperaturen kalt.

«Was … ist passiert?»

Nun schluchzte sie herzzerreißend los. «Otto … Otto hatte einen Herzinfarkt.»

Zum zweiten Mal binnen weniger Tage klingelte Emma an Brigitte Seeligs Tor mit der modernen Videoanlage. Und zum zweiten Mal ließ die Witwe sie warten, ehe sie öffnete. Doch diesmal machte es ihr nichts aus.

Noch immer stand sie unter dem Eindruck der vergangenen Stunde, hatte weiche Knie und zittrige Finger. Annemie Hößlbarths Verzweiflung war so greifbar gewesen, dass sie es nicht übers Herz gebracht hatte, die aufgelöste Frau allein zu lassen. So hatte sie noch gewartet, bis deren Schwester von irgendwoher angekommen war, um sich zu kümmern. In dieser Zeit war Frau Hößlbarth zu keiner vernünftigen Äußerung imstande gewesen, und Emma hatte nicht insistiert. Die Frau war verschreckt genug und wiederholte nur ständig Ottos Namen und was für ein guter Mann er sei.

Und wer war Emma, das anzuzweifeln?

Als Frau Hößlbarths Schwester endlich da war, hatte Emma spontan beschlossen, woanders nach der Antwort auf ihre Fragen zu suchen.

Endlich klackte es, und das Tor der Villa öffnete sich. Emma schob ihre noch immer anhaltende Betroffenheit beiseite und schritt entschlossen auf die Haustür zu – die ihr Pablo Cristo Diaz öffnete.

Wenn das mal kein Statement war!

«Señora Ferrari – welche Überraschung.»

«Finden Sie?», gab Emma ironisch zurück.

Diaz antwortete nicht, ließ nur die Tür aufschwingen und bat sie mit einer Handbewegung hinein, als wäre er hier schon zu Hause. Ohne dass sie etwas dagegen tun konnte, wuchs Emmas Mitleid mit Roland senior. Viel Freude hatte er in seiner Ehe wohl tatsächlich nicht mehr gehabt in den letzten Jahren.

«Ist Frau Seelig zu sprechen?», erkundigte sie sich höflich.

«Ich sage ihr Bescheid. Habe Sie ein Moment Geduld.»

Damit ging er und ließ sie mitten im Eingangsflur stehen. Sein Auftritt erinnerte Emma an einen Butler in einer Fernsehserie.

Da sie nicht wie bei ihrem ersten Besuch gleich in die Küche geführt wurde, schlenderte Emma den Gang entlang ins Wohnzimmer. Schließlich konnte niemand von ihr erwarten, dass sie wie bestellt und nicht abgeholt an der Tür herumstehen würde.

Auch wenn sie zweifellos nicht bestellt worden war.

Das Wohnzimmer hielt an Einrichtung, was die Küche und der Gesamteindruck des Hauses andeuteten: Kühle, Strenge und Modernität. Auch hier fehlte für Emma jeder Hauch von Behaglichkeit. Alles war perfekt und gestylt, aber nicht gemütlich.

Das Einzige, was wirklich persönlich und gleichzeitig wie ein Anachronismus zum Gesamtbild wirkte, war eine Sammlung von Geweihen an der Wand über dem Kamin. In allen erdenklichen Größen hingen sie da, die Trophäen der erfolgreichen Jagd. Emma schüttelte sich unwillkürlich und wandte sich ab.

Dem Kamin gegenüber stand eine Sitzgruppe, die so aufgeräumt war, als befände sie sich in einem Möbelhaus. Das hier war keine Wohnung, das war ein Museum. Die herzliche Veronika Pfeifer kam ihr in den Sinn. Kein Wunder, dass Roland nach ein wenig menschlicher Wärme gesucht hatte.

Das klackernde Geräusch sich nähernder High Heels unterbrach ihre Gedanken. Emma drehte sich um und sah Brigitte Seelig entgegen. Sie war mit einem leichten sommerlichen Hosenanzug kaum weniger förmlich gekleidet als bei Emmas erstem Besuch.

«Frau Ferrari …»

«Ich halte Sie nicht lange auf», kam Emma einer möglichen Bemerkung zuvor. «Ich weiß, Sie haben viel zu tun, gerade jetzt, wo die Bestattung möglicherweise bald stattfinden kann.»

Der erstaunte Blick verriet ihr, dass sie bereits mehr wusste als die Witwe. Kurz erlaubte Emma sich, diese kleine Genugtuung zu genießen, dann zwang sie sich, wieder sachlich zu werden.

«Ich wollte heute mit dem ehemaligen Freund Ihres Mannes sprechen, ich war bei ihm. Sie wissen vermutlich schon, wen ich meine.»

«Natürlich weiß ich das. Sie meinen Otto. Aber bitte, setzen Sie sich doch.» Sie ließ sich mit einer eleganten Bewegung auf das Sofa sinken. Nun kam auch Diaz hinzu und stellte sich hinter sie.

Beinahe hätte Emma mit den Augen gerollt über so viel Dramaturgie, doch sie beherrschte sich und ließ sich bewusst burschikos auf einen der Sessel fallen.

«Leider kam es nicht zu einem Gespräch, daher habe ich immer noch keine Antwort auf eine bestimmte Frage, die mich brennend interessiert.»

«Was es auch ist, weshalb sollte ausgerechnet ich das wissen?»

«Immerhin waren Sie lange mit Herrn Seelig verheiratet.» Sie richtete sich auf. «Also, was genau hat zu diesem üblen Streit zwischen Ihrem Mann und Otto Hößlbarth geführt? Und diesmal bitte nicht die Schützenkönig-Erzählung, denn die ist etwas überstrapaziert.»

Brigitte Seelig sah sie ausdruckslos an, und Emma befürchtete, dass sie wieder unter Beruhigungsmitteln stünde und nichts dazu sagen wollte oder konnte, doch dann wandte sie sich fragend zu Diaz um.

Der hob ratlos beide Hände und trat einen Schritt zurück.

So viel zu Señor Ich-stehe-hinter-dir.

Brigitte Seelig seufzte leise und wandte sich wieder an Emma.

«Also gut. Otto hat meinem Mann jahrelang die Firmenbücher geführt. Er war ja Finanzbeamter und kannte sich angeblich aus.» Sie spielte mit ihrer Perlenkette.

«Angeblich?»

«Irgendwann stellte mein Mann fest, dass die Zahlen immer schlechter wurden, und hat die Aufgabe einem Steuerberater übertragen.»

«Und das hat ihm Otto so übel genommen, dass eine tiefe Feindschaft entstanden ist? Das soll ich glauben?»

«Er fühlte sich in seiner Ehre gekränkt.»

«Ich bitte Sie!» Emma legte den Kopf schief. «Haben Sie diesen Bären auch dem Kommissar aufgebunden?»

«Señora Ferrari!», fuhr Diaz dazwischen. «Sehen Sie nicht, dass Frau Seelig leidet genug?»

«Ich sehe vor allen Dingen, dass ein Mörder noch frei herumläuft.»

«Aber das nicht mehr Sie muss interessieren! Sie konnten doch wieder öffnen Ihren Laden, oder?»

Ah – er war also heute schon im Dorf gewesen.

«Ja, das konnte ich. Und wäre ich so egoistisch wie manch anderer meiner Zeitgenossen, könnte mir deshalb alles andere egal sein. Ist es aber nicht.»

Brigitte Seelig ließ die Kette los und richtete sich auf. «Mir ist auch nicht egal, dass Roland tot ist!»

Oh, ganz sicher nicht. Und doch rückt deine Freiheit immer näher. Sie steht gewissermaßen schon direkt hinter dir.

«Das habe ich auch nicht behauptet», korrigierte Emma. Sie war es leid, sich dieses Theater anzusehen und nur Halbwahrheiten zu hören. «Also, da wir offenbar alle an einem Strang ziehen: Was war wirklich los mit Otto?»

Brigitte lehnte sich wieder zurück und schlug die Beine übereinander. «Wie ich schon sagte, die Zahlen stimmten nicht mehr. Und mein Mann verdächtigte Otto, Geld zu unterschlagen. Der wies die Anschuldigung natürlich weit von sich, und wir konnten es ihm nie beweisen.»

Emma traute ihren Ohren kaum. Das war tatsächlich starker Tobak. «Wie lange ist das her?»

«Oh, Jahre. Ich weiß nicht mehr genau, wie viele. Achtzehn oder neunzehn vielleicht?»

Das deckte sich zwar nur ungefähr mit der Angabe von Roland junior, doch Emma war bereit, darüber hinwegzusehen. «Können Sie sich vorstellen, dass Otto sich deshalb jetzt an Ihrem Mann gerächt hat?»

«Was?» Brigitte Seelig zerriss in einer erschrockenen Geste ihre Kette, und die Perlen kullerten in alle Richtungen davon.

Diaz stolperte hinter dem Sofa hervor und machte Anstalten, sie einzusammeln, doch Brigitte winkte ab. «Lass gut sein, Pablo.»

Er nahm seine Position wieder ein. Es dauerte, bis das Klickern und Klacken und Rollen langsam verklang.

«Frau Ferrari, es stimmt, dass seit damals Eiszeit zwischen den beiden herrschte. Aber warum sollte Otto erst jetzt etwas unternehmen?», fragte Brigitte Seelig.

Sie hatte recht. Egal wie viele Jahre das her war – dafür jetzt noch einen Mord zu begehen, war wohl tatsächlich absurd.

«Teilten Sie den Verdacht Ihres Mannes? Dass Otto Geld unterschlagen hat?»

Brigitte lachte spöttisch und trat behutsam gegen eine Perle, die neben ihrer Schuhspitze liegen geblieben war. «Nein, nicht eine Sekunde lang. Dazu war Otto viel zu dumm. Er war Finanzbeamter, kein Buchhalter und kein Steuerberater. Er war mit dem schnell wachsenden Unternehmen meines Mannes schlichtweg überfordert und wollte es nicht zugeben. Dazu war er viel zu stolz. Keiner hätte ihm einen Vorwurf gemacht, wenn er um Hilfe gebeten oder die Finger ganz davon gelassen hätte. Aber nein, er wollte sein Gesicht nicht verlieren. Mit fatalen Folgen für uns. An den Steuernachzahlungen wären wir beinahe zugrunde gegangen. Das hat ihm mein Mann nie verziehen. Und Otto hat ihm im Gegenzug nachgetragen, dass er ihn angeblich blamiert hat, indem er ihn von heute auf morgen nicht mehr in die Büroräume ließ.»

«Zu verstehen», murmelte Diaz.

Brigitte sah zu Emma. «Was hat Otto Ihnen denn erzählt? Sie waren doch bei ihm, sagen Sie? Oder hat er sich geweigert, mit Ihnen darüber zu reden?»

«Nicht direkt», antwortete Emma wahrheitsgemäß.

«Das sieht ihm ähnlich», sagte Brigitte Seelig gehässig. «Der konnte noch nie einen Fehler eingestehen.»

«Daran lag es nicht. Otto Hößlbarth hat heute Mittag einen Herzinfarkt erlitten.»

«Und irgendwann entstand dann wohl die Mär vom ewigen Streit um den Schützenkönig», resümierte Anna, als Emma fertig erzählt hatte. Sie war nach ihrem Besuch bei der Witwe gleich wieder in den Laden gefahren und hatte ihrer Freundin alles berichtet.

«*Esatto*.» Emma trank ihren zweiten *caffè* des Tages in kleinen Schlucken. «Ich vermute, ehrlich gesagt, dass es Otto selbst war, der dieses Gerücht verbreitet hat. So konnte er den Schein wahren und blieb auch noch ein taffer Kerl mit seinem Machogehabe.»

«Wird er durchkommen?»

«Ich weiß es nicht. Aber ich denke, das werden wir erfahren.» Emma seufzte unzufrieden. «Ich war so felsenfest davon überzeugt, dass der Mord und der Herzinfarkt zusammenhängen könnten. Dass die Schuld so schwer auf Otto gelastet hat ... Aber das glaube ich jetzt irgendwie nicht mehr. Manchmal ist ein Zufall wohl nur ein Zufall.»

Anna nahm ihr die leere Tasse ab. «Gib es zu, du hättest gern vor dem Herrn Kommissar mit der Lösung des Falles geglänzt.»

Emma lachte freudlos auf. «Bingo. Aber noch gebe ich nicht auf. Ich habe bisher nicht mit den Hohenfelser Damen gesprochen, ich habe nicht mit Susann gesprochen, ich weiß nicht, was die Alibis von Brigitte und ihrem Pablo wert sind. Es gibt einiges zu klären, bevor ich mich geschlagen gebe. Aber jetzt gehe ich erst mal Basilikum kaufen.»

27. KAPITEL

*O*bwohl die Gärtnerei der Pohls am entgegengesetzten Ortsrand von Himmelsricht lag, ging Emma zu Fuß dorthin. Die paar Töpfchen Basilikum, die sie kaufen wollte, konnte sie auch ohne Auto in den Laden bringen.

In der Gärtnerei wurde sie freudig empfangen und dazu beglückwünscht, dass die schlimme Zeit vorüber war. Offenkundig hatte es sich schon herumgesprochen, dass das Alimentari seit diesem Morgen wieder geöffnet hatte. Sie ließ sich die zehn Töpfchen verschiedener Basilikumsorten handlich auf eine Plastikpalette packen, die sie gut würde tragen können, und nahm noch drei Rosmarinpflänzchen dazu. Für Samstag reservierte sie sich vorsorglich noch mehr Kräuter und trat den Rückweg an.

Mit ihrer Fracht auf dem Arm schlug sie die Abkürzung quer durch den alten Ortsteil ein und lief den schmalen Pfad zwischen einer Obstwiese und der steinernen Friedhofsmauer entlang. Gerade wollte sie auf die Hauptstraße einbiegen, da schloss sich mit einem lauten Knarzen die Kirchentür, und Veronika Pfeifer schritt mit gesenktem Kopf den Weg zwischen den Grabsteinen hindurch zur Ausgangspforte. Dann entfernte sie sich rasch in die entgegengesetzte Richtung, ohne Emma zu bemerken.

Spontan änderte Emma ihren Plan und trat nun ihrerseits durch das schmale schmiedeeiserne Tor. Das Himmelsrichter Gotteshaus stand noch immer innerhalb eines kleinen

Friedhofs, wie er vor Jahrhunderten angelegt worden war. Bestattungen fanden inzwischen zwar auf einem neuen, geräumigen und sehr modernen Friedhof am Ortsrand statt, doch der alte Gottesacker war erhalten geblieben und mit seinen antiken Grabsteinen und verwitterten Inschriften zu einer kleinen Touristenattraktion geworden.

Nun stellte Emma ihre inzwischen schwer gewordene Last auf das hölzerne Bänkchen neben dem Kirchenportal und trat ein.

Kühle und leicht modrige Luft empfing sie. Das Innere der Kirche war in verschwenderischem Barock gestaltet, und die üppig bunten Glasfenster mit ihren biblischen Motiven färbten das Sonnenlicht, das hereinfiel.

Emma sah sich um. Der Gemeindepfarrer war nirgends zu sehen, also war Veronika wohl allein hier gewesen, vielleicht für ein Gebet.

Sie wollte sich schon zum Gehen wenden, da knarzte Holz hinter ihr, und sie wandte sich neugierig um. Die Tür eines alten Beichtstuhls öffnete sich, und Stefan Liebl trat heraus.

«Emma! Welch seltener Besuch. Was bringt dich hierher?» Er lächelte sie freundlich an. Wie immer trug er sein langes Haar zum Dutt hochgebunden und den Vollbart ordentlich gestutzt. Unter seiner Soutane blitzten Jeansbeine und Sneakers hervor.

«Ich kam gerade zufällig vorbei und brauchte eine Abkühlung», improvisierte sie.

«Ja, es ist sehr warm heute.»

Emma wies mit dem Kinn auf den Beichtstuhl. «Audienz beendet?»

Liebl lachte. «Nicht viel los heute.»

«Außer Veronika.»

«Ach ja?» Er wollte ahnungslos klingen, doch das gelang ihm nicht.

Veronika hatte also die Beichte abgelegt.

«Kommt sie regelmäßig?»

«Emma, du hast doch sicher schon mal vom Beichtgeheimnis gehört, oder?»

«Natürlich.» Sie nickte schuldbewusst.

Missbilligend schüttelte der Pfarrer den Kopf, doch es lag ein nachsichtiges Lächeln um seinen Mund.

«Wie geht es eigentlich dir mit der Situation, Emma?», fragte er, und seine Anteilnahme rührte sie. Er setzte sich in Bewegung Richtung Ausgangstür. «Das ist ja sicher nicht leicht für dich, oder?»

Sie folgte der stummen Aufforderung und schlenderte neben ihm her.

«Nein, das war es absolut nicht, aber ich habe gestern erfahren, dass ich entlastet bin, und das macht mich natürlich sehr froh.»

«Sehr gut. Ich freue mich für dich, dass das nun auch offiziell feststeht.»

«Danke. – Sag mal, was reden die Leute denn so? Wer könnte verdächtig sein, was denkst du?» Liebl bekam immerhin viel mit, schließlich war es sein Job, den Menschen aus dem Dorf nah zu sein. Das hatte ja nun nichts mit dem Beichtgeheimnis zu tun.

Er öffnete ihr die Tür, und sie trat vor ihm nach draußen. Drückende Wärme empfing sie, und Emma kniff die Augen zusammen, als die Sonne sie blendete.

«Ich kann dir leider nicht helfen, Emma.» Liebl seufzte. «Manchmal denke ich, dieses Dorf, so idyllisch es ist, könnte aus lauter potenziellen Mördern bestehen. Jeder Zweite ist auf irgendjemanden wütend oder hat Dreck am Stecken.»

«Das mag sein.» Emma nickte. «Gibt es denn jemanden, dem der Mord an Seelig zuzutrauen wäre?»

«Dazu möchte ich mich nicht äußern.» Mehr würde er dazu nicht sagen, das war seinem Tonfall deutlich zu entnehmen.

Emma wandte sich der Bank und ihren Kräutern zu. Es war eine Schnapsidee gewesen, Liebl ausfragen zu wollen, das war ihr nun klar. Doch immerhin hatte sie herausgefunden, dass Veronika sich die Beichte hatte abnehmen lassen – wenn ihr das auch nicht im Geringsten weiterhalf, solange sie nicht wusste, was sie als eine solche Sünde betrachtete, dass sie dafür einen Pfarrer gebraucht hatte. Hatte sie Emma angelogen?

«Ah, du warst einkaufen, wie ich sehe. – Hm, ich mag diesen Duft sehr.» Liebl strich mit einer sanften Handbewegung über den Rosmarin, der sofort sein markantes Aroma verströmte.

Spontan griff Emma nach dem Töpfchen. «Hier», sagte sie und streckte es ihm entgegen. «Schenk ich dir. Damit du uns nicht verduftest.»

Sie verabschiedete sich von Pfarrer Liebl, schlüpfte wieder durch das Friedhofstörchen und spazierte in Richtung Ortskern.

Gerade als sie auf dem Dorfplatz ankam, kündigte ihr Telefon eine eingehende Textnachricht an. Umständlich kramte Emma es heraus und balancierte ihre Fracht gefährlich kippelig mit einer Hand.

Schaufenster neu dekoriert, schrieb Anna. *Bitte schau mal, wenn du kommst.*

Emma antwortete mit einem erhobenen Daumen. Sie brachte ihre duftende Last nicht direkt in den Laden, sondern stellte die Palette auf der Eingangstreppe ab und ging ein paar Schritte zurück. Anna hatte wieder ganze Arbeit geleistet. Die Schaufenster wirkten sommerlich und einladend, bunte Pasta, verschiedene Öle und ihr fantastischer Limoncello waren liebevoll arrangiert.

Ihre Freundin erschien in der Tür. «Deinem zufriedenen Gesichtsausdruck nach zu urteilen, gefällt dir, was ich gemacht habe. Ah, die Kräuter.» Sie bückte sich und nahm vorsichtig die Kunststoffpalette auf. «Sehr gut. Andi hat gerade auch schon Tomaten und frisches Gemüse gebracht.»

«Wunderbar.» Emma setzte sich in Bewegung und betrat ihren Laden. Sie war auf dem besten Weg und hatte ihren Traum wieder vor Augen. Nun würde es zurück an die Arbeit gehen.

Und das war gut so.

Erstaunlicherweise gab es später an diesem Nachmittag doch noch einiges an Bewegung im Laden. Emma war daher froh, dass Anna, deren Arbeitszeit eigentlich am frühen Nachmittag geendet hatte, länger geblieben war. So konnte sie sich ohne Gewissensbisse dem älteren Ehepaar widmen, das schon das dritte Jahr in Folge hier Urlaub machte und es sich nicht nehmen ließ, sich wieder mit einer ganzen Menge an Köstlichkeiten zu versorgen.

«… und dann erinnere ich mich noch an diese wunderbaren kleinen Pralinen, die so lecker waren und die Sie in einer roten und einer grünen Verpackung vorrätig hatten», beschrieb die alte Dame etwas, von dem Emma im ersten Moment keine Ahnung mehr hatte, was sie meinen könnte. Sie wechselte das Sortiment je nachdem, was es an saisonalen oder anlassbezogenen Feinheiten gab, und manches stellten die Produzenten nur einmal her und dann nicht wieder.

«Ach, Sie meinen die kleinen Stracciatella-Trüffel aus dem Piemont!» Gerade noch rechtzeitig war es ihr eingefallen. «Die gibt es diesmal nur in Gelb und Blau, aber sie sind genauso lecker wie die vom letzten Jahr.»

«Dann möchten wir von jeder Farbe ein Tütchen, nicht wahr?», wandte sie sich an ihren Mann, der mit freundlichem Lächeln danebenstand.

«Ja, auf jeden Fall», bestätigte dieser. «Und dann noch eine Flasche von dem Lakritzlikör, den Sie nicht mögen», fügte er verschmitzt hinzu, was Emma mit einem verlegenen Grinsen beantwortete.

«Dass Sie sich das gemerkt haben!»

Er hob die Schultern. «Wissen Sie, Sie haben uns das so charmant erzählt, dass wir es beide nicht mehr vergessen haben. Stimmt doch, oder?», wandte er sich an seine Frau.

«Ja, das stimmt.» Sie nickte energisch. «Ich mag Lakritz ja auch nicht, aber mein Mann ...»

«So bleibt mehr für mich», merkte er schelmisch an.

Emma versorgte das liebenswürdige Ehepaar geduldig mit dem Gewünschten, beantwortete einige Fragen, beriet die beiden bei der Wahl einer Flasche Obstessig und legte noch ein Extra-Tütchen der Trüffelpralinen dazu.

«Ach, und unsere Tochter hat uns aufgetragen, ihr drei Flaschen von Ihrem guten Olivenöl mitzubringen. Das aus den Hügeln – ich hoffe, Sie erinnern sich, welches das ist, ich weiß es nämlich nicht mehr.» Die Dame sah Emma hoffnungsvoll an.

«Ich denke, da kann ich weiterhelfen.» Emma ging hinüber zu dem Regal mit den Ölflaschen. «Es ist dieses hier aus dem malerischen Örtchen Arquà Petrarca. Das ist ganz mild und passt im Grunde zu allem.»

«Oh. Danke. Ja, das nehmen wir.» Sie sah ihren Mann an. «Sollen wir für uns auch gleich noch einen kleinen Vorrat mitnehmen? Wir haben höchstens eine halbe Flasche übrig, glaube ich.»

«Ja, ja, nimm noch zwei Flaschen für uns, also fünf insgesamt», stimmte ihr Mann zu. «Du weißt, dass Simone ihr Öl nicht gern teilt.»

Emma nickte. «Ich gehe schnell ins Lager und hole eine Weinkiste, in der wir Ihren Einkauf verstauen. Dann können wir auch den Essig noch dazupacken und alles ein bisschen mit Papier auskleiden, damit auf Ihrer Heimreise im Auto nichts klirrt.»

Als alles erledigt und der Einkauf bezahlt war, sahen sich die beiden ratlos an. Sie waren mit Taschen und Tüten voll beladen, und vor ihnen stand auch noch die Kiste mit dem Öl.

«Wenn Sie möchten, bringe ich Ihnen den Rest nachher vorbei», schlug Emma vor.

«Ach – das würden Sie tun? Das wäre wunderbar. Für Münter.»

«Das notiere ich sofort, Frau Münter.» Den Namen hatte Helene neulich abends erwähnt, als Emma Brigitte Seelig im Hotel gesucht hatte. Mit schwarzem Edding schrieb sie die Buchstaben auf die Lieferung. «Gefällt es Ihnen bei den Straubs?»

«Ja, wir haben wieder unser Lieblingszimmer reserviert, die Nummer 5 am Ende des Flurs. Das hat so einen schönen großen Balkon, wissen Sie?»

Die Münters erzählten, dass sie ihren Einkauf wegbringen und dann noch einen kleinen Spaziergang machen wollten, danach würden sie aber auf dem Zimmer sein und sich ausruhen.

Emma füllte in der Zwischenzeit die Regale wieder auf, und als Anna und sie die Eingangstür abgeschlossen und sich für diesen insgesamt doch gelungenen ersten Tag beglückwünscht hatten, machte sie sich mit der Weinkiste auf den Weg zu Straubs.

Wie üblich am frühen Abend war die Rezeption nicht besetzt. Aus der Küche drangen emsige Geschäftigkeit und Herrn Straubs ruhige, aber bestimmte Anweisungen an seine Crew. Auch aus der Wirtsstube waren ein paar leise Stimmen zu hören, Besteck klapperte, die ersten Gäste genossen wohl schon ein frühes Abendessen. Emma ließ Flur und Stube hinter sich und stieg mit ihrer Ware in den ersten Stock hinauf. Zufrieden stellte sie fest, dass tatsächlich nichts klirrte. Oben ging sie den Gang entlang zum hintersten Zimmer, blieb allerdings auf halber Strecke wie angewurzelt stehen, weil laute Stimmen durch eine geschlossene Tür kaum gedämpft an ihr Ohr drangen.

«... dir gesagt, du nicht sollst herkommen andauernd.»

Unverkennbar Diaz.

«Ich wüsste nicht, dass du mir etwas zu verbieten hättest!»

Und das war eindeutig Brigitte.

Streit im Paradies?

«Warst du im Theater am Freitagabend überhaupt?»

«Was?»

Schockierte Stille.

«Du erlaubst dir ... also, das geht zu weit, Pablo.»

Es folgte eine Salve spanischer Wörter, von denen Emma nur ein paar Brocken entschlüsseln konnte. Das klang nach irgendetwas wie *unsicher, beweisen, Misstrauen* ... der schöne Pablo schien an seiner Liebsten nicht unerheblich zu zweifeln.

«Sprich gefälligst Deutsch mit mir», fiel ihm Brigitte ins Wort. «Du weißt, dass ich von deinem Gezeter nur die Hälfte verstehe.»

«Du doch hattest satt Roland, oder?», polterte Diaz.

«Das geht dich nichts an», fauchte sie zurück. «Aber dir war er doch auch nur noch lästig, sei doch ehrlich! Allmählich frage ich mich, ob du ihm diese maroden Bruchbuden nicht absichtlich angedreht hast, um ihn zu ruinieren. «

«¡Lo que dices aquí es realmente desagradable!»

«Mag sein, was auch immer das heißt ... Pablo, er hat dir vertraut. Aber einmal Betrüger, immer Betrüger. Du hast dich nicht gescheut, seine Frau zu vögeln, vielleicht hattest du auch keine Skrupel, ihn finanziell reinzulegen.»

«Eres de mal gusto, querida.»

«Nenn mich nicht Schatz.» Das klang so kalt wie Emmas Kühlhaus. «Ich weiß wirklich nicht, warum ich mich überhaupt mit dir eingelassen habe.»

«Weil ich dir habe gefallen, schon vergessen?»

«Wo warst *du* eigentlich am Freitagabend? Nicht mit mir im Theater, das steht schon mal fest.»

«Hier und geschlafen habe.»

«Ach ja? Allein? Oder mit wem? Du machst doch hier auch schon jedem Rock schöne Augen.»

Atemloses Schweigen.

Emma schlich leise weiter. Das wurde ihr nun doch zu heikel. Wenn einer der beiden die Nase voll hatte und aus dem Zimmer stürmte, stünde sie mal wieder mitten auf dem Präsentierteller. Was sie gehört hatte, reichte ihr.

Vorsichtig klopfte sie an der Tür ihrer Kunden, und schon nach wenigen Augenblicken ließ Frau Münter sie ein.

Keine Sekunde zu früh – kaum hatte sie den zweiten Fuß ins Zimmer gesetzt, wurde eine Tür aufgerissen, und jemand stürmte heraus. Es musste Brigitte sein, denn Emma hörte Diaz auf Spanisch etwas murmeln, ehe sich die Tür wieder schloss und seine Stimme verstummte.

28. KAPITEL

𝒲ir haben tatsächlich jetzt schon eine Lieferung Mozzarella bekommen, das ging ja super schnell.» Anna blickte erstaunt zu Emma hoch, die sich über die Verwunderung ihrer Freundin amüsierte.

«Und nicht nur Mozzarella», wies sie auf das Offensichtliche hin, denn auch mehrere Packungen Ricotta und andere leckere Frischkäsesorten waren in dem Paket enthalten, das der Kühlwagen ihres Lieferanten gerade gebracht hatte.

«Dann kann es ja nun wirklich wieder ganz normal weitergehen.» Anna klang hochzufrieden und begann sofort mit dem Auspacken. Die leere Kühltheke hatte ihr gar nicht gefallen, und das hatte sie auch mehrfach beklagt.

«Quasi», schränkte Emma leise ein. «Solange ich nicht weiß, wer in meinem Laden eine Leiche hinterlassen hat, und ich meine Unschuld nicht ohne Zweifel bewiesen habe, ist das für mich noch nicht zu Ende.»

Anna hielt inne und sah sie mitfühlend an. «Du hast recht, entschuldige. Ich kann dich gut verstehen und hoffe wirklich, dass die Kripo das bald herausfindet. Oder …»

«… oder ich.» Entschlossen griff Emma nach einer der kleinen Kühltaschen, die sie hinter der Kühltheke stets für ihre Kunden griffbereit hatte. «Darum mache ich jetzt einen ganz besonderen Lieferservice. Mal sehen, was es da so alles zu hören gibt.»

«Wo willst du denn hin?»

Mit einem verschwörerischen Lächeln packte Emma zwei Packungen Büffelmozzarella in die Kühltasche. Dazu eine Tüte Schokotrüffel. «Na, rate mal.»

«Die Hohenfelser Damen.»

«Erraten.»

«Und du fährst einfach so hin, ohne dich anzumelden?»

«*Esatto*. Wer zu viel fragt, kriegt auch mal Antworten, die er nicht hören will. Wenn ich vorher anrufe, können die Damen sagen, dass es ihnen nicht passt. Wenn ich vor der Tür stehe, ist das schon schwieriger.»

«Und wenn sie nicht da sind? Oder dich nicht reinlassen?»

«Dann habe ich es wenigstens versucht.»

Anna schüttelte anerkennend den Kopf. «Du kleine Hexe.»

Emma grinste. «*Sì*. Meine Nonna Imma hat mich früher auch gern mal so genannt. *La strega*. Dabei bin ich doch so harmlos.»

Anna lachte laut, und Emma stimmte ein.

Sie saß schon längst im Auto und war unterwegs, da lächelte Emma immer noch vor sich hin. Die liebevollen Neckereien mit ihren Freundinnen gehörten für sie zu ihrem Leben in Himmelsricht wie ihr Alimentari. So unterschiedlich Anna und Helene auch waren, beiden war auf ihre Weise eine gehörige Portion Humor zu eigen, die Emma in weniger angenehmen Phasen des Lebens Halt gab und alles nicht so schlimm erscheinen ließ. Und keine der beiden nahm ihr jemals einen lockeren Spruch übel. Das war unbezahlbar.

Wenige Minuten später erreichte sie den Gutshof und bog in die Auffahrt ein. Das mächtige schmiedeeiserne Tor war geöffnet. Vor dem Hintergrund der letzten Informationen sah sie sich das beeindruckende Gemäuer genauer an, als sie ausgestiegen war.

Ja, ein bisschen Putz und Farbe würde längst nicht mehr reichen.

Sie wandte den Blick von der Fassade ab und ging auf die doppelflügelige Eingangstür aus kunstvoll geschnitztem dunklem Holz zu. Auch an ihr hatte der Zahn der Zeit bereits genagt, trotzdem war sie immer noch beeindruckend. Emma drückte den mit einer Messingscheibe unterlegten Klingelknopf an der Wand. Der durchdringende Ton, der durch das Haus schallte, passte zum opulenten Gesamtbild.

Wer noch geschlafen hatte, war jetzt sicherlich wach.

Da nicht gleich eine Reaktion kam, wartete Emma geduldig. Es hätte sie nicht gewundert, wenn sich die Tür geöffnet und sie einem streng dreinblickenden Butler gegenübergestanden hätte, doch die Schritte, die sich näherten, waren eindeutig weiblich.

Langsam schwang ein Türflügel auf, und Emma fand sich einer überraschten Konstanze von Hohenfels gegenüber.

«Guten Morgen, Emma. Was führt Sie hierher?» Begeistert klang sie nicht.

«*Buongiorno* Konstanze. Ich möchte Ihre Intelligenz nicht beleidigen, indem ich so tue, als wäre ich zufällig vorbeigekommen», begann Emma.

«Da dies bisher kein einziges Mal vorgekommen ist, wäre das auch nicht besonders glaubwürdig.»

«Eben.» Dieses Mal hatte sie sich so etwas wie eine Strategie überlegt. Konstanze von Hohenfels war nicht auf den Kopf gefallen, bei ihr wollte und durfte sie sich keinen Schwindel erlauben. Darum hatte sie beschlossen, dass gnadenlose Ehrlichkeit das Beste wäre. «Und da Sie mir bereits so großzügig Ihre Hilfe zugesagt haben, will ich mich nicht in der unangenehmen Situation wiederfinden, mir über Sie oder die Freifrau unnötig den Kopf zu zerbrechen. Also komme ich mit ein paar Fragen.»

Konstanze hob nur eine ihrer perfekt gezupften Brauen und hatte offensichtlich nicht vor, es ihr leicht zu machen.

«Ich hoffe, ich störe damit nicht allzu sehr, aber als kleines Friedensangebot habe ich immerhin etwas Leckeres dabei.» Emma hob die Kühltasche an. «So kann ich meine Fragen stellen und Sie gleich mit frischem Mozzarella versorgen. Also fange ich zwei Tauben mit einer Bohne, und Sie haben auch noch etwas davon.»

«Zwei Fliegen mit einer Klappe schlagen, heißt das bei uns. Aber das mit den Tauben gefällt mir tatsächlich besser.» Konstanze musterte sie mit undurchdringlicher Miene. Dann seufzte sie so leise, dass Emma nicht sicher war, ob sie sich verhört hatte, und ließ die Schultern sinken. «Na, dann kommen Sie mal rein. Ich hätte Sie im Laufe des Tages ohnehin kontaktiert.»

Emma folgte ihrer nicht ganz freiwilligen Gastgeberin ins Innere des Hauses und fand sich in einem nüchternen Entree wieder, dessen schmucklose weiße Wände von mehreren dunklen Holztüren unterbrochen wurden. Konstanze ging voran und führte Emma geradeaus in einen Raum, der wohl als Salon oder Wohnzimmer diente. Die Wände waren rundum bis auf halbe Höhe dunkel getäfelt, darüber prangten Ölgemälde mit Jagdszenen bis hinauf zur hohen Zimmerdecke, die ebenfalls mit dunklem Holz getäfelt war. Rechts und links eines riesenhaften Kamins in der Mitte der Längswand standen mit dunkelrotem Samt bezogene Sofas. Tischchen voller Nippes fanden sich überall, und ein ausladender Ohrensessel samt Hocker teilte sich einen Großteil des übrigen Raumes mit einer langen hölzernen Tafel, an der eine Menge Stühle standen. Sicherlich hatten hier früher mal große Gesellschaften stattgefunden.

Es war das krasse Gegenteil der modernen Seelig'schen Einrichtung und genauso ungemütlich.

«Nehmen Sie doch Platz, Emma. Darf ich Ihnen etwas anbieten?»

«Nein danke, ich hatte eben erst einen Kaffee. Aber Sie könnten den Mozzarella in die Kühlung bringen.» Sie reichte Konstanze die Tasche.

«Was bekommen Sie dafür?»

«Das ist heute mein Mitbringsel. Als Entschuldigung für den Überfall.»

«Aha. Weicher Käse gegen harte Fakten sozusagen.»

«Wenn Sie welche haben, dann gern.» Emma setzte sich auf einen der Stühle an der Ecke der Tafel. Schimmerte da etwas Humor durch Konstanzes Sarkasmus?

Als die junge Freifrau wiederkam, brachte sie die Schokotrüffel mit und stellte sie in einem weißen Schälchen auf den Tisch.

«Also, was wollen Sie wissen? Ich sagte Ihnen, dass ich helfe, wo ich kann, doch ich werde niemanden belasten, der mir am Herzen liegt.»

«Es liegt mir fern, das von Ihnen zu erwarten. Ich habe trotzdem auch eine Frage an Ihre Mutter. Ist sie da?»

«Von ihr spreche ich nicht.»

Die knappe Aussage brachte Emma aus dem Konzept. «Ähm ... wie auch immer», rettete sie sich aus ihrer Verblüffung. «Mir geht es nicht darum, irgendjemanden zu belasten. Sie haben mir mit Ihrer Solidaritätsbekundung am

Sonntagabend sehr geholfen, herzlichen Dank noch mal. Seit gestern Nachmittag ist wieder fast so viel Bewegung in meinem Laden wie vor dem Mord.»

«Das freut mich. Doch lassen Sie uns zur Sache kommen. Wenn Sie Kundschaft haben, sollten Sie nicht allzu lange fernbleiben. Frau Bachmeier ist zwar sehr tüchtig, die Chefin sind und bleiben dennoch Sie.»

«Da gebe ich Ihnen recht.» Emma räusperte sich. «Ich war am Montag in der Hölle. Sie auch. Ich konnte nicht verhindern, Sie telefonieren zu hören.»

«Ich verstehe. Mir ist schon mehrfach aufgefallen, welch scharfes Gehör Sie haben.» Es klang weder aufgebracht noch schuldbewusst. «Ja, ich habe telefoniert.»

«Mit wem?»

«Zuerst mit einer Person, die ich sehr schätze.» Der Tonfall in ihrer Stimme sagte Emma, dass sie nichts Konkreteres erfahren würde. «Dann mit meiner Mutter, die ich zeitweise etwas weniger schätze. Und ja, es ging um Roland Seelig und dessen Ableben.»

«Sie waren der Meinung, er hätte sich seinen Tod selbst zuzuschreiben.»

«Sicher finden Sie, dass das nicht sehr nett von mir war.»

Emma hob die Schultern. «Ich habe auch schon wenig nette Dinge über ihn gesagt und gedacht.»

Ein kurzes Schmunzeln huschte über Konstanzes Gesicht. «Er war ein Idiot, das steht für mich außer Frage. Und er war ein schlechter Vater. Ein schlechter Geschäftsmann. Ein schlechter Ehemann. Aber er war kein schlechter Mensch.» Sie schüttelte den Kopf, als könnte sie ihre eigene Aussage nicht fassen. «Im Grunde wollte er es allen recht machen und hat sich selbst dabei irgendwann nicht mehr zurechtgefunden. Sicher wissen Sie bereits, dass meine Mutter ihm ein großes Waldgrundstück verkaufen wollte. Ich war strikt gegen diesen Verkauf, denn das würde bedeuten, dass der restliche Waldgrund zu klein wäre für ein eigenes Jagdgebiet, nicht mehr verpachtet werden könnte und damit keine laufenden Einnahmen mehr bringen würde.»

Offenbar erkannte sie die Fragezeichen, die um Emmas Kopf schwirrten, und machte eine wegwerfende Handbewegung.

«Deutsches Jagdrecht. Sie wollen gar nicht wissen, welche Herden von Amtsschimmeln da wiehern. Jedenfalls wollte ich stattdessen von Seelig die seit Jahren ausstehende Pacht eintreiben, inzwischen ein sechsstelliger Betrag. Wie Sie sicher erkannt haben, könnten meine Mutter und ich das Geld gut gebrauchen. Seelig hat uns beide hingehalten und ständig vertröstet, hat uns sogar gegeneinander ausgespielt. Und ja, ich war wütend, aber ...» Wieder schüttelte sie den Kopf. «Dabei habe ich es belassen.»

Was hatte Veronika gesagt? Himmelsricht hätte ihm dann zu Füßen gelegen? Das hätte einem Mann wie Seelig sicher gefallen, aber war das genug Grund für eine solche Ausgabe?

«Wissen Sie, wofür er das kaufen wollte? Mit der Jagd wäre es ja dann definitiv vorbei gewesen, das muss er doch gewusst haben.»

Konstanze zögerte kurz. «Das hatte in diesem Fall nichts mit einer Jagd zu tun, sondern ... mit einem *sehr* persönlichen Anlass», sagte sie dann.

Eine Ahnung stieg in Emma hoch. «Ist dieser Grund vielleicht weiblich und arbeitet in der Gemeindeverwaltung?»

Konstanze tat, als hätte sie die Frage nicht gehört, und betrachtete eingehend ihre sauber manikürten Hände.

Emma unterdrückte ein zufriedenes Schmunzeln und beschloss, es dabei zu belassen. «Wo waren Sie in der Mordnacht, Konstanze?», fragte sie stattdessen.

«Hier. Ich habe ferngesehen und bin zeitig zu Bett gegangen. Das Programm ließ zu wünschen übrig.»

Dass in diesem alten Gemäuer moderne Technik beheimatet sein sollte, erschien Emma geradezu absurd. «Kein besonders gutes Alibi, wenn ich das so sagen darf.»

Konstanze zuckte die Schultern. «Das habe ich mir nicht ausgesucht. Hätte ich geahnt, dass ich ein Alibi brauchen würde, hätte ich natürlich dafür gesorgt, nicht so ungeschützt dazustehen, wie ich das jetzt tue.»

Emma nickte und fixierte ihr Gegenüber einen Moment lang. «Erlauben Sie mir eine persönliche Bemerkung: Ich werde aus Ihnen nicht schlau, Konstanze.»

«Da sind Sie sicherlich nicht die Einzige.» Die schnarrende Stimme aus dem Hintergrund ließ Emma herumfahren.

«Mutter! Ich dachte, du wärst auf einem langen Spaziergang.»

«Ich bin die kleine Runde gegangen, wenn du erlaubst. Der Hund war heute nicht in Form.»

Die Freifrau Isadora von Hohenfels ließ sich, ganz Dame trotz staubiger Schuhe und grober Strümpfe unter dem langen dunklen Faltenrock, elegant auf einen der Stühle sinken. «Warum bietest du unserem Gast nichts zu trinken an?»

«Ich habe abgelehnt», schoss Emma heraus, ehe Konstanze zu einer Antwort kam.

Die Freifrau ignorierte den Einwand. «Konstanze, bring Frau Ferrari wenigstens ein Glas Wasser. Sie kann es ja stehen lassen, wenn sie es nicht will.»

Wortlos stand ihre Tochter auf und verließ den Raum.

Hatte sich bis zum Eintreffen der alten Dame noch eine gewisse freundschaftliche Atmosphäre gehalten, so herrschte nun klirrende Kälte.

«Wie geht es Ihnen, gnädige Frau?», erkundigte sich Emma dennoch in einem Versuch, das Klima wieder etwas zu erwärmen. «Ich hoffe, Sie sind wohlauf.»

«Sehe ich so aus, als müsste man sich um mich Sorgen machen?»

«Nein, tatsächlich nicht.» Groll stieg in Emma auf. Dieser Drachen mochte mit ihrer Tochter umspringen, wie es ihr beliebte, aber sie selbst musste sich die Launen der alten Dame nicht gefallen lassen. «Ich hörte nur, wie Sie beim Friseur am Telefon über einen Arzt und Injektionen sprachen, und habe mich deshalb höflich nach Ihrem Befinden erkundigt.»

«Mutter!» Konstanze stand in der Tür, ein Glas Wasser in der Hand und Zorn im Blick. «Mit welchem Arzt hast du telefoniert?» Sie kam näher und stellte das Glas vor Emma ab. «Pflegst du etwa immer noch Kontakt zu diesem Quacksalber?»

«Doktor Liebeskind ist kein Quacksalber!», begehrte Isadora auf. Dann wandte sie sich mit vorwurfsvoll ausgestrecktem Zeigefinger an Emma. «Junge Frau, hat Ihnen noch niemand gesagt, dass es äußerst unhöflich ist, Ihre Mitmenschen zu belauschen?»

«Dann, gnädige Frau, sollten Sie solche Gespräche nicht im Friseursalon unter der Trockenhaube führen», konterte Emma gelassen. «Sicher hat man jedes Wort bis auf die Straße gehört, und halb Himmelsricht hält Sie nun für schwer krank.»

«Ich muss doch sehr bitten!», fuhr Isadora von Hohenfels

Emma an und richtete sich kerzengerade auf. «Tratschen ist eine genauso lästige Angewohnheit wie lauschen, lassen Sie sich das gesagt sein. Es handelt sich hier lediglich um hocheffektive Vitamine und Mineralstoffe, die ich injiziert bekomme. Wie Sie hier auftreten, ist eine Unverschämtheit! Und das sage ich Ihnen, unter diesen Umständen werden wir es uns gut überlegen, weiterhin bei Ihnen einzukaufen.»

«*Wir* überlegen uns zuerst etwas ganz anderes, Mutter.» Konstanzes Stimme hätte mühelos Panzerglas schneiden können. «Und zwar, dass du ein für alle Mal und endgültig den Kontakt zu diesem Hochstapler abbrichst, der dir nur das Geld aus der Tasche ziehen will.» Sie wandte sich an Emma. «Vitamine? Von wegen! Eine Verjüngungskur lässt meine Mutter sich andrehen. *Das ewige Leben.* Mindestens. Mit ein bisschen gefärbter Kochsalzlösung. Ist das zu fassen? Ich dachte, wir wären vernunftbegabte Wesen, aber meine Mutter offensichtlich nicht.»

«Ich wüsste nicht, was du damit zu schaffen hättest, Konstanze. Es ist *mein* Leben, und es ist *mein* Geld, und ich tue damit, wonach mir der Sinn steht.» Ebenso elegant, wie sie sich gesetzt hatte, erhob sich Isadora nun und reckte sich zu voller Größe. Was nicht besonders furchteinflößend wirkte, denn sie reichte ihrer Tochter gerade bis zur Schulter.

Es ging hier nun nicht mehr um sie, wurde Emma klar. Sie war unversehens zwischen die Fronten einer Mutter-Tochter-Fehde geraten, die offenbar nicht erst seit gestern schwelte.

«Von welchem Geld sprichst du bitte, Mutter?» Konstanze stieß ein spöttisches Schnauben aus und drehte sich mit ausgebreiteten Armen einmal um ihre eigene Achse. «Schau dich doch um! Hätten wir welches, würde es weder durchs Dach regnen noch in meinem Schlafzimmer durch alle Ritzen ziehen. Dann hätten wir die Fassade endlich mal streichen und die elektrischen Leitungen erneuern lassen können.»

«Ich verbitte mir diesen Ton! Vergiss nicht, dass ich bereits eine Lösung aufgetan hatte, die du ...»

«Ha!» Konstanze schnaubte. «Das, was du durch den Verkauf des Grundstücks hereinbekommen hättest, hätte doch gerade mal für zehn deiner haarsträubenden Hokuspokus-Spritzen gereicht! Was du tust, ist unverantwortlich, wird dir das irgendwann mal klar?»

Emma saß reglos auf ihrem Stuhl, der immer unbequemer wurde unter ihrem Po, und wünschte sich weit weg. Die beiden Damen hatten offensichtlich vergessen, dass sie anwesend war.

«Würde dein Vater noch leben, dann würdest du es nicht wagen, so mit mir zu sprechen.» Isadoras Stimme zitterte dramatisch, und sie reckte das Kinn. Die Geste ließ sie allerdings eher wie ein trotziges Kind wirken.

«Ach, zum Teufel!» Konstanze warf die Hände in die Luft. «Würde mein Vater noch leben, hätte er dir diese Grillen schon längst ausgetrieben, das kannst du mir glauben.»

«Ich höre mir das nicht länger an.» Die Freifrau machte auf dem Absatz kehrt und marschierte erhobenen Hauptes aus dem Raum. «Wenn du dich beruhigt hast, erwarte ich eine Entschuldigung.»

«Da kannst du lange warten, Mutter. Komm endlich zur Vernunft», rief Konstanze ihr hinterher.

Laut fiel die Tür zur Eingangshalle hinter Isadora ins Schloss. Im Zimmer herrschte einen Moment lang Stille, bis Emma sich schließlich unbehaglich räusperte.

«Ich glaube, ich werde jetzt lieber gehen», sagte sie vorsichtig und stand von ihrem Stuhl auf. «Sonntagabend gibt es eine kleine Feier zur Wiedereröffnung. Es wäre schön, wenn Sie auch kommen könnten, Konstanze.»

Doch Konstanze rang offensichtlich noch um Fassung. «Ich bedaure zutiefst, dass Sie Zeugin dieser peinlichen Szene wurden, Emma», sagte sie schließlich mit belegter Stimme. «Und natürlich komme ich sehr gern und stoße mit Ihnen an.»

«Das würde mich freuen.»

Konstanze brachte sie in die Eingangshalle und öffnete die Haustür, mit einem knappen, aber aufrichtigen Gruß verabschiedeten sich die Frauen voneinander. Als Emma gerade in ihr Auto steigen wollte, kam ein weiteres Fahrzeug auf den Hof gefahren. Dieses Mal sah sie keine Veranlassung, sich zu verstecken, und so winkte sie den beiden Kripo-Beamten fröhlich zu.

Falk saß am Steuer. Der Wagen verlangsamte und hielt schließlich auf ihrer Höhe an. Gieseking öffnete das Beifahrerfenster.

«Sie schon wieder?»

«*Buongiorno commissari.*» Emma lächelte strahlend ins Innere des Fahrzeugs hinein. «Ich hatte eine Lieferung für die Damen. Und Sie?»

Ein genervter Zug lag um Giesekings Mund, doch er schluckte seine Bemerkung offenbar hinunter. «Dann wollen wir mal sehen, ob Sie uns noch irgendwelche Informationen übrig gelassen haben», sagte er stattdessen.

Sie kehrte ihre Kühltasche um und zuckte die Schultern. «Leer, sehen Sie? Ich habe nichts mitgenommen.»

Falk lachte. «Ja, zeigen Sie es ihm ruhig, Frau Ferrari. Der ist sonst immer so grantig, wenn er Sie irgendwo sieht.»

«Ach ja?» Emma fixierte den Kommissar. «Sind Sie etwa ein schlechter Verlierer, *commissario*?»

«Schwerlich. Ich bin nämlich überhaupt kein Verlierer», grummelte er, doch die Fältchen um seine Augen vertieften sich, und er hatte wohl Mühe, sich ein Schmunzeln zu verbeißen.

«Wie auch immer. Viel Glück, die Herren. Ich muss wieder in meinen Laden zurück.»

Sie winkte zum Abschied und stieg hochzufrieden in ihr Auto.

Einmal mehr war sie schneller gewesen.

«Krass», urteilte Helene.

Wie schon am vergangenen Freitag war Emma mit ihr auf den Burgberg gestiegen. Nach der Vorstellung im Gutshaus hatte sie dringend Bewegung und frische Luft gebraucht. Ihre Freundin hatte atemlos zugehört, als sie ihr vom Duell der Titaninnen berichtet hatte.

«Ich möcht ja nicht in Konstanzes Haut stecken», setzte Helene hinzu. «Adel hin, Adel her. Was hat sie schon davon? Einen Haufen alter Steine, mit denen sie nichts anfangen kann und die nur Geld kosten. Undichtes Dach und zugige Fenster. Und eine Mutter, die sie rumkommandiert und irgendwo im vorletzten Jahrtausend lebt, aber Geld für ewige Jugend rausschmeißt. Geht's noch? Ich meine – wie alt will die denn werden?»

«*Allora*, in Italien ist es ja auch üblich, dass mehrere Generationen unter einem Dach leben, weil es finanziell manchmal nicht anders geht», widersprach Emma. «Aber du hast recht, hier ist das schon ... abenteuerlich.»

«Sag ich doch. Das ist echt krass.»

«Na ja, ich wäre jetzt nicht so hart ...»

«Aber ich hab recht. Und was Neues hast du demnach nicht mehr herausgefunden, oder?»

«Nein.» Emma schüttelte traurig den Kopf. «Und du?»

«Nichts, was mit dem Fall zu tun hätte.»

«Wie meinst du das?»

«Das Rezept, das Susann bei mir verloren hat, gehörte gar nicht zu meinen Behandlungen, sondern war von ihrem Frauenarzt. Und ich hätte es beinahe in meine Buchhaltung eingereiht.»

«Ach was ... warum hast du das nicht gleich gemerkt? Wir hätten es ihr zurückgeben können.»

«Sie kriegt das halt beim nächsten Termin wieder. Ich war einfach zu abgelenkt. Konstanze sollte doch kommen, das hat mich schon ein bisschen nervös gemacht.»

«Ja, sie ist eine imposante Erscheinung.»

Inzwischen waren sie oben am Aussichtsturm angekommen, lehnten sich an die Brüstung und blickten ins Tal hinunter. Heute war die Sicht glasklar, und in der Ferne erkannte Emma den bläulichen Schatten der Alpenkette.

«Ich verstehe inzwischen gar nichts mehr, ganz ehrlich», gestand sie. «Das wird immer konfuser. Jeder hat irgendein fadenscheiniges Alibi, fast jeder hat ein Motiv, aber genauso hat eigentlich jeder jetzt, nach Seeligs Tod, mehr Probleme als zuvor. Dieser Mord bringt doch für niemanden einen Vorteil.»

Helene legte den Kopf in den Nacken und hielt mit geschlossenen Augen das Gesicht in die Sonne. «Das stimmt.»

«Der Seelig hätte das Haus doch fünfmal verkaufen müssen, um alles zu bezahlen. Da ist das Auto seiner Frau ...»

Helene hob die Hand und streckte den Daumen heraus. «Nummer eins.»

«Die Schulden bei Diaz. Um wie viel es genau geht, weiß ich nicht, aber er läuft auf jeden Fall einer größeren Summe hinterher.»

Helenes Zeigefinger kam dazu. «Nummer zwei.»

«Die Pachtrückstände beziehungsweise der Kauf des Waldstücks. Konstanze hat durchblicken lassen, dass er das für Veronika haben wollte.»

«Nummer drei und vier.» Sie öffnete die Augen und schirmte sie mit einer Hand gegen die Sonne ab. «War dieser grobe Klotz etwa romantisch?»

«Scheint so. Und zu guter Letzt sind da die unbezahlten halb fertigen Fincas auf Mallorca. Ich will gar nicht wissen, um wie viel Geld es da geht.»

«Nummer fünf. Klingt schon ein bisschen beängstigend. Noch was?»

«Nein.» Emma drehte sich um und lehnte sich mit dem Rücken an die Steinmauer. «Das reicht für drei Leben. Alle, die von Seelig Geld wollten, sind jetzt die ... wie sagt man?»

«Du meinst die Gelackmeierten? Die Angeschmierten?»

«Genau. Denn Roland junior hat die Vollmacht für den Verkauf des Hauses, und damit entscheidet er, was er mit dem Erlös macht. Und wer weiß, was aus all den anderen Plänen wird, vielleicht gibt es kein Auto für seine Mutter, kein Grundstück für Veronika und kein Geld für Diaz.»

«Und wer hat jetzt was davon?»

«Das ist es, was ich mich schon die ganze Zeit frage, Leni. Es sieht aus, als hätte niemand einen Vorteil von Roland Seeligs Tod. Keine einzige Person in diesem ganzen Ort.»

29. KAPITEL

Emma hatte schlecht geschlafen in dieser Nacht. Sie haderte mit der Frage, ob sie mit der Party am Sonntag nicht zu spontan gewesen und die Vorbereitungszeit zu kurz war. Anna hatte sie zwar zu beruhigen versucht, doch gestern Abend waren die Bedenken wiedergekommen. Sie hatte sich den Kopf zerbrochen, hatte an Roland Seelig gedacht, an ihre Ermittlung, an Kommissar Gieseking.

Von dort waren ihre Gedanken zu Korbinian und Petra gewandert. Das Gefühl, dass sie nun endgültig allein war, verpasste ihr immer wieder kleine Stiche des Selbstmitleids, die sie aber zu ignorieren versuchte. Da grübelte sie doch lieber über dem offenbar nicht zu entwirrenden Mordfall nach.

Ob der Kommissar der Lösung schon näher gekommen war als sie? Mit all seinen technischen und bürokratischen Mitteln standen ihm natürlich ungleich mehr Möglichkeiten zur Verfügung als ihr. Es war ja auch sein Job – den er hoffentlich gut beherrschte.

Als endlich der Morgen graute und einen wunderbar sonnigen Tag versprach, war Emma froh gewesen, aufstehen zu können. Früher als sonst war sie im Laden angekommen und hatte schon einiges abgearbeitet, als sie die Tür aufsperrte und der Arbeitstag begann.

Nun saß Emma mit Helene in ihrer kleinen Teeküche beisammen und machte Mittagspause. Anna war kurz nach Hause gefahren, um ein paar Dinge zu erledigen und ihre

Zwillinge auf ihren morgigen Einsatz einzuschwören. Sie hatte beschlossen, die beiden zur Strafe für den Klopapier-streich bei Emmas Party mithelfen zu lassen. So konnten sie gleich gemeinsam lernen, was es hieß, die Konsequenzen für ihr Handeln zu tragen.

Helene hatte ihren Nachmittagstermin verschoben, um die beiden Freundinnen bei ihren Vorbereitungen zu unter-stützen.

«Ich finde es so toll, dass der Roland junior dir das Haus jetzt doch verkaufen will.» Helene biss genüsslich von einer Scheibe Ciabatta ab. «Dann kannst du dich ja sofort auf deine neuen Pläne stürzen», sagte sie mit vollem Mund. «Hach, und ich freu mich schon so drauf, dass du bald hier wohnst!»

«Ja, das wird fein. Ich habe da eine riesengroße Küche, was meinst du – wenn ich Kochkurse anbieten würde, könnte das interessant sein? Nichts Großes natürlich, ich bin schließlich keine Köchin, aber ...»

«Klar, das wäre klasse. Und hier und da könntest du deine italienischen Rezepte mit typischen Gerichten der Region kombinieren, das wäre doch originell.»

«Hm.» Emma war nicht überzeugt. «Was stellst du dir da vor?»

«Pizza mit Weißwurst und süßem Senf?» Helene grinste. «Ist albern, ich weiß, aber ...»

«Gar nicht so sehr. Pizza *con* Wurstel ist bei italienischen Kindern ziemlich beliebt. Weißwurst mit Senf wäre dann die Erwachsenenvariante.» Emma musste ebenfalls grinsen. «Woran denkst du sonst noch?»

«Bratwurst mit Semmelknödelspaghetti und Parmesan?»

«Das ist jetzt aber wirklich albern, oder nicht?»

Helene zuckte die Schultern. «Bei meinem Paps in der Küche könntest du dir die nötige Inspiration holen. Er verrät dir bestimmt ein paar Kniffe, wenn ich ihn darum bitte.»

Die Hintertür klappte. Sie hatten sie für Anna offen gelassen, allerdings hatte Emma noch nicht mit ihr gerechnet.

«Übrigens: Ab nächster Woche erwarte ich dich wieder zur üblichen Zeit in der Turnhalle, verstanden, Frau Faulpelz?» Helene stieß sie in die Seite.

«Ja, Frau General. Du machst mit diesem Ton Isadora von Hohenfels echt Konkurrenz.»

«Das schafft niemand so schnell. «

Emma und Helene fuhren herum, als anstelle von Anna niemand Geringeres als Konstanze von Hohenfels in der Tür stand.

«Konstanze!» Emmas Herz raste. Nicht weil sie ein schlechtes Gewissen hatte wegen ihrer flapsigen Bemerkung, sondern weil sie mit ihr absolut nicht gerechnet hatte.

Nicht nach dem gestrigen Gespräch.

Konstanze räusperte sich. «Verzeihung, ich wollte Sie nicht erschrecken. Die Tür ... sie war offen. Da dachte ich ... Wegen Ihrer Feier morgen. So ein Event erfordert schließlich einiges an Vorbereitung und ...»

So unsicher hatte Emma die stets beherrschte Dame noch nie erlebt. Sie stand auf und ging ihr einen Schritt entgegen.

«Ja?»

«Nun, Sie werden vermutlich Häppchen reichen oder etwas dergleichen.»

«Richtig.» Emma ahnte, worauf Konstanze hinauswollte: Sie wollte sich nützlich machen, ohne sich aufzudrängen. «Sie möchten uns nicht zufällig dabei ein bisschen unter-stützen?», fragte sie vorsichtig. «Wir können jede helfende Hand gebrauchen, nicht wahr, Leni?»

Helene brauchte eine kurze Schrecksekunde für die richtige Antwort. «Ja ... ja, natürlich, absolut! Das schaffen wir sonst nie.»

«Nun, ich kann gern behilflich sein. Ich habe eine gewisse Erfahrung darin, ein Buffet herzurichten oder Fingerfood zuzubereiten.» Konstanze machte eine Kunstpause und fuhr dann mit einem Lächeln fort, das Emma nicht anders als schelmisch bezeichnen konnte. «Sogar ein italienisches.»

Helene stand nun auch auf. «Oh, wie klasse. Kommen Sie, Frau von Hohenfels, wir haben vorhin schon angefangen zu überlegen, was wir alles zubereiten wollen. Ich bin gespannt, was Sie für Ideen haben. Aber erst mache ich uns einen Espresso – nicht wahr, Emma, das darf ich, oder?»

«Naturalmente sì.»

Die beiden Frauen verließen die kleine Teeküche und Emma blieb mit einem perplexen Kopfschütteln zurück.

Wieder einmal hatte die adelige Dame sie überrascht. Ihr war klar, dass irgendwann ein Plausch von Frau zu Frau fällig sein würde. Bald, wenn alles wieder in geordneten Bahnen lief. Jetzt freute sie sich erst einmal aufrichtig über Konstanzes Erscheinen. Alles würde wieder in Ordnung kommen. Nach einer Woche Chaos schloss sich ein Kreis, und Ruhe würde in ihr Leben zurückkehren.

Und doch ...

Emma fühlte sich nicht zufrieden, sondern vielmehr so, als würde irgendwo eine Lücke klaffen, die sie nicht benennen konnte, als bliebe da eine Leere, die alles schal schmecken ließ. Und das hing zweifellos damit zusammen, dass immer noch kein Mörder überführt war.

Ja, sie war entlastet und durfte ihren Laden weiterführen. Und ja, sie würde das Haus doch kaufen und endlich ihren Traum verwirklichen können.

Trotzdem ... es war nicht rund. Der ungelöste Mordfall nagte an ihr. Und deshalb konnte sie mit dieser Situation nicht uneingeschränkt zufrieden sein.

Wie hatte Anna gesagt? Sie hätte gern vor dem Herrn Kommissar mit der Lösung des Falles geglänzt?

Das stimmte – und auch wieder nicht.

Natürlich hatte sie alles darangesetzt, das Rätsel zu lösen. Schließlich hatte sie unbedingt ihr geliebtes Alimentari wiedereröffnen und sich selbst entlasten wollen. Dieses Ziel war nun erreicht – aber es fühlte sich an, als hätte sie etwas geschenkt bekommen, das sie sich nicht verdient hatte.

Wurde sie allmählich sonderbar?

Draußen im Laden redeten Helene und Konstanze leise miteinander. Im Hintergrund dröhnte die Kaffeemaschine, und der Duft wehte bis zu ihr herein. Bald würde auch Anna wieder da sein, und dann würden sie zu viert das reibungslose Gelingen des morgigen Abends planen. Sicher würde auch Therese dazukommen. Sie schien immer zu riechen, wenn es irgendwo etwas Unterhaltsames gab.

«Entschuldige, Emma. Hier möchte dich jemand sprechen.»

Emma schreckte aus ihren Gedanken hoch. Helene stand in der Tür zur Teeküche, schräg hinter ihr eine ältere, unscheinbare, etwas rundliche Frau mit schlohweißen Haaren, die Emma auf den ersten Blick nicht zuordnen konnte. Sie war blass und sah bedrückt aus. Plötzlich fiel der Groschen.

«Frau Hößlbarth! Was für eine Überraschung.»

«Ich will nicht stören, Frau Brenner, aber ...»

«Kommen Sie doch herein. Dürfen wir Ihnen einen Cappuccino anbieten?»

«Nun ja ...»

«Ich kümmere mich drum.» Helene verschwand, ohne eine Antwort abzuwarten.

«Setzen Sie sich doch. Was führt Sie hierher?»

Ottos Frau war noch nie hier in ihrem Laden gewesen. Emma hatte lange nicht mal ein Gesicht zu ihrem Namen gehabt, so fremd waren sie sich. Und plötzlich stand sie vor ihr. Das konnte nach den letzten Ereignissen nichts Gutes bedeuten.

«Geht es um Otto?», fragte sie zaghaft. «Geht es ihm ... ist er ...» Sie scheute sich, es auszusprechen.

«Er ist auf dem Weg der Besserung.»

«Ah, *grazie a dio*! Ich hatte schon das Schlimmste befürchtet ...»

«Nein, er wird es überstehen.»

Mit einem schüchternen Lächeln bedankte sich Frau Hößlbarth bei Helene, die eine Tasse mit duftendem Cappuccino vor ihr abstellte, und rührte dann konzentriert in ihrem Milchschaum.

Emma schwieg und bedrängte sie nicht. In diesem Fall fiel es ihr leicht, Geduld aufzubringen, denn sie war voller Mitgefühl für die Frau, und jetzt, wo sie wusste, dass sie nicht hier war, um ihr von Ottos Tod zu berichten, konnte sie gut warten.

Annemie Hößlbarth nahm bedächtig einen Schluck aus ihrer Tasse. «Ich komme, um mich bei Ihnen zu bedanken», sagte sie schlicht. «Es hat mir sehr geholfen, dass Sie bei mir geblieben sind und mich nicht allein gelassen haben, als sie den Otto ... weggebracht haben.»

«Aber das war doch selbstverständlich», wehrte Emma ab.

«Für Sie vielleicht, aber nicht für mich. Ich hätte mir in diesem Moment nicht zu helfen gewusst. Und allein dazustehen und zu warten, bis meine Schwester kommt ... das wäre ein Albtraum für mich gewesen.»

«Ich freue mich, dass Sie mir das sagen», gestand Emma leise.

Mrrrau ...

«Oh – was bist du denn für ein Schöner?», fragte Annemie Hößlbarth überrascht, und es schien, als würde ihre Miene sich etwas aufhellen, als ein orange-getigertes Fellknäuel sanft um ihre Beine strich.

«Hugo!» Verlegen versuchte Emma, den Kater zu fassen, doch er hatte sich in einer katzentypisch eleganten Bewegung unter die Eckbank verzogen und schnurrte wie eine kleine Nähmaschine. «Tut mir leid, Frau Hößlbarth, ich bringe ihn gleich raus ...»

«Ach, lassen Sie doch.» Ein kleines Lächeln lag auf dem bekümmerten Gesicht. «Ich liebe Katzen. Aber wir können keine haben, weil mein Otto so allergisch auf sie reagiert.»

«Na gut, dann darf er bleiben», entschied Emma und nahm nach einem letzten Blick unter die Bank den Faden wieder auf. «Geht es Ihnen denn schon wieder etwas besser? Haben Sie Hilfe?»

Annemie Hößlbarth nickte. «Ich wohne bei meiner Schwester, bis Otto entlassen wird. Wissen Sie, wir sind seit über fünfundvierzig Jahren verheiratet und waren nie länger als ein paar Stunden getrennt. Außer Otto war bei der Arbeit. Aber sonst ... es ist sehr schwer für mich, allein zu sein, ohne ihn.»

«Aber er kommt ja sicher bald wieder nach Hause, oder? Hat man Ihnen schon etwas dazu sagen können?»

«Ein paar Tage wird es wohl noch dauern.» Annemie Hößlbarth nahm einen weiteren Schluck. «Der ist sehr gut, vielen Dank.»

«Gern. Ich bin froh zu hören, dass er sich rasch erholen wird.»

«Ich auch.» Sie wirkte nicht so erleichtert, wie Emma angesichts der positiven gesundheitlichen Entwicklung ihres Mannes angenommen hatte. Frau Hößlbarth hielt einen Moment inne, als würde sie mit sich hadern, ob sie sprechen sollte. «Frau Brenner, ich muss Ihnen noch was sagen, und das fällt mir sehr schwer.»

«Ja, bitte?»

«Ich ... Sie haben doch immer wieder mal Kontakt mit dem Kommissar, der den Mord an Roland untersucht, nicht wahr?»

«Äh ... ja, das ist richtig», bekannte sie erstaunt.

Annemie Hößlbarth atmete so tief ein, dass Emma sich fragte, wo diese kleine Person den Raum für so viel Luft hernahm.

«Ich fürchte, er sollte da etwas wissen.»

«Möchten Sie, dass ich ihn anrufe? Ich habe seine Nummer, sicher kommt er her, wenn Sie mit ihm sprechen möchten.»

«Nein, nein», wehrte sie beinahe ängstlich ab. «Nur das nicht. Aber Sie können es ihm doch sagen, oder?»

«Was denn, Frau Hößlbarth?»

«Diese Waffe ... die, mit der Roland erschossen wurde ... sie gehörte Otto.»

Nachdem Annemie Hößlbarth wieder gegangen war, blieb Emma noch eine Weile fassungslos in ihrer Teeküche sitzen. Diese Neuigkeit hatte ihr schier die Füße weggezogen.

Annemie Hößlbarth hatte berichtet, ihr Mann habe sich vor vielen Jahren über einen tschechischen Jagdfreund eine illegale, nicht registrierte Waffe besorgen lassen. Damals habe er gesagt, für alle Fälle – man wisse ja nie. Was genau er damit gemeint hatte, wusste sie nicht. Otto hatte nicht wieder darüber gesprochen.

Wie diese Pistole ihren Weg in Emmas Laden gefunden hatte, konnte Frau Hößlbarth nicht sagen. Nach dem Mord hatte sie sich aus Andeutungen Ottos einiges zusammengereimt, und als er dann im Krankenhaus lag, einfach nachgesehen. Die Waffe war nicht da gewesen, wo sie hätte sein sollen.

Und nun machte sie sich Sorgen, ob ihr Otto nicht doch … und der Herzinfarkt vielleicht von seinen Gewissensbissen …

An dieser Stelle war Annemie Hößlbarth in Tränen ausgebrochen und hatte ein bisschen gebraucht, um sich wieder zu beruhigen. Emma hatte ihr ein Glas Wasser gegeben und sie weinen lassen. Schließlich war ihre Schwester gekommen, um sie abzuholen.

Und seitdem saß Emma hier.

Otto. Also doch.

Aber warum?

So sehr sie zu Beginn ihrer Recherchen auch an seine Täterschaft geglaubt hatte, so sehr sträubte sie sich jetzt gegen diese Erkenntnis.

Etwas passte nicht. Sie wusste nur nicht, was.

Lautes Scharren und Klopfen unter der Bank holte sie aus ihren Grübeleien. Hugo hatte sich während Emmas Gespräch mit Annemie Hößlbarth vorbildlich ruhig verhalten, nun war er aus seinem Nickerchen erwacht und voller Tatendrang. Emma war froh, dass er nach etwas Bedenkzeit nun doch seinen Weg zurück in ihren Laden gefunden hatte. Ein paar Tage war er nicht hergekommen, und sie konnte das verstehen – schließlich hatte er wahrscheinlich einen Mord beobachtet –, aber nun schien er erneut Vertrauen gefasst zu haben und war in seinem Versteck unter der Bank offenbar schon wieder auf der Jagd nach imaginären Mäusen. Denn echte würde er hier sicher nicht finden.

«Hugo! Benimm dich, oder du gehst raus», mahnte Emma nur halb im Ernst und erhob sich. Sie würde sich einen Cappuccino machen und nach ihren Freundinnen sehen. Dann würde sie den Kommissar anrufen. Sie hatte Annemie ja praktisch das Versprechen gegeben, ihm zu sagen, dass Otto Hößlbarth ...

Wie schwer mochte es der armen Frau gefallen sein, mit diesem niederschmetternden Verdacht zu ihr zu kommen und ihren Mann, der dem Tod gerade noch von der Schippe gesprungen war, so in den Fokus der Ermittlungen zu rücken?

Wieder stieg dieses Störgefühl in ihr auf. Irgendetwas passte hier nicht. Doch was war es?

Nachdenklich sah sie dem fidelen Kater beim Spielen zu. Seine Bemühungen unter der Bank waren wohl erfolgreich gewesen, denn er ließ hakenschlagend und mit verspielten Sprüngen einen kleinen blitzenden Gegenstand über den Boden schießen, als würde er eine fliehende Maus vor sich herjagen. Er erwischte seine Beute, bedeckte sie sicherheitshalber mit beiden Pfoten, damit sie ihm nicht wieder entkam, lugte vorsichtig darunter, gab ihr dann wieder einen

Schubs und fetzte hinterher, um sie endgültig am Entkommen zu hindern.

Belustigt verfolgte Emma die wendigen Bewegungen des ansonsten eher faulen Katers. Wenn er diese verrückten Momente hatte, und das kam gelegentlich vor, war das ein kurzes, aber sehr amüsantes Schauspiel. Denn so schnell, wie der Energieausbruch gekommen war, verpuffte er auch wieder. Hugo tat mit ausgiebigem Gähnen kund, dass er jetzt reif für sein nächstes Nickerchen sei, und verzog sich wieder unter die Eckbank.

«Ausdauersport war das nicht gerade», merkte Emma spöttisch an und bückte sich nach seiner Beute, um sie zu entsorgen.

Ein kurzes Funkeln ließ sie innehalten und das kleine Etwas genauer betrachten. Sie erstarrte.

Sekunden später hatte sie ihr Telefon in der Hand und lauschte mit rasendem Herzen dem Freizeichen.

«Gieseking?»

«Hier ist Emma. Ich denke, wir können Roland Seeligs Mörder jetzt überführen.»

30. KAPITEL

*W*o bleiben Sie denn so lange? Ich dachte schon, Sie kommen gar nicht mehr und ich muss das hier allein durchziehen», sagte Emma tadelnd, als Gieseking durch den Hintereingang zu ihr in die Teeküche trat.

«Beruhigen Sie sich erst mal, Frau Ferrari.»

«Beruhigen, *commissario*? Sie haben gut reden! Es sind alle da, und die ersten beiden Flaschen sind auch schon leer.»

Nun, bei zwölf Personen war das auch kein Wunder und nicht mal besonders viel pro Nase. Doch Emma konnte sich diesen versteckten Vorwurf nicht verkneifen, zu sehr hatte sie dem Erscheinen des Kommissars entgegengefiebert. Jetzt freute sie sich tatsächlich, ihn zu sehen – und nicht nur, weil sie ihn als Vertreter der Staatsmacht brauchte.

Alles war bis ins Detail für die Party am Abend vorbereitet. Zusammen hatten sie die gerade nicht benötigten Biergarten-Garnituren von Straubs herangeschleppt und die Tische mit rot-weiß-grün gestreiften Papierbahnen beklebt. Jetzt standen sie einladend vor den Schaufenstern auf dem Gehsteig. Hinten im Treppenhaus war ein kleines Buffet aufgebaut. Die Türen standen offen, sodass man ungehindert vom Dorfplatz aus durch den Laden direkt zu den Häppchen gelangen konnte. So war Emmas ganzes Lädchen Teil der Feier. Nur die Teeküche würde abends unter Verschluss bleiben, denn Emma wollte den Raum nicht zum Pilgerort für Sensationshungrige machen.

Konstanzes Unterstützung war Gold wert gewesen. Die Freifrau hätte gut zum Feldwebel getaugt. Kurzerhand hatte sie noch am Samstag Lisa und Bärbel für den kommenden Vormittag als Unterstützung akquiriert. Die beiden hatten offenbar zugesagt, ohne mit der Wimper zu zucken, und sich den ganzen Tag zwischen Lisas Backofen und Bärbels Eismaschine auf Trab halten lassen. Emma selbst war mit dem Hinweis, sie solle sich um wichtigere Dinge kümmern, davongescheucht worden. Das war ihr nur recht gewesen, es gab für sie noch genug zu organisieren. Schließlich war sie diejenige, die den Überblick behalten musste.

Und all der Aufwand hatte sich gelohnt: Das Angebot an Häppchen sah unfassbar lecker aus. Irgendwann musste sie Konstanze unbedingt fragen, weshalb sie dieses Händchen für italienisches Flair hatte. Aber für den Moment war Emma einfach nur glücklich darüber, dass ihre Vorschläge und Rezepte so wunderbar umgesetzt worden waren.

Während sich ihre Helferinnen um das Buffet und die weiteren Vorbereitungen gekümmert hatten, war Emma nicht untätig gewesen und hatte herumtelefoniert, denn neben dem harten Kern sollten auch ein paar besondere Gäste bereits am späten Nachmittag zu einem Umtrunk erscheinen. Zu ihrer großen Erleichterung hatte jeder zugesagt, der zu diesem kleinen Kreis zählte – wenn auch nicht alle mit derselben Begeisterung.

Anna und sie hatten um die Stehtische vor der Kaffeemaschine herum für genügend Sitzplätze gesorgt. Hier sollte der erste Akt der Feierlichkeiten stattfinden: die Festnahme des Mörders von Roland Seelig. Bis auf Emma und Gieseking waren bereits alle dort versammelt, und ihr leises Plaudern drang wie ein Summen zu ihnen in die Teeküche herein.

«Was hat denn so lange gedauert?», fragte Emma vorwurfsvoll.

«Auf der Autobahn war Stau.» Gieseking hob gelassen die Schultern. «Noch habe ich kein James-Bond-Fahrzeug mit Düsenantrieb. Aber jetzt bin ich ja da.»

«*Sì, per fortuna.*» Ungeduldig atmete sie aus. «Wir sollten loslegen, bevor die alle zu betrunken sind, um noch richtig zuhören zu können.»

Mit einem feinen Lächeln legte er den Kopf schief. «Wir?», fragte er, und sie hörte deutlich die Belustigung aus seiner Stimme heraus. Offenbar bereitete es ihm Spaß, sie zu ärgern.

«*Caspita!* Das hatten wir doch gestern so besprochen!»

Sein Lächeln wurde breiter. «Natürlich. Und dabei bleiben wir auch. Ich muss sagen, mit Ihrer Kombinationsgabe haben Sie mich tatsächlich überrascht.»

«Sehen Sie?», rief Emma triumphierend, bevor sie wieder ernst wurde. «Danke. Auch wenn am Ende wirklich nicht mehr viel dazugehörte.»

Sie musterte Gieseking verstohlen. Er war förmlicher gekleidet als sonst, und das dunkle Sakko über dem hellblauen Hemd stand ihm gut. Seine Augen wirkten durch die klare Farbe noch grüner, und sie sah irritiert weg, als sie seinem fragenden Blick begegnete.

«Draußen trinken sie gerade einen wunderbaren Prosecco Superiore Millesimato aus den venetischen Hügeln. Ich fand, der würde perfekt zu diesem Anlass passen», überspielte sie ihre Verlegenheit.

«Das klingt doch gut.» Gieseking wirkte wie die Ruhe selbst. «Ich hoffe, es bleibt noch was übrig.»

«Ganz bestimmt. Wieso?»

«Ich trinke nicht, wenn ich im Dienst bin. Und gerade bin ich noch im Dienst.»

«Oh. *Certo*.» Darauf hätte sie auch selbst kommen können.

«Meine Leute sind bereit und werden zu uns stoßen, sobald ich sie rufe. Jetzt sind Sie erst mal dran.»

Emma nickte. Das Kribbeln in ihrem Solarplexus schwoll noch einmal zu einer regelrechten Explosion an, und ihre Hände wurden feucht.

«Soll ich wirklich alleine ...?»

«Sie werden doch jetzt keine kalten Füße bekommen?» Ein warmes Lachen ließ seine Augen strahlen.

Emma zog eine Grimasse. «Ein bisschen schon.»

«Na, jetzt kommen Sie, das machen Sie doch mit links, wie ich Sie kenne. Oder möchten Sie lieber nur Publikum sein? Wenn Ihnen dabei mulmig ist, übernehme ich.»

«Auf keinen Fall!», sagte sie entschlossen.

«Sehr gut.» Er hielt den Blickkontakt noch einen Moment, ehe er sich zur Tür wandte. «Also dann ... nach Ihnen.»

Emma nickte. «*Bene. Andiamo.*»

Das Szenario draußen war genauso, wie Emma und der *commissario* es erwartet und vorbereitet hatten. Helene hatte am Haupteingang Position bezogen und schloss die Vordertür ab, als sie beide aus der Teeküche kamen. Anna stand an der Tür, die ins Treppenhaus führte, und zog sie jetzt leise zu, schloss sie aber nicht ab, damit Giesekings Kollegen eintreten konnten, wenn sie gebraucht wurden.

An der Kaffeemaschine traf Emma mit ihren Freundinnen zusammen. Gieseking hielt sich wie vereinbart noch im Hintergrund.

Die Stimmung war entspannt. Emma sah, dass bereits die dritte Flasche Prosecco kreiste. Korbinian und Georg, die nicht in den Plan eingeweiht waren, standen an einem der beiden Bistrotische und tauschten sich unbefangen mit Roland junior aus, während Susann sich mit Veronika unterhielt. Konstanze saß neben ihrer Mutter auf einer der Bänke und plauderte angeregt mit Raffaella, die ebenfalls ahnungslos war. Verblüfft und erfreut nahm Emma die gelöste Atmosphäre zwischen den beiden wahr. Vielleicht sollte sie bald wieder für so eine gesellige Gelegenheit sorgen. Nur die alte Freifrau hatte ihr gewohnt sauertöpfisches Gesicht aufgesetzt und hielt ihr Glas mit spitzen Fingern. Therese saß völlig gelassen auf ihrem Rollator und lächelte in die Runde. Auch sie hatte Emma nicht eingeweiht.

Brigitte Seelig stand nahe der Kaffeemaschine. Sie sprach mit niemandem und sah durch das Schaufenster nach draußen. Trotz ihres perfekten Make-ups sah sie müde aus, als hätte sie mehrere Nächte nicht geschlafen. Sonderbarerweise kam sie Emma jetzt trauriger vor als bei ihrem allerersten Besuch bei Seeligs zu Hause. Drang der Tod ihres Mannes jetzt erst richtig zu ihr durch? Oder wirkte der mallorquinische Charme ihres Liebhabers nicht mehr so belebend wie noch vor wenigen Tagen?

Sie war gemeinsam mit Pablo Cristo Diaz eingetroffen. Offenbar sahen sie keinen Sinn mehr in der Geheimnistuerei. «Es macht Roland ja nicht wieder lebendig, wenn ich mich zu Hause verkrieche», hatte Brigitte Seelig bei ihrer Ankunft auf Emmas Begrüßung geantwortet und ihr die perfekt manikürten Fingerspitzen ihrer rechten Hand gereicht. «Da kann ich den Gerüchten auch gleich die Stirn bieten. Die Leute reden ja sowieso immer.»

Diaz hatte Emma statt einer Begrüßung lediglich unter-kühlt zugenickt, was sie aber nicht beeindruckte.

Die Ankunft von Susann und Roland junior gleich nach den beiden war genauso unspektakulär gewesen. Susann hatte sich eng an Roland juniors Seite gehalten und gewirkt, als wäre sie lieber woanders als hier, Roland junior hingegen hatte Emma unbefangen und sehr freundlich begrüßt.

Emma ließ ihren Blick über die Runde schweifen. Noch immer stand Diaz in Brigittes Nähe und machte den Ein-druck, als würde er sich meilenweit wegwünschen. Er hatte auch mit keinem Wort mehr davon gesprochen, seiner Mut-ter ein Mitbringsel aus Emmas Laden auszusuchen. Aber immerhin war er noch anwesend. Wäre er bereits auf seine Insel zurückgekehrt und hätte im schlimmsten Fall Brigitte gleich mitgenommen, wäre das schön doof gewesen.

Emma hatte den Kommissar nicht gefragt, ob er den bei-den verboten hatte, Himmelsricht zu verlassen. Ohnehin stand ja noch die Beisetzung von Roland Seelig senior be-vor, die nächste Woche stattfinden sollte. Hätte es Brigitte als trauernde Witwe übers Herz gebracht, der Beerdigung fernzubleiben? Zweifelsohne wäre sie dadurch offiziell zur Verdächtigen Nummer eins avanciert.

Emma tippte ein paarmal mit einem Löffel gegen ihr Glas, bis die Gespräche verstummten, und trat in die Mitte der Runde.

«*Benvenuti tutti* und einen wunderschönen guten Nach-mittag miteinander in unserem kleinen, feinen Kreis», sagte sie und lächelte. Heimlich hoffte sie, dass niemand ihre Ner-vosität bemerken würde. «Ich sehe, alle sind bereits versorgt, *bene*. Wer noch nicht sitzt, sucht sich jetzt bitte ein gemütli-ches Plätzchen, denn ich werde euch gleich verraten, warum ich euch heute Nachmittag noch vor der eigentlichen Party eingeladen habe ...»

«In der Tat, Frau Ferrari, wüsste ich gern, was ich hier soll», unterbrach die Freifrau sie mit Empörung in der Stimme, während sich alle, die bisher gestanden hatten, gehorsam auf den vorhandenen Stühlen und Barhockern verteilten. «Es war nie meine Art, mich mit dem gemeinen Volk zu verbrüdern, und ich werde in meinem Alter sicher nicht damit anfangen. Ich bin nur hier, weil meine Tochter darauf bestanden hat.»

«Mutter! Wie kannst du nur so taktlos sein!» Konstanze stieg das Blut in die Wangen, und ihre Augen blitzten verärgert.

«Das gemeine Volk? Wir sind nicht gemein! Wie können Sie so was nur sagen?», fuhr Susann im selben Moment auf. Roland junior neben ihr griff beschwichtigend nach ihrer Hand und wollte etwas erwidern, wurde aber von einer Stimme aus dem Hintergrund unterbrochen.

«Frau von Hohenfels meint damit den Begriff *allgemein*. Nicht *gemein zu sein* im landläufigen Sinne, Frau Hillmeier.»

Alle Anwesenden fuhren herum, als der Kommissar hinter der Säule hervortrat, in deren Schatten er sich bisher gehalten hatte. Alle, bis auf Isadora und Susann, die voller Inbrunst versuchten, sich in einem Blickduell niederzuringen. Der Kampf endete unentschieden, als Emma sich einmischte und energisch weitersprach.

«Bis auf meine Tochter Raffaella dürfte jeder und jede von Ihnen und euch unseren geschätzten Kommissar bereits kennen.»

Gieseking nickte in die Runde und lehnte sich lässig an einen der Bistrotische. Emma fing einen amüsierten Blick von Anna auf, der die deutliche Irritation in den Gesichtern einiger Anwesenden ebenfalls nicht entgangen war.

«Ich bin froh, dass er mir heute zur Seite steht, denn ...» Sie machte eine Kunstpause und sah von einem zum andern. Tatsächlich waren die Augen aller direkt auf sie gerichtet, in den meisten las sie aufmerksame Neugier. So im Mittelpunkt zu stehen, war gar nicht so unangenehm, wie Emma eingangs gedacht hatte. «... wir werden jetzt und hier den Tod meines Vermieters Roland Seelig aufklären und diesen Fall zum Abschluss bringen.»

«Das interessiert mich nicht.» Die Freifrau stand entschlossen auf und hängte sich ihr Täschchen über den Arm. «Du kannst dir diesen Unsinn ja anhören, Konstanze, aber ich habe für so etwas keine Zeit.»

«Das ich sehe ebenso.» Diaz wandte sich mit erhobenem Kinn an Brigitte. «Entschuldige, *querida*, aber das ist zu viel. Ich gehe. Ich dachte, das wird ein Feier wegen die Eröffnung, aber so ein ... eine ... *farsa* ich nicht mache mit.»

Gieseking trat ihm in den Weg. «Ich spreche zwar kein Spanisch, aber das habe ich verstanden, Herr Diaz. Und ich kann Ihnen versichern, dass es sich hier keineswegs um eine Farce handelt, sondern um eine sehr ernste Angelegenheit – für Sie alle. Und auch Ihnen, Frau von Hohenfels, empfehle ich dringend zu bleiben.»

Diaz nahm zähneknirschend seinen Platz wieder ein, doch Isadora dachte nicht daran, sich wieder zu setzen.

«Soll das etwa heißen, dass ich zu Ihren Verdächtigen zähle? Was erlauben Sie sich?»

«Ich tue nur meine Arbeit. Heute dürfen Sie einmal live dabei sein, und ich nehme doch an, dass Sie davon durchaus angetan sein könnten. Das wird wie in einem der Fernsehkrimis, die Sie so gern anschauen, wie Sie mir bei unserem ersten Gespräch verraten haben.»

Isadora presste die Lippen aufeinander, bevor sie Luft holte. «Also gut, ich beuge mich der Gewalt. Aber nehmen Sie zu Protokoll, dass dies unter ausdrücklichem Protest geschieht. Und ich habe Ihnen nicht erlaubt, meine Unterhaltungspräferenzen vor Hinz und Kunz auszuplaudern.»

Emma musste sich zwingen, nicht mit den Augen zu rollen. Isadora beherrschte es wirklich, sich unbeliebt zu machen. Diese Seite an ihr hatte sie bisher zum Glück noch nicht kennenlernen müssen, denn während ihrer Einkäufe hatte sich die alte Dame stets tadellos benommen. Ein wenig überheblich zwar, aber dennoch ...

Ein auffordernder Blick von Gieseking zeigte Emma, dass er ihr das Heft wieder in die Hand geben wollte. Sie nickte und wandte sich an die Freifrau, die sich nun doch murrend wieder auf ihren Platz gesetzt hatte.

«Da wir nun schon bei Ihnen sind, *gnädige Frau,* beginne ich gern gleich hier, dann müssen Sie nicht so lange warten. Sicher wissen Sie das zu schätzen.» Emma schenkte Isadora ihr strahlendstes Lächeln und hoffte, die alte Dame würde nicht gleich wieder in die Luft gehen bei dem, was sie zu sagen hatte. «Um Ihre Frage zu beantworten: Ja, Sie sind eine unserer Verdächtigen. Nicht nur der Kommissar, auch ich habe mir diesbezüglich einige Gedanken gemacht. So hatten Sie nicht nur jederzeit die Möglichkeit, an eine Waffe zu gelangen, um Roland Seelig zu erschießen ...»

«Mumpitz!», empörte sich Isadora. «Warum hätte ich das tun sollen?»

«... sondern auch das Motiv», beendete Emma ihren Satz. «Ich glaube, Sie hatten Streit mit Seelig. Möglicherweise hatte seine Vernunft gesiegt und er wollte Ihnen das Grundstück, über das er schon eine halbe Ewigkeit mit Ihnen verhandelte, nun doch nicht mehr abkaufen. Sie waren wütend auf ihn, denn Sie bräuchten das Geld doch so dringend. Sie wissen schon, wofür.»

Isadora holte Luft, doch dann klappte sie den Mund wieder zu und kniff die Augen zusammen.

«Ja, das weiß sie. Ihre *Vitaminspritzen*», fiel Konstanze trocken ein und malte Anführungszeichen in die Luft.

«Du sei ganz still», fuhr ihre Mutter sie böse an. «Vielleicht warst du es ja! Ich habe keine Ahnung, was du am Freitagabend gemacht hast. Zu Hause warst du jedenfalls nicht, und Zugang zu unseren Waffen hast du auch.»

«Natürlich war ich zu Hause, wie du sehr genau weißt», empörte sich Konstanze und klang so, als hätten sie dieses Thema schon mehr als einmal durchgekaut. «Und ich habe keinerlei Motiv. Was hätte ich für einen Grund, Seelig zu erschießen?»

«Die seit Jahren nicht gezahlte Pacht für Ihre Jagd vielleicht?», half Emma aus und erntete ein hämisches «Siehst du?» von Isadora. «Wie ich von Ihnen selbst weiß, ist in der Zwischenzeit eine schöne Summe aufgelaufen. Und nachdem Sie bisher von keiner Seite Subventionen bekommen haben, Ihr Anwesen aber dringend eine umfassende Renovierung braucht, wäre das durchaus ein Grund, wütend zu werden.»

«Und dann?» Konstanze blieb die Ruhe selbst. «Einem Toten fasst man nicht in die Taschen, heißt es doch. Was hätte ich von einer Leiche noch bekommen sollen? Der lebende Seelig wäre immerhin eine kleine Chance gewesen, von einem Toten habe ich nichts.»

«Mord im Affekt», mischte sich Gieseking ein. «Sie haben auf ihn eingeredet, mit ihm gestritten. Aber er hat Sie nur ausgelacht. Immer wieder. Bis es ein Mal zu viel war.»

«Nein.» Konstanze schüttelte ruhig den Kopf. «Mir ist schon klar, warum Sie, Emma, bei uns aufgetaucht sind und mich ausgefragt haben. Das hatte nichts mit dem Käse zu tun, den Sie uns mitgebracht haben. Sie wollten, dass ich mich verplappere. Aber da gab es nichts zu verplappern, ich habe nichts zu verbergen und, das versichere ich Ihnen, auch kein Blut an meinen Händen.» Sie wandte den Kopf. «Meine liebe Frau Mutter höchstwahrscheinlich auch nicht. Für etwas so Profanes wie einen Mord ist sie sich zu schade.»

«Wie du es nur schaffst, etwas Positives so zu verpacken, dass es wie eine Beleidigung klingt», sagte Isadora kalt.

«Ich hatte eine gute Lehrmeisterin.»

Gieseking musste sich ein beinahe anerkennendes Grinsen verkneifen. Raffaella, die sich vorhin noch sehr nett mit Konstanze unterhalten hatte, machte große Augen und warf ihrer Mutter einen Blick zu, der wohl sagen wollte: «Was ist denn hier los?»

Emma räusperte sich. «Ich fasse also zusammen. Freifrau Isadora von Hohenfels hatte ein Motiv und die Möglichkeit ...»

«Und wie hätte ich ohne Chauffeur in den Ort und wieder nach Hause kommen sollen?», ereiferte sich die alte Dame. «Er wurde doch hier drinnen ermordet, oder? Ich bin nicht im Besitz eines Führerscheins, wie Sie vielleicht wissen.»

«Diese Hürde war nicht schwer zu nehmen. Vielleicht hat sich Herr Seelig ja selbst dazu bereit erklärt, Sie abzuholen, aus welchem Grund auch immer. Und irgendwie sind Sie dann nach Hause gekommen. Per Anhalter vielleicht.»

Nur noch ein spöttisches Schnauben kommentierte diese Überlegungen, ehe Isadora von Hohenfels sich demonstrativ zur Seite drehte und ihr Interesse den Etiketten der im Regal hinter ihr aufgereihten Nudelsoßen widmete.

Korbinian hatte sich auf seinem Stuhl zurückgelehnt und folgte dem Geschehen mit verschränkten Armen. Kopfschüttelnd beobachtete er die Freifrau. Emma ignorierte Isadoras kindisches Verhalten und fuhr fort.

«Wie wir bereits gehört haben, hatte auch Konstanze von Hohenfels sowohl Motiv als auch Möglichkeit, dazu noch den nötigen Führerschein.»

Konstanze hob die Hände. «All dieser Tatsachen bekenne ich mich schuldig. Und dennoch: Einen Mord würde ich auf keinen Fall begehen.»

«Lassen wir das gern so stehen, Frau Ferrari», schloss Gieseking. «Wir werden noch sehen, wohin uns all das hier führt.»

Ein paar der Anwesenden nickten. Emma sah aus dem Augenwinkel, dass ihre Tochter sie unverwandt beobachtete. Ja, Raffi, dachte sie, so kennst du deine Mamma noch nicht. Da ging es ihr selbst genauso, auch für sie war dieser Auftritt eine neue Erfahrung.

«Das werden wir», bestätigte Emma und wandte sich den Gästen zu ihrer Linken zu. «Da Sie es offensichtlich ebenfalls eilig haben, Señor Diaz, werde ich gern mit Ihnen weitermachen.» Kalte Abneigung schlug ihr entgegen, doch sie fühlte sich nun sicher in ihrem Auftritt, wozu der wohlwollende Blick, mit dem der *commissario* sie immer wieder bedachte, durchaus das Seine betrug. «Sie haben es sich ja eine Weile quasi zum Sport gemacht, mit mir zu flirten.» Sie sah aus dem Augenwinkel, wie Korbinian sich empört aufrichtete.

«Natürlich ist mir schnell klar geworden, dass Sie das nur tun, um in dieser Situation noch möglichst lange von Ihrer Verbindung zu Brigitte Seelig abzulenken. Dass Sie allerdings behaupteten, Sie hätten Himmelsricht in irgendwelchen spanischen Urlaubskatalogen entdeckt und würden die Seeligs gar nicht kennen, hat meine Intelligenz schon etwas beleidigt.»

«*Estoy profundamente desconsolado.* Die Situation mich hat überrascht, das ich gebe zu. Aber natürlich ich nicht zweifle an Ihre geistige Fähigkeiten», behauptete Diaz. «Und nicht mir fiel schwer, darzubringen Ihnen meine Aufmerksamkeit.»

«Ihnen meine Aufmerksamkeit entgegenzubringen, heißt das», warf Raffaella spontan ein und erntete dafür einen strafenden Blick ihrer Mutter. «Na, ist doch wahr!», verteidigte sie sich. «Wie soll er es lernen, wenn ihn keiner korrigiert?»

«Vielen Dank, Señorita! Charmant wie die Mutter.» Diaz verbeugte sich etwas steif, doch der ironische Unterton war nicht zu überhören. «*Ahora* ... es nicht ist eine Verbrechen, zu haben eine Affäre mit eine verheiratete Frau. Höchstens unmoralisch, aber niemand stirbt davon.»

«Affäre?» Brigitte, die bisher nur halb anwesend gewesen zu sein schien, wandte sich zu ihm um. «Du nennst mich eine ... *Affäre?*» Ihre Augen waren groß, und ihre Stimme zitterte leicht. Wieder erkannte Emma die hektischen roten Flecken unter ihrem Make-up.

«*Que no, que no*! So nicht habe gemeint das!»

Der Akzent und die Fehler wurden stärker, stellte Emma fest. Offenbar stand Diaz unter emotionalem Druck, er wurde nervös. Zeit, nachzusetzen.

«Wusste Roland Seelig von Ihrer Frau auf Mallorca und drohte, es Brigitte zu sagen? Denn ich vermute, dass ihm Ihre Affäre nicht verborgen geblieben war. Hatte er Ihre Zweigleisigkeit aufgedeckt? Sahen Sie Ihre *Affäre* in Gefahr?»

Schweigen war die Antwort, Brigittes Gesicht wirkte wie versteinert. Hatte sie tatsächlich nichts von einer Señora Diaz gewusst?

«Aber nicht nur Ihre Beziehung zu seiner Frau war Ihr Motiv, Roland Seelig zu ermorden», fuhr Emma fort, «sondern auch die zu ihm als Geschäftsmann, Señor Diaz. Seelig war Ihnen den Großteil des Kaufpreises für die Finca schuldig geblieben, die er, wie wir herausgefunden haben, im letzten Herbst bei Ihnen gekauft hatte.»

«Und offenbar stehen noch Zahlungen für weitere Immobilien aus, die Herr Seelig auch von Ihnen erworben hat, um sie zu renovieren und mit Gewinn zu verkaufen», warf Gieseking seelenruhig ein. «Wir warten derzeit auf Amtshilfe der mallorquinischen Kollegen und des Grundbuchamtes für weitere Klärungen.»

«Sie hatten also», fuhr Emma fort, «abgesehen vom persönlichen Aspekt auch noch ein wirtschaftliches Hühnchen mit Ihrem Geschäftspartner zu rupfen.»

Diaz verschränkte kopfschüttelnd die Arme. «Ich muss sagen wie die Dame vor mir: Ein Seelig lebend mir hätte gebracht mehr als ein toter. Jetzt ich muss schauen, was mache mit seinen Schulden. Das wird nicht leicht.»

«Das mag sein. Wobei die Tatsache, dass Ihre Geliebte Brigitte Seelig alles erbt, die Karten sicher noch mal neu gemischt hätte. Sofern Sie beide zusammengeblieben wären», sagte der Kommissar. «Und ebenso wie bei den Damen von Hohenfels gilt auch in Ihrem Fall: In einer hitzigen Diskussion kann man schon mal die Kontrolle verlieren. Gerade wenn man gleich zwei Gründe hat, wütend auf Herrn Seelig zu sein, so wie sie: einen privaten und einen geschäftlichen, gewissermaßen.»

Wobei das in diesem Fall vielleicht nicht ganz zu trennen war, dachte Emma.

«Und wie soll haben eine Pistole, *por favor*? Ich nicht stamme von hier und kenne niemanden. *Ahora*?» Diaz hob in einer Unschuldsgeste die Hände.

Emma musste spontan lachen über so viel Dreistigkeit. «Sie gehen in einem Haus ein und aus, in dem genug Waffen vorhanden sind, und behaupten, Sie hätten keine Gelegenheit gehabt, sich eine zu ‹leihen›?» Die Gänsefüßchen, die sie mit den Fingern malte, unterstrichen die Ironie ihrer Worte.

«Sie mich halten für so dumm, zu stehlen eine Pistole, wenn ich dort war, und damit zu erschießen den Hausherrn?» Diaz wirkte ernstlich gekränkt.

«Vielleicht haben Sie sie nicht selbst gestohlen. Brigitte Seelig hätte Ihnen auch eine verschaffen können, um ihren lästigen Ehemann loszuwerden.»

Emma wandte sich Brigitte Seelig zu und sah im Augenwinkel, dass Anna und Helene zueinander aufgerückt waren und leise tuschelten. Anna nickte und warf Brigitte einen undefinierbaren Blick zu. Emma hätte ihrer Freundin jetzt gern hinter die Stirn geblickt. Annas scharfes Auge für Emotionen war für sie immer wieder faszinierend.

«Und warum hätte ich das tun sollen?» Brigitte Seeligs Augen glänzten. «Mein Mann hatte ein florierendes Unternehmen, ich bekam alles, was ich wollte. Ich musste ihn nicht ermorden, schon gar nicht wegen einer *Affäre* mit einem offenbar ebenfalls verheirateten Mann.» Sie warf Diaz einen vernichtenden Blick zu.

«Nein, das allerdings nicht», gab Emma zu. «Doch Ihr Mann wusste von Ihrem Liebhaber und wollte sich deshalb von Ihnen scheiden lassen. Möglicherweise wollten Sie das durch den Mord an ihm verhindern.»

Für einen Moment wankte Brigittes Selbstbeherrschung, doch sie hatte sich sofort wieder im Griff. «Das ist absurd», behauptete sie. «Eine Scheidung wäre für Roland niemals infrage gekommen.»

«Doch, und tatsächlich hatte er den Entschluss bereits gefasst. Mit seinem Vermögen war es nicht mehr weit her, weil er sich finanziell verausgabt hatte. Er war nicht mehr in der Lage, Ihren aufwendigen Lebensstil zu finanzieren. Das wussten Sie aber nicht – Sie haben im Falle seines Todes mit einem üppigen Erbe gerechnet, bevor Sie sich mit Ihrem Liebhaber absetzen. Von der großen Lebensversicherung mal abgesehen, mit der Sie gerechnet haben – die hätte sicher auch mindestens einen Teil der Schulden begleichen können, die Ihr Mann angehäuft hatte.»

«Unsinn. Es lief alles bestens!» Brigitte Seelig schüttelte den Kopf. «Roland hatte ein paar Eisen im Feuer, die bald eine Menge Geld gebracht hätten.»

«Zum Beispiel?» Gieseking klang ehrlich neugierig.

Auch das Auditorium spitzte sichtbar die Ohren. Annas Mann Georg, der neben Korbinian saß, sah besonders interessiert aus, und Emma erinnerte sich, dass er früher in der Bankfiliale gearbeitet hatte, in der Seelig Kunde gewesen war.

«Woher soll ich das wissen?», entgegnete Brigitte barsch, und Emma sah ihr Urteil über die Witwe bestätigt: Man wusste nicht, ob man sie mögen oder hassen sollte. Sie verhielt sich in einem Moment fast sympathisch, und im nächsten hätte man sie am liebsten geschüttelt. «Ich habe mich da nicht eingemischt. Um die Geschäfte hat sich Roland gekümmert. Zusammen mit meinem Sohn natürlich.»

«Apropos Ihr Sohn», wiederholte Gieseking bedächtig. «Ich bin während unserer Ermittlungen einem alten, aber hartnäckigen Gerücht nachgegangen, Frau Seelig.» Er machte eine wohlplatzierte Pause und sah sie ruhig an. «Der Frage, ob Ihr Mann auch wirklich der Vater Ihres Sohnes ist.»

Emma behielt Roland junior scharf im Auge, doch seine Miene blieb unbewegt. Sie warf einen Blick zu Anna, doch die deutete nur ein Schulterzucken an.

Brigitte hingegen warf den Kopf in den Nacken und lachte.

«Vielleicht wollten Sie verhindern, dass Ihr Mann einen Vaterschaftstest macht», übernahm Emma wieder das Wort. «Denn wenn sich herausgestellt hätte, dass Roland junior nicht sein leiblicher Sohn ist, hätte das sicherlich weitreichende Folgen haben können, sowohl für Ihre Familie als auch für die Geschäfte.»

«Falls Sie verhindern wollten, dass die Wahrheit ans Licht kommt, wäre das ein klares Mordmotiv», sagte der Kommissar.

Brigitte setzte sich auf ihrem Barhocker zurecht und schlug das andere Bein über. Ihre selbstsichere Fassade wankte nicht, im Gegenteil.

«Netter Versuch, Herr Kommissar, mehr aber auch nicht», sagte sie gönnerhaft und warf ihrem Sohn einen Blick zu, den Emma nicht deuten konnte. Bedauernd? Entschuldigend? «Es gab absolut keine Notwendigkeit für so einen

Test. Mein Sohn hat tatsächlich einen anderen genetischen Vater als meinen verstorbenen Mann. Doch der wusste es vom ersten Tag an. Roland war ...» Sie hielt inne und räusperte sich. «Nun, er hatte als Junge Mumps und war daher ... zeugungsunfähig.»

31. KAPITEL

Emma war einen Moment lang perplex, und auch Gieseking schien mit dieser Eröffnung nicht gerechnet zu haben. Als sie ihm einen fragenden Blick zuwarf, schüttelte er kaum merklich den Kopf, konzentrierte sich aber sogleich wieder auf Brigitte Seelig, die in diesem Augenblick geradezu genüsslich fortfuhr.

«Und mein Sohn weiß das natürlich.»

«Ja, genau gesagt, seit drei Tagen», bestätigte Roland junior ironisch. «Weil wir ja alle so ehrlich miteinander sind.»

Brigitte hielt dem Blick stand, mit dem ihr Sohn sie fixierte, und presste die Lippen aufeinander.

«Ohne diesen ganzen Scheiß hier», er machte eine raumgreifende Geste, «hätte ich das eigentlich irgendwann mal erfahren?»

Als er merkte, dass er von seiner Mutter offenbar keine Antwort mehr bekommen würde, wandte er sich zu Emma um. «Als ich ihr erzählte, dass Sie bei mir auch waren und mir Ihre Fragen gestellt hatten, ist ihr wohl der Arsch auf Grundeis gegangen. Da kam sie dann endlich damit rüber. Alle beide wollten mich *schonen* und verhindern, dass es Gerede gibt ... ja, toll.» Er schnaubte. «Ich hätte das lieber schon früher gewusst, dann hätte ich vielleicht verstanden, warum ich mit meinem Vater ... warum ich nie wirklich warm mit ihm geworden bin. Warum er mir immer irgendwie ... fremd geblieben ist.»

Seelig junior beugte sich auf seinem Stuhl vor, strich sich die Haare aus der Stirn und stützte die Unterarme auf seinen Oberschenkeln ab. Konzentriert zupfte er Fusseln von seiner Jeans und ignorierte Susanns Hand, mit der sie ihm beruhigend über den Oberschenkel strich. Wieder spürte Emma dieses Bedauern für ihn, dieses mütterliche Mitgefühl, doch sie konnte dem nicht nachgeben. Sie hatte eine Aufgabe zu erfüllen.

«Herr Seelig», wandte sie sich an Roland junior, «im Gegensatz zu Ihrer Mutter waren Sie über die finanzielle Situation Ihres Vaters im Bilde. Es wäre durchaus verständlich, wenn Sie gewollt hätten, dass er nicht noch mehr wirtschaftlichen Schaden anrichtet, als er es ohnehin schon getan hat.»

«Wirtschaftlichen Schaden? Ich bitte Sie!», fuhr Brigitte vorwurfsvoll dazwischen.

Roland richtete sich wieder auf. «Ja, wirtschaftlichen Schaden, Mutter. Er hat sich mit seinen Geschäften auf Mallorca total übernommen.»

«Übernommen?» Seine Mutter sah ihn fassungslos an. Wenn sie schauspielerte, dachte Emma, dann tat sie das verdammt gut. Ein fragender Blick schoss von Brigitte zu Diaz. «Was meint er damit?»

«Dass dein Mann stand vor Pleite, Brigitte. Du bist eine teure Frau, und er nicht verstand von Immobilien auf meine Insel. «

Brigitte schüttelte den Kopf. «Roland, ich erwarte, dass du diesen Unsinn aufklärst», wandte sie sich an ihren Sohn.

«Leider ist das kein Unsinn, Mutter. Wir standen vor dem Ruin, weil mein ... *Vater* letzten Endes nichts anderes im Sinn hatte, als dir deine Wünsche zu erfüllen.»

«Ach – jetzt bin ich schuld daran, ja?»

«Wolltest du denn nicht immer mehr und immer mehr? Teurer. Schneller. Kostspieliger?»

«Rede nicht in diesem Ton mit mir!»

Gieseking klatschte in die Hände. «Ich schlage vor, Streitigkeiten dieser Art tragen Sie nach dieser Veranstaltung untereinander aus, sonst werden wir hier nicht mehr fertig, bevor die Party beginnt.»

Emma nickte. «Ja, auch ich würde gern weitermachen, bevor sich das hier zu sehr in die Länge zieht. Aber vorher: Korbinian, öffnest du uns bitte noch eine Flasche?»

Nachdem sich ihr Ex-Mann wunschgemäß um die trockenen Kehlen der Anwesenden gekümmert hatte, stellte er ihr und Gieseking jeweils ein großes Glas Wasser hin.

«Danke.» Emma legte ihm kurz die Hand auf den Arm und hielt ihn so davon ab, sich sofort wieder hinzusetzen. Sie blickte in die Runde. «Sie sollten übrigens wissen, dass sogar mein Ex-Mann als Verdächtiger im Spiel ist. Er könnte Roland Seelig beseitigt haben, um mir einen Gefallen zu tun, nachdem der Kauf des Hauses am Marktplatz offensichtlich geplatzt war.»

«Na, da danke ich auch schön.» Korbinian rollte mit den Augen. «Klar, ich hätte Mittel und Wege gehabt. Aber, *cara mia*», er zog eine Grimasse, «mein Motiv wäre schön fadenscheinig, oder?»

«Ja, allerdings. Davon habe ich den *commissario* glücklicherweise auch überzeugt.» Emma lächelte ihn an.

«Aber *Sie!* Sie selbst könnten gehabt haben ein Motiv», stellte Diaz fest und deutete mit einem Nicken auf Emma. «Soweit ich habe erfahren, Rolando wollte nicht mehr verkaufen das Haus an Sie. Und nun Sie stehen hier und halten eine schöne Vortrag über Verdächtige und Motive und dabei lenken ab von sich selbst.»

Das war zu erwarten gewesen.

«Guter Einwand», lobte Emma. «Dumm nur, dass ich durch den Tod von Herrn Seelig schlechter dastand als ohnehin schon. Sein Tod hat mir nichts genutzt – und natürlich habe ich ihn auch nicht zu verantworten. Wenn ich es gewesen wäre, so viel können Sie mir glauben, hätte ich ihn sicher nicht in meiner eigenen Teeküche erschossen.» Sie schüttelte den Kopf, bevor sie weitersprach. «Allerdings war die Lebensversicherung vorhin ein gutes Stichwort, darüber sind wir ganz hinweggekommen. Es gibt tatsächlich eine ...»

«Natürlich gibt es die!», tönte die Witwe triumphierend «Ich war schließlich dabei, als er sie abgeschlossen hat.»

«Wie gesagt, ein Faktum mehr, das auf Sie deutet, Frau Seelig», warf Gieseking ein.

Brigitte schüttelte mit verächtlicher Miene den Kopf. «Das soll ein Motiv sein? Ich bitte Sie ...»

«Sogar ein relativ klassisches», sagte der Kommissar. «Das wäre es tatsächlich nur dann nicht, wenn sie gewusst hätten, dass Sie nicht mehr die Begünstigte sind.»

«Was?» Brigitte Seelig blickte zwischen ihm und Roland junior hin und her. «Hat er etwa meinen Sohn eingesetzt?»

«Nein, auch das nicht.» Emma wandte sich an Veronika, die auf ihrem Stuhl immer kleiner zu werden schien. Auch heute trug sie wieder schlichte Kleidung in einer unauffälligen Farbe, als wäre sie am liebsten unsichtbar. «Die Begünstigte der Lebensversicherung ist Frau Veronika Pfeifer.»

Stille trat ein.

«Du?» Brigitte Seelig rutschte von ihrem Barhocker.

Emma konnte zusehen, wie sie blass wurde vor Wut. «Ich glaube das einfach nicht! Wenn das mal kein Motiv ist! Das werde ich anfechten, darauf kannst du dich verlassen, du … du …»

«Aber, aber, Frau Seelig. Immer mit der Ruhe.»

Gieseking trat nur einen Schritt vor und wirkte sofort wie ein Fels in der Brandung. Emma hatte dieses Sprichwort bisher immer für Humbug gehalten, doch in diesem Moment empfand sie es exakt auf diese Weise. Er fing ihren Blick auf und hielt ihn für einen Augenblick.

«Wenn sich herausstellen sollte, dass Frau Pfeifer den Mord begangen hat», fuhr Gieseking fort und wandte den Blick von Emma zu Brigitte Seelig, «dann ist die Begünstigung selbstverständlich hinfällig, und die Versicherungssumme fällt in die Erbmasse.»

Das beruhigte Brigitte offensichtlich, denn sie entspannte sich etwas und setzte sich wieder. «Na also», sagte sie zufrieden.

Veronika war puterrot geworden.

«Aber ich wusste doch gar nichts davon», wandte sie schüchtern ein und warf Emma einen Hilfe suchenden Blick zu. «*Du* warst diejenige, von der ich es vor ein paar Tagen erfahren habe, Emma. Du hast gesehen, wie geschockt ich war.»

«Als ob das etwas zu bedeuten hätte», höhnte Brigitte.

«Das ist leider wirklich kein Beweis, Veronika», sagte Emma bedauernd.

«Was?» Veronika starrte sie fassungslos an, und ihre Augen begannen zu schwimmen. «Du kannst nicht ernsthaft glauben, dass ich Roland erschossen habe! Ich habe ja nicht einmal eine Waffe, geschweige denn, dass ich wüsste, wie man sie benutzen würde ...» Sie sank wieder in sich zusammen. «Ich hatte gedacht, ich könnte dir vertrauen.»

Ihre Worte schnitten Emma tief ins Herz. Von allen Betroffenen hatte Veronika ihr größtes Mitgefühl. Dennoch ging es um einen Mord, und der Kommissar hatte ihr vor diesem Zusammentreffen noch einmal eingeschärft, dass an diesem Nachmittag persönliche Gefühle nicht zählen durften.

«Tut mir leid, Veronika ...»

«Wenn das hier vorbei ist und Sie sich als unschuldig erweisen sollten, dann können Sie das auch wieder», warf Gieseking in dem Moment ein und ignorierte Emmas Erstaunen.

So viel zu *keine persönlichen Gefühle!*

Dass auch er nicht frei davon war, tröstete sie etwas. Schon in den vergangenen Tagen hatte sie hinter seiner harten Ermittlerfassade immer wieder eine einladende Wärme aufleuchten sehen. Er war kein abgeklärter, kalter Mann, so viel war sicher. Auch wenn sein Beruf es wohl oft von ihm verlangte.

«Bitte, machen Sie weiter, Frau Ferrari», drang Giesekings Stimme in ihr Bewusstsein, und sie rief sich zur Ordnung.

«Zurück zu Ihnen, Herr Seelig.» Emma wandte sich von Veronika ab und stellte sich nah an die Kaffeemaschine. Das vertraute leise Brummen gab ihr ein Gefühl der Ruhe. Sie fixierte Roland junior. «Ehe wir unterbrochen wurden, war ich dabei, Ihre möglichen Motive zu klären. Wollten Sie die Zügel bei den Geschäften selbst in die Hand nehmen und Schadensbegrenzung betreiben? Weigerte Ihr Vater sich, die Leitung in Ihre unerfahrenen Hände abzugeben?»

Roland junior schüttelte den Kopf. «So unerfahren, wie

Sie anscheinend glauben, bin ich nicht mehr. Und erzählen Sie mir nicht, dass die Polizei mein Alibi nicht überprüft hat», sagte er ruhig. «Denn das würde ich Ihnen nicht glauben.»

«Das haben wir tatsächlich», warf der Kommissar ein. «Sie waren den ganzen Abend auf dem Klassentreffen, und es wurde spät. Das haben uns Ihre Schulkameraden, die wir befragt haben, bestätigt.»

«Na also.»

«Ja, Sie können es nicht gewesen sein», sagte Emma und ließ ihren Blick eine Person weiterwandern. «Aber leider wissen wir nicht, wo Sie an diesem Abend waren, Susann.»

«Ich?» Rolands Verlobte setzte sich aufrecht hin und warf ihm einen raschen Blick zu. «Warum ich? Ich habe damit nichts zu tun.»

«Du warst zu Hause, oder? Hast du zumindest gesagt.» Roland griff nach ihrer Hand.

«Natürlich. Ich hab mir die Nägel gemacht. Hier.» Sie wedelte mit der freien Hand durch die Luft. «Ich war den ganzen Abend zu Hause, Brigitte kann das bestätigen.»

«Was kann ich?» Brigitte Seelig schüttelte den Kopf. «Ich kontrolliere euer Kommen und Gehen nicht. Ihr habt eine eigene Wohnung mit eigenem Eingang, da hätte ich ja viel zu tun. Außerdem war ich im Theater und hätte sowieso nichts mitbekommen.»

Susann wirkte einen Moment lang irritiert, dann fing sie sich wieder. «Wie auch immer. Ich war es nicht.» Sie entzog Roland ihre Finger, lehnte sich zurück und verschränkte die Arme vor der Brust.

Emma fiel auf, mit welch kritischem Blick Anna die junge Frau musterte.

«Wie ich nebenbei erfahren habe, leiden Sie, Susann – wie übrigens überraschend viele Menschen – an einigen Allergien. Stimmt das?»

«Woher wollen Sie das wissen?» Susanns Wangen färbten sich rot. «Ich kann mich nicht erinnern, dass ich mit Ihnen darüber gesprochen hätte. Überhaupt – mich haben Sie gar nichts gefragt. Sie waren nicht bei mir, Sie haben mir keine einzige Frage gestellt. «

«Man kann Dinge auch erfahren, ohne nach ihnen zu fragen, Susann», antwortete Emma. «Ich weiß inzwischen einiges über Sie, auch ohne mit Ihnen darüber gesprochen zu haben. Ich gestehe, dazu hat die Zeit einfach nicht gereicht, denn inzwischen haben sich die Erkenntnisse überschlagen.»

«Das heißt Ereignisse, Mamma», soufflierte Raffaella aus dem Hintergrund.

Leises Kichern von Helene kommentierte die vorlaute Bemerkung. Emma warf ihrer Tochter einen tadelnden Blick zu und richtete ihre Aufmerksamkeit wieder auf Susann.

«Sie haben kein Alibi für die Zeit des Mordes, stimmt's?»

«Meine neuen Nägel können leider nicht sprechen», antwortete Susann schnippisch. «Aber glauben Sie mir, so ein Design dauert.»

«Das ist ein schönes Stichwort, dazu kommen wir später noch.» Emma verließ ihren Platz neben der Kaffeemaschine und schlenderte zu dem Bistrotisch, an dem der Kommissar lehnte. Sie platzierte sich neben ihm und schaute aufmerksam in die Runde. Die Blicke aller Anwesenden waren auf sie gerichtet.

«Es fehlt noch ein Verdächtiger, der heute Abend leider nicht hier ist.»

Emma war nicht sicher, ob Gieseking selbst weitermachen wollte, doch der nickte ihr auffordernd zu.

«Otto Hößlbarth», sagte sie. «Wir wissen inzwischen, dass es eine interessante Verbindung zwischen Otto und Roland senior gab. Eine alte Freundschaft, die unschön endete und als heftige Feindschaft zwischen den beiden Männern schwelte.» Sie machte eine Pause, es war still im Raum. «Als Vereinsschütze besaß Otto natürlich eine Waffe. Und er war der Meinung, dass die Seeligs zu Unrecht seinen Ruf als unbescholtener Finanzbeamter beschmutzt hatten. Das wollte er sich nicht gefallen lassen.»

«Otto war immer schon extrem nachtragend!», warf Brigitte Seelig ein. «Der hatte seine Pistole nach dem Schießtraining doch sicher noch dabei, er hätte am ehesten die Gelegenheit für den Mord gehabt.»

«Das mag sein. Allerdings hat die Ballistik», Emma nickte zu Gieseking hinüber, «herausgefunden, dass es nicht seine Sportwaffe war, die den tödlichen Schuss abgegeben hat.»

Der Kommissar gab seine lässige Pose auf, indem er sich aufrecht hinstellte und den Raum sofort mit seiner Präsenz füllte. «Allerdings gehörte die Mordwaffe tatsächlich Herrn Hößlbarth. Seine Frau hat uns darüber in Kenntnis gesetzt, dass eine seiner Waffen fehlt.»

Emma fiel auf, dass er nicht explizit auf die Tatsache einging, dass es sich um eine nicht registrierte Pistole handelte.

«Sag ich es doch. Er war es, der Fall ist klar.» Brigitte wippte mit dem übergeschlagenen Bein.

«Eben!», pflichtete Susann bei und wirkte genauso erleichtert wie ihre zukünftige Schwiegermutter.

Gieseking nickte. «Ja, der Fall ist tatsächlich klar, aber nicht so, wie Sie jetzt vielleicht meinen.» Er griff in seine Jackentasche und zog sein Handy sowie einen kleinen Plastikbeutel heraus. Beides legte er neben sich auf den Tisch. «Leider können wir weder Roland Seelig noch Otto Hößlbarth dazu befragen, wie die Waffe, die wir übrigens noch nicht gefunden haben, in Frau Ferraris Teeküche gelangte. Ersteren aus bekannten Gründen, Letzteren, weil er im Krankenhaus liegt und nicht vernehmungsfähig ist.»

«Das nicht mir scheint nötig. Der Fall ist gelöst», resümierte Diaz zufrieden.

«Mir war seine Verrücktheit nach Waffen von Anfang an ein Dorn im Auge», behauptete Brigitte. «Er hat's getan, ganz klar. Das musste ja so kommen. Und weil er den Gedanken, ein Mörder zu sein, nicht ertragen konnte, hatte er einen Infarkt.»

«Klingt schlüssig, das gebe ich zu. Das Dumme ist nur ...» Gieseking wartete, während die Spannung auf ihren Höhepunkt anstieg, und blickte in die Runde. «... er war es nicht.»

Atemloses Schweigen breitete sich aus und wurde erst unterbrochen, als das Kühlaggregat der Käsetheke ansprang.

«Es gibt ein paar Kleinigkeiten, auf die ich lange nicht geachtet habe, die aber von immenser Wichtigkeit sind. Es ist Frau Ferrari zu verdanken, dass wir diese Details noch einmal beleuchtet haben. Bitte.» Er machte eine auffordernde Handbewegung.

«Danke.»

Sie lächelte ihn verschwörerisch an und musste sich daran erinnern, dass nicht nur er das sehen konnte, sondern ihr gesamtes Auditorium. Aus dem Augenwinkel sah sie Helene grinsen.

«Der Fall war klar, wie Sie selbst sagen», begann Emma. «Aber ich hatte das Gefühl, etwas zu übersehen, seit Frau

Hößlbarth mit mir gesprochen hat. Ich hatte mich sowieso die ganze Zeit gefragt, warum Otto sich mit einer möglichen Rache für die damalige Schmach so viel Zeit lassen sollte. Das ergab für mich überhaupt keinen Sinn. Warum jetzt?»

«Menschen nicht immer reagieren logisch», mutmaßte Diaz schulterzuckend, was ihm einen einigermaßen freundlichen Blick von Brigitte einbrachte.

«Wir kennen die Uhrzeiten der Tatnacht, und Frau Hößlbarth hat bestätigt, dass Otto direkt nach dem Treffen beim Strauberwirt nach Hause gekommen und danach nicht mehr weggegangen ist.»

«Das hat doch nichts zu bedeuten», fuhr Brigitte Seelig mit einer wegwerfenden Handbewegung dazwischen. «Natürlich gibt sie ihm als Ehefrau ein Alibi.»

«Das war noch nicht alles. Sie erwähnte nämlich, dass ihr Mann eine starke Katzenallergie hat und mindestens drei Tage lang eine raue Stimme und tränende Augen hätte haben müssen, wenn er zusammen mit Hugo und Roland Seelig in meiner Teeküche gewesen wäre. Davon war am Samstagmorgen bei der Vernehmung durch den Kommissar nichts zu bemerken.»

«Richtig», bestätigte Gieseking. «Aber *Sie* waren am Tag nach dem Mord erkältet, Frau Hillmeier.»

«Deshalb haben Sie Ihren Termin bei Helene abgesagt», übernahm Emma.

Susann lachte unsicher auf. «Ich hatte eine leichte Sommergrippe, das ist alles. Überhaupt – was wollen Sie schon wissen!» Es klang ein bisschen trotzig, und sie wechselte einen Blick mit ihrem Verlobten, den Emma als stummen Hilferuf deutete. Der junge Mann erwiderte ihn mit einem

Stirnrunzeln, schwieg aber. «Warum hacken Sie überhaupt schon wieder auf mir rum? Ich war doch schon dran, und ich war's nicht.»

Emma nickte. «Es gab ein paar Informationen, die ich lange nicht zusammengefügt habe, weil sie auf den ersten Blick keinen Zusammenhang ergaben», erklärte sie mehr dem Plenum als Susann selbst. «Der wurde mir erst gestern klar. Und ich habe jemanden, der meine Schlussfolgerung bestätigen kann.»

Jetzt war die Spannung fast mit Händen zu greifen. Emma ging zu Therese und stellte sich neben sie.

«Frau Obermüller, unsere liebe Resi, hat am Morgen nach dem Mord in meiner Teeküche einen Geruch wahrgenommen, den sie als Lakritz beschrieb. Ich konnte damit lange nichts anfangen – ich hasse Lakritz und würde niemals welches essen.»

Veronika war blass geworden und schüttelte abwehrend den Kopf. In ihrem Blick lag Angst vor dem, was nun kommen würde.

«Darum habe ich auch nie welches offen in meinem Laden herumliegen», sprach Emma weiter. «Schon allein die Pflanze zu riechen, verursacht mir Übelkeit. Ich verkaufe den Likör, aber ich vermeide es, eine Flasche zu öffnen. Der Geruch, den Therese wahrgenommen hat, musste also entweder vom Täter oder vom Opfer stammen. Dem Opfer haftete kein besonderer Geruch an, daran würde ich mich erinnern, und auch die Gerichtsmedizin hätte das festgestellt. Also war es der Täter, der nach Lakritz roch. Oder besser, die Täterin. «

Ein Raunen ging durch die Anwesenden. Raffaella bedachte ihre Mutter mit einem bewundernden Blick, Korbinian tuschelte mit Georg, und Anna nickte Emma ermunternd zu.

Sie wandte sich an Therese. «Resi, würdest du uns mal bitte sagen, ob du diesen Geruch auch heute Abend hier wahrnehmen kannst? Und vor allen Dingen, an wem?»

Die alte Dame, die bisher still und meist mit einem milden Lächeln alles verfolgt hatte, was geschehen war, sah wissend zu Emma auf.

«Ja, das kann ich gern tun.»

«Was soll das denn?», empörte sich Brigitte Seelig. «Eine alte Frau vorzuführen, die ihre Sinne nicht mehr beieinanderhat, um einen Mord aufzuklären! Das ist verantwortungslos!»

«Richtig», keifte nun auch Susann und sprang auf. «Das ist ein schlechter Scherz, oder? Ich habe keine Lust auf so einen Kindergarten!»

«Setzen Sie sich.» Giesekings Tonfall ließ keinen Zweifel daran, wie ernst es ihm war. «Ich kann Sie alle beide beruhigen. Frau Obermüller mag nicht mehr so gut sehen oder hören wie Sie oder ich, aber ihre Nase funktioniert hervorragend. Das haben meine Leute heute Morgen mehrfach getestet, und alle waren beeindruckt.»

«Resi?», fragte Emma.

«Ja. Ich komme.»

Langsam ging Therese mit ihrem Rollator vor Emma her an den Sitzenden vorbei, einen konzentrierten Ausdruck auf ihrem faltigen Gesicht. Bei Veronika blieb sie stehen.

Die fing an zu weinen.

«Ja, ich liebe Lakritz», schluchzte sie. «Aber ich war's nicht, das schwöre ich.»

Therese schüttelte den Kopf. «Nein, nein. Die Vroni riecht

auch ein bisschen nach Lakritz, das stimmt schon, aber das, was ich meine, riecht anders nach Lakritz.»

Schritt für Schritt ging sie weiter. Vor jedem der Anwesenden blieb sie kurz stehen und sog mit geschlossenen Augen die Luft ein. Und immer wieder schüttelte sie den Kopf.

«Rosen», sagte sie zwischendurch leise. Oder «Bratapfel mit Himbeeren. – Holz aus dem Garten. Nasses Laub.» Vor Gieseking blieb sie stehen und öffnete die Augen. «Ein Sommerabend im Wald», sagte sie und strahlte ihn an.

Er dankte ihr mit einem Nicken und erwiderte ihr Lächeln, bevor er Emma mit einem Blick streifte, den sie nicht einordnen konnte.

Therese ging weiter. Emma wagte kaum noch zu atmen.

Würde ihr Vorhaben gelingen? Oder waren zu viele Personen in diesem Raum? Lenkte das Aroma ihrer Lebensmittel vom eigentlichen Geruch ab?

Aus dem Augenwinkel sah sie Gieseking das Handy vom Tisch nehmen und etwas tippen. Er rief seine Leute, die in Alarmbereitschaft waren.

«Das ist es.» Therese öffnete die Augen und schnupperte aufmerksam. «Das ist das Lakritz, das ich gemeint hab.»

Sie stand vor Susann, die wie gelähmt dasaß und sich nicht rührte. Ihre weit aufgerissenen Augen waren auf Therese gerichtet, und ihr Atem ging schnell.

«Das Parfüm, von dem mir schlecht wird», murmelte Helene in die atemlose Stille hinein. «Stimmt. Ich hätte es nicht Lakritz genannt, aber – genauso riecht das.»

Susann sprang auf und sah sich panisch um. «Ich war das nicht. Das könnt ihr mir nicht unterschieben. Eure sogenannte *Zeugin* kann doch nicht mal mehr ihre eigene Nase riechen!»

«Was?» Emma war empört. «Wie kann man nur solchen Schwachsinn reden!»

Therese wandte sich zu ihr um. «Natürlich kann ich meine Nase nicht riechen, mit der rieche ich ja.»

Emma legte ihr beruhigend die Hand auf den Arm. «Du hast völlig recht, Resi. *Grazie mille.*»

Auf ihren Blick hin kam Helene zu ihnen, begleitete ihre Großmutter zurück zu ihrem vorherigen Platz und setzte sich neben sie. Voller Wärme registrierte Emma, dass ihre Freundin der alten Dame liebevoll über den Rücken strich. Sie wandte sich wieder an Susann Hillmeier.

«Vielleicht setzen Sie sich lieber hin, Susann, ich habe noch ein paar Informationen.»

Susann gehorchte tatsächlich, wirkte aber, als würde sie Emma gleich an den Hals springen. «Egal, was Sie sagen werden, es ist völliger Humbug», behauptete sie. «So ein bisschen Parfüm hat noch lange nichts zu bedeuten, das trägt doch jeder.»

«Das war auch noch nicht alles», machte Emma weiter. «Kommen wir doch zurück zu Ihren Allergien, da waren wir vorhin stehen geblieben. Ich habe mich an ein Gespräch erinnert, das wir vor Kurzem auf dem Marktplatz hatten, wissen Sie noch? Darüber, ob Hugo im Laden ist?»

Susann schwieg.

«Ich bin sicher, Sie erinnern sich. Als ich sagte, dass es sein kann, dass Hugo sich hier irgendwo rumtreibt, haben Sie Ihren Einkauf lieber verschoben. Das war nämlich keine beiläufige Frage – Sie wollten sichergehen, dass Sie meinem Kater nicht begegnen. So wie in der Nacht des Mordes an Roland Seelig. Da ist Ihnen nämlich genau das passiert, nicht wahr?» Emma hob die Brauen. «Hugo war da, als Sie mit Seelig hier waren. Und Ihre Erkältung, wegen der sie am nächsten Tag Ihren Termin bei der Physio abgesagt haben, war gar keine. Es war eine allergische Reaktion.»

«Dafür haben Sie keinen Beweis!», rief Susann alarmiert.

«Oh, doch, wir haben tatsächlich einen.» Gieseking schaltete sich wieder ein, er griff nach dem Tütchen und hielt es in die Höhe. Es war kaum zu erkennen, dass etwas darin war. «Frau Ferrari hat das hier in ihrer Teeküche gefunden. Es ist ein abgebrochener Fingernagel.»

«Ha. Der kann von jedem stammen! Wer weiß, wie oft sie sich selbst da die Fingernägel geschnitten hat.»

Der Kommissar schüttelte den Kopf. «Es ist ein sehr aufwendig gefertigter Kunstnagel», dozierte er. «Sie sind doch Nageldesignerin, oder nicht?»

«Ja, eben!» Susanns Stimme wurde schrill. «Ich mach die für alle möglichen Leute im Ort. Brigitte hat welche, und Petra und Bärbel und die Frau von Otto und ...»

«... und unser Labor wird zweifelsfrei feststellen, dass Ihre DNA daran haftet. Mit so einem Kunstnagel bricht nämlich meist auch ein Stück des eigenen Nagels ab. Und so war es auch hier.» Er legte das Tütchen wieder hin. «Frau Hillmeier. An irgendeinem Punkt im Ablauf der uns noch unbekannten Ereignisse ist Ihnen der Nagel abgebrochen. Es ist nur die Spitze, aber es ist zweifelsohne Ihrer.»

«Und deshalb haben Sie auch unbedingt in der Nacht noch einen neuen Nagel gebraucht. *Einen* – nicht alle», warf Emma ein.

Susanns Wangen waren nun stark gerötet, und ein leichter Schweißfilm hatte sich auf ihrer Stirn gebildet.

«Wie das alles zusammenhängt, werden Sie uns bestimmt erklären, Susann, aber ... ich bin über eine weitere ‹*Kleinig-*

keit› ...», Emma malte Gänsefüßchen in die Luft, «... gestolpert, die mich nachdenklich gemacht haben. Anna hat nach Ihrem Besuch in Helenes Praxis ein Rezept gefunden, das Sie verloren hatten. Wir dachten, das wäre für Ihre Physio-Behandlungen, doch Helene hat später gemerkt, dass das nicht stimmt: Es stammt von einer Gynäkologin in Regensburg. Wir haben das Medikament gestern gegoogelt. Nachdem ich von mehreren Seiten gehört hatte, dass Sie und Roland junior gern eine Familie gründen wollen, hat mich das Ergebnis sehr verwundert, denn ... es handelt sich dabei um ein gängiges Verhütungsmittel.»

Diese Worte rissen Roland junior aus seiner Ruhe. «Was?» Er starrte seine Freundin fassungslos an. «Aber ... wir wollten eine Familie! Ich habe geglaubt ... es klappt eben nicht, und wir dachten doch beide ... was soll das bedeuten?»

Susann presste die Lippen aufeinander und vermied es, ihren Freund anzusehen.

«Davon wussten Sie nichts, Herr Seelig, nicht wahr?», fragte Emma ihn behutsam.

«Nein», antwortete er leise und senkte den Blick. Als er wieder aufsah, wirkte er älter, als er war. «Ich hatte nicht die leiseste Ahnung. Ich dachte schon, es liegt vielleicht an mir, dass es mit einem Kind einfach nicht gelingen will. Aber dass du ...» Kopfschüttelnd wandte er sich an Susann. «Ich kann es nicht glauben.»

«Leider gibt es keinen Zweifel», mischte sich der Kommissar ein. «Wir haben das Rezept sichergestellt und geprüft.»

«Aber ... *warum*?» Die Fassungslosigkeit in Roland Seeligs Stimme war unüberhörbar. «Du wolltest es doch auch! Eine kleine Familie ...»

«Ich wollte es auch?», brach es aus Susann heraus. Sie

sprang auf und wich einen Schritt von Roland zurück. «Ich wollte das *auch*? Fett und hässlich werden und keine Nacht durchschlafen und mir die Klamotten vollkotzen lassen? In Kinderkacke wühlen und keinen Moment mehr Zeit für mich haben?»

«W-was?» Roland war weiß geworden und starrte seine Verlobte fassungslos an.

Emma vergaß beinahe zu atmen. Sie hatte mit manchem gerechnet, aber nicht mit so einem Ausbruch.

«Ich wollte *dich* und das Leben mit dir.» Susanns Hände zitterten. «Ich wollte das alles genießen und es schön haben! Ich hatte Träume! Verreisen, eine Finca auf Mallorca, vielleicht auch noch mehr Ferienhäuser, schöne Klamotten, ein gewisser Lifestyle ... Glaubst du wirklich, da hätte ein Kind reingepasst? Aber du, du hast ja irgendwann von nichts anderem mehr geredet als immer nur Kinder, Kinder und noch mal Kinder. Du warst wie besessen, und du hast es nicht mal gemerkt.» Ihr Atem ging schnell.

Nun stand auch Roland auf und ging mit ratlos erhobenen Händen auf sie zu. «Aber ... warum hast du nie was gesagt? Ich habe wirklich geglaubt, du wolltest eine Familie genauso sehr wie ich.»

«Was hätte ich denn tun sollen?» Susanns Stimme überschlug sich fast. «Du hast immer betont, dass eine Beziehung ohne Kinder für dich nicht infrage kommt. Hätte ich dir die Wahrheit gesagt, dann wären alle meine Träume zerplatzt.»

Roland atmete aus und schloss kurz die Augen. Als er sie wieder öffnete, lag ein trauriger Glanz darin. «*Deine* Träume? Und was ist mit unseren Träumen?»

«Unsere Träume? Pah.» Susann lachte hart auf. «Du bist mit 'nem goldenen Löffel im Mund geboren und hast keine

Ahnung, wie schwer es ist, im Leben was zu erreichen, wenn man von null anfängt. Als Frau muss man da schon schauen, wo man bleibt, und selber dafür sorgen, dass man vorankommt. Dass man jemanden findet, der ... der gewisse Dinge möglich macht.» Sie warf Brigitte Seelig einen Blick zu, der Emma nicht entging.

«Es war also alles nur fake», resümierte Roland leise.

Er tat ihr in der Seele leid.

«Natürlich nicht», beeilte Susann sich hastig zu sagen, und ihre Stimme bekam etwas Flehendes, als wäre ihr eben erst bewusst geworden, was sie angerichtet hatte. «Ich liebe dich wirklich, drum wollte ich dich ja nicht verlieren ...»

Sie machte einen Schritt auf ihn zu, doch Roland wich zurück, und Emma war in diesem Augenblick klar, dass Susann in jedem Fall verloren hatte. Egal wie dieser Nachmittag enden würde.

«Jetzt sag mir nur noch, was das mit meinem Vater zu tun hat.» Dieses Mal zögerte er nicht bei dem Wort.

Susann sah um sich, als erwartete sie von irgendwoher Unterstützung, doch niemand machte Anstalten, irgendetwas zu sagen. Alle lauschten gebannt.

Da huschte von der hinteren Eingangstür her ein Schatten in den Laden, und Hugo stolzierte mit hoch aufgerichtetem Schwanz zwischen den Stühlen hindurch. Emmas erster Impuls war, den Kater wieder hinauszubringen, doch der Kommissar verhinderte die spontane Idee, indem er ihr die Hand auf den Arm legte. Sie warf ihm einen fragenden Blick zu, doch er schüttelte nur kaum merklich den Kopf.

Emma begriff. Ein Lächeln schlich sich auf ihr Gesicht.

Hugo fand es wohl spannend, dass so viele Beine hier versammelt waren, an denen er entlangstreifen und seinen

Kopf reiben konnte. Er schnurrte so laut, dass es deutlich zu hören war, und lief auf weichen Pfoten von einem zum anderen.

Susann war zur Salzsäule erstarrt und sah gebannt auf den großen roten Kater, der schließlich auch um ihre Beine strich.

«Nein», wehrte sie heiser ab. «Nicht du! Nicht du auch noch ... Geh ... geh weg! Geh bitte weg, du ...!» Dann ließ sie die Schultern sinken und stand da, als hätte ihr jemand den Stecker gezogen, ehe ein Niesanfall sie erschütterte.

«Er hat es gewusst», brachte sie schließlich mit tränenden Augen hervor und zog heftig die Nase hoch. «Und er hat mich erpresst.»

Roland lachte ungläubig auf. «Erpresst? Mein Vater hat dich erpresst? Rede doch keinen Unsinn!»

Ein Taschentuch ging von Hand zu Hand und erreichte schließlich die am ganzen Körper zitternde junge Frau. Sie schnäuzte sich geräuschvoll und ausgiebig, aber ihre Augen tränten weiter.

«Er hat gedroht, wenn ich es dir nicht selber sage, tut er's. Dann ist Schluss mit deinem schönen Leben, hat er gesagt. Keine Reisen, keine schicken Klamotten, kein großes Haus und keine Finca auf Mallorca.»

Diese Aussicht schien sie mehr zu erschüttern als alles andere, denn an dieser Stelle brach sie in Tränen aus und ließ sich auf ihren Stuhl fallen. Für ein paar Momente war nur Susanns heftiges Schluchzen zu hören. Niemand sprach ein Wort, keiner rührte sich. Sogar Brigitte Seelig war offenbar so aus der Fassung, dass ihr die Worte für eine Reaktion fehlten.

«Und da hast du ihn einfach erschossen?», fragte Roland

schließlich in das verklingende Weinen hinein. «Damit er mir nichts davon verraten kann?»

«Nein!» Susann nieste erneut und hob dann den Kopf. «Ich wollte das nicht. Das war nicht geplant, ehrlich ...» Als ihr offenbar klar wurde, dass das ein Geständnis war, schlug sie die Hände vors Gesicht und saß da wie ein Häufchen Elend. «Oh mein Gott, ich wollte das doch gar nicht!», schluchzte sie laut los, ehe sie wieder vom Niesen geschüttelt wurde.

Emma atmete tief, fühlte sich aber nicht so erleichtert, wie sie erwartet hatte. Der Fall war gelöst, Roland Seeligs Mörderin hatte die Tat vor ihnen allen gestanden. Doch in ihr selbst wollte keine Freude aufkommen.

Ein Mann war tot – wegen der Ambitionen einer jungen Frau aus einfachen Verhältnissen. Einer Frau, die ihrer Schwiegermutter hatte nacheifern wollen, die in Saus und Braus gelebt und ihren Mann zugrunde gerichtet hatte. Einen Mann, den Emma völlig falsch eingeschätzt hatte und der seinen Sohn am Ende einfach davor hatte schützen wollen, in einer unglücklichen Ehe zu enden wie er selbst.

Ihr Verstand weigerte sich, das zu begreifen.

«Ich denke, wir haben genug gehört», sagte Hendrik Gieseking neben ihr leise. «Alles Weitere soll uns Frau Hillmeier in einer katzenfreien Umgebung erzählen.»

Auf einen Wink von ihm nahmen zwei von seinen Leuten die vollkommen aufgelöste junge Frau in ihre Mitte.

Handschellen klickten.

Es war vorbei.

32. KAPITEL

*J*etzt brauch ich einen Schnaps», hatte Helene verkündet, als die Polizisten Susann Hillmeier abgeführt hatten und sich im Laden fassungslose Stille ausbreitete. «Für die Nerven.»

Da war sie nicht die Einzige, und so hatte Emma einen ganz besonderen Grappa aus dem Regal geholt und die Flasche kreisen lassen. Jeder, der geblieben war, hatte dankend angenommen.

Veronika Pfeifer hatte es vorgezogen, nach Hause zu gehen. Sie war von Susanns Auftritt und allem, was davor passiert war, so erschüttert gewesen, dass sie erst einmal Ruhe brauchte. Isadora von Hohenfels hatte verlangt, von einem der Polizeibeamten zurück zum Gutshaus gebracht zu werden. Sie würde sich nicht mehr weiter vorführen lassen und ihrer Tochter außerdem untersagen, jemals wieder bei Emma einzukaufen, hatte sie noch verkündet. Brigitte Seelig, ihr Sohn und Pablo Cristo Diaz hatten das Alimentari ebenfalls verlassen. Roland Seelig junior war von der Enthüllung über Susann zutiefst erschüttert gewesen – doch er hatte Emma, bevor er gegangen war, als Einziger der Familie noch für die Aufklärung des Mordes an seinem Vater gedankt.

Nachdem sie ihr Pinnchen auf ex geleert hatte, beruhigten sich auch Emmas Nerven allmählich wieder. Sie war zufrieden. Sie hatte ihr Leben wieder, der Mord war aufgeklärt, und nun konnte in Himmelsricht wieder Ruhe und Alltag einkehren.

Aber vorher galt es, die Party zu feiern, die diesen Alltag einläuten sollte.

Korbinian und Georg waren mit dem Grappa großzügig gewesen und hatten schon einen Schwips, wie Emma schmunzelnd zur Kenntnis nahm. Doch als kurz vor sieben die Zwillinge eintrudelten, standen die beiden bereit, sich um die Getränke zu kümmern. Dennis würde sie mit Nachschub an vollen Flaschen aus dem Lager versorgen und das Leergut wegräumen, während Tanja dafür zuständig war, sich um das benutzte Geschirr zu kümmern. Beide hatten ihre Aufgaben ohne zu murren angenommen – allerdings war ihnen unter den strengen Augen ihrer Mutter auch keine andere Wahl geblieben.

«Jetzt kann gar nichts mehr schiefgehen», verkündete Helene, die vor dem Haus noch die letzten Deko-Rosmarintöpfchen auf den Tischen verteilt und die Windlichter angezündet hatte. «Es ist genug zu trinken da, das Buffet ist ein Träumchen, und das Wetter hält auch.»

«Sieht wirklich alles super aus.» Anna warf einen letzten Blick nach oben und klang äußerst zufrieden. «Hoffentlich schafft es der Kommissar noch wiederzukommen. Wär doch schade, wenn er nach der tollen Aufklärung die Party verpasst.»

«Das finde ich auch», bestätigte Helene. «Vor allen Dingen jetzt, wo das Eis zwischen euch beiden endlich gebrochen ist.»

«So ein Unsinn», erwiderte Emma halblaut, gab ihrer Freundin aber insgeheim recht.

«Eigentlich sollte ich Ihnen zürnen, Emma.»

Konstanze von Hohenfels trat neben sie und bedachte sie mit einem strengen Blick von oben.

Emma setzte eine schuldbewusste Miene auf. «Ich weiß. Und ich könnte Sie sogar verstehen, aber ich hoffe trotzdem, Sie tragen es mir nicht nach.»

«Nein, nein. Ich bin ja nicht meine Mutter.»

«Zum Glück», rutschte es Emma heraus.

Zu ihrer Überraschung lachte Konstanze herzhaft. «Wenn ich ehrlich sein soll – wäre nicht auch ich in den Fokus geraten, hätte mir die Vorstellung von Ihnen und dem Herrn Kommissar durchaus gefallen können. Es war sehr amüsant zu sehen, wie Sie sich die Bälle zugespielt haben.»

«Ja, nicht wahr?» Helene grinste schelmisch.

Emma wollte schon etwas Schlagfertiges antworten, doch sie kam nicht mehr dazu, weil die ersten Gäste eintrafen. Sie griff nach einem Tablett mit Prosecco und bezog vor ihrem Laden Position. Ihren Freunden und Bekannten das erste Getränk des Abends persönlich zu servieren und mit ihnen anzustoßen, das würde sie sich nicht nehmen lassen.

Sie war überrascht, wie viele Menschen kamen, um mit ihr zu feiern. Der Strom der Neuankömmlinge riss gar nicht mehr ab, der Laden füllte sich immer mehr.

In einer Pause zwischen zwei Gruppen von Neuankömmlingen erschien Thereses Rollator neben Emma, und sie wandte sich zu der alten Dame um.

«Du warst großartig, Resi.» Impulsiv beugte sie sich zu ihr und drückte ihr einen Kuss auf die Wange. «*Grazie mille.*»

«Danke, Emma.» Therese strahlte. «Der Kommissar ist schon ein fescher Mann, das muss ich sagen. Und er hat mir genauso aufmerksam zugehört wie du.»

Emma lachte. «Du hast ja auch was zu sagen, da lohnt sich das Zuhören allemal.»

«Warum haben die Menschen zwei Ohren und nur einen

Mund?» Therese lächelte verschmitzt. «Weil sie doppelt so viel zuhören wie reden sollen, sag ich immer.»

«Da hast du wirklich recht, Resi. Aber jetzt komm, ich besorge dir was zu trinken und ein bisschen was zum Naschen. Dein Rollator ist ja das perfekte Tischchen für dich.»

Als sie Helenes Großmutter mit ein paar Häppchen vom Buffet versorgt hatte, versuchte Emma, sich selbst einen Überblick zu verschaffen. Die meisten der Anwesenden kannte sie zumindest vom Sehen, ein Großteil gehörte zu ihrer Stammkundschaft. Auch das Ehepaar Münter war dabei und unterhielt sich angeregt mit Frau Beuerle.

«Gibt's Hugo hier auch als Spritz?» Raffaella spähte über Emmas Schulter hinweg zur Bar. «Oh ... ist sie das?»

Spontan wandte Emma sich um. Petra lachte gerade mit Korbinian und Georg, während Annas Mann mit gespieltem Aufwand eine neue Proseccoflasche entkorkte.

«Ja», sagte sie. «Ja, das ist Petra, die neue Freundin deines Vaters. Geh doch mal rüber und sag Hallo.»

Raffaella nickte. «Das mach ich.»

Der Abend schritt voran. In einem der ruhigen Momente, in denen jeder mit Getränken versorgt war und die Herrschaften hinter der Bar nichts zu tun hatten, kamen Raffaella und Korbinian zu Emma, die inzwischen an ihrem Lieblingsplatz neben der Kaffeemaschine saß.

Beide wirkten so zufrieden, dass Emma unwillkürlich grinsen musste.

«Na?», meinte sie und zog Raffaella an sich. «Hat Petra bestanden?»

Raffaella wiegte den Kopf hin und her, aber Korbinian knuffte sie in die Seite.

«Wie es aussieht, hat unser Töchterchen ihren Segen gegeben.»

«Unter der Voraussetzung, dass ich keine schmutzigen Details aus dem wiedererwachten Liebesleben meines Vaters hören muss», bestätigte Raffaella mit strenger Miene.

Korbinian prustete los. «Das wäre mir mindestens so peinlich wie dir, also keine Sorge.»

«Aber im Ernst», sie wandte sich lächelnd ihrer Mutter zu, «ich glaub, die ist schon in Ordnung.»

«Das freut mich. Für uns alle», sagte Emma lächelnd. «Hast du auch schon was gegessen, oder hast du bisher nur die Lage sondiert?»

«Ich bin pappsatt, Mamma, lass gut sein. Höchstens eine kleine Portion Tiramisu passt jetzt noch rein, sonst platze ich. Sag mal, hast du diese ganzen leckeren Sachen eigentlich selbst gemacht?»

«*Ma no*. Nur die Rezepte stammen von mir, oder besser, Nonna Imma. Alles andere hat ein Heer fleißiger Elfen erledigt.» Sie berichtete Raffaella von Konstanzes Einsatz und dass diese ihre Küchencrew gut im Griff gehabt hatte.

«Die Freifrau? Die ist ja echt cool», urteilte Raffaella. «Die möcht ich gern noch näher kennenlernen. Was meinst du – ob sie mir ihre Ahnengalerie zeigt? Hat sie überhaupt eine?»

«Deine Tochter ist ein verrückter Vogel», urteilte Emma trocken an Korbinian gewandt.

Der hob in einer Geste der Unschuld die Hände. «Also ... von mir kann sie das nicht haben. Pass lieber auf, dass sie dir nicht eine deiner besten Kundinnen vergrault, indem sie sie nach ihren Ahnen fragt.»

Raffaella rollte mit den Augen. «Mensch, Papa, du bist

doch sonst nicht so peinlich! Komm, Mammina, wir gehen sie suchen. Ich werde dich schon nicht blamieren!»

Lachend streifte Emma zusammen mit ihrer Tochter durch den Laden und nippte nebenbei an ihrem halb vollen Glas. Schließlich blieben sie neben der offenen Eingangstür stehen.

«Da ist sie», raunte Emma und wies unauffällig mit dem Kinn auf ein Grüppchen von Gästen, das an einem Biertisch vor dem Laden saß. «Bei den Honoratioren der Gemeinde. Das Ehepaar sind die Bürgermeisters.»

Raffaella beobachtete das Geschehen ein paar Augenblicke wortlos, dann drehte sie sich zu Emma um. «Stellst du mich denen auch vor?», fragte sie schelmisch.

Natürlich kam Emma ihrer Aufforderung nach und präsentierte der kleinen Gruppe ihre Tochter.

«Ganz die Mama», äußerte der Bürgermeister charmant.

«Nur ein halbes Leben jünger», antwortete Emma.

Frau Beuerle lachte. «Wenn er jetzt auch noch sagt, dass ihr zwei Schwestern sein könntet, trete ich ihm gegen das Schienbein. Das ist nämlich mein Part.»

«Ja, aber das stimmt doch, oder? Sie können wirklich stolz auf Ihre Tochter sein», setzte er nach.

«Ihr habt hier einen echt charmanten Bürgermeister», sagte Raffaella und grinste ihre Mutter an. «Schade, dass ich meinen Hauptwohnsitz in die Stadt verlegt habe. Vielleicht sollte ich mir das doch noch mal überlegen.»

«Sie hat auch meinen typisch italienischen Charme geerbt, wie Sie unschwer erkennen können», scherzte Emma an den Bürgermeister gewandt, doch natürlich platzte sie insgeheim tatsächlich fast vor Stolz.

«Jetzt ist es aber gut», wehrte Raffaella ab und rutschte auf den freien Platz neben Konstanze. «Ihre *stuzzichini* sind echt der Hammer, Frau von Hohenfels. Italienischer bekommt sie meine Urgroßmutter in`Amalfi auch nicht hin.»

«Ach ... tatsächlich? Das freut mich aber. Und bitte, nennen Sie mich doch Konstanze ...»

Na, das ging ja schnell, dachte Emma. Sie selbst hatte Jahre für diesen Ritterschlag gebraucht. Doch sie kam nicht mehr dazu, scherzhaft zu protestieren, denn jemand tippte ihr auf die Schulter. Sie wandte sich um und blickte in Helenes verschmitztes Lächeln.

«Na endlich», sagte sie.

«*Cosa*? Was meinst du?»

«Grünauge ist soeben eingetroffen. Damit ist auch für dich jetzt Party.»

Die Nacht war lau, die Luft samtig. Am Himmel glitzerten so viele Sterne, dass es geradezu kitschig wirkte. Um Kommissar Hendrik Gieseking hatte sich der harte Kern versammelt, und alle hingen an seinen Lippen, als er die jüngsten Erkenntnisse präsentierte.

Noch im Auto zum Präsidium hatte Susann Hillmeier die fehlenden Informationen zum Tathergang geliefert. Anscheinend hatte sie es sehr eilig gehabt, ihr Gewissen zu erleichtern.

«Und sie hat die Waffe tatsächlich bei Annemie mitgehen lassen?» Helene klang ungläubig.

Er nickte. «Sie war wohl bei ihr, um ihr die Nägel zu machen. Das hat Herr Hößlbarth seiner Frau zum Geburtstag geschenkt. Die beiden haben sich gut verstanden, Susann ist noch zum Kaffee geblieben. Bei dieser Gelegenheit hat er mit seiner Sammlung geprahlt, und Susann hat die Gunst der Stunde genutzt.»

«Aber warum?», rätselte Anna. «Hatte sie denn da schon vor, Roland senior zu erschießen?»

«Wohl nicht direkt.» Gieseking wehrte nicht ab, als Korbinian sein Glas nachfüllte. Er hatte bei seiner Ankunft betont, dass er nun offiziell außer Dienst sei. «Angeblich war das eine Kurzschlusshandlung und nicht geplant. Obwohl Roland senior sie zu diesem Zeitpunkt schon unter Druck gesetzt haben muss, seinem Sohn zu sagen, was für ein Spiel sie wirklich spielt. Wie viel sie tatsächlich geplant hat, werden weitere Ermittlungen zeigen. Vielleicht liegt die Wahrheit irgendwo dazwischen.»

Emma hörte aufmerksam zu. Sie fühlte sich einerseits so müde, als hätte sie zehnmal den Aufstieg aus dem Höllbachtal hinter sich, andererseits war sie aufgekratzt und noch immer voller Adrenalin. Und um nichts in der Welt hätte sie dieses Gespräch verpassen mögen.

«Und dass alles in meinem Laden passierte ...», setzte sie an.

«... war einfach nur Zufall», vollendete der Kommissar ihren Satz. «Sie hat kalte Füße bekommen und gibt an, dass sie Herrn Hößlbarth die Waffe zurückgeben und sie heimlich in dessen Auto schmuggeln wollte. Von Seelig senior wusste sie, dass Hößlbarth seinen Wagen nie absperrte, weil der schon so alt war. Auf dem Weg zum Parkplatz ist sie dann dem Opfer begegnet, von dem sie dachte, dass es bei der Vereinsversammlung wäre ...»

«Und da war Seelig ja vorher auch», ergänzte Helene.

«Sie haben zu diskutieren angefangen», fuhr der Kommissar fort. «Dann schlug Seelig vor, das Gespräch statt auf offener Straße in Ihrem Laden fortzusetzen. Der lag einfach günstig, sie standen ja schon quasi davor, und Seelig hatte den Schlüssel dabei.»

«Wie's der Teufel will», murmelte Georg in sein Glas.

Anna nickte. «Aber echt.»

«Susann sagte, sie seien beide sehr aufgebracht gewesen und ziemlich laut geworden. Seelig muss sie wohl immer mehr in die Enge getrieben haben: Sie solle seinen Sohn verlassen oder ihm die Wahrheit sagen, sonst würde er es selbst tun, auf keinen Fall werde er zulassen, dass sein Sohn ins Unglück rennt. Anscheinend hat er sie so lange bearbeitet, bis sie emotional an einem Punkt ankam, an dem sie einfach rotsah und jedes vernünftige Denken aussetzte. Sie zog die Waffe aus der Tasche, um ihm Angst zu machen ... und dann passierte es.»

«Puh», sagte Korbinian. «Wenn man sich vorstellt, dass fast jeder Mensch auf dieser Welt so weit getrieben werden kann ...»

«Gut, dass so etwas doch eher selten passiert», relativierte Raffaella die düstere Aussage ihres Vaters.

Auf der anderen Seite des Dorfplatzes in der Linde rief das Käuzchen. Hugo kam von dort herübergetrabt und verschwand maunzend unter den Tischen.

«Wie kam Hugo eigentlich in den Laden?», fragte Helene.

«Wahrscheinlich erst nach der Tat», sagte Gieseking und trank einen Schluck. «Vielleicht ist er reingeschlüpft, als Susann Hillmeier geflüchtet ist. Wäre er schon vorher dagewesen, hätte sie den Streit wahrscheinlich nicht durchgestanden, so allergisch, wie sie ist.»

«Dann würde Seelig vielleicht noch leben», murmelte Emma.

Eine kurze Stille entstand. Dann spürte sie, wie der Kater um ihre Beine strich, und sie beugte sich hinunter und streichelte sein Fell.

«Eigentlich bist du hier der Kommissar», sagte sie liebevoll, richtete sich wieder auf und warf Gieseking einen entschuldigenden Blick zu. «Na ja, wäre er nicht gewesen, würden wir immer noch nach dem Täter suchen. Wir sollten froh sein, dass Hugo das Beweisstück unter der Bank hervorgeholt hat. Dafür hat er auf ewig was gut bei mir.»

Irgendwie war Emma wirklich stolz, dass es ihr Kater gewesen war, der das entscheidende Puzzlesteinchen geliefert hatte.

«Und ich werde mit meiner Spusi noch ein Hühnchen rupfen deswegen», ließ der Kommissar düster verlauten. «Das hätte denen nicht entgehen dürfen.»

Emma winkte großzügig ab. «So was passiert einfach. Wer weiß, in welcher letzten Ecke das Ding gelegen hat.»

«Wie ist das eigentlich gelaufen mit dem Nagel?», wollte Helene wissen.

«Das konnte Frau Hillmeier nicht mehr sagen. Sie weiß noch, dass sie sich irgendwo gestoßen hat, aber wie genau, war nicht zu rekonstruieren.»

«Klar, sie war ja auch voller Adrenalin.» Anna zuckte die Schultern. «Das verhindert die Speicherung im Gedächtnis.»

«Also ich finde, wir waren ein richtig gutes Team», sagte Emma und hob ihr Glas. «Wir Mädels schon die ganze Zeit – und ich mit dem *commissario* heute Nachmittag auch. Lasst uns darauf trinken.»

Klirrend stießen die Gläser aneinander. Der kalte Prosecco prickelte in Emmas Hals.

«Wir waren wirklich ein sehr gutes Team», bestätigte Gieseking mit einem gutmütigen Lächeln. «Ich hoffe nur, dass das nicht zur Gewohnheit wird.»

«Mit mir ein gutes Team zu sein?»

«Äh … nein. Das meinte ich damit nicht.» Er räusperte sich und klang zum ersten Mal, seit Emma ihn kannte, verlegen. «Dass Sie Mördern hinterherjagen. Die Sache mit dem Team war tatsächlich gar nicht schlimm.»

«Oh, vielen Dank aber auch», sagte Emma ironisch.

Helene stieß sie sanft mit dem Ellenbogen an. «Als Polizist darf er doch nicht zugeben, dass er den Fall ohne deinen Scharfsinn nie und nimmer gelöst hätte», raunte sie so laut, dass der Kommissar es auf jeden Fall hörte.

«Nie und nimmer würde ich nicht unterschreiben», erklärte er würdevoll. «Aber bei einer Affekthandlung ohne offensichtliches Motiv kann so etwas schon dauern. Wenn dann nicht der Zufall zu Hilfe kommt …»

«… oder ein Team unschlagbarer Frauen», bot Konstanze an.

Alle lachten und ließen die Gläser klingen.

Emma blickte in die Runde, und ihr Herz wurde weit. Ihre Freunde, besonders aber diese Frauen an ihrer Seite zu haben, erfüllte sie mit tiefer Dankbarkeit. So durfte die Zukunft weitergehen, und sie würde wunderbar werden und ihnen allen sicher Glück bringen.

Auf der anderen Seite des Platzes in der alten Linde rief das Käuzchen, und der sanfte Klang verhallte in der lauen Nacht.

EMMAS REZEPTE

Falls Ihnen bei der Erzählung der Gerichte von Emmas italienischem Abend bei den Straubs das Wasser im Munde zusammengelaufen ist, hier verrät sie Ihnen exklusiv ihre Rezepte, damit Sie die leckeren Sachen nachkochen können. Da Emma eine große Gesellschaft zu versorgen hatte, sind die Rezepte jeweils für etwa 8 Personen ausgelegt. Wenn Sie nicht so viele Gäste haben, reduzieren Sie die Menge entsprechend.

Spaghetti mit Pesto

Frisches Pesto ist lecker, gesund und leicht zuzubereiten. Außerdem ist es sehr vielseitig, denn Sie können es als Brotaufstrich oder als Dip zu knuspriger Ciabatta verwenden. Bei den Straubs wird es klassisch mit Spaghetti serviert.

Für 8 Portionen verwendet Emma
2 Bund Basilikum
4 Knoblauchzehen
200 g Parmesan
400 ml Olivenöl
150 g Pinienkerne

Dazu kommen
1000 g Spaghetti
3 EL Salz
Eine Tasse Nudelwasser

Als Erstes röstet Emma die Pinienkerne in einer Pfanne und schält nebenbei den Knoblauch. Die gerösteten Pinienkerne, der Knoblauch, das frische Basilikum, der Parmesan und das Olivenöl werden in einen Mixer gegeben und dort gut vermischt. Nonna Imma würde das natürlich in einem klassischen Mörser von Hand machen, aber dafür war am italienischen Abend bei Straubs leider keine Zeit. Übrigens passt Emma immer auf, dass nicht zu lange gemixt wird, denn das könnte das Pesto bitter werden lassen.

Dann kocht Emma die Spaghetti in reichlich Salzwasser – und zwar zwei Minuten weniger als auf der Packung angegeben, vermengt in einer großen Pfanne ihr Pesto mit dem Nudelwasser und lässt die abgegossenen Spaghetti darin noch mal zwei Minuten köcheln, damit sie so richtig das herrliche Basilikumaroma annehmen können. Sie serviert mit Parmesan bestreut und garniert gern mit frischen Basilikumblättchen (nun wissen Sie, wo all das Basilikum hingekommen ist, das sie vor dem Mord in ihrem Laden hatte ...).

Peperonata

Eigentlich ist die Peperonata ein Antipasto, aber an diesem Abend bei Straubs kam sie auch als Beilage zum Einsatz. Wäre davon noch etwas übrig geblieben, hätte es für eine schöne Pastasoße gereicht. Aber leider – oder zum Glück – wurde alles aufgegessen.

Emma hatte
2 kg Paprika
800 g rote Zwiebeln (sie liebt die Sorte «Tropea»)
800 g passierte Tomaten
4 Knoblauchzehen
Gutes Olivenöl
Petersilie, Salz und Pfeffer, je nach Geschmack

Die Paprika schneidet Emma in längliche Streifen und die Zwiebeln in dünne Scheiben. Die geschälten Knoblauchzehen werden im Ganzen im Olivenöl angeschwitzt, dann gibt sie die Zwiebeln hinzu und lässt sie bei mittlerer Hitze glasig dünsten. Die Paprikastreifen kommen hinzu, Salz und Pfeffer ebenso, danach vermischt sie die Zutaten gut und lässt bei geschlossenem Deckel alles noch eine Viertelstunde bei mittlerer Hitze schmoren.
Emma nimmt die Knoblauchzehen heraus, bevor sie die passierten Tomaten dazugibt, Nonna Imma lässt sie drinnen. Das ist Geschmackssache, sagt sie. Wie

auch immer, beide lassen alles noch mit den Tomaten zusammen köcheln, etwa eine weitere Viertelstunde lang. Dann ist die Peperonata so weit fertig, dass sie mit gehackter Petersilie garniert serviert werden kann.

Caponata

Dafür gibt es vermutlich so viele Varianten und Serviervorschläge, wie es Köche gibt. Tatsache ist, dass das Aroma dieses Gerichts einfach unwiderstehlich an den Süden erinnert.

Da waren noch
10 ovale schwarze Auberginen
1 große weiße Zwiebel (auch hier nimmt Emma die Tropea-Zwiebel)
Ein Bund Staudensellerie
1 kg geschälte Tomaten
2 Esslöffel gesalzene Kapern (gewaschen, damit sie nicht mehr salzig sind)
300 g eingelegte, entkernte grüne Oliven
Olivenöl und Bratöl
Salz
Ein halbes Glas milder weißer Essig
2 Esslöffel Zucker

Helene darf die Auberginen in nicht zu große Würfel schneiden und macht das auch sehr gut, danach kommen die Würfel zum Abtropfen in ein Sieb. Das dauert etwa eine Stunde.

In der Zwischenzeit bereitet Emma die Gemüsesoße zu, wäscht den Sellerie, schneidet ihn samt Blätter in Stücke, gibt ihn in eine Pfanne und bedeckt ihn dünn mit Wasser. So lässt sie ihn kochen, bis das Wasser komplett verdunstet, gibt die gehackten Zwiebeln hinzu und lässt alles mit Olivenöl anbraten. Dann fügt sie die gut abgespülten Kapern, die halbierten Oliven und die geschälten Tomaten hinzu, würzt vorsichtig mit Salz und lässt alles kochen, bis eine dicke Soße entsteht. Zum Schluss schmeckt sie mit Zucker und Essig ab, bis ihr der süßsaure Geschmack perfekt erscheint.
Sie brät die Auberginenwürfel an und achtet darauf, dass das Öl sehr heiß ist, damit die Auberginen nicht so viel davon aufnehmen. Danach lässt sie sie abtropfen und gibt sie ganz zum Schluss in die fertige Soße.

Ossobuco

Ossobuco heißt wörtlich übersetzt «Knochen mit Loch». Es besteht aus Kalbsbeinscheiben, die im Ofen langsam bei niedriger Temperatur zusammen mit Gemüse und Tomaten gegart werden. Nonna Imma liebt dieses Slow Food sehr, und Emma ebenfalls.

Fleisch

8 Beinscheiben vom Kalb je ca. 200–250 g

3 EL Mehl

3 EL Olivenöl (nehmen Sie gern gutes)

 Salz und Pfeffer (am besten frisch aus der Mühle)

Für das Wurzelgemüse

4 Stangen Staudensellerie

4 mittelgroße Karotten

3 große Zwiebeln

3 Knoblauchzehen

50 g Butter und zum Anbraten ein bisschen Öl

Außerdem

1 kg Tomaten gehäutet

0,4 l Fleischbrühe (ungefähr)

0,4 l Weißwein (ungefähr; Emma nimmt auch gern mal Rotwein dazu)

3 Handvoll glatte Petersilie, grob gehackt

1 TL Oregano getrocknet

1 TL Thymian getrocknet

1 Lorbeerblatt (alle Gewürze nach Belieben dosieren, aber lieber nicht zu viel)

Für die Gremolata

Fein geraspelte Schale einer Bio-Zitrone (am liebsten aus Amalfi)

3 Handvoll glatte Petersilie, grob gehackt

2 bis 3 Knoblauchzehen je nach Geschmack, diese sehr fein gehackt

Und so geht's:

Zuerst schneidet Emma das Wurzelgemüse in feine Würfel und zerlässt die Butter in einem großen Bräter bei mittlerer Hitze. Darin schmort sie die Gemüsewürfel unter Rühren an, bis sie leicht gebräunt sind, und nimmt den Bräter vom Herd. Inzwischen heizt der Ofen auf 160 Grad Ober- und Unterhitze vor.

Die äußere Haut der Beinscheiben schneidet sie im Abstand von 2–3 cm rundherum ein, sonst wellt sich das Fleisch beim Anbraten. Sie salzt und pfeffert die Fleischscheiben, wendet sie in Mehl und brät sie bei mäßiger Hitze von beiden Seiten hellbraun. Dann nimmt sie sie heraus und legt sie auf das angebratene Gemüse im Schmortopf.

Danach gießt sie das Öl aus der Pfanne ab, lässt den Bratensatz aber darin, gießt ihn mit dem Weißwein auf und lässt ihn aufkochen. Wenn der Wein auf ca. 6 EL eingekocht ist, gibt sie die Fleischbrühe, die Tomaten und die Gewürze mit in die Pfanne, lässt alles aufkochen und würzt die Soße mit Salz und Pfeffer.

Nun gießt sie die Tomaten-Wein-Soße über das Fleisch im Bräter. Das Fleisch drückt sie etwas nach unten, damit es weitgehend von der Soße bedeckt ist. Deckel drauf und ab mit dem Bräter in den heißen Ofen. Nach ca. 1 Std. dreht Emma die Fleischstücke um und schmort sie noch mal für eine Stunde. Am Ende ist das Fleisch so butterweich und zart, dass es von selbst vom Knochen fällt.

Für die Gremolata mischt sie die abgeriebene Zitronenschale mit der fein gehackten Petersilie und dem Knoblauch in einer Schüssel. Die wird vor dem Servieren darüber gestreut. Dazu gibt's Kartoffelstampf oder Kartoffelbrei. Salzkartoffeln passen auch.

Mit diesen vier Gerichten lassen sich Ihre Gäste ganz sicher begeistern, Nonna Imma schwört darauf. Zum Nachtisch gibt es meistens Pannacotta – kennen Sie das? Es ist Emmas Lieblingsdessert aus ihrer Heimat Italien. Wie sie das macht, verrät sie hier noch nicht, vielleicht erfahren Sie das beim nächsten Mal ...

Buon divertimento e buon appetito
Ihre Sabine Steck

GLOSSAR

(in italienisch-alphabetischer Reihenfolge)

a proposito	im Übrigen, apropos
allora	dann, also
andiamo	los geht's, gehen wir
arrivederci	auf Wiedersehen
assente	abwesend
bene	nun, gut
benvenuti tutti	willkommen miteinander
bruschette	gegrillte belegte Brotscheiben
bugiardo maledetto	verfluchter Lügner
buona notte	gute Nacht
buona sera	guten Abend
capito?	verstanden?
caponata melanzane	Gericht mit Auberginen
carissime	ihr Lieben (eine Gruppe Frauen)
caro	Lieber
caspita	meine Güte
certo	sicher
che merda!	was für eine Scheiße!
che te morissi!	mögest du sterben!
che ti venga un cancro!	mögest du Krebs bekommen!
chiaro	klar, hell
ci sentiamo	wir hören uns später
ciao, amore	tschüs, Schatz
ciccia	Kosewort, eigtl.: Dickerchen
commissari	Kommissare
commissario	Kommissar
completamente vuoto	völlig leer
condoglianze	Beileidsbekundung
crema	Sahne, Creme
cosa	was

dammi cinque	High Five
davvero	wirklich
dio	Gott
dio mio	mein Gott
e allora?	Und? Was soll das heißen?
esatto	genau
gagá	Schnösel
già	eigtl.: schon, bereits, hier: tja
grazie a dio	Gott sei Dank
grazie mille	tausend Dank
gremolata	Mischung aus verschiedenen Kräutern
guarda	schau
idiota	Idiot
imbecille maleducato	unverschämtes Arschloch
in bocca al lupo	viel Glück
infatti	in der Tat
insalata caprese	Tomate-Mozzarella-Basilikum-Salat
la strega	die Hexe
ma che!	aber woher denn!
ma no	aber nein
ma sei matta?	spinnst du?
ma va	aber geh
ma veramente no	aber wirklich nicht
Madonna santa	Heilige Mutter Gottes
mammina	Mama (Koseform)
mannaggia	verdammt
merda maledetta	verfluchte Scheiße
mi dispiace	es tut mir leid
mi scusi	entschuldigen Sie
neanche un pò	kein bisschen
niente	nichts
non ci credo	ich glaub es nicht
ossobuco	Fleischgericht aus Kalbshaxenscheiben
panino con salame piccante	Brötchen mit pikanter Salami

parmigiana	Auflauf mit Auberginen und Parmesan
peperonata	Paprikagericht
per carità	um Himmels willen
per fortuna	zum Glück
però!	eigtl.: aber, hier: na so was!
porca miseria	so ein Mist
porco cane	verflucht noch mal
potrei mangiarmi il fegato	ich könnte mich schwarzärgern
primo	erster
proprio adesso!	ausgerechnet jetzt!
proprio qui!	ausgerechnet hier!
prosciutto	Schinken
purtroppo no	leider nicht
ragazzo	Junge
salame	Salami
scherzetto	kleiner Scherz
sciocchezze	Dummheit
scusa	entschuldige
scusi	entschuldigen Sie
semplicemente fantastico	einfach fantastisch
sindaco	Bürgermeister
spaghetti alla genovese	Spaghetti mit Basilikumpesto
sparire così proprio adesso!	jetzt einfach so zu verschwinden!
speciale	speziell
stronzo!	Arschloch!
stuzzichini	Häppchen
su serio?	im Ernst?
tantissimi auguri	beste Wünsche
tanto è sicuro	so viel ist sicher
tesoro	Schatz, Liebling
ti amo, tesoro	ich liebe dich, Schatz
un attimo	einen Moment noch
va bene	in Ordnung
vedremo	wir werden sehen